周桂君 著

跨文化视阈下的济慈诗论和他的诗

A STUDY OF JOHN KEATS' POETICS
AND HIS POEMS FROM
A CROSS-CULTURE PERSPECTIVE

JOHN KEATS

2018年·北京

图书在版编目（CIP）数据

跨文化视阈下的济慈诗论和他的诗 / 周桂君著. — 北京：商务印书馆，2018
ISBN 978-7-100-15760-5

Ⅰ. ①跨⋯ Ⅱ. ①周⋯ Ⅲ. ①济慈(Keats, John 1795-1821)—诗歌研究 Ⅳ. ① I561.072

中国版本图书馆CIP数据核字(2018)第015020号

权利保留，侵权必究。

跨文化视阈下的济慈诗论和他的诗
周桂君　著

商　务　印　书　馆　出　版
（北京王府井大街36号　邮政编码100710）
商　务　印　书　馆　发　行
艺堂印刷（天津）有限公司印刷
ISBN 978-7-100-15760-5

2018年11月第1版	开本 710×960　1/16
2018年11月第1次印刷	印张 17¼

定价：47.00元

序

  英国浪漫主义诗人济慈的生命历程，像一首悲凉短歌，感天地、泣鬼神。对中国人来说，英国19世纪的浪漫主义诗人中，比之于拜伦和雪莱，济慈的名字是响亮的，同时，又是陌生的。尽管近年来对济慈的研究取得了长足的进展，但对于这位伟大的作家来说，尚有数不清的领域等待我们的研究者涉足。这本书就是一位富有创新精神的青年学者积累多年、苦心经营的硕果。周桂君教授以他那支如花妙笔，一反学术著作枯燥乏味之弊，笔走龙蛇，吐纳珠玑，时而若雷过天际，隆隆震响，时而如风过柳林，轻声细语。

  本书独辟蹊径，选取了跨文化视角对济慈的诗歌作品和诗学理念进行探索，并研究了济慈审美倾向上与希腊文化的亲缘关系。更值得一提的是，作者将济慈诗歌放在东方文化背景下进行研究，展现了济慈思想的复杂性，揭示了济慈诗中深奥与微妙的哲思。东方文化背景的引入，为重新解读济慈诗歌的思想与艺术内涵提供了一个全新的视角，开拓了济慈研究的思路，对比较文学研究领域研究方法的更新富有启示作用。

  论著从文本出发，决不空谈理论，而是通过掷地有声的文本分析来寻求结论。本书对济慈诗中的代表性作品都进行了详细的研究，涉及济慈诗歌中所有主要类别的诗作：长诗、十四行诗、颂诗，等等。这些研究一方面推陈出新，一方面拓展研究范围，扩大研究视域，力求全面系统。例如，本书对以前国内研究中很少关注，但在济慈的创作生涯中具有转折性意义的长诗《伊莎培拉》进行了细致的分析，由此，我们看到了济慈诗歌走向成熟的过程。

论著对济慈诗学理念的论述也颇有新意。济慈一生没有写过专门的文学批评方面的文章。与他同时代的柯勒律治和雪莱都写过长篇的文学批评专著或者论文，济慈论诗则只有片言只语，散见于他的书信中。然而，正是这看似数量极小、不经意而为的著述，却蕴含着极大的思想能量，它不是含金的矿石，而就是金子。著作对济慈文学批评的风格、批评思想的内涵及其现实意义都做了阐释，提出了许多新的观点，认为济慈诗学的基本特征是注视性、认同性，济慈诗学重体悟，而非逻辑推理。

我很高兴为这部著作写一个序。因为，这本书给了我很多的惊奇。我惊叹作者勇于创新的学术胆识。写到这里，我突然想起莫言在发表诺贝尔文学奖获奖感言时说的一句话："一个人在日常生活中应该谦卑退让，但在文学创作中，必须颐指气使，独断专行。"我结识本书的作者多年了，他就像莫言这句话里描述的那种从事写作的人一样，他很谦和，也很虚心，对此，我深有体会。而他在做学问时，真是让我惊叹他的"颐指气使，独断专行"了。

祝愿本书的作者在学术道路上再创佳绩，早日登上学术的珠峰。

北京大学 刘意青

前　言

英国诗坛上有这样一位诗人，他在贫困的生活中苦苦挣扎，却不肯舍弃成为一个诗人的梦想，在死亡的阴影中几经徘徊，却热烈地憧憬生命的未来。短暂的生命如流星，却将美的诗篇凝固为永恒。他与自然为伴，与艺术为伴，在与自然和艺术的对话中，感受生命的欢畅，自然美与艺术美的琼浆浇灌了那颗美丽的诗心。他就是19世纪英国浪漫主义诗人约翰·济慈（John Keats，1795－1821）。

济慈出身贫寒，少年时就成了孤儿。1810年，为了生计，济慈跟随一位外科医生做了学徒。这对于富于幻想、酷爱文学的少年来说，是一件非常痛苦的事。1816年，济慈决定弃医从文。1817年，济慈第一部诗集出版。《初读贾浦曼译荷马有感》、《蟋蟀与蚱蜢》、《睡眠与诗》是济慈早期的优秀诗篇。1818年，长诗《恩狄芒》出版，诗人对美的事物的感受力和强有力的诗化语言以及杰出的诗歌才能在这部长诗中得以展现，继而一发不可收。《伊莎培拉》、《圣亚尼节前夕》、《无情的妖女》、《普塞克颂》、《夜莺颂》、《希腊古瓮颂》、《忧郁颂》、《拉米亚》等诗作相继问世。1821年2月，济慈因肺结核病在罗马去世。他为自己拟定的墓志铭是："这儿躺着一个名字用水写成的人。"

济慈只活了26个春秋，他的创作时间也不过三四年，就在这三四年的时间里，济慈的诗歌艺术达到了炉火纯青的地步。济慈的生命历程，与其说是由一系列的事件组成，毋宁说是由一系列的情感和思想连缀而成：诗人不断地叩问自己的诗人之梦；在亲情、友情的慰藉中，战胜生活的艰辛；怀着无望的爱情走完自己短暂的人生。济慈的一生是为自然的一生，为艺术的一生，他在对自然美景的陶醉中找到了生命的欢乐，在对艺术的追求中找到了美和生命的价值。济慈通过对自然的书写抒发内心的情感。自然经过诗人的书写变成了艺术化的自然，这个自然满足了诗人的精神需要。诗人在创造这个艺术化自然的过程中，找到了心灵的寄托。自然安顿了济慈的心灵，也让诗人理解了生与死。诗人在对自然的书写中使主体的自己与客体的自然之间产生了一种关系。诗人往往从自然景物中获得某种感受，这样一种感知自然的过程反映在诗中，就是自然景物描写在前，诗人出场在后，诗人是逐渐浮出水面的，即诗人主体的飘浮。济慈书写自然的过程就是美的创作过程。它使诗人从痛苦的现世生活中得到解脱，获得了生命的自由。

　　在济慈一生的诗歌艺术生涯中，他写得最为成功的诗作是他的颂诗，但是济慈对长诗情有独钟，他认为写长诗就如同长久地在林中漫步，那会让人享受更大的心灵欢乐。济慈的长诗经历了一个从不成熟到成熟的过程，《伊莎培拉》是一部过渡性作品，诗中的意象优美精致，想象绮丽，但就其结构上讲，像济慈的首部长诗《恩狄芒》一样，仍然有些不足。济慈的颂诗是英语诗歌宝库中的珍品，他的《夜莺颂》、《希腊古瓮颂》、《秋颂》一直是批评话语的焦点，然而，这些伟大的诗歌作品仍然有宽广的研究空间，有待我们进一步去探索。济慈的十四行诗也是济慈诗歌艺术不可或缺的一部分。

　　济慈是一个重感性、轻理性的诗人，他对理论论证和逻辑推理毫无兴趣，没有做过专门的诗歌研究或诗歌批评，但是济慈却将他的创作感悟写进了他的书信里，虽然着墨不多，但其中却蕴含着真知灼见。"消极能力"和"诗人无自我"都成了诗歌批评领域最有创见的观点。济慈的诗学特征主要是认同性和注视性。以济慈对诗歌理论的探索方式观之，济慈的诗学是在认同中寻觅真理。从隐喻的角度来说，济慈的诗学可视为"注视"的诗学。济慈诗学关注的焦点在于自然美和艺术美。

英国浪漫主义诗歌深植于西方文化的土壤中，要想深入地理解浪漫主义诗歌的精神内涵，我们就必须追本溯源，站在西方文化的地平线上展望济慈的诗歌。济慈是一位深受古希腊文化影响的诗人，研究济慈的思想和审美不能不首先理解古希腊的神话。古希腊神话内容丰富，其核心内涵是人文主义思想，它体现了古希腊人对人的赞美，对尘世生活的强烈热爱。古希腊神话的审美情趣是壮美的，也是和谐的。济慈的诗歌不仅体现了古希腊神话的人文主义思想，而且在审美情趣上也深受古希腊神话的影响。

苏联著名文艺理论家维克托尔·马克西莫维奇·日尔蒙斯基（Zhirmonsky）认为人类社会历史发展的统一性，决定了文学历史进程的统一性。日尔蒙斯基把历史比较研究方法与文学研究的任务联系起来，为文学研究的方法提供了新思路。社会发展存在共同的规律性和一致性，这成为对没有相互影响的文学现象及文学作品进行比较研究的学理依据，也即比较文学中常说的平行研究，即把有相似性，但没有直接影响关系的文学现象、作家或者作品加以比较研究。济慈审美观与中国古代道家的审美观有相近之处，而济慈诗学理论的核心概念"消极能力"说与庄子的"虚静"理论也有可比性，道家之"忘"的哲学思想与济慈的"忘"亦有相通之处。济慈诗歌的审美特性也可以通过中国古典美学得以阐释。本书将济慈的诗歌置于跨文化视角下进行观照，从一个更加宽广的角度来研究济慈的诗歌。

周桂君

2017 年 6 月于东北师范大学

目 录

第一章 诗思的流星——诗人与他的诗人之梦
- 第一节 贫寒才子的诗人之梦 ······ 3
- 第二节 结识文人墨客并渴求手足知音 ······ 5
- 第三节 生死边缘的爱情之焰 ······ 9
- 第四节 品味自然美与艺术美的盛宴 ······ 13

第二章 激情的迸发：自然书写中的情感释放
- 第一节 安顿动荡心灵的伊甸 ······ 21
- 第二节 自然体悟中的主体飘浮 ······ 40
- 第三节 寻美之路即自由之路 ······ 44

第三章 诗苑的奇葩：济慈诗歌的解读
- 第一节 济慈诗歌中的哥特文学传统 ······ 58
- 第二节 不同语境下的济慈颂诗 ······ 76
- 第三节 译介角度的济慈诗歌分析 ······ 87
- 第四节 济慈的美学理念 ······ 93
- 第五节 济慈诗中对死亡主题的诠释 ······ 101
- 第六节 济慈诗中对生命内涵的思索 ······ 113

第四章　感悟艺术真理的脉动：济慈的诗学品质
- 第一节　济慈的"注视"诗学 …… 121
- 第二节　对生存本体问题的探索 …… 130
- 第三节　文学批评中的认同问题 …… 137
- 第四节　变色龙效应 …… 143

第五章　插上灵异的翅膀：希腊神话与济慈的诗歌
- 第一节　古希腊神话的思想内涵 …… 150
- 第二节　诗性的神话 …… 165
- 第三节　古希腊神话与济慈的诗歌 …… 169

第六章　异域的和声：济慈思想与道家思想之比较
- 第一节　济慈审美观与道家审美观 …… 185
- 第二节　"虚静"理论与"消极能力"说 …… 198
- 第三节　济慈之"忘"与道家之"忘" …… 214

第七章　他山之石：中国古典美学视阈下的济慈诗歌
- 第一节　绮丽的意象 …… 228
- 第二节　洗练的语言 …… 235
- 第三节　豪放的风格 …… 243
- 第四节　婉约的情调 …… 252

参考文献 …… 257
后　记 …… 265

第一章　诗思的流星——
诗人与他的诗人之梦

　　19世纪英国浪漫主义诗人济慈出身于一个贫寒的家庭。1804年，他的做马厩的雇工领班的父亲坠马身亡。两个月后，母亲再嫁，济慈和他的弟弟妹妹与外祖父和外祖母一起生活。1805年，济慈的外祖父去世，家人为遗嘱打官司，外祖母带着孩子们住到了伦敦郊外的埃德蒙镇，这时候，济慈的母亲和他的继父分居，也来和孩子们一起生活。1810年，济慈的母亲死于肺病。同年，由于生计所迫，济慈按照遗孤监护人的安排，跟随埃德蒙镇的外科医生哈蒙德做了学徒。1814年，济慈的外祖母去世。1815年，济慈进入伦敦盖尔斯医院作实习药剂师。早在上中学的时候，济慈就在好友查尔斯·克拉克的鼓励之下开始写作诗歌，他模仿伊丽莎白时代的诗人斯宾塞（Spenser）写了一些诗。1816年5月在亨特所编的《观察家》杂志上发表十四行诗。1816年7月，通过考试，成为药剂师协会的持证会员，10月，济慈写下了他早期的名篇《初读贾浦曼译荷马有感》，结识亨特、雪莱、赫兹利特、兰姆等人。11月间，济慈决心弃医从文。1817年，济慈出版第一部诗集，虽然其中多数诗作有模仿的痕迹，但也颇有些佳作，如《初读贾浦曼译荷马有感》、《蟋蟀与蚱蜢》、《睡眠与诗》等。1817年4月，济慈开始写作长诗《恩狄芒》，这部作品在1818年初完成，同年4月，由奥利尔公司出版。长诗分为四部，以希腊神话中的月亮女神爱上凡间少年恩狄芒的故事为题材。长诗的结构有些松散，但济慈在这部长诗中已经显露出对美的非凡感受力和驾驭诗化语言的杰出才能。3月，济慈写作他的另一部长诗《伊莎培拉》并照顾生病的三弟托姆。6月，济慈的二弟乔治结婚，与妻子移民美国。8月，济慈的长诗和此前出版的《诗集》受到当时英国有名的学术杂志《布拉克伍德》(Blackwood)和《评论季刊》(Edingburg Review)的攻击。随后，济慈开始写作长诗《海壁朗》，此时，济慈初遇后来成为他恋人的芳妮·布劳恩。12月，弟弟托姆因肺病去世。1819年是济慈创作的高峰期。他完成了《圣亚尼节前夕》《无情的妖女》《普塞克颂》《夜莺颂》《希腊古瓮颂》《忧郁颂》《拉米亚》等诗作，还与布朗合作写了《奥托大帝》。后来，他放弃了《海壁朗》的写作，使这部作品成为残篇。1819年10月，济慈与芳妮·布劳恩正式订婚。1820年2月，济慈患病，首次肺出血，医生严禁他外出，6月济慈病情加重。7月，他的诗作《拉米亚》《伊莎培拉》《圣亚尼节前夕》及其他诗作出版，受到亨特和兰姆的好评。8月，雪莱邀请济慈去意大利过冬，济慈婉拒。9月，济慈在朋友的陪同下，乘船前往意大利，11月到达罗马，1821年2月在罗马去世。墓碑上的铭文是济慈自己拟定的："这儿躺着一个名字用水写成的人。"

当我们历数这位只活了26个春秋的天才诗人的生平事迹的时候，不禁心潮起伏。因为他从事诗歌创作只有三四年时间，在这短暂的几年中，济慈的诗歌艺术却达到了出神入化的地步。他的岁月不是用年，而是用天、用小时来计数的。他带着天才诗人那"蓬勃的思潮"，带着那支绘出完美的秋天、富丽的古瓮和美妙的夜莺的"神笔"，带着对美丽的恋人芳妮的怀念，离开了这个带给他无限苦难的人间。丹麦批评家勃兰兑斯（George Brandes）说："对济慈一生中文学活动以外的方面稍加一瞥，我们便可以看到三件具有最重要的意义的事实——不存在真正能够获得谋生手段的任何希望（他曾经想移居南美，或者申请在来往于印度的商船上当一名外科医生）；对一位妇女怀着一种狂热而毫无希望的爱，在他看来，如果没有她，自己的生命便毫无价值；最后就是蚕食他的生命的肺痨。"[①] 济慈的生命历

---

① 〔丹麦〕勃兰兑斯：《十九世纪文学主流》（第四分册），徐式谷、江枫、张自谋译，北京：人民文学出版社1997年版，第145页。

程，就像一首悲凉短歌：没有惊心动魄的事件，没有轰轰烈烈的场面，但一切又如悲歌一样凄楚悲凉，感天地、泣鬼神。济慈的生平是由一系列的情感和思想连缀而成。这些情感和思想如同一串串珍珠，我们一粒粒地将其拾起，就可以得到有关济慈生活的一个概貌：诗人苦苦追求自己的贫寒才子的诗人之梦，不断结识文人墨客并渴求手足知音，燃烧处于生死边缘的爱情之焰，在美的乌托邦中品味自然美和艺术美的盛宴。

第一节　贫寒才子的诗人之梦

在早期的书信和作品中，济慈常常自问是否能够成为一个诗人，这与济慈的生活经历有关。与济慈同时代的诗人雪莱（Percy Bysshe Shelley）和拜伦（George Gordon Byron）家境都很富有，他们过着衣食无忧的生活，唯有济慈由于生活所迫，不得不去学做外科医生。对于一个天性敏感，主要兴趣在于自然美与艺术美的诗人来说，做这样的工作实在令人难以忍受。1816年，年仅21岁的济慈做出了弃医从文的决定，这个决定意味着他将背离一种通往稳定富有生活的道路，去做一件很可能是劳而无功、无所成就的事情。靠写作得来的稿费是一项不太可靠的收入，无法依靠它来解决经济上的问题，这对贫困的诗人来说，无疑是雪上加霜。济慈的监护人爱彼先生很不理解诗人的这一选择。在爱彼先生眼里，当一个诗人，百无一用，所以他对济慈冷嘲热讽。面对重压，济慈没有退却，但对一个没有经济保障，也没有健康身体的人来说，去做一个诗人，这是一条太过艰辛的不归路。济慈常常为诗歌冥思苦想，寝食难安，追求艺术的道路本来就险象环生，充满艰辛，而诗人的贫困和多病使他比别的艺术家更多了一重对前途未卜的未来的担忧。济慈在1815年5月10日致李·亨特的信中写道："我一直在不断地扪心自问，为什么我一定要当一个诗人，而不去做个普普通通的人——看到这是一桩多么了不起的事——看到在诗中有所创获是多么了不起——众口流芳是一桩怎样的事——可是到末了一阵凶猛的心血来潮冲决了我表面的自制力，以至于我那天几乎要同意我自己堕落为一个率性而为的人——当然这是在付出了艰巨努力之后的不光彩退却,此刻我又把这个念头从心中驱逐了出去。"①济慈用书信为我们记载了他在追求诗人之梦时遭遇的种种苦难。诗人的情绪本来就很敏感,处在这样的生活压力之下,济慈对自己是否能够成功倍加关注,这也使得他的精神极度地紧张,质疑诗人之梦其实是济慈寻求放松的一种方式。

虽然济慈在书信中不断叩问自己是否能够成为一个诗人,但事实上,济慈对这一点片刻都没有动摇过。济慈对自己的诗才是很有信心的。即使在批评家们对他进行恶语中伤的时候,济慈也不退却,他坚信,自己一定会跻身伟大诗人的行列。面对当时有名的文学评论杂志《布拉克伍德》和《评论季刊》对他的诗作《恩狄芒》的诋毁,他写道:"我要独立自主地进行创作——我过去一直是不带主见地独立创作——今后我要带着自己的判断来创作——诗之灵才必须能够在一个人身上体现自救;它的成熟不能依靠法则和公式,而只能依靠内在的感受和目光炯炯的内省——凡有创造力者一定能创造它自己——"②济慈对自己的信心建立在他对诗歌的敏锐的感受力上。他对于自己诗歌的优点以及不足也是很清楚的,正因如此,他明白批评家对他的指责中有多少合理的成分,又有多少不合理的成分。将其综合之后,济慈便可以客观地评价自己的诗才。对于济慈来说,诗是他的生命,诗给他痛苦,也给他喜悦。当他感到诗情的流水不是滔滔而来的时候,他困惑,他绝望,他不想再前行。但济慈的这种痛苦并非来源于对自己诗才的怀疑,其实,济慈对自己的质疑的主要原因是经济上的压力和自己的健康状况。

济慈病弱的身体常常让他感到疲劳,不能如愿地写下自己的才思。在1817年5月16日致泰勒和赫塞的信中,济慈写道:"我一天又一天地写诗已经有一个月了,在这个月快要结束的某一天,我发现自己的大脑是如此疲劳,以至于其中既无韵律又无理解——于是我被迫停了几天笔——我

---

① 〔英〕约翰·济慈:《济慈书信集》,傅修延译,北京:东方出版社2002年版,第211页。
② 同上书,第212页。

希望不久能恢复工作——我曾努力试过一两次,但是无济于事——我头脑里的晕眩代替了诗歌——并且感觉到了智力堕落的种种影响——精神的低迷——空有赶路的一腔急切而没有力气这样去做,对我的根本性进展发生不了任何作用——但无论如何,明天我一定要开始下一个月的工作。"① 这段文字让人读了倍感心酸。诗人那滚滚的思潮不能尽情倾泻,因为他的身体囚禁了他的灵魂,那只有着冲天之翼的诗之鹏鸟不能展翅飞翔。心灵中那渴望的火焰燃烧着,但那火焰消耗的首先是诗人的生命,然后才是那生命中装载的神奇诗思。

第二节 结识文人墨客并渴求手足知音

除了对诗歌、对自然的爱以外,济慈的生活中还有另外一种情感,那就是他对兄弟姐妹的关爱和与朋友的情谊。虽然济慈自己说他并不喜欢社交,但他其实很善于结交朋友。在他的友人中,有诗人,也有画家。尽管济慈的兄弟姐妹并不像济慈那样具有艺术气质,但济慈却努力地与他们建立起一种相互理解、分享思想的关系。在1817年给妹妹范妮的信中,济慈写道:"假定你只是每周写6页纸——每隔一段给我寄来,那么你就可以非常频繁地得到我写满几页纸的来信——我觉得这是种必须:我们之间应该变得更加亲密无间才好,这不仅为的是我应疼爱你这个唯一的妹妹,更为的是随着你的长大,我还可以把你作为我最亲爱的朋友来吐露衷肠。"② 从信中,可以看出济慈对妹妹的关爱,并且希望他们在成年以后还可以成为心心相印的兄妹。虽然范妮并没有像济慈所期望的那样,成为一个能够分享他的思想和艺术的妹妹,但有一位女士凭借她的才智,荣幸地处在这种位置上,她就是济慈的弟妹——乔治的妻子。乔治和妻子于1817年移民美国。同年,济慈给远在国外的弟弟和弟妹写的长信中提道:"我亲爱的弟

---

① 〔英〕约翰·济慈:《济慈书信集》,傅修延译,北京:东方出版社2002版,第22页。
② 同上书,第359页。

妹，我恐怕难以说出因为距离遥远可以用笔写下的话来：我对你有一种亲切之感，一种羡佩之感，我觉得我对世界上任何别的女子都没有这样深、这样纯真的感情。你会提到范妮——她的个性尚未形成，她在我心上没有你那样的分量，我打心底里盼望有朝一日我对她的感觉能像对你这样——我不知道为什么会是这样，但我们绝非是自己熟识起来的——我们打交道几乎全是通过你，我亲爱的弟弟——通过你，我不仅是认识了一个妹妹，而是认识了一位了不起的人中之英。"[1] 济慈对这位弟妹评价很高，以后，每周都会给她写一封信。在国内生活困窘的诗人，和他远在异国的弟弟、弟妹之间的这种沟通对彼此来说都是情感上的一种慰藉。济慈鼓励他们说："我亲爱的弟弟妹妹，你们必须像我一样，振作起来承受住任何灾难，为了我你们要这样做，就像我为你们这样做的一样。"[2] 这样的文字令人感动，在艰难的生活面前，兄弟们相互支持，相互鼓励，他们把彼此的爱化做了生存的力量。

济慈在与他的诗人朋友和画家朋友的交往中，他们的话题主要是诗歌、自然风光和思想感悟。这是一种心灵的交往，这种交往让济慈可以在写诗的空隙中，稍作停留、稍加思考，而这种停留和思考在他的书信中留下痕迹，成为后世济慈研究的宝贵资料。当我们在济慈的书信中读到他关爱朋友的亲切话语时，我们很难想象这些话语是出于一个年轻的诗人的笔下，因为那其中透出的温情、细致和周到让人吃惊。济慈在二十几岁的时候就写出了世界一流的诗歌作品，而纵观济慈的书信，更让我们吃惊的是，济慈的人生也像他的诗歌艺术一样早熟。济慈和他同时代的著名诗人的交往也留下很多佳话。雪莱在济慈病重期间，曾邀请他去意大利养病。济慈对前辈诗人华兹华斯（William Wordsworth）更为敬仰。早在1816年，济慈曾在书信中写道：

有几颗伟大的心灵在大地流连；

一位居于赫尔韦林山峰巅，

---

[1] 〔英〕约翰·济慈：《济慈书信集》，傅修延译，北京：东方出版社2002年版，第217页。
[2] 同上。

代表云霞、湍流与湖泊、清明无限，

天使之翅使他精神振奋。①

  这里居于赫尔韦林山峰巅的伟大心灵指的就是华兹华斯。济慈以他诗人的敏感把握住了华兹华斯诗歌的灵魂所在。令人感到遗憾的是，华兹华斯和济慈之间并没有建立起深厚的友情，这多半是由于华兹华斯高傲的个性阻止了这两位杰出诗人的相知。济慈曾把自己的诗读给华兹华斯听，本想得到这位前辈诗人的赞美，但华兹华斯只是十分平淡地认为这是一首很美的异教徒诗作。华兹华斯这样的态度对济慈这位崇拜者来说，无疑是浇了盆冷水。勃兰兑斯在他的《十九世纪文学主流》一书中，引用了济慈气魄恢宏的长诗《海壁朗》的一个片断，这个片断写了全体被推翻的巨灵神聚集在一个地下墓穴里议事的情景。他们那年老力衰的首领灰心丧气地说，那些曾经的巨人们被压倒了、被赶走了、被打垮了，年轻的阿波罗在旭日初升的时刻降临人间。勃兰兑斯说："在这一节思想既深刻文笔又优美的诗里，济慈成了不仅限于他自身的一整代诗星的代言人。这不仅是他那天赋诗才的证明，这也是一篇宣言书，宣告年轻一代的诗人已经登上了迄今一直由湖畔派诗人和司各特把持着的诗坛。在居于统治地位的诸神的名义下，人类的智能时常遭到禁锢而长期停滞不前；这种情况出现得实在太多了。要想有所进步，就经常要求变更统治者。华兹华斯和司各特是威震诗坛的巨灵神，可是当年轻一代登上舞台的时候，他们的赫赫神威便黯然无光了。济慈本人正是那只羽毛金光灿烂的雄鹰，它振翅直上云霄，高高翱翔于华兹华斯那棵枝繁叶茂的老橡树的顶空。"②或许是看到年轻诗人的巨大威力，华兹华斯感到自己的诗坛地位受到了威胁，才用如此冷淡的态度对待济慈。济慈后来在书信中写道："凡是华兹华斯在城里访问过的地方，他的唯我独尊、虚荣心以及固执都给人留下了不好的印象——不过，即使他算不上哲

---

① 〔英〕约翰·济慈：《济慈书信集》，傅修延译，北京：东方出版社2002年版，第3页。
② 〔丹麦〕勃兰兑斯：《十九世纪文学主流》（第四分册），徐式谷、江枫、张自谋译，北京：人民文学出版社1997年版，第142—143页。

学家，也还是位伟大的诗人。"① 虽然济慈对华兹华斯的傲慢态度不满，但他仍然认为华兹华斯是一位伟大的诗人。

济慈之所以对华兹华斯感兴趣，一方面是由于他们对自然的爱与感受有相通之处，另一方面是由于济慈和华兹华斯都对政治不感兴趣。法国革命后，华兹华斯就不再关注政治，而是潜心从事对自然的观察和诗歌的写作，同样，济慈对他生活的时代的事件及其发展几乎也是漠不关心的。这就使济慈更容易喜爱华兹华斯，而不是雪莱和拜伦。与雪莱和拜伦相比，济慈更加脚踏实地，他没有雪莱和拜伦那种狂热的激情，对于改变自己所生存的世界毫无兴趣，他的生活经历很平凡，他所面临的问题是现实生活中的谋生问题，而不是追求某种改变社会的理想。济慈的心灵和智慧也是在力求解决生活问题时发展和成熟起来的。在这位浪漫主义诗人的身上，我们可能更容易把诗人和现实的生活联系起来。平凡的生活造就了不平凡的诗人。

济慈爱自然的世界，也爱人类的世界，这一点和拜伦颇有些不同。拜伦在《曼弗雷德》里写道：

> 我与人，与人们的思想极少接触，
> 然而代替这个，我的欢乐却是到荒野——
> 去尽情地呼吸冰雪覆盖着的山峰上的
> 令人窒息的空气。

与人类社会相比，拜伦更爱自然。正是从自然的恩赐中，拜伦笔下的主人公曼弗雷德得到了暂时的安慰。《曼弗雷德》是拜伦的一部自传性作品，曼弗雷德就是诗人拜伦的化身。在那飞鸟都不敢筑巢的地方，在那昆虫不敢起舞的地方，在那急流喧嚣奔腾的地方，在那波涛汹涌的漩涡中，拜伦感到自己年轻的身体因为看到这些自然的美景而欢欣。自然为诗人注入的是新鲜的血液，是生命的力量。"对拜伦来说，自然是与人类社会相对立的，具有超级价值，因为自然提供了一个宽松的环境，给人那在喧嚣的

---

① 〔英〕约翰·济慈：《济慈书信集》，傅修延译，北京：东方出版社2002年版，第96页。

都市里被折磨、被抑制、被搅扰的,不能进行恰当思考的头脑一方自由驰骋的天地。"①但对济慈来说,自然世界和人类社会都有让他留恋和热爱之处。虽然生活中有那么多烦恼,济慈并没有在这种生活重压下沉沦,他在诗歌、自然、亲情、友情中找到了生活的快乐,温暖了苦难和短暂的人生。除了这些,爱情的体验也构成了济慈的短暂人生的一道美丽的风景。

第三节 生死边缘的爱情之焰

济慈在爱情中体验的是两种极端的情感:甜蜜和酸楚。1819年7月,济慈已出现肺结核病征,他感到自己会不久于人世,在写给恋人芳妮的信中,他说:"我散步时想着两件珍贵之物:你的可爱与我的死亡时刻。哦,要是我能在同一瞬间拥有它们就好了。我讨厌这个世界,它伤折了我的意愿之翼,我多希望从你唇上舔下甜蜜的毒药,远远地离开人间,从别人那里我不干。我确实非常惊讶地发现自己对所有的诱惑都无动于衷,除了你的之外——记得吗?曾经有段时间连一条缎带这样的东西都令我爱之不舍。写了这些以后我还能找到什么更温柔的词语呢?——要有就是我没读到过的。我这里不多说了,但在附言里会回答你信中用那些话提出的其他问题——我的千百种思绪纷至沓来。"②爱情的甜美和死亡的无情就像两块巨大无比的岩石,它们在济慈的心中撞击着,摇撼着诗人的心灵,绽放出璀璨的火花。济慈说他"讨厌这个世界,它伤折了我的意愿之翼",这正说明他爱这个世界,没有爱之深,便不会有恨之切。这是最沉痛的文字,何谓字字是血,声声是泪,此之谓也。济慈也因为意识到一旦生命逝去,就再也不能享受爱的甜美了,所以他享受着这份爱的所有的内涵,它的美丽和它的痛苦。他对芳妮说:"今晚我会把

---

① Ward P. Byron and the Mind of Man: "Chide Harold IIIIV" and "Manfred". *Studies in Romanticism*, 1962, Winter, 1: 2, p. 111.

② 〔英〕约翰·济慈:《济慈书信集》,傅修延译,北京:东方出版社2002年版,第358页。

你想像成维纳斯并且对你祈祷,像异教徒一样祈祷又祈祷。"[1]济慈用他病弱的生命中所余下的全部力量来爱,爱的折磨和爱的甜蜜已经纠缠在一起,无法分清彼此。同时,济慈也在爱的痛苦中寻求生命的力量。在追求爱情的过程中,像其他浪漫主义诗人一样,济慈的笔下也展现了一方温情脉脉的天空,似水柔情中,也没有忘记点燃那份情爱的火焰,而且,这火焰才是济慈内心深处不轻易流露的东西。水的柔情之所以这样可爱,是因为有了火的映照。济慈写给芳妮的书信写出了诗人的个性,写出了生命的顽强和美丽,这充满了原始骚动的生命之魂不是别的,就是诗人的那颗诗心。济慈在给芳妮的书信中写出了爱情的温柔与明朗的一面,但是他写的更多的,写得更好的却不是快乐,而是痛苦,平静与优美的语调诉说的是被压抑在病弱的身躯内的狂暴的激情。

　　与芳妮的爱让济慈深感痛苦,而这种痛苦也让他写出了那么多封动人的书信。济慈在给芳妮写这些书信的时候,是怀着一种爱情的幻灭感来写的。因为生命即将逝去了,爱情也将随之远去。在爱情里,生活再次向济慈呈现出它狰狞的一面,温柔的爱的情感被人世的疾风暴雨吹打,诗人的心如风中破败的飘絮,被撕成了碎片。而济慈则拿出他特有的坚强性格与平静态度对待这命运的打击和心灵的创痛。他甘愿承受自己的厄运,忍受这命运的伤害。尽管有时候也感到生命的痛苦无法承受,就像拜伦所说:

　　　　也曾经想要摇落这肉体的枷锁;
　　　　但如今,我却宁愿多活一个时辰,
　　　　哪怕只为了看看还有什么祸事临头。
　　　　　　　　　——拜伦:《书寄奥古斯达》

　　尽管人世充满苦痛,但济慈还是想要活下去。他曾想随着夜莺的歌声飘然而去,但想到死后就连夜莺的歌也听不到了,所以他还是选择在这尘世间痛苦并快乐着,但死神并没有因此赦免他。诗人只能怀着对恋人的爱

---

[1] 〔英〕约翰·济慈:《济慈书信集》,傅修延译,北京:东方出版社2002年版,第359页。

情悄然地离去了。他的那些情书是对一个女子的爱情表白,但同时,也是诗人对爱的美好的想象。"诗人若不故意'仇视女人',常常会对女人充满幻想,甚至倾诉衷肠,但他之所以这样,多半也是因为他还没能得到他想要的女人。"①济慈将所爱的这个女子的美丽留在了他的诗中,并在那里化成了永恒的痛苦和美。

济慈在描写美人的诗中,也会很隐约地加上一些性爱的因素,像他的长诗《恩狄芒》中就有这样的诗句:

我的印度美人!

我的水莲花蕾啊!来一个人间的亲吻!

叹一口真正的气——作一次温柔的搂抱,

温暖得像夏天树丛中的鸽窝,有着

从鲜血中浸出的露水之温暖!

消溶到哪里去了?

济慈笔下的性爱是与自然景物融合在一起的,它们的美感是含蓄的、高雅的。这种情调源自诗人对爱与性的体验是精神性的。"性爱的根本原本在于:人体是作为纯洁、自由、自然的心灵造型力的象征而存在的。性爱是某些心理表现,亦即审美主体对感受的渴望。人体被认为是相应于真正有价值心灵的象征。性爱也许是相互的,但这不是其根本的性质。在更高的阶段,身体的各部分或许不起作用,而爱的行为则会直接转变为另一心灵的内在形式,性爱的这一表现也许是柏拉图首先指出的。每一个真正的唯美主义者明显都是性爱的。而且,仅思心灵的性爱看来是爱自然和青春的吸引。思想最深刻的人,热爱最有生气的事物。而天真质朴相反追求博大精深。每个人都在寻求他所缺乏的形式力量。"②可见,最高阶段的性爱指的就是心灵之爱。说它是性的,是因为它涉及的仍然是男人和女人之间

---

① 〔英〕伍尔夫·弗吉尼亚:《人生的冒险》,《伍尔夫读书随笔》,刘文荣译,上海:文汇出版社 2006 年版,第 70 页。

② 〔德〕斯普朗格:《审美态度》,刘东梅译,参见刘小枫主编《德语美学文选》(下卷),上海:华东师范大学出版社 2006 年版,第 43 页。

的爱情。这种爱与现实生活中的爱是不同的，它的动力非常单纯，就是来自于人对自然的爱，对青春的爱，是对生命能量的一种补充。身体不会因为心灵的爱而起作用，因为在这个阶段，爱已经超越了物质阶段。在艺术表现中，可能会出现有关性的比喻，但它是唯美的。诗中对美的礼赞都是对心灵的性爱的反映。

随着病情的加重，济慈写给恋人的书信的语调变得越加悲切，让人不忍卒读。在致芳妮的信中，济慈写道："我怎么可能希望自己忘了你？我怎么会说这种事情？看到自己落到这种不稳定的健康状态之中，我能想到最远的事情就是为了你而尽力忘记你。我会受得住这个，就像我会忍受死亡一样，倘若命运如此安排的话。但我一想到与你分手，我就想到了选择死亡。相信吧，我的爱，我们的朋友们现在都朝最好的方面去说去想，假如他们最好的期望不能成为我们的现实，那不是他们的过错。等我好点了，我会和你细谈这些话题，要是有机会的话——我觉得没机会了。今天我有点烦躁不宁，或许是由于身体有所恢复，在门窗之外做了一番费力的神游。我把这当作一种好的迹象，但这种事情是不可以鼓励的，因此你最好推迟到明天来看我。"[1] 面临死亡的济慈处在一种神经质的状态中，他不断地折磨自己，也折磨自己的恋人。这是在一个为死神所折磨的病弱的身体中，那个旺盛的精神的狂热地反抗和挣扎，但这种反抗和挣扎因肉体的死亡渐成现实而慢慢地平息下去。

1821年2月，济慈带着对这个世界的无限的留恋在罗马去世。他的遗愿是把一封他未敢拆开的恋人的信以及他妹妹寄来的家书和一个荷包放入棺内作为陪葬。他的墓碑上写着这样的题词："这里躺着一个名字用水写成的人"，济慈的这句碑文极富深意。名字写在水上，将不为人所知，诗人似乎在表达他对于名利的淡泊，然而，把名字写在水上，流水长存，诗人的名字也将与流水一起永存人间。不求名处名自存，济慈这一语双关的墓志铭令人赞叹。

---

[1] 〔英〕约翰·济慈：《济慈书信集》，傅修延译，北京：东方出版社2002年版，第468页。

第四节　品味自然美与艺术美的盛宴

在济慈短暂的人生历程中，他用他的诗歌为自己和这个世界建立了一座美的乐园，而在建造这个乐园的过程中，诗人也把自己的人生装点得美丽非凡。济慈是一个非常喜欢游玩的人，这是所有热爱大自然的诗人的共性。济慈对自然的感受细腻敏锐，他的书信中多次写到对各地风物的理解和喜爱。无论是英格兰的乡村还是城市，在济慈的笔下，浓墨淡染，就变成一幅可爱的风景画。"我觉得牛津无可置疑是世界上最美好的城市——到处是古老的哥特式建筑——尖顶——塔楼——方庭——回廊与小树林等，而且环绕这座城市的是一些我从未见过的如此清澈的溪流，每天傍晚我都要在溪流的岸边漫步，感谢上帝，这么多天来这里没下过一滴雨。"[①] 寥寥数语就把伦敦城的风格清晰地表现出来，字里行间也洋溢着诗人对自己祖国的热爱。即使身居闹市，济慈的目光也总会落在大自然美好的风景上，并在那风景中吸收生命和艺术的营养。

济慈对自然风光的体验也成为他思索人生的一种方式。一次外出旅行时，他看到了温南德的湖山，"六月二十六日——我只能估摸着记下来，因为像时间与空间这样的概念在这里根本不存在，说到它们我要提到，当刚开始看到温南德的湖山时，它们强有力地攫住了我——我无法描述它们——它们超出了我的预想——美丽的湖水啊——绿阴伸展到了小岛的边缘——群山之巅全都围绕着白云"[②]。济慈是一个感受色彩的高手，在他的诗中，常常会出现非常富丽的色彩，但是这里却不同，景色只有绿色与白色，纯净得让人震撼。正是这种景色让诗人忘记了时空的概念。在这里，湖水与山脉和天上的白云形成了一个有机的整体。它们存在于天地间，而人就站在它们中间。济慈接着写道："这个湖有不少缺陷——不过并不牵涉

[①] 〔英〕约翰·济慈:《济慈书信集》，傅修延译，北京：东方出版社2002年版，第26页。
[②] 同上书，第140页。

到陆地与湖水，一点也不，这两方面的景致都是最雍容华贵的——对它们的印象绝不可能褪色——它们使人忘却人生中种种处境：衰老与青春，贫穷与富贵；它们将人的视野升华成如北斗星之所见，一刻也合不上眼睑，坚定不移地俯瞰大自然创造的奇观。"①我们情不自禁要问，当济慈站在湖山之间的时候，他的思想中发生了什么变化？印度哲学家奥修（Osho）的一段话对我们理解这个问题是有启发的。奥修认为生命是一个有机的统一体，他还特意区分了有机统一体的概念和机械有机体的概念。他说："有机统一体和机械统一体不同。机械统一体依靠零件，那些零件是可以替换的，它们并不是独一无二的；有机统一体依靠整体，而不是依靠各个部分。部分并非真的是部分，它们跟整体是分不开的，它们是一，它们不能够被替换。"②济慈在置身于湖山之间时感受到的就是这种同一感。他体会到了生命是一体的，是不可分割的。奥修进一步指出："当你对你内在本性的内在火焰变得很警觉，突然间你就会觉知到你并不是一个孤岛，它是一个广大的大陆、一个无限的大陆。没有界线可以将你跟它分开，所有的界线都是虚假的，都是伪装的，所有的界线都只是在头脑里，在存在里面是没有界线。"③湖光山色里，济慈感受到时间和空间是不存在的。这种对时空存在的模糊感觉是一种无界限之感。因为时间和空间规定着我们的存在，时间和空间仿佛是画框一样镶嵌了我们，并给予我们一个位置。但如果一个人的感受是没有时空的，那么这个人就不在世界的任何一处，而又在世界的任何一处。他不在那里，因为你看不到那只镶嵌他的镜框，他又在那里，因为他是这个世界不可分的一部分，他存在于一切之中，一切也存在于他之中。奥修说人如同绵延的无垠的陆地一般，在人的存在里没有界线。没有时空感也就意味着没有界线。时间和空间规定了我们的位置，也规定了我们的存在。因为当我们在世上的时间用完了，我们也将归隐林泉，那样

---

① 〔英〕约翰·济慈:《济慈书信集》，傅修延译，北京：东方出版社 2002 年版，第 468 页。
② 〔印度〕奥修:《庄子心解》，谦达那译，西安：陕西师范大学出版社 2007 年版，第 106 页。
③ 同上。

的话，我们在世上所占据的空间位置也将被空置出来，但如果我们感受不到时空的存在，那么生与死也就没有了界线。生与死都可能不再分界了，那么生时的一切：富有与贫穷、衰老与青春又算得了什么呢？济慈此时感觉自己的视野被扩大了，被升华了。如北斗星那样，"一刻也合不上眼睑，坚定不移地俯瞰大自然创造的奇观"。济慈在他的最后一首十四行诗《灿烂的星》中有类似的表述：

灿烂的星！我祈求像你那样坚定
——但是我不愿意高悬夜空，独自
辉映，并且永恒地睁着眼睛……

这首诗中星的形象与济慈在游湖山时的感觉是一致的。这灿烂的星像一个哲人一样俯视着大地，它是坚定的，也是永恒的。对于这永恒的星辰来说，人的生命无疑只是宇宙中瞬间而过的流星。济慈已经参透了生与死的真谛。在《灿烂的星》中，济慈表明他不想像那永恒的星一样。他并不是拒绝永恒，而是太过热爱生命。所以，虽然明知死生平常，人生虚幻，但诗人还是不愿意剪断与这个充满痛苦的世俗人间的关联。

济慈在他游历各地的时候，对当地的风土人情、民间艺术也十分喜爱。他的书信中有一段文字记载了观看苏格兰舞蹈的情形："我们今天下午到了卡利塞尔——从斯奇道峰顶下来，我们步行去坎伯兰郡最古老的集镇爱尔比——那儿的一个乡村舞蹈学校令我们大为倾倒，它就在阳光下举行训练，确确实实'没有比它更新的来自法兰西的沙龙舞'[①]了。真的，他们大胆得无以复加，汗流浃背地踢脚、飞奔、闪避、踮脚、穿行、盘旋、转圈和跺足，疯狂地敲击着地面；我们的乡村舞蹈与苏格兰舞的区别，就像是懒散地搅动茶水与使劲地捣拌布丁。我心满意足地想到，如果说我从中获得乐趣，而他们一无所知的话，那么他们的某些所得我也无从察觉。我希望回去时能带上一些苏格兰高原舞风，那一排排男孩与姑娘是你看过的人中最棒的，美丽的面孔，加上精致的嘴唇。我从未感到过如此接近爱国激情，

---

① 彭斯诗句。沙龙舞是一种节奏轻快的交谊舞。

那种不惜采用一切手段使国人更幸福的激情。"①

　　这段舞蹈中洋溢着生命的活力、激情飞扬。济慈的生平和他那些写得相当温婉的诗句很容易给人一种错觉，以为诗人颇有几分女性的灵气和温柔，但实际上，济慈还是一个孩子的时候就很好斗，在各项体育运动中都表现出色，他的这种勇气似乎让人觉得他日后很可能在战场上成就功名。在济慈书信中的这段关于苏格兰舞蹈的文字记载让我们可以透过它感受到济慈内心中那种年轻人的沸腾的情感和活力。从舞蹈中，济慈体会到的是生命的力量。在近于疯狂的舞步中，表演者在释放自己，释放自己的心灵，释放自己的情感。当这些跳舞的男孩和女孩用脚疯狂地敲击地面的时候，他们的生命能量是充溢的、饱满的，在高潮的时候，是一种与天地合一的感觉。一脚踩着大地，一脚指向天空，在天空和大地之间，人既是渺小的，也是伟大的。人在天地间，不过如一草芥，然而，他在天空和大地间旋转，他可以与天空和大地融为一体，从这个角度说，人又是何其伟大。舞者如此，观舞者亦是如此。当济慈观看这舞蹈表演时，他的内心也是充满了快乐。他和舞者一样都在放飞自己的心灵，而他的心灵借助诗人特有的想象翅膀飞得更高更远。舞蹈还在诗人的心里激起了爱国的热情，对济慈来说爱国的热情就是使国人更幸福的感情。这舞蹈传达的是人内心深处的强烈情感，它带给人的是一种与自然合一的快乐感和幸福感，而这足以使诗人更爱自己的祖国。爱国这个词语在济慈的诠释中没有一点政治色彩，这种情感发自对生命本身的尊重与热爱，对生活的欢乐的热爱，而不是任何政治意义上的爱国。国家是一个抽象的词，爱，无论是爱国家，还是爱一个人，爱一件事，都一定要与比之更具体的事物联系起来。济慈对祖国的爱就是与对家乡的爱和对家乡的风土人情的爱联系起来的。舞蹈给诗人的心灵带来了欢乐，带给人欢乐的事物人们才会去爱它。极少有人会爱上一个丑陋的人，丑陋不能带给人欢乐，所以千万篇诗章中所咏叹的都是美丽的女子，很少有诗人为一个丑陋的女子写诗。当然，丑陋的或者相貌平凡

---

① 〔英〕约翰·济慈：《济慈书信集》，傅修延译，北京：东方出版社2002年版，第149页。

的女子也并非就只能给人带来不愉快,因为对人的审美除了看相貌,还要看内心世界的美,当然这是另一个问题。回到济慈的那段文字中,我们会从济慈对乡间舞蹈的描写中发现三点:他对生命激情的渴望,他对欢乐的事物的喜爱以及他将欢乐、美和爱联系起来的思想。这些对于我们理解济慈的诗歌都具有重要的意义。

不独自然,济慈也把对生命的体验化成了美。疾病和死亡就是济慈体验自然美的一个契机。"当我身体还好或自我感觉如此的时候,特别是近一年来,我已经尝到这种情绪的苦头,可以说在生病六个月之前我就没过上一天安生日子——要么笼罩在愁云惨雾之中,要么蒙受着某种激情的折磨,假如我做起诗来,此二者必居其一的情绪折磨起我来会变本加厉,会让自然之美在我心中失去魅力。多么令人惊讶(这里我有个前提:短短这段时间令我得出一个结论,即疾病减轻了我的虚妄念头与想像,使我能更真实地观察事物)——多么令人惊讶:离开人世的可能增加了我们对自然之美的感触。"① 身体健康的时候,生命力的充溢让诗人处在一种不安的状态下,这时思想过分活跃的状态就如同汹涌澎湃的大海,而自然之美是无法在此映现出来的,所以诗人感到难以看到自然的美。但当疾病削弱了生命的内在活力时,他的头脑不再被过多的思考和心理的动荡状态所占据,这时,诗人的心情平静了,心灵那静止的状态如镜子一般,可以映出自然世界的美。而且死亡的临近也使诗人的眼光具有某种穿透力。其实,我们对事物的体验会随着我们个人经历的变化而变化。当济慈感受到死亡的迫近,他对自然的理解也更加深刻了,对于世界的留恋也让诗人更深切地感受到自然的美,这部分是由于珍惜从而让自然看起来更加具有美丽的光环。

济慈爱自然,也爱艺术。济慈是艺术气质最为浓郁的诗人之一。济慈的书信中记录了许多他关于艺术和人生的观点,这些观点都是以一种谈话的方式,不经意地写出的,然而其中的真知灼见却令人叹为观止。他的最为著名的诗学论述就是"消极能力说",以及他在《希腊古瓮颂》中提出

---

① 〔英〕约翰·济慈:《济慈书信集》,傅修延译,北京:东方出版社 2002 年版,第 140 页。

的"美即真,真即美"的思想。这些思想只是只言片语,没有长篇大论,甚至都没有多做一些解释和阐述,然而,这些观点却是独创性的。它们的光芒是宝石发出的光芒:那宝石看似微不足道,但即使在空旷的宇宙空间,它的光芒也可以穿越时空。真理如同宝石的光源,它不会暗淡,不会因时间流逝而暗淡。此外,济慈虽然不是文学批评家,但他却以自己的方式体会前辈先贤的作品,莎士比亚、斯宾塞、弥尔顿、查特顿、彭斯、华兹华斯都对济慈产生了深刻的影响,济慈也以诗化的语言评论这些作家的作品及他们的创作倾向。

《山海经·海外北经》云:"夸父与日逐走,入日;渴欲得饮,饮干河渭。河渭不足,北饮大泽。未至,道渴而死。弃其杖,化为邓林。"济慈对爱情、人生、艺术和美的追求又何尝不是如夸父般执着,如夸父般不自量力,即使熔化在酷烈的日影下,也不放弃对美和大爱的追求。夸父"弃其杖,化为邓林",为子孙后代留下了千顷林木,造福他人,而济慈又何尝不是如此?他将对人间温暖的追求、对美的热爱俱化成了美妙的诗章,给世界留下了弥足珍贵的精神财富。

第二章 激情的迸发：
自然书写中的情感释放

当我们谈及自然书写的时候，首要的一点是理清"自然"一词的含义。"自然"（nature）一词使用极其广泛，也容易形成歧义。它的语义变迁反映了历史进程中人类对自身所生存的物质空间的态度和认识的变化。在13世纪之前，"自然"一词主要指事物的本质属性及特征。后来，"自然"指某种内在力量。16、17世纪以来，"自然"才开始指物质世界的整体。18世纪的思想家通常将自然与文明相对照。目前，"自然"一词最普遍的涵义就是指物质世界，具体地讲，即物质世界的总和，如野生动植物、泥土、岩石和天气等。

"自然书写"（nature writing）在本书中指的是一切有关自然的描述。与西方普遍使用的自然书写，也译为自然文学（nature writing）的含义不同。之所以采用"书写"（writing），而不用"描写"（description），是由于"书写"的含义较之"描写"更为广泛。在西方，"自然书写（文学）"这一概念产生于现代。20世纪80年代，这个术语变成了一个约定俗成的名称，指一种思索人与自然关系的非小说类的书写形式，它关注土地伦理（land ethic），呼唤人们在土地上找寻人类的精神价值，强调位置感（sense of place），即人在整个生态体系中的定位问题。

由自然到自然书写，这不仅仅指客观的自然界被表现在艺术中，还意味着客体的自然经由书写变成了主观的自然。菲利普·锡德尼（Philip

Sidney）认为，诗人"为自己的创新气魄所鼓舞，在其造出比自然所产生的更好的事物中，或者完全崭新的自然中所从来没有的形象中，如那些英雄、半神、独眼巨人、怪兽、复仇神等等，实际上，升入了另一种自然，因而他与自然携手并进，不局限于它的赐予所许可的范围，而自由地在自己才智的黄道带中游行。自然从未以如此华丽的挂毯美化大地，也从未把那悦人的河流、果实累累的树木、香气四溢的花朵，或者比让人销魂的大地更可爱的东西当作装饰，如种种诗人所曾做过的。它的世界是铜的，而只有诗人才给予我们金的"①。本书所研究的"自然书写"中的"自然"，就是诗人给予我们的那个金的自然。"金的自然"的本质是什么呢？歌德（Goethe）指出："大自然似乎是为其自身的目的运转，艺术家则是作为人，并为了人而创造。我们一生中只能从自然提供的材料中提炼出可怜巴巴的一点心爱的，可以享受的东西；而艺术家所给予人们的都应当使感官理解，愉快，应当刺激人，吸引人，应当给人享受并使人满足，应当哺育、造就并升华精神。这样，艺术家怀着对创造了他自己的大自然的感激之情，奉还给大自然一个第二自然，但这是一种有感情，有思想，由人创造的自然。"②"金的自然"就是一个艺术化的自然，它给人以美的享受和欢乐。

这个艺术化的自然源于自然，又与自然不完全相同。在歌德看来，自然的美是非自觉性的，它的美不是为了造福于人，但艺术不同。创造艺术的艺术家一开始就确立了造福于人的目的，所以艺术家笔下的自然就是要给人快乐与美的享受。艺术家在用他的艺术书写自然的时候，必须要投入他自己的情感、思想。完全模仿自然，创造出与自然界一模一样的事物不仅是不可能的，也是毫无意义的，因为艺术家应该做的是将我们的精神力量融在自然中，创造出充满活力的、美的事物：

自然的先知，我们将对他们诉说

永恒的感应，因理智而神圣化，

---

① 〔英〕锡德尼:《为诗辩护》，钱学熙译，北京：人民文学出版社1998年版，第10页。
② 〔德〕歌德:《评狄德罗的〈画论〉》，《论文学艺术》，范大灿、安书祉、黄燎宇等译，上海：上海人民出版社2005年版，第116页。

因信仰而变得神圣，我们所爱的，
他人也会爱，而我们也会教他们如何爱
指导他们人的心智如何变得
比这个世界美丽千万倍，
这是他栖居的世界，事物的框架
（沧海桑田，一切的一切
在人类的希望与恐惧中却仍然故我）
美被提升了，因为它自身
具有神圣的品格与质地。

——华兹华斯：《序曲》（尾声）

歌德在《浮士德》中借浮士德的口说道：

你雄浑而温柔的天籁，
为何在尘埃中把我找寻？
请响到那边去吧，
那里有温顺的人们。
我虽然听到了福音，可我缺乏信仰；
而奇迹正是信仰的宁馨儿。

对自然的感应因信仰而变得神圣。浪漫主义诗人虽然对宗教的态度不同，但他们对自然都有不同程度的信仰，因此，自然在诗人眼中才展现了无限的奇迹，自然才使人的心智变得"比这个世界美丽千万倍"。艺术家笔下的自然不是铜的，而是金的。因为在人的心智中，自然的美变成了精神的美和艺术的美，美是神圣的，美被提升了。济慈在自然书写中释放内心的激情，表达他内心丰富的情感。

第一节 安顿动荡心灵的伊甸

诗人之所以要创造一个艺术化的自然，是因为这个自然给予诗人精神慰藉。艺术化的自然比自然本身更为美丽，更加符合艺术家心灵的要求，它也在更大程度上满足了诗人对美的追求。自然的美景掠过诗人的眼前，就如同盛开的鲜花被蒙上一层水雾，变得更加美丽。在没有理想的风景的地方，诗人就用他心灵的眼睛去观察这些，并将对它们的想象展现在诗篇中。对于饱尝生活辛酸的诗人来说，自然安顿了诗人的心灵，也对诗人的艺术创作产生了积极影响。

　　浪漫主义诗歌创造艺术化自然的过程体现的是寻求建立人与自然的和谐关系的努力。意大利思想家维柯（Giovanni Battista Vico）指出："由于人类心智的不确定性，只要它陷入了无知的境地，人就把自己当成了万物的尺度。"[①]当人以为自己是万物的尺度时，大自然则以它自身的不可抗拒的规律惩戒人的自以为是。英国著名生态文学研究者约翰逊·贝特（Johnathan Bate）这样描述未来世界："我们生存于一个无法逃避有毒废弃物、酸雨和各种导致内分泌紊乱的有害化学物质的世界中，那些物质影响了性激素的正常机能，正在使雄性的鱼和鸟变性。"[②]这不是对未来世界耸人听闻的幻想，也不是故弄玄虚的夸张，而是对人类生存环境现实的生动描述。对此，我们不禁要问，是什么造成了生态环境的恶化？其实，根本原因就在于人对自身与客观世界关系的认识出了问题。人自认为可以掌握自然，凌驾于一切其他生物之上，事实上，人在地球上创造奇迹的同时，也创造了自身的毁灭。或者说，人类在地球上建起了没有其他物种可以企及的豪华宫殿，但同时，这宫殿也将成为埋葬人类的坟墓。这种情况的发生源于人对自身理性的过度强调和赞美，人把自己欲望的合理性夸大了。近代哲学创始人笛卡尔（René Descartes）强调理性，他认为人类是大自然的主人和所有者。他从哲学的角度获得这样一种信念，相信人类有权奴役地球上的其他生命。对此，米兰·昆德拉（Milan Kundera）在《不能承受的生命之轻》中幽默地写道："《创世记》的开篇写道，上帝造人是为了让人统治鸟、鱼、牲畜。当然，《创世记》是人写的，而不是一匹马写的。因

[①]〔美〕爱德华·W. 萨义德：《人文主义与民主批评》，朱生坚译，北京：新星出版社2006年版，第13页。

[②] 王诺：《欧美生态文学》，北京：北京大学出版社2003年版，第1页。

此，并不能完全断定上帝真的希望人类统治其他生物。"①

人的贪婪不仅破坏着人类自己赖以生存的物质家园，也在摧残着自己的精神家园。海德格尔（Martin Heidegger）曾用"诗意地栖居"来描述人的存在。他引用荷尔德林（Friedrich Holderlin）的诗句：

教堂的金属尖顶，

在可爱的蓝色中闪烁。

……

充满劳绩，然而人诗意地，

栖居在这片大地上。

海德格尔分析这些诗句时说："人的所作所为，是人自己劳神费力的成果和报偿。'然而'，荷尔德林以坚定的对立语调说道——所有这些并没有触到人在这片大地上栖居的本质，所有这些都没有探入人类此在的根据。人类此在的根基处就是'诗意的'。"②可是，我们现存的境况与人类生存的诗化想象是多么遥不可及啊！"教堂那金色的尖顶"能在污染的大气环境中找到一片衬托它的纯净的天空吗？人在这个被过度开发、被弄得精疲力竭的大地母亲的苍白面容上，又能找到多少诗意呢？对自然的维护是使人自身得以存在的物质保障，也是对人的精神的忠诚守候。站在欧美人立场上的卡洛尔·麦克科马克（Calol P. Mac Cormack）曾概述说："《创世记》……把人与大自然对立起来，并应许我们可以主宰自然。新教成立以后，对于如何理性地理解自然，如何掌控自然，我们则要负起个人的责任……对于那些专长于理解并掌控强大自然的科学界、工业界人士，我们则赋予他们荣誉与威望。"③对大自然的责任是每个公民都不可以忘记的，特别是那些具有更大能量的人更应当高瞻远瞩，让大自然诗意永存。

---

① 〔捷克〕米兰·昆德拉：《不能承受的生命之轻》，许钧译，上海：上海译文出版社2003年版，第344页。

② 〔德〕海德格尔：《海德格尔存在哲学》，孙周兴等译，北京：九州出版社2004年版，第233页。

③ 钟玲：《美国诗与中国梦》，桂林：广西师范大学出版社2003年版，第108页。

中国古代文化对人与自然的关系有深刻的看法,"自《周易》古经文化以来,特别注重对天人关系的把握,强调天地人的和谐统一"。① 这种观念表现在文学艺术中,就产生了中国特有的怀有隐士心态的文人。有批评家谈到中国隐士传统时指出,"此传统显示了一种和谐,把人搁放在与宇宙合一的地方,但人只是山水的一部分而已"。② 将人作为自然的一部分体现的是人与自然和谐的愿望。人正是在与自然的和谐关系中,找到了精神的安慰。如果我们用科学和技术毁灭了自然界的美,自然不仅将成为一个物质匮乏的场所,而且会成为一个让精神窒息的囚笼。马克思说:"人直接地是自然存在物。人作为自然存在物而且作为有生命的自然存在物,一方面具有自然力、生命力,是能动的自然存在物,这些力量作为天赋和才能、作为欲望存在于人身上;另一方面,人作为自然的、肉体的、感性的、对象性的存在物,同动植物一样,是受动的、受制约的和受限制的存在物,就是说,他的欲望的对象是作为不依赖于他的对象而存在于他之外的;但是这些对象是他的需要的对象;是表现和确证他的本质力量所不可缺少的、重要的对象。"③ 马克思的话表明人是自然的一部分,人的欲望是自然给予的,而欲望的满足却要受制于自然,这一点和动植物并无二致。马克思在肯定人的同时,也客观地分析和评价了人的力量,并指出了人在宇宙中的位置。人要尊重自然,并在此基础上合理地、有节制地利用自然,唯有这样,大自然才能成为我们的物质家园和精神家园。

自然是诗人心灵的伊甸园。浪漫主义诗人都从自然中寻找安慰,但寻找的结果是不同的。当自然变成了诗人主体思想和意识的表达时,自然的安慰作用是暂时的。对于雪莱和拜伦就是这样。雪莱从自然中得到的安慰是表层的,是肤浅的。拜伦欲醉山川而不能,激荡的心怀最终也无法在自然美景中找到安慰。柯勒律治(Samuel Taylor Coleridge)和布莱克(William Blake)从自然中寻找哲理,因而,他们也不能将自然当成慰藉心

---

① 孔智光:《中西古典美学研究》,济南:山东大学出版社2002年版,第291页。
② 钟玲:《美国诗与中国梦》,桂林:广西师范大学出版社2003年版,第127页。
③ 〔德〕马克思:《1844年经济学哲学手稿》,北京:人民出版社2000年版,第105页。

灵的力量，济慈则在自然美的沉醉中找到了生命的依托。

以济慈的颂诗《夜莺颂》为例，可以看到自然是如何成为诗人心灵的家园的。诗中的夜莺是一种象征。诗人一切美妙的诗思都是由夜莺引发。自然界中所发生的真实事件本身是无足轻重的，因为诗人已将物质世界的自然转化成精神世界的现实。艾略特（T. S. Eliot）指出："济慈的颂歌包含了若干和夜莺没有特殊关系的感受，但是夜莺，或许一半由于它的动人的名字，一半也由于它的声望，却起了把这些感受组合起来的作用。"[①]在《夜莺颂》中，那个自然世界中存在的真实的夜莺已经被诗人加工，诗中的夜莺属于艺术所创造的自然世界。诗篇一开头，诗人就表达了夜莺的歌声给诗人带来的那种强烈的幸福的感觉：

  我的心在痛，困顿和麻木
  刺进了感官，有如饮过毒鸠，
  又像是刚刚把鸦片吞服，
  于是向着列斯忘川下沉。

希腊神话中，有一条河叫列斯，据说，饮了这条河里的水，人会忘却一切，因此也称之为忘川。是什么让诗人济慈如喝了忘川之水呢？原来是那只会唱歌的夜莺。诗人在《夜莺颂》中抒发的极大的欢乐是一种震撼，它表现为一种痛感。乐极而似痛的心理情绪在诗歌中常有表现。勃朗宁夫人（Elizabeth Barrett Browning）在她的十四行诗中就写过类似的诗句：

  我自己的年华，把一片片黑影接连着
  掠过我的身。紧接着，我就觉察
  我哭了我背后正有个神秘的黑影
  在移动，而且一把揪住了我的发，
  往后拉，还有一声吆喝我只是在挣扎：
  "这回是谁逮住了你？猜！"

---

① 〔英〕艾略特：《传统与个人才能》，《艾略特文学论文集》，李赋宁译注，北京：百花洲文艺出版社1994年版，第8页。

"死，"我答话。

　　听哪，那银铃似的回音："不是死，是爱！"

　　爱的感受与死的感受同样让人震撼。流年易逝，人生如梦。突然间，爱情从天而降，诗人感到极度的幸福，这种感觉却接近于死亡让人感到的极度痛苦。如果用钟表的指针为喻，极度的痛苦接近于午夜零点，而极度的幸福也接近于午夜零点。只不过，它们从时针的不同方向走近这个零点。由于它们是如此地接近，人们常常会将一种情感与另一种情感混淆起来。在《夜莺颂》的开头，极度的快乐是由极度的痛苦来表现的。"我的心在痛"，诗人心痛的原因是夜莺的快乐使他太欢欣。此时"心在痛"表达的是心的极度的喜悦。夜莺能够带给诗人这么巨大的欢乐，因为夜莺的美妙的歌声带给诗人一个新世界，而这个世界洋溢着自然的美、自然的欢乐。夜莺就在"林间嘹亮的天地里"、"山毛榉的葱绿和荫影"里"放开歌喉，歌唱着夏季"。它引动了诗人的想象以及诗人对美的渴望：

　　　　哎，要是有一口酒！那冷藏
　　　　在地下多年的清醇饮料，
　　　　一尝就令人想起绿色之邦，
　　　　想起花神，恋歌，阳光和舞蹈！
　　　　要是有一杯南国的温暖
　　　　充满了鲜红的灵感之泉，
　　　　杯沿儿明灭着珍珠的泡沫，
　　　　给嘴唇染上紫斑；
　　　　哦，我要一饮而离开尘寰，
　　　　和你同去幽暗的林中隐没。

　　夜莺在浓浓的绿荫下的歌唱让诗人联想起南国的亮丽与明艳，想起了那"绿色之邦"的勃勃生机。黑格尔（Georg Wilhelm Friedrich Hegel）在《美学》中提到自然形象受到"生气灌注"[①]时才可以展现出自然的美。这

---

① 〔德〕黑格尔：《美学》，朱光潜译，北京：商务印书馆2006年版，第168页。

种"生气灌注"是指因受自然规律的支配而形成了某些自然物体的形状，这就让人不知不觉地在自然的景物中看出了美。济慈诗中将自然界的绿荫、鲜花展现在我们的面前，由于诗中自然景物的奇妙组合，我们感到这些自然景物在形成过程中相互之间形成了和谐的关系。"林间嘹亮的天地"和"山毛榉的葱绿和荫影"，这些景物让人想到催熟万物的阳光和阳光下生命的繁荣昌盛。有机的生命被诗人灌注了生气，无机物在诗人的笔下也同样生机盎然：

> 夜这般温柔，月后正登上宝座，
> 周围是侍卫她的一群星星；
> 但这儿却不甚明亮，
> 除了有一线天光，被微风带过。

这节诗中，无机物也展现了它特有的美丽，月亮、星星、天光、微风，都在诗人的笔下获得了生命的气息。诗中很自然地让人感到那欣欣向荣的有机的生命里，都有无机物的参与，前者的美依赖于后者的美，而后者又从前者那里吸收了生命的气息，也变得如同有生命一般。"山不在高，有仙则名；水不在深，有龙则灵。"这山与仙的关系、水与龙的关系不就是无机物和有机物的关系吗？有机和无机的自然景物共同构成了和谐而宁静的气氛。黑格尔在论自然美的时候指出："在另一个意思上我们还可以说自然美，例如在对一片自然风景的观照里，摆在我们面前的并不是有机的有生命的形体，这里并没有什么由全体有机地区分成的部分，根据它们的概念，显现为生气灌注的观念性的统一体，而是一方面只有一系列的复杂的对象和外表联系在一起的许多不同的有机的或是无机的形体，例如山峰的轮廓、蜿蜒的河流、树林、草棚、民房、城市、宫殿、道路、船只、天和海、谷和壑之类；另一方面在这种万象纷呈之中却现出一种愉快的动人的外在和谐，引人入胜。"[①]

夜色下的花，是富丽堂皇的，它们的生命处在鼎盛时期，这种繁盛因

---

① 〔德〕黑格尔：《美学》，朱光潜译，北京：商务印书馆2006年版，第170页。

为夜的背景而变得更加辉煌。夜的宁静衬托出生命的激荡。我们仿佛可以听到这些动人的生命从每一棵植物中发出欢快的歌声,而这歌声又是沉默的,因为它来自于灵魂的深处:

  在温馨的幽暗里,我只能猜想

  这个时令该把哪种芬芳

  赋予这果树,林莽,和草丛,

  这白枳花,和田野的玫瑰,

  这绿叶堆中易谢的紫罗兰,

  还有五月中旬的娇宠,

  这缀满了露酒的麝香蔷薇。

  济慈绘制了这一幅浓墨重彩的自然画卷。色彩浓烈,娇艳欲滴,白色的花、紫色的花、麝香蔷薇、厚厚的绿叶堆,蚊蚋嗡萦其中,这是一派欣欣向荣、生机勃勃的自然画卷,明媚和谐。济慈笔下的自然与生命同在,与快乐同在。因为生命与快乐正是济慈自然书写的主旋律。济慈曾这样叩问已故诗人的灵魂:

  已逝的诗人之英魂哟,

  你们认识的有什么乐土,

  快活的田野,

  还是生苔的洞窟?

         ——济慈:《美人鱼酒店》

  这叩问是对一个玉宇无尘的自然家园的叩问。这个乐土——自然家园就是济慈在诗歌中努力要飞抵的目的地。生活的痛苦让诗人对自然的渴望更加强烈,对自然的憧憬更加炽热。在自然中,济慈找到了生命的欢乐,这对济慈非常重要。因为在济慈的生活中,有太多的悲哀,太多的死亡、贫困与不幸。在《夜莺颂》中,我们可以捕捉到那隐隐作痛的心灵创伤背后的故事,那些诗人生活中的磨难,一个二十几岁的年轻人所历尽的沧桑巨变,所以他想要远远地随着夜莺离开尘世,忘掉"这使人对坐而悲叹的世界":

在这里，稍一思索就充满了

忧伤和灰眼的绝望。

济慈想忘掉的是他现实人生中的痛苦遭遇。济慈虽然只在世上生活了二十几年，在这短暂的人生中，他却历尽磨难。父亲、祖父、母亲和祖母相继去世，济慈在19岁的时候，跟外科医生学习，并在伦敦的医院里帮忙。在医院中每天看到的都是疾病和死亡，这让满怀浪漫情感，向往阳光、鲜花和明丽世界的诗人再也无法忍受，他放弃了这个可以谋生的职业，毅然将一颗年轻的心倾注在诗歌创作中。可是生活的悲剧并没有因此放过他。已经目睹了过多的生命消失的济慈，再次体验到生活的苦难。

济慈的弟弟患结核病去世，祸不单行，在与芳妮相爱订婚后，济慈的健康状况江河日下。爱的甜蜜和死的悲怨像巨石般在济慈的心中撞击，发出震撼天地的轰响，迸出灼烧心灵的火焰。同时，济慈的诗歌创作也出师不利，面临危机。济慈的《恩狄芒》发表后，对这部长诗，批评家恶意中伤："更好、更聪明的办法是去做一个挨饿的药剂师，不要去做一个挨饿的诗人；因此，约翰先生，还是回到店铺里去吧，回去搞你的药膏、药丸和软膏盒吧。"[1] 这样的谩骂对于一个初登诗坛的年轻人是个不小的打击，它会将任何一个没有准备、富于幻想的灵魂投入到绝望的渊薮中。当济慈弃医从文时，济慈的监护人爱彼先生也曾不无讽刺地说："这让我想起了夸克马，很难抓住它，而一旦抓住了，却发现毫无用途。"[2] 爱彼先生的话，即使毫无恶意，对于年轻的诗人来说也无异于雪上加霜。

人世间给了年轻的诗人太多的苦难，所以济慈要远离尘世，逃往那"有暗香盈袖，莫道不消魂"（李清照《醉花阴》）的自然家园。"诗思使诗人远离痛苦，成为将他引向天堂的媒介。"[3] 英国唯美主义作家王尔德

---

[1] 〔英〕艾弗·埃文斯：《英国文学简史》，蔡文显译，北京：人民文学出版社1984年版，第91页。

[2] Ronald G & Barnes G., *John Keats: The Principle of Beauty*, London: Sylvan Press, 1948, p. 22.

[3] William W., *Introduction to Keats*, New York: Methuen & co., 1981, p. 127.

（Oscar Wilde）指出："在这个动荡和纷乱的年代，在这纷争和可怕的时刻，只有美的无忧的殿堂，可以使人忘却，使人欢乐。我们不去美的殿堂，还能去往何方呢？……在那里，一个人至少可以摆脱尘世的纷扰和恐怖，逃避世俗的选择。"① 引发济慈诗思的无忧的殿堂就是自然的怀抱。在那里，他找到了美的安慰和远离尘嚣的快乐。尘世让人厌倦，而自然则永远以它的博大、纯净和美丽给诗人那不染尘埃的心灵带来欢乐。诗人甚至想用死亡来凝固这快乐的时光：

我几乎爱上了静谧的死亡，

我在诗思里用尽了好的言辞，

求他把我的一息散入空茫。

他感到死亡是幸福的，甚至是奢侈的，可望不可及的，因为死亡是诗人逃避现世人生痛苦的办法。然而，夜莺却是一只不死之鸟：

你仍将歌唱，但我却不再听见——

你的葬歌只能唱给泥草一块。

永生的鸟呵，你不会死去！

这样，在夜莺的象征性的生命中，死亡不存在了，或者说被超越了。夜莺在诗中象征性地成了不死之鸟。因为此时的夜莺已经不再是某个个体的存在，它成了一个欢乐的符号，这个符号曾经让高高在上的帝王、名不见经传的农夫、心中怀着忧愁的少女等所有的人感动，就像他们都曾沐浴在太阳的光辉下一样。

当诗人听着夜莺的歌声时，他产生了与平常截然不同的感觉。诗人的心变成了一个聚焦点，所有的光与热都集中在这个点上，他顷刻间拥有了那狂喜的一刻，这一瞬间，他感到的是和谐——人与自然的和谐。诗人的心灵也被这和谐的幸福所填满。诗人认识到作为自然美的象征物——夜莺的永恒性。借助自然物，诗人超越了死亡，意识到生命的绵延不息。"逝者如斯，而未尝往也；盈虚者如彼，而卒莫消长也。盖将自其变者而观之，

---

① 〔英〕王尔德：《英国的文艺复兴》，参见赵澧、徐京安主编《唯美主义》，北京：中国人民大学出版社1998年版，第79页。

则天地曾不能以一瞬；自其不变者而观之，则物与我皆无尽也。"（苏轼：《前赤壁赋》）诗人济慈正是从一个不变的视角观照夜莺的生命，认识到它是不死之鸟。在对鸟的认知中，诗人对死亡的认识也得到了升华。他不再向往死，而是向往生，因为想到死亡将使他连这夜莺的歌声也无从享受，他便生出了对生的无限的眷恋。最后，歌声渐渐远去了：

　　流过草坪，越过幽静的溪水，

　　溜上山坡；而此时，它正深深

　　埋在附近的溪谷中。

夜莺的歌声最后与大自然融为一体，这音符也为周围的山山水水染上了一片欢乐的色泽。这种欢乐不是一般意义上的欢乐，而是超越死亡的夜莺所带来的强大的欢乐。此时自然界的生机也融入了诗人的内心。夜莺歌声消失的时候，也是诗人与大自然合一的时候，这接近于中国古代哲学中的天人合一的思想。此时，诗人不再祈求死亡的降临，因为夜莺的歌声已带他超越了生死关怀。完全融入自然的那一瞬间，诗人的精神得以飞升。夜莺的歌声终于消逝了，诗人惊奇地询问："噫，这是个幻觉，还是梦寐？"回到现实世界的诗人并不失望。李白的《梦游天姥吟留别》中写道："忽魂悸以魄动，恍惊起而长嗟。惟觉时之枕席，失向来之烟霞。"这种情绪与济慈的《夜莺颂》结尾的情绪并不相同。其不同之处在于，李白为失去梦中美景痛惜，而济慈不仅仅有痛惜之情，他体会更多的是对逝去的夜莺之歌的美好回味。在这种回味中，诗人感受到生命的美好，感受到与自然合一时的愉快。借助自然世界的夜莺超越了生死苦痛后，济慈的内心是欢乐的。自然给痛苦中的诗人带来安慰，重新给他的生命注入了活力。因为"热爱大自然的是这样一种人：他的内心与外在的感觉依然和谐一致，他即使步入成年依旧童心未泯。他与天地之间的相互交流，已成为他每日精神食粮的一部分。在大自然面前，尽管他有深重的哀痛，他的心中也充满狂喜。"[①]

[①]〔美〕拉尔夫·沃尔多·爱默生：《论自然》，《爱默生散文选》，丁放鸣译，广州：花城出版社2005年版，第19页。

济慈与自然的交流具有持久性。夜莺的歌是短暂的，但当这歌声消失的时候，诗人心灵中的欢乐还在继续。古瓮的美是沉静的，但当古瓮的美被诗人把玩了一番之后，古瓮还会留下一句"美即真，真即美"的格言，让人回味无穷。和拜伦与自然融合的情形相比，就可以更清楚地看到这一点。拜伦与自然的融合感是短暂的、表层的。自然，尽管美丽，尽管带给诗人心灵的快乐，却不能带给拜伦最终的安慰。自然滋润了拜伦式的英雄曼弗雷德的心灵，然而，他是无法从中获得满足的。在拜伦式的英雄那里，灵与肉、精神与物质都处在永恒的冲突中，永远都不可能达到和谐，更不会为自然的和谐感化。对于这一点，拜伦自己也是清楚的。他写道：

　　亲爱的自然仍然是最慈祥的母亲，
　　虽然她温和的神情变幻莫测，
　　就让我从她的裸露的胸膛吸吮乳汁
　　我是永远离不开她怀抱的孩子，尽管并非是她的宠儿。
　　　　——拜伦:《哈尔德·哈洛尔德游记》

诗人感到了对自然的亲近、这种天然的关联。当诗人把自然当成自己的母亲，依偎在她的怀抱的时候，他的心情是宁静的。因为在自然母亲的怀抱中，诗人的痛苦终于得以减轻。尘世的冰冷被挡在了门外，母亲给予的温暖驱走了孤独、凄凉、忧伤等一切冰冷的感觉。但是同时，我们也发现自然这种消解痛苦的作用在拜伦那里只是瞬间的感觉。虽然，拜伦也称自然为"最慈祥的母亲"，并且"从她的裸露的胸膛吸吮乳汁"，但拜伦却感到自己虽然是"永远离不开她怀抱的孩子"，却"并非是她的宠儿"。因为在自然的怀抱中，孤傲的诗人不能完全陶醉，不能完全献出自己，所以他从自然中得不到纯粹的欢乐，自然也就不可能带给诗人永远的安慰。此外，拜伦最爱的是自然风景中狂暴的一面，因此，自然不能拯救拜伦。当拜伦选择自然的狂暴一面来爱的时候，他实际爱的还是自己心中久已隐藏的对暴力的渴望。济慈爱自然是要从自然中获得宁静，而拜伦爱自然则是要从自然中找到释放内心激情的火山口。但是每次拜伦的心灵火山喷发以后，他的力量将再次积聚，等待下一次喷发。所以虽然自然的美景也曾带给诗人片刻的欢愉，但绝不像济慈的自然那样能够带来心灵的安详与平和。拜伦写道：

啊！她①在狂放中才最美丽，
没有什么刻意雕琢玷污她的征程。
——拜伦:《哈尔德·哈洛尔德游记》

诗人说自己越来越渴望追寻自然了，然而最爱的却是她那"发怒的时光"。（拜伦:《哈尔德·哈洛尔德游记》）拜伦在《曼弗雷德》中对自然的描写表现出诗人和同时代的其他浪漫主义诗人一样，对大自然有着深切的爱。拜伦也试图从自然中去领会一些类似于真理的东西，一种超验的感觉，从而解决自己对人生的困惑。然而，"曼弗雷德力求获得一种超验的洞察却是不成功的"。②自然虽然如此美丽，诗人却还是无法为自然的美景所打动：

清爽的黎明啊！巍峨的群山啊！
你普照万物，赋予一切以欢欣，
——然而你却照耀不到我的心上。
——拜伦:《曼弗雷德》

自然之美所带来的欢乐无法驱散他内心的痛苦。对于曼弗雷德来讲，自然不能给他安慰，自然当然也就不能充当他的避难所。这段曼弗雷德的独白充分表达了诗人在自然中寻求避难而失败的历程。面对那令诗人疯狂热爱的大地，拜伦写道："现在我也不再来求索了。"（拜伦:《曼弗雷德》）

拜伦在诗歌中塑造了许多"拜伦式的英雄"。他们是个人主义反叛者的形象，反映的是拜伦的思想气质：才能出众，反抗国家强权、社会秩序、宗教道德，追求个人自由，却又孤独、高傲，其斗争总是以失败或死亡告终。无论是在追求自由的事业中，还是在爱情中，拜伦都自觉地将自己置身于一个孤独者的位置，将自己塑造成一个独自立在危岩之上的人。他：

---

① 指大自然。
② U. Wesche, Goethe's "Faust" and Byron's "Manfred", *Revue de litérature comparée*, 50: 3, p. 288.

自行其是，成为一个绝缘物？
眼看着别人在身边忙忙碌碌，
不管不顾；守着你宁静的幽居，
像荒凉沙漠里的一朵花不屑于
向那过路的风吐露气息。

——雪莱：《孤独者》

  雪莱的这首《孤独者》成了拜伦最好的写照。拜伦在他的自然书写中将人格特征作为主体凸现出来。这就是说，诗人写的不是真实世界中的人，而是一种性格，这种独特的个性作为主体浸透并弥漫在自然书写中。在拜伦的自传性诗剧《曼弗雷德》中，自然书写体现了拜伦式英雄的个性，这也是诗人拜伦的主体人格特征。曼弗雷德不能全心全意地爱自然，也不能全心全意地爱人类。"曼弗雷德与自然的关系是自恋性的，或者说是幻想性的……他感到自己与自然是疏远的，正如他与人类是疏远的一样。"[①] 这种与自然和与人类的疏远感产生于桀骜不驯的天性和特立独行的人生追求，这也使拜伦成为一个不幸者。"没有人注意他，没有人想起他，没有一个朋友来看望他。在大自然让他死去以前，社会就已经夺去了他的生命。"[②] 曼弗雷德在社会中得不到人们的理解，在自然中也不能找到安慰。曼弗雷德的反抗、固执和狂妄"使他成为'伟大'的恶。他的坚忍、他的爱又提升了他的善。他总是通过体验极限境遇而被抬高。作家把他看成是超出个人存在的人，一种强权、一种原则、一种性格、一个恶魔的代表"[③]。在这个恶魔的天性中，拜伦也很好地展示了他自己的天性。他在弃绝自然的同时，也弃绝了社会。"狮子是孤独的，我就像狮子。"（拜伦：《曼弗雷德》）这是拜伦给自己的定位，孤独的狮子是拜伦式主人公的象征，它们雄壮威武，

[①] D. L. I. Macdonald, Narcissism and Demonality in Byron's "Manfred", *Mosaic*, 25: 2, p. 34.

[②] 〔法〕斯达尔夫人：《论文学》，徐继曾译，北京：人民文学出版社1986年版，第169页。

[③] 〔德〕雅斯贝斯：《悲剧知识》，吴裕康译，参见刘小枫主编《德语美学文选》（下卷），上海：华东师范大学出版社2006年版，第79—80页。

具有坚强的意志，敢于独自面对命运的挑战和人世间的风风雨雨。他不屑于向权力献媚，也不屑于充当一个统治者。做一头狮子，做一个独行者，这是拜伦内心的声音。拜伦一生就是顶着人世的风雨，无畏地沿着自己的道路一路向前。"那些生来精神紧张和不自然的人——例如拜伦……——对待他们自己焦躁而阴郁，做起任何事情来都像是脱缰的野马，从自己的所作所为中只能获得一种短暂的、稍纵即逝的和热血沸腾的快乐，在一瞬间几乎使他们的血管就要迸裂开来，接着便是严冬一般的凄凉和悲伤：他们该是怎样地忍受着他们的自我啊！他们渴望着上升到一种'外在于自我'的境界；如果他们是拜伦，他们就会渴望上升的行动，因为行动比思想、情感和作品更能把我们从自身引开。"①贯穿于拜伦的作品与人生中的就是这种上升的行动，对痛苦的自我逃避以及对遗世独立的渴望：

  凡心灵自由的人都落落寡合，
  唱得最甜的鸟儿只成双而栖，
  雄鹰独自高飞。

          ——拜伦：《唐璜》

  卢梭（Jean-Jacques Rousseau）指出："人之所以合群，是由于他的身体柔弱，我们之所以热爱人类，是由于我们有共同的苦难。如果我们不是人，我们对人类就没有任何责任了。对人的依赖，就是力量不足的表征；如果每一个人都不需要别人的帮助，我们就根本不想同别人联合了。所以从我们的弱点中反而产生了微小的幸福。"②而拜伦式的主人公恰恰就没有普通人的那种脆弱，这样，强大的人物因此就陷入了万劫不复的痛苦的深渊。因为强大者并不是没有苦难，而是拒绝将这种苦难与人分担。拜伦式的主人公只能像狮子一样离群索居，独来独往了。曼弗雷德谈到自己的抱负时说：

---

① 〔德〕尼采：《曙光》，《尼采散文》，黄明嘉等译，北京：人民文学出版社2008年版，第153页。

② 〔法〕卢梭：《感性》，参见任柏良主编《智慧日记》（第3卷），长春：吉林人民出版社2000年版，第141页。

> 做各民族的启蒙者，升腾到不知去向的
> 所在——这也许就是沉沦，但是沉沦
> 犹如山瀑，从炫目的高处飞落直下，
> 甚至挟带着它的深渊里沸腾的力量。
> ——拜伦:《曼弗雷德》

暴力的自然和强大的自然之所以会成为拜伦自然书写的焦点，归根结底是因为支撑这种自然书写的是诗人的主体人格。拜伦式的主人公不能在自然中找到心灵的安慰，不能在人类中找到自我的认同，各路神灵也无法帮助他们。"拜伦的主人公拒绝忠诚于任何神灵，无论他们是泛神教者，摩尼教徒，或者基督教徒。"[①]曼弗雷德既拒绝天堂，也拒绝地狱。曼弗雷德对人类精神世界的质问达到了无以复加的地步。"我没有爱世界，世界也没有爱我。"（拜伦:《哈尔德·哈洛尔德游记》）人的精神被逼到极端的境界，但仍然没有放弃，上下求索的不屈性格就是通过强大有力的自然得以表现的。拜伦在他的自然书写中展现的是纯粹个人的意志，他就像一只雄狮，独自穿越自然的原野。面对伟大而神秘的自然，拜伦式的英雄既从自然中获得精神的慰藉，又远远不能满足于这种慰藉。所以他们想要超越社会，也超越自然，在生命的绝境中展现精神的顽强，所以拜伦将具有毁灭力的自然当成了自己的宠儿。

与拜伦一样，雪莱也看到了自然力的伟大。然而，对雪莱来说，自然力展现的是整个自然的历史变迁、演化和它对心灵的震撼，而拜伦笔下的自然力则与个体的生命体验紧密连在一起。曼弗雷德的"尘世的幻想和高尚的抱负"是通过"从炫目的高处飞落直下"且"挟带着它的深渊里沸腾的力量"的"山瀑"这种强大的自然力来表现的。雪莱的自然力则是与他的人生理想联系在一起的，《西风颂》就是一个很好的例子。一个秋日的午后，雪莱在意大利佛罗伦萨的树林里散步，当时风起云涌，暴雨即将袭来。自然界的电闪雷鸣与诗人内心的疾风骤雨产生了强烈的

---

① S. M. Perry, Byron and the Meaning of "Manfred", *Criticism*, 1974, Summer, 16: 3, p. 196.

共鸣。雪莱奋笔疾书，写了这首不朽的抒情诗。诗中，雪莱将西风喻为破坏者兼保护者。西风是无情的，是旧世界的破坏者。它将枯死的落叶横扫，那些落叶如鬼魅遇上了巫师，纷纷逃窜。黄的、黑的、灰的、红的像得了肺痨的叶子被西风卷走。另一方面，西风又是新世界的保护者。它带来新生，把有翼的种子吹送到冬天的田野上，埋在那里，等待明春到来时，萌生嫩芽，把绿色和芬芳洒满山峰和平原。西风摧毁旧事物，召唤新事物，所以西风是"破坏者兼保护者"。卢梭设想了人类的一种理想的生活状态，"如果人类能够真诚地悔恨自己的罪恶、决心建设一个新社会，完全从那个腐败的旧社会挣脱出来，那么人类就能获得拯救。这个新社会不是简单地恢复那个无忧无虑的原始状态，而是在一个更高的层次上重建完全的和谐、自由与平等"。① 这种说法是深刻还是幼稚？是一个神话，还是一个古老的幻想？无论它是什么，雪莱要呼唤的就是这样一个新社会，因而，作为"破坏者兼保护者"的西风成了他寄托自己理想的载体。《西风颂》也赞颂了大自然的更新力量。"雪莱把我们的知识体系，和我们的宇宙看成是一个连续的更新状态，而不是一个停滞的、永恒不变的和让人被动地感受的完美状态。"② 大自然的更新力量使世界改变，让地球充满生机，使生命万古常新。雪莱之所以看到西风这种除旧换新的精神，是由于雪莱的内心一直都孕育着热烈追求自由的激情和对一切暴政及社会不公的近于狂暴的愤怒。比如，在雪莱为西班牙起义所写的诗歌《自由颂》中，诗人号召人们为自由而斗争：

  自由的明光迸发，漫天喷洒

  富有感染力的烈火。我的灵魂

  把惊恐的链索抛弃，

  展开歌声敏捷的羽翼，

  像年轻的鹰，在朝霞中翱翔。

---

① 〔美〕罗兰·斯特龙伯格：《西方现代思想史》，刘北成、赵国新译，北京：中央编译出版社 2005 年版，第 161 页。

② Kathleen W., *Romanticism, Pragmatism and Deconstruction*. Blackwell Publishers, 1993, p. 9.

电闪雷鸣，诗人从光明奔涌的大地上，从烈焰翻滚的天空中，将精神枷锁抛到九霄云外。自然景物成了政治风暴和革命激情的象征，苍鹰勇猛的形象则是诗人的自喻：

　　坚强的雄鹰！你高高地飞翔

　　在云雾弥漫的山巅丛林之上……你傲然不顾

　　壁垒森严的暴风雨在逼近！

——雪莱：《坚强的雄鹰》

追求自由而不能够获得，这使雪莱生活在痛苦中。雪莱的痛苦从根本上讲来自于他对暴政和社会不公平的强烈愤怒，也来自于他对人类的大爱。然而，又有什么能够解除诗人的痛苦呢？"悠悠苍天兮，莫我振理。"（东方朔：《七谏》）徐志摩曾说："我们目前政治走的只是卑污苟且的路，最不能容许的是理想，因为理想好比一面大镜子，若然摆在面前，一定照出魑魅魍魉的丑迹。"[1]虽然徐志摩写的是当时中国的现实，但这种描述也符合雪莱所生活的社会。这个社会不会有一个理想主义者的位置。雪莱不能放弃自己的理想，因为对诗人来讲，理想比生命更宝贵。诗人雪莱一生热烈追求爱、美和自由。他认为诗人是"真和美的导师"。[2]雪莱夫人说过，雪莱对于他自己所写而不是发自内心深处和展现某种高深或深邃真理的诗是毫不关心的。当他确实是接触到人的生命和人的心灵时，就再也没有谁的描绘能比他更忠实、更精致、更细腻或是更动人。他并没有提到爱，但是他倾注了这种感情以很少有几个诗人曾经赋予它的那种魅力，来自他自己个性的那种魅力。雪莱还是一个彻底的自由主义者。叶芝认为雪莱的自由和美同义，他的自由是"普遍的爱、平等的正义、未来的希望、过去的荣誉"。[3] "雪莱的诗歌观让他顺理成章地认为诗人有责任将社会引向幻想的前进目标。因为诗人的部分职责

---

[1] 徐志摩：《徐志摩文集》，秋雨主编，延吉：延边人民出版社2004年版，第175—176页。

[2] 江枫：《序：伟大的浪漫主义诗人雪莱》，参见江枫编选《雪莱精选集》，北京：北京燕山出版社2004年版，第17页。

[3] 同上书，第15页。

就是通过他信念的力量和语言的力量唤起人们的同感。"①诚然,诗人与政治家是不同的。人们不能指望一个诗人在他的诗篇里呈现对社会罪恶的冷静分析,并提出改革之类的清醒建议,那是政治家应该做的事情,但诗人会唤起人类情感深处的风暴。从雪莱那里,我们可以读出自由的风声、雨声、雷声,大自然的最强悍、最壮观的一面像山洪般漫过了诗人的心怀,燃烧,燃烧,在黑暗的夜里,放射出心灵的光芒:

有着精神羽翼的高贵的心!你

徒劳地把麻木的铁栅不断扑击,

直至你的思想借以高高地飞翔。

——雪莱:《心之灵》

把自然力当成个人人格表现的拜伦和通过自然力书写理想的雪莱,都没有像济慈那样最终将自然化成心灵的安慰。拜伦在自然中感到的安慰是片刻即逝的,因为从个性的角度来讲,他是一个喜欢站在风口浪尖上的弄潮儿,拜伦更多地是利用自然来表现他的个性。雪莱把自由、正义和美联成一体来追求,他通过书写自然表达自己的理想,自然成了他表达思想的媒介,所以他也无法从自然中获得安慰。而济慈的自然是美的栖息地,是美的源头,是济慈逃离悲惨人间的避难所。"美并不像任何刺激物那样产生刺激,它只是产生启示,它调动整个心灵,使它自由自在。世界并没有藏在某处:它就在那里,就是不停地在有限中表示出来的无限,闪耀在每种表象之中的自在之物,存在于每个梦中的知识。"② 由于济慈潜心于在自然中发现美,所以他总是全身心地投入到对自然之美的感悟和理解中。也正是这种对自然的完美的观照,启发了诗人的心智,让他获得了生命的自由,让自然真正成了诗人安顿心灵的伊甸园。

---

① Ann T., Shelley and "Satire's Scourge", *Literature of the Romantic Period 1750—1850*, R. T. Davies & B. G. Beatty eds., Liverpool University Press, 1976, p. 150.

② 潘知常:《生命美学论稿:在阐释中理解当代生命美学》,郑州:郑州大学出版社2002年版,第369页。

第二节　自然体悟中的主体飘浮

　　自然与人的情感是相通的，爱这种情感尤其如此。只有当爱成为自然的一部分时，诗人才能感受到爱的完美。所以诗人常常通过书写自然来书写爱，书写爱的时候必然要有一个主体，这个主体就是诗人，诗人从自然体悟中浮出水面，这就叫主体飘浮。在主体飘浮中，诗人不要求进入自然物中，诗人原本就出现在诗篇中，只是诗人不占据显要位置，或隐或现，类似于物体半隐半露于水中。读者清楚地感受到这一点，而诗人对此也绝不讳莫如深。他总是随着对自然的理解的加深，一步步使主体变得突出起来，最后，主体在接受了自然的感化后，其内涵被丰富了，在诗中占据了一个重要的位置。此时，主体不再是隐性的，而是浮出水面了。我们以济慈的《哦，孤独》为例来说明主体飘浮的情形。诗中，诗人写了自然调节情绪的功用，诗人将孤独拟人化：

　　　　哦，孤独！假若我和你必须
　　　　同住，可别在这层叠的一片
　　　　灰色建筑里，让我们爬上山，
　　　　到大自然的观测台去。

　　诗人邀请"孤独"与他一起从象征忧郁的"灰色建筑里"走出去，到大自然中去。一旦走进自然，济慈的那支神奇的诗笔立即画就了一幅自然的风景画，色彩饱满，场面热烈。"山谷、晶亮的河，锦簇的草坡"、"枝叶"、"跳纵的鹿麋"、"指顶花盅里的蜜蜂"，这自然的盛宴马上就让人目不暇接，喜不自禁。因为济慈笔下的自然是明艳的、欢快的。大自然强大的生命力，化成色彩，缓缓地流动；化成了声音，时而轻快地在心灵的琴键上跳动，时而温和地静静流泻。自然似乎完全迎合了诗人的心意。诗若在此结束，可以让读者陶醉在对自然的玩味中，可是，诗人却将笔锋一转：

　　　　不过，虽然我喜欢和你赏玩
　　　　这些景色，我的心灵更乐于

和纯洁的心灵亲切会谈；

她的言语是优美情思的表象

因为我相信，人的至高的乐趣

是一对心灵避入你的港湾。

诗人表明，对自然的至高之爱就是对人的爱，就是心心相印的爱情。诗人不仅要从自然中寻求安慰，也希望在爱中达到完满，而这种完满又与自然相融合，从而创造一个人与自然的和谐世界。爱使一个人的生命达成完美，完美的生命才能完全融入自然的和谐中。狄德罗（Denis Diderot）也以同样的声音呼唤过爱情与自然和谐："如果我见到碧绿的草原，细嫩柔软的青草，潺潺的小溪，看到森林的一角，能给予我幽静、清新、隐秘的感觉，我的心会为之感动；我会想起心爱的人，情不自禁地放声叫道：'他在哪儿？为什么我独自一人在此享受？'"[1]

在济慈的诗中，爱情之美是作为自然之美的一种表现形式出现的。爱情借助自然风光的启示得以宣泄，自然也因爱的倾注变得生机勃发。但它们仍然指向一点，那就是爱与自然共同营造了一个美的天堂，而诗人济慈则化成那只唱着无忧曲的天堂鸟。这只天堂鸟飞得很高很高，它以坚韧不拔的精神想要飞抵那个将自然的美和人的美、人的生命的美和人的情感的美完美结合的境界。那一对"避入你的港湾"的心灵处于沉醉于自然并思考自然的境界，济慈以对自然的深思和陶醉结束全诗。"济慈似乎认为诗歌是一种宗教，可以逃避于其中，徘徊于其中，并自由地沉醉于美的快乐之中。"[2] 全诗从诗人走上山坡观赏自然风景写起，主体最后出场，浮出水面，对自然的风景发表一番感想。

自然风光与人的知性之间有一种密切的关系，《哦，孤独》中，诗人走进大自然，看到了自然世界的美景，感受到世界的美好。宇宙的风景只有

---

[1] 〔法〕狄德罗：《绘画中的明暗》，参见瑜青主编《狄德罗经典文存》，上海：上海大学出版社2002年版，第24—25页。

[2] Ayumi M., *Keats, Hunt and the Aesthetics of Pleasure*, New York: Palgave Publishers Ltd., 2001, p. 132.

经心灵的反射，才呈现出不同的风格。济慈把审美的明镜翻转过来，让它反映出心灵之像。正是心灵中的思想照亮了自然万物，并为自然万物镀上了诗人的思想色彩。自然必须要求人的诠释。没有人的加入，自然就没有灵魂。但是这不等于说，人的精神和理想直接地影响和灌注于自然中，而是人用从自然中感受、学习到的东西反过来再解释自然。对自然的领悟以自然美景的呈现开始，正是在自然的美已经深深打动人心的时候，诗人才对我们书写他的理想："一对心灵避入你的港湾。"如杜威所指出："人类追求理想的对象，这是自然过程的一种继续，它是人类从他所由发生的这个世界中学习得来的，而不是他所任意注射到那个世界中去的。"①

雪莱的诗中也体现出一种主体飘浮的情形。雪莱的抒情诗《夏日黄昏的墓园》中就首先描写自然的美景：

> 那淹没落日之余晖的雾气
> 已被晚风在辽阔的空际吹散
> 黄昏正绕着白日疲倦的眼睛
> 把自己的金发越结越幽暗
> 呵，寂静和黄昏，人都不喜爱，
> 已从那幽黑的谷中悄悄爬来。
>
> 它们向临别的白天念出魔咒，
> 感染了海洋、天空、星辰和大地
> 万物的声、光和波动受到了
> 这魔力的支配，都显得更神秘。
> 风儿静止了，否则就是那枯草
> 在教堂尖顶上没感到风在飘。②

诗人先写出了黄昏时分万籁俱寂的景象，在这样的气氛中，一切都显

---

① 〔美〕杜威：《经验与自然》，傅统先译，南京：江苏教育出版社2005年版，第207页。
② 〔英〕G.G.拜伦，P.B.雪莱，J.济慈：《拜伦 雪莱 济慈抒情诗精选集》，穆旦译，北京：当代世界出版社2007年版，第68页。

得分外神秘，黄昏也为世界披上一层幽暗的纱幕。天空渐渐地暗下来了，四周为夜色所笼罩，墓地中死者在地下长眠，无声无息。在诗歌的最后一节，诗人出场了，他说：

呵，美化了的死亡，平静、庄严
有如这静谧的夜，毫不可怖：
在这儿，像在墓园游戏的儿童，
我好奇地想到：死亡必是瞒住
甜蜜的故事不使人知道，不然
也必有最美的梦和它相伴。①

诗人的出场就是诗人的主体的露面。虽然雪莱和济慈都在他们的自然书写中体现主体飘浮的意识，但他们的主体飘浮的表现是不同的。济慈的主体飘浮对于诗人主体如何与自然这一客体进行结合的过程体现得更为充分，读济慈的诗可以很容易地理清这种主体飘浮产生的脉络和进程，主体对自然的感悟过程也更加贴近读者的期待，读后令人产生一种亲近感。而雪莱的主体虽然也在书写自然的时候凸现出来了，但这种出现像是事先安排好的，虽然诗人敏锐的艺术直觉和技艺使诗读来仍然自然流畅，浑然天成，但与济慈的诗比起来，总有一丝疏远之感。可以这样比喻，济慈的主体飘浮如贴在水面的浮萍，可以感到自然的水流带动着它飘向了远方，而雪莱的主体飘浮似海面上方的云朵，云朵可以在大海中映出影子，但它离大海还很遥远。

造成这种主体飘浮不同情形的一个重要原因就是：在诗作风格中，雪莱更喜欢用主观的描绘代替客观的描绘。雪莱的抒情诗中常有一个诗人直接出场，"我"在诗歌一开始就一下子被推到了前台：

我爱大地披上葱绿的新装，
也爱夜晚的星星；

---

① 〔英〕G. G. 拜伦, P. B. 雪莱, J. 济慈:《拜伦 雪莱 济慈抒情诗精选集》，穆旦译，北京：当代世界出版社2007年版，第70页。

我还爱秋天的傍晚，

　　和那拂晓时分的金雾弥漫。

　　我爱雪花，我爱冰霜，

　　爱晶莹霜雪的婉丽多姿；

　　我爱风，我爱波浪，

　　也爱那雷鸣电掣，

　　我爱大自然的一切神功，

　　只有它们能不沾染人的苦痛。

　　我爱恬静的独处，

　　也爱交游和良朋，

　　只要聪明、善良而和睦……

——雪莱:《歌》

　　对于雪莱和济慈来说，爱比一切，甚至比死亡更有力量，因为它可以超越死亡的坟墓，从被束缚的肉体中解放一颗心灵。雪莱和济慈都以一颗纯洁的心呼唤爱，以一颗燃烧的心拥抱爱。爱的火焰映照着诗人博大的心，让他们的生命发出了亘古不变的美的光芒。但在表现手法上，济慈的诗中几乎找不到大篇幅的直抒胸臆，而雪莱则是直接呼唤，并且让诗人站在显著的位置上，如歌者站在舞台上一般。不同的表现手法造成了两位诗人主体飘浮中的不同特色。

第三节　寻美之路即自由之路

　　在济慈的诗歌中，有一个贯穿始终的字，那就是"美"，用"美"来概括济慈诗歌的思想内涵是最恰当的。无论是写自然，还是写爱情，无论是写神话，还是写现实生活中的感悟，济慈追求的最终目的都是创造一个美的艺术世界。他在诗中非常细致地描写自然的风景，这些描写表明济慈对自然美的感悟和把握是极其深刻的。济慈几乎在自然界的一切事物上都发现了美，他在《恩狄芒》的开篇这样写道：

> 一件美好事物永远是一种欢乐：
> 它的美妙与日俱增；它决不会
> 化为乌有；而是会使我们永远有
> 一座幽静的花亭，一个充满美梦，
> 健康，和匀静的呼吸的睡眠。
> 因此，每天早上，我们都在编织
> 一根绚丽带子把我们束缚于人世，
> 不管失望，不管无情的人缺少高贵的
> 本性，不管愁苦的岁月，不管设下
> 为我们搜索的不健康的黑暗的道路：
> 是呀，不管一切，一个美的形体……
> 从我们阴暗的精神上移去棺衣！
> 太阳，月亮，为天真的羊群长出
> 绿荫的古树和幼树就是这种事物；
> 水仙和它们生活其间的绿的世界，
> 为自己造好凉荫以御炎季的清溪，
> 满洒着麝香玫瑰的林中的丛薮，
> 都是这种事物：我们对伟大的古人
> 所想象的命运的壮丽，我们所听到
> 或读到的一切美妙的故事也都是
> 这种事物：从天的边涯向我们
> 倾注的一支不尽的琼浆的源泉。①

济慈在这里列举了很多美好的事物，不仅有树木鲜花、太阳月亮，还有大地上活动着的可爱的生灵。所以尽管人世间有很多的不如意，岁月如

---

① 〔英〕约翰·济慈:《恩狄芒》,《济慈诗选》, 朱维基译, 上海: 上海译文出版社 1983 年版, 第 1—2 页。

何愁苦,道路如何黑暗,我们还是心甘情愿地把自己系在这尘世上。美的事物给济慈带来了快乐和幸福,也带来了生命的自由。济慈是被双重囚禁于人世上的诗人:一方面,经济上的贫困使他选择当诗人的这条人生路充满艰辛,不能自如地去追求自己的理想,另一方面,病弱的身体使他无法完成自己的写作宏愿。他的笔还未能写尽心中的愿望,那无情的命运就带走了这位天才的诗人。但济慈靠着对美的追求打碎了这人世的枷锁,这种追求放飞了他的心灵,让他在这个苦难的人间获得了人生的自由。

英国浪漫主义诗人在他们的作品中都表达了对理想的追求。写理想成为他们书写自然的主旋律。浪漫主义诗人所追求的理想,最核心的就是自由。但是浪漫主义诗人对自由的理解却是不同的。济慈诗中表达了对美的追求,但济慈求美的最终目的还是自由,内心的自由。对济慈来说,"自由"这个词的内涵意义很特别,它指的是诗人由于追求美而去除了人世间的烦恼,在苦难的人间牢狱中放飞了心灵。朱光潜先生指出:"按照人的经验来说,美是一种客观的性质——并非完全客观的,因为它是主体(我)和客体(对象)之间的一种关系——说它是客观的,正如说热是客观的一样。像热一样,随着人走近或离开他的环境里的美的对象,美就在他的意识域里出现或消失,而在这走近或离开的过程中,对象本身却仍旧不变。人们把美说成无时间性的、永恒的、神圣的时候,他们所感到的就是如此。但是我们已经说过,接受这种看法,把美的爱好者和美的事物割裂开来,就是把美变成一种没有特色的理念或是一种生理上的骚动。"[1]朱先生认为美并不完全是客观的,它存在于主客体的联系中。热的感觉是这样的:当人走近热的环境,就产生热的感觉,当人远离热的环境,热的感觉也随之消失了。而对美的感觉却与此不同。客观世界所存在的美,并不因为主体的离去而改变;而且在其离去的时候,主体也并没有完全地与客观世界的美断绝。事实上,主体已经把这客观世界的美变成了他内在的东西。这就是对美的一种无时间性的体验。济慈已达到了对美的这种永恒性体验的境

---

[1] 朱光潜:《朱光潜美学文集》(第三卷),上海:上海文艺出版社1983年版,第235页。

界，所以他的作品中经常出现的美景不是来自于客观世界，而是来自他的幻想。这些幻想源于客观世界，又高于客观世界。济慈的这个幻想世界实际上是主体的诗人进入客观世界后参与审美活动之后的结果。它高于客观世界，因为客观世界的美并不是永久存在的，但诗的幻想世界的美却是永恒的。这也就是济慈强调幻想所见即为真的道理。通常意义上讲，幻想所见并不是真，但是济慈用幻想所建立的世界是如此强大，它的美使它近于真。济慈将自己的美之理想投射到自然中，这使他的诗中处处有自然。自然景物被诠释为美，美也通过自然景物得以表现，幻化出迷人的光彩。用自然之物表现理想，用诗人的话说就是从自然中借来语言，来描绘那无法言说的美丽。雪莱在《奥菲乌斯》中咏道：

> 自然必须借给我从不曾用过的语言，
> 或是我必须从她那完美的作品寻找
> 词汇，才能描绘出他的完美的特征。①

诗中的"他"指的是奥菲乌斯（也译作俄尔普斯），希腊神话中的诗人兼歌手。诗人就是要从自然中寻找词汇，才能描绘出这位弹着竖琴时能让草木动情、顽石点头的歌者。他的歌妙不可言，除了描写自然的美可以状尽其情态，什么其他的手段能够达到此目的呢？没有什么比从自然中"借得词汇"更好的办法了。理想是抽象的，自然景物不仅为理想赋予了具体的形象，也给理想涂上情感色彩。这样，抽象的理想变成了可感、可触、可及的，如同皮格马利翁的雕像因情的感化而变成了美丽的少女那样，被赋予了生命，这是美的生命。

济慈通过对美的追求实现了内心的自由和解放。济慈的自由是内心的自由，与外在的世界无关。自由之于济慈的意义是个人的，而不是社会的，是与个人生存状态相关的个人精神状态，而不是与社会理想相关的精神状态。济慈所追求的自由与雪莱和拜伦所追求的自由其内涵是不同的。雪莱

---

① 〔英〕雪莱:《奥菲乌斯》,《雪莱抒情诗选》,杨熙龄译，北京：商务印书馆2011年版，第186页。

在诗剧《普罗米修斯的解放》中写道：

  那大自然的标语，

  灿烂辉煌，被高高举起在空中，

  众多的民族在四周围拢，似用

  一个嗓音呼吼着真理、爱

  和自由！

"真理、爱和自由"是雪莱一生追求的目标，他的万千卷诗章咏叹的就是这样的主题。有批评家指出："雪莱首先是一位预言家，然后才是一位诗人，而他的诗歌主要是宣传他预言信息的工具。他拒绝按实际生活的样子去接受生活，并企图去说服别人没有任何必要去这样做。如果暴政被消除，而且残酷以及通过嫉妒和运用权力人们互相破坏等等全被消除，生活会是很美好的，并会成为爱情支配下的一种体验。"[1]雪莱的诗中充满了浪漫主义的激情，他的诗作优美，音韵和谐，思想的光辉在文字间跃动，仿佛能够穿透灵魂的黑暗，照彻这为尘垢所玷污的大千世界。痛恨丑恶，歌颂善与美，在充满荆棘的路上奋勇向前，他是一个不谙世事的诗人，一个有着强烈的爱心的人。他在生活的道路上撞得头破血流，却没有停止对理想的追求，对人间的博爱。

  可以发现，雪莱所追求的自由是一种社会理想。在雪莱所设计的理想的社会里，人才能享受自由，而且自由也是与爱相关的，而济慈所追求的自由是生命的完满与心灵的和谐。自由的内涵虽然不一样，但是他们追求自由的热情是相同的，他们所要达到的自由的理想从根本上讲是找到生活的意义和生命中的和谐。济慈的自由理想的内涵之所以是美，是因为济慈的一生饱尝了人间的苦痛，见到了太多的死亡和不幸，所以济慈为了找到精神的平和，就用诗歌为自己创造了一个美的世界，一个欢乐的世界，在这个唯美的世界里，让心灵安顿。济慈对自由的追求是向内心世界深处的

---

[1]〔英〕艾弗·埃文斯：《英国文学简史》，蔡文显译，北京：人民文学出版社1984年版，第89页。

第二章 激情的迸发：自然书写中的情感释放 49

探索和邀游，而雪莱对自由的追求体现在对外在世界，即生存环境的改造的意愿上。

回顾雪莱的生平可以看到雪莱追求理想的踪迹。雪莱的父亲是一位墨守成规的乡绅，他无法理解自己那个充满幻想的儿子。雪莱进入牛津大学后，由于散发《无神论的必然性》的小册子，第二年就被开除了，雪莱的父亲因此将他逐出家门。雪莱出版叙事长诗《麦布女王》，抨击宗教的伪善、暴政，揭露贫富分化，批判不劳而获的社会现象。在婚姻方面雪莱也有惊世骇俗之举。雪莱与一个年仅十六岁的少女哈莉特·韦斯特勃鲁克私奔，后来结婚。然而，这段婚姻很不幸福。不久雪莱夫妇就形成了事实上的分居关系，这时雪莱写下了《致哈莉特》一诗，诗中祈求哈莉特：

快让那冷酷的感情离去；

那是怨懑、报复，是傲慢，

是别的一切而不该是你；

请为一种高尚的骄傲证明：

当你不能爱时，还能怜悯。

这首诗让我们看到了雪莱对情感的理解，对宽容与善良的呼唤。善良和爱是雪莱向往的理想，是自由内涵的重要组成部分。后来，雪莱与玛丽·葛德文私奔，这导致哈莉特投河自尽，这一消息让雪莱深受打击。人们将哈莉特的死亡归咎于雪莱对婚姻的不负责，雪莱从此受到了越来越多的迫害，法官剥夺了他对一子一女的监护权，而对暴政、宗教、社会不公的控诉和对自由的追求也因此成为了雪莱诗作的永恒主题。在雪莱的代表作《普罗米修斯的解放》这部诗剧中，雪莱塑造了一个智慧、坚强、充满爱心的人类解放者——普罗米修斯的形象：

从失望中创造出他所为之向往的；

不变心、不灰心，也不后悔；

这就是要，泰坦，就像你的荣光，

善良、正直、无畏、美好而坦荡；

这才是胜利和统治，生命和欢畅。

此处，雪莱进一步解释了自由理想。藐视权力，宣扬仁爱、忍耐、希望、善良、正直、无畏、美好、坦荡和生命的欢畅。自由意味着摆脱权力和社会的束缚，意味着爱、正义与希望。雪莱的诗中到处都可以找到书写自由的文字，在这些文字中，自由的影子斑斑驳驳地洒落在字里行间，又化成了一缕无形的精魂引导着诗行向心灵的崇山峻岭飞升，追求着自由的理想。雪莱一向以一个自由主义者自居。"自由"是雪莱诗中出现最多的词，对这个词，雪莱倾注了全部的热情与爱，可是，这个理想与社会现实相距又甚为遥远。福柯（Michel Foucault）认为："个人一直被束缚在一个复杂的、规戒性的、规范化的，全方位的权力网络中，这个权力网络监视、判断、评估和矫正着他们的一举一动。在社会场域中并没有'基本的自由空间'，权力无所不在。"[①] 然而，不论有多少艰难险阻，雪莱那颗爱自由的心却仍然坚定。雪莱在《给拜伦》的诗中写道：

  哦，伟大的心灵，在这心灵深沉的激流中，
  整个时代战栗了，似芦苇面临无情的暴风，
  究竟是为了什么，抑制不住你神圣的激愤？

  雪莱没有在诗中回答，但从拜伦的生平中，我们知道，拜伦那"神圣的激愤"来自他对自由的热爱。拜伦用自己的行动和生命实现了追求自由的理想。雪莱虽然没有像拜伦那样，死在为自由而战的疆场上，但他对自由的呼唤和预言却像风暴一样席卷着人类精神的荒原，为那干渴的荒原送去雷的轰鸣与对雨的祈盼。这首赞美拜伦的诗同样适合赞美雪莱自己。他也有一颗"伟大的心灵"，一颗为自由激荡而"抑制不住神圣的激愤"的心灵。1822年7月，雪莱与好友乘坐自己的双桅船去同拜伦等商议筹办一个题名《自由人》的刊物的事，归航途中，遇上暴风雨，小船沉入了海底。雪莱的骨灰葬在罗马，墓志铭是莎士比亚《暴风雨》中的诗句：

  他的一切并没有消逝

[①]〔美〕道格拉斯·凯尔纳，斯蒂文·贝斯特：《后现代理论》，张志斌译，北京：中央编译出版社2006年版，第63页。

只是经历过海的变异

　　已变得丰富而又神奇。

　　雪莱的诗以表现自由主题为主。这自由的主题就"像从一个圆心投射出精神的光辉，越过一切星球，直到浩大的威力"（雪莱：《阿多尼斯》），充满了雪莱的每一篇华章。在雪莱看来，爱自由，就是爱真理、爱美、爱正义。他的自然书写中广泛地运用疾风暴雨、电闪雷鸣的意象，以大自然壮观的景色书写自己的理想情怀。爱情的自由也构成了雪莱自由理想的重要组成部分。在雪莱的爱情诗中，大自然又以另一种温情的美出现。这婉约的情调常常融合在有关音乐的意象中，如画卷在自然的乐声中徐徐展开。但是在热情赞美自由的同时，雪莱也感觉到自由的悖论。所以在雪莱的笔下，不仅有为自由而奋斗牺牲的精神，也有为自由困惑的踌躇和彷徨。雪莱的自由主题必须要由书写自然来表现，因为在雪莱的思想中，自然时时刻刻都在启迪人的智慧，净化着人的情感。

　　拜伦对自由的内涵的理解与济慈也不一样。像济慈的诗一样，拜伦的诗中也会出现美丽自然的万千景色，诗中的自然风光也表达了自由的理想，但拜伦对自由的理解与济慈是不同的，与雪莱也是不同的。拜伦和济慈的自由理想有一点是相通的，那就是它们都是指向个人的，但济慈追求的是美，而拜伦追求的是个性的张扬与解放。比之济慈的美之追求，拜伦的追求更多地是要求世人成为观众，从而诗人自己就可以成为那个为众星所捧之月了。

　　拜伦的豪情并不是光天化日之下的风雨雷电，而是被忧郁的乌云所掩盖和遮蔽的冰川与峰峦，是冷峻和陡峭的。如果说雪莱的《普罗米修斯》写出的是对人类的大爱精神，那么拜伦诗中写的却不是这种大爱，而是作为个体的人在精神上的痛苦和挣扎，拜伦追求自由就是追求个体的绝对解放。拜伦的豪迈情怀与他阴郁的性格有关，而拜伦的性格是他的出身和童年的经历造成的。拜伦生于英国贵族世家，父亲是一个浪子，挥金如土，将拜伦母亲继承下来的一笔丰厚的遗产挥霍一空，又弃她而去。拜伦的母亲为此深受打击，常常迁怒于儿子。儿时的拜伦在性格中就表现出敏感、自尊、好强、孤傲、叛逆的特点。年轻时，拜伦出版了他的第一部诗集《闲散的时光》，这部作品受到了当时英国著名文学评论期刊的猛烈抨击。19世纪初，英国爆发了"卢德运动"（Luddite Movement），这是一场自发的工人运动，工人以破坏机器为手段反对压迫和剥削。英国国会通过"编织机法案"，对这场运动给予残酷的镇压，规定破坏机器者一律处死。拜伦以议员身份在上议院发表演说，为破坏机器的工人辩护，尖锐地抨击政府当局的血腥政策，又发表了讽刺诗《"编织机法案"编制者颂》。诗中，拜伦写道：

  在百姓啼饥号寒的时候，

  人命竟不值一双长袜？

  打烂机器的该打断骨头？

  诗中表达了拜伦对贫穷工人的同情和对统治者暴政的义愤。德国诗人歌德曾经深情地评价拜伦说："如果这位天才诗人，不是由于热情奔放的生活方式以及内心的不快，在一定程度上影响人们认为他是一个才智横溢，宽广无边的伟人，影响了他的朋友愉快地享受他那高尚存在的话，那么就是生前对他的愉快接受也可以说已达到了至高无上的地步。"[1] 歌德用"高尚存在"来描述拜伦，因为在拜伦的一生中，他嫉恶如仇，同情弱者，不畏强权。后来，拜伦再次在国会发表演说，抨击英国政府对爱尔兰的奴役政策，并且写诗抨击强权和暴政，拜伦因此和统治集团结下了仇恨。拜伦像一只逆风飞行的搏击长空的雄鹰，用自己的坚韧、孤傲捍卫心中的民主与自由的理想。个人主义的狂妄自大当然不能够成就伟大的事业，但是我们不能忘记，拜伦只是一个诗人，而不是运筹帷幄的政治家。诗人那正义的呐喊，似滚滚的春雷，可以唤醒沉睡的大地和麻木的民众。

  拜伦的一生是斗争的一生，他诗篇中塑造的英雄就是诗人自己。拜伦的叙事诗和诗剧中的主人公被称为"拜伦式的英雄"。他们热情，意志坚

---

[1]〔德〕歌德：《纪念拜伦男爵》，《论文学艺术》，范大灿、安书祉、黄燎宇等译，上海：上海人民出版社2005年版，第309页。

强、高傲、英勇不屈，是不折不扣的叛逆者。同时，他们又是忧郁的，有着浓厚的个人主义色彩。慷慨赴死的英雄豪气洋溢在拜伦的诗句间，这些诗句塑造了拜伦式的英雄。

和雪莱一样，拜伦也因婚姻受到社会指责。拜伦的妻子是一位贵族女子，她抱着改造拜伦的目的嫁给了他，在和拜伦度过了一年不和谐的生活之后，认定拜伦是个不可救药的人，弃他而去，诗人因此受到社会舆论的猛烈攻击。不久，拜伦离开了英国，前往意大利。当时，意大利的北部处在奥地利帝国的统治下，拜伦到达意大利不久就积极投入到意大利民族解放运动中。拜伦在意大利写了他的长诗《哈尔德·哈洛尔德游记》的第4章，表达了他对意大利民族解放斗争的关怀。不久，拜伦又把注意力转向了希腊民族解放运动。他决定亲自到希腊去参加战斗。他变卖了田产，拿出了自己积蓄的稿费，购买了军需物资，前往希腊。1824年，拜伦在战斗中染病，逝世前，他在梦中呓语："前进，前进，要勇敢！"拜伦在为希腊夺回它往日的自由和光荣的斗争中献身，用自己的生命实现了他的个人英雄主义之梦。这种英雄主义在《如果一个人没有自由为自己祖国而战》一诗中得到了充分的表现，这首诗也使我们进一步了解了拜伦式英雄的内涵：

> 如果一个人没有自由为自己的祖国而战，
> 就为自己的邻国的自由参战吧；
> 怀着对古希腊与罗马的光荣的憧憬，
> 在战斗中洒尽一腔碧血
>
> 怀着正直的精神为人类的幸福而战
> 他就将获得崇高的荣誉，
> 无论走向哪里，都要为自由而战
> 若不死在枪口下或者绞刑架上，
> 你将成为勇武的骑士。

从这首诗中，可以读出拜伦为自由而战的决心并不是因为有什么成熟的革命理想。他参战的动机是个人的,他希望在战斗中建功,获得荣誉,成为骑士。拜伦要"为自由而战","自由"是一个很笼统的字眼,所以,对拜伦来说,斗争的目的是模糊的,然而,斗争的过程却是最有吸引力的。只有在这种火热的斗争中,拜伦才能感受到生命的意义。拜伦所梦想的就是他生活的每时每刻都被激情点燃,即使那烈火焚毁的就是诗人自己,他也在所不惜。拜伦的个人英雄主义还表现在他对个体力量的推崇上,他在《哀希腊》中写道:

> 大地啊!从你的怀抱里送还
> 斯巴达英雄好汉的零头!
> 三百名勇士给三个就够,
> 重演一次温泉关战斗!

温泉关战斗是希腊人民爱国精神和牺牲精神的象征。拜伦希望这样壮丽的战争场面重现,但他只要三百名勇士中的三名,可见,拜伦想要的就是这类万夫莫挡的英雄,想当的也正是这种英雄。理解了拜伦的英雄主义,也就理解了他诗篇中回荡的人间英雄气。虽然拜伦投身于希腊民族解放运动的动机有极强烈的个人主义色彩,但投身自由的斗争从另一方面也将拜伦从一个纵情声色的浪荡青年变成了一个捍卫自由的勇士:

> 赶快踏灭那重燃的情焰,
> 男子的习性不值分毫!
> 如今你再也不应眷念
> 美人的颦笑。
>
> ——拜伦:《三十六岁生日》

像阿喀琉斯一样,拜伦也不安于平静安稳的生活,宁愿轰轰烈烈地度过自己的一生,也不愿在平凡的生活中磨灭了生命的激情。平庸的人会满足于平凡的生活,但拜伦最不能容忍的就是平庸。拜伦歌颂英雄,就是想通过赞美崇高的思想情操来摆脱束缚人性的种种羁绊,打碎世界强加在个人身上的枷锁。英雄气概和对荣誉的向往带给拜伦的是心灵的快乐。"只有那些既热情昂扬而又郁郁寡欢,对一切可以量度、不能永存而有一定限度的东西感到厌倦的人们，才觉得这样的乐趣是必不可少的。"[①]拜伦就是这样一个伟大的英雄。无论活着还是死去，他要的都是英雄的激情、英雄的勇敢、英雄的尊严和伟大。牺牲自己对于拜伦来说并不是悲剧，而是一种英雄的豪情。对自我的认可和维护，在拜伦看来就是沉默地迎接命运给予的一切，无论是幸福，还是痛苦。"在生命的勇敢中，在不可能的极限上和以尊严把握死亡的勇敢中，进行自我维护。"[②]这样的人生就是英雄的人生。

拜伦在战斗中结束了自己辉煌的人生。虽然他是一个个人主义者，一个狂妄自大的人，也是个风流浪子，然而，这些都遮不住拜伦闪光的人格。正如斯达尔夫人（Madame de Stael，1766—1817）所指出，"道德是上天送给我们的何等美好的礼物啊！它可以使我们识别人性中的善，可以使人生中的一切幸福绵延久长，不受干扰。伟大的人物之所以值得敬仰，从来都是因为他们寓美德于光荣之中。不错，他们中间也有好些人曾有过罪恶的行径，而平庸之辈不辨黑白，以为天才人物以其罪行而显赫有名。然而如果我们仔细考察产生这种敬仰的原因，我们就将看到它永远来自德行。人无完人，这是人性使然。有一些杰出的人物虽然应该受到谴责，令人生畏，但他们依然忠于某些崇高的思想，从未背叛不幸的人们，从未在危难面前胆寒，那么只要他们额上还留有伟大的印记，只要你还能从他们的情感中感到德行的存在，只要你的心对他们还有信任之感，他们的大德就足以掩盖他们可怕的过失。热忱总是源出于一种美德：战士的勇敢产生于自我牺牲的精神，对荣誉之爱产生于受人器重的强烈愿望，潜心思考产生于对人类幸福的追求，因为只有在善之中，思想才能找到纵横驰骋的天地。"[③]拜伦在为高尚的事业献身的过程中，荣誉战胜了情焰，崇高的思想战胜了人性的弱点。

呼唤英雄、赞美英雄也成了拜伦诗歌的重要主题。《咏锡雍》就是这样

---

① 〔法〕斯达尔夫人：《论文学》，徐继曾译，北京：人民文学出版社1986年版，第149页。
② 〔德〕雅斯贝斯：《悲剧知识》，吴裕康译，参见刘小枫主编《德语美学文选》（下卷），上海：华东师范大学出版社2006年版，第79—80页。
③ 〔法〕斯达尔夫人：《论文学》，徐继曾译，北京：人民文学出版社1986年版，第349页。

的一首英雄颂诗。在诗中，拜伦怀着崇敬的心情咏叹了在暗无天日的地牢里，为祖国的自由而牺牲的志士们：

> 锡雍！你的监狱成了一隅圣地，
> 你阴郁的地面变成了神坛，
> 因为伯尼瓦尔①在那里走来走去
> 印下深痕，仿佛你冰冷的石板
> 是生草的泥土！别涂去那足迹
> 因为它在暴政下向上帝求援。

在拜伦的诗中，被囚禁的伯尼瓦尔心中涌起了对自由的最强烈的渴望，他在这方寸之地"走来走去"，憧憬外面的世界和那个世界中的个人自由，也在思考着自己祖国的自由事业。诗中的自然意象很少，"冰冷的石板"、"生草的泥土"是整首诗中最震撼人心的意象，因为它象征着自由意志的坚不可摧，战斗精神的不可磨灭。"生草的泥土"这一单调的自然景物传达的却是一种不屈的钢铁意志和对自由之春的憧憬之情。勇敢地捍卫正义，即使为此献出生命也在所不惜。人不是神，没有神强大，没有神的永恒的生命，人是沧海一粟，走过短暂的人生，必将归于尘土。然而，人也可以让自己伟大。人的伟大就在于即使看到自己的局限，看到自己最终的悲剧性命运，却仍然选择去把有限的生命投入到无限的追求真理和正义的事业中，虽然明知会因此而毁灭也无所畏惧。布莱克有首著名的小诗名叫《啊，向日葵》，诗中所写的向日葵的热情、执着就像是拜伦的写照。诗中对向日葵描述如下：

> 整天数着太阳的脚步，
> 它寻求甜蜜而金色的天边——
> 倦旅的旅途在那儿结束；
> 那儿，少年因渴望而憔悴早殇，
> 苍白的处女盖着雪的尸布，

---

① 伯尼瓦尔（François de Bonnivard，1496—1570）在1530年到1536年被囚禁在锡雍监狱。

都从他们坟中起来向往——

向着我的向日葵要去的国度。

  用一生追逐太阳的脚步，寻找"甜蜜而金色的天边"，并将在那里结束"倦旅的旅途"，唤醒死去的青春，唤醒人们对太阳的向往。谁有那样的豪迈？谁有那样的气概？将鲜血、激情、痛苦、爱以及生命中所遇到的一切都化成光、化成火、化成对太阳的渴望、化成对光明的赤诚。热情似火却燃烧不尽忧郁的阴影，可以在甜美的古琴上演奏悠悠雅韵，却天生魔鬼般的性格，不甘心在平凡中将生命磨损——这就是拜伦。拜伦的人生经历、拜伦的性格深深地影响着他的自然书写。与雪莱不同，拜伦在他对自由的书写中寄托的是一种对英雄的歌颂与赞美，这种英雄是拜伦式的英雄，挥斥方遒，风流倜傥。

  雪莱的诗表达了他对自由与正义的向往，而拜伦则通过人格特征来体现内心对自由的追求。产生这种区别的主要原因在于，对雪莱来说，自由、正义与人类的命运联系在一起，所以自由与正义的表现也与自然界的宏观现象联系在一起，在雪莱那里，自由是一个属于人类的概念，自由因此也拥有了造福于全人类的气魄。在拜伦的诗中，自由与一种个人的意志品质相关，是个人人格之美的一部分。而对济慈来讲，这自由的内涵就是发现美，通过对美的感悟让心灵获得解放。和拜伦一样的是，济慈对自由的理解也是与个体的人格和生命的意义相关的，而与社会和群体无涉。三位诗人都追求自由，而他们对自由的理想却各不相同。通过这样的比较，我们也可以更深刻地理解济慈独特的人生追求和艺术追求。

第三章 诗苑的奇葩:
济慈诗歌的解读

在济慈的诗歌艺术园地中,到处盛开着诗歌艺术的奇葩。济慈写得最为完美的诗作是颂诗,但济慈是一位很有雄心的诗人,他很喜欢巨幅诗歌作品。济慈写过多部长诗。从整体上讲,济慈在长诗结构的把握上有些力不从心,但他的长诗常常在意象和情调上别具一格,颇值得研究。本章选取了济慈的一部长诗《伊莎培拉》进行分析,该作品是济慈长诗创作中的一部过渡性作品,是济慈的创作由不成熟走向成熟的一个转折点。通过这部过渡性的作品,更容易使我们对济慈长诗的概貌有一个较全面的了解。此外,济慈的部分颂诗和十四行诗也是本章的研究内容。

第一节 济慈诗歌中的哥特文学传统

《伊莎培拉》是济慈继《恩狄芒》之后创作的另一部长篇叙事诗,该诗被收入诗集《拉米亚、伊莎培拉、圣亚尼节前夕及其他诗歌》中。评论家认为该诗无论从创作时间上来看,还是从创作的成熟程度上来看,都是济慈创作生涯中的一部过渡性作品。济慈的早期作品倾向于华丽的文体,而成熟期的作品则对华丽的文体进行了有效的节制。[1] 作为一部过渡性作品,

---

[1] Ronald G & Barnes G., *John Keats: The Principle of Beauty*. London: Sylvan Press, 1948, p. 62.

《伊莎培拉》面临着不同的评论意见。兰姆（Charles Lamb）认为它是济慈的早年诗集中最重要的一首诗，而莫德顿·莫瑞（Middleton Murry）则认为它是济慈长诗中最不重要的一首。《伊莎培拉》之所以引起争议，主要是由于这首诗瑕瑜互见。《伊莎培拉》的创作本身就是一个难题，那就是如何解决哥特式故事与浪漫主义理想相融合的问题。

哥特一词原是日尔曼人的一个部落的名称。哥特人以野蛮、骠悍而闻名遐迩。后来哥特一词被用来指一种建筑风格。它指的是："高耸的尖顶、厚重的石壁、狭窄的窗户、染色的玻璃、幽暗的内部、阴森的地道，甚至地下藏尸所等。"[1] 而在文艺复兴时期，哥特一词被思想家们赋予了"野蛮、恐怖、落后、神秘、黑暗时代、中世纪"等多种含义。[2] 哥特文学作为一种独立的文学风格始于瓦尔普（Horace Wolpole）发表的小说《奥特朗托堡》(The Castle of Otranto)，因为该小说的副标题是"一个哥特式故事"(A Gothic Story)。自从这部哥特小说的奠基之作问世以后，哥特小说便在英语文学中繁荣发展起来。哥特小说的重要源头之一是英国文艺复兴时期的戏剧。文学史上称为"大学才子"的一批作家创作了众多的"复仇剧"，内容充满了暴力、仇杀及鬼魂出没等等。这些特点后来为莎士比亚所发展。"莎士比亚的戏剧尤其成为哥特式小说超自然描写的蓝本……莎士比亚的许多剧本的场景安排在古老的城堡中。C.路维特说：'哈姆莱特和鬼魂不可分割，正像麦克白跟女巫不可分割一样。'"[3]

《伊莎培拉》从主题上讲也是哥特式的。它涉及阴谋、凶杀、鬼魂出现等。《伊莎培拉》的故事来自意大利作家薄伽丘的《十日谈》。故事情节如下：富家女伊莎培拉与两个贪婪的哥哥同住，他们打算将妹妹嫁给富豪，好收取高额彩礼，却发现伊莎培拉爱上了他们公司的雇员罗伦佐。气愤之下，他们阴险地设计杀害了罗伦佐，并将他埋藏在林中。伊莎培拉从罗伦佐的鬼魂那儿得知了事情的真相，她找到了罗伦佐的尸体并割下头颅，带

---

[1] 肖明翰：《英美文学中的哥特传统》，《外国文学评论》2001年第2期，第91页。
[2] 同上。
[3] 刘新明：《哥特式小说初探》，《上海师范大学学报》1993年第2期，第72页。

回家，将它埋在罗勒花盆中，以泪浇灌，但终于被她的兄长发现，将花盆偷走，伊莎培拉在绝望中香消玉殒。这个故事的情节充满了血腥的味道，恐怖、神秘、暴力的成分贯穿始终。

　　济慈是一个阅读广泛的作家。他没有提及他涉猎过哥特小说，不过，济慈至少是听说过这种小说的。济慈在致弟弟、弟妹的信中谈到他的朋友戴尔克"完全沉浸于沃尔褒尔①的信件中"。② 另外，莎士比亚是济慈最为推崇的作家，济慈著名的诗学理论"消极能力"说也是在对莎士比亚的创作实践进行总结后得出的。济慈自己也说："我太有理由知足常乐了，因为感谢上帝，我能读懂莎士比亚，或许还能揣摩到他的深度。"③ 而莎剧是哥特文学的源头之一，那么可以很有把握地说济慈对于哥特传统的了解主要是来自于对莎士比亚的阅读。《伊莎培拉》是济慈唯一一部描写人类罪孽的作品。《伊莎培拉》从内容到艺术手法上都可以找到莎士比亚的影响。从哥特传统这个角度来说，主要有三部莎剧对《伊莎培拉》产生了影响，一是《麦克白》，二是《哈姆莱特》，三是《罗密欧与朱丽叶》。《麦克白》是莎士比亚探讨人类罪行的一部作品：叛逆、谋杀、血腥，一切哥特文学的因素都已齐备。麦克白和哈姆莱特的叔叔的罪孽都源于贪欲——对权力的贪欲，而伊莎培拉的兄长谋杀罗伦佐也源于贪欲——对财富的贪欲。《哈姆莱特》中描写了老国王哈姆莱特的鬼魂的出现，而这种描写鬼魂出没的场景也同样出现在《伊莎培拉》中。另一部影响《伊莎培拉》的莎剧是《罗密欧与朱丽叶》。"《罗密欧与朱丽叶》在歌颂永恒爱情的同时，出现了坟地和死尸"④，而这也正是《伊莎培拉》中的内容。还不止于此，"像《罗密欧与朱丽叶》一样，这首诗（指《伊莎培拉》）讨论的是年轻人的爱情横遭蹂躏，先是满怀仇恨的家庭的威胁，进而又是女主人自我摧残的悲伤"。⑤

---

① 即瓦尔普，Wolpole 的另一译法。
② 〔英〕约翰·济慈：《济慈书信集》，傅修延译，北京：东方出版社 2002 年版，第 260 页。
③ 同上书，第 198 页。
④ 刘新明：《哥特式小说初探》，《上海师范大学学报》1993 年第 2 期，第 72 页。
⑤ R. S. White, *Keats As a Reader of Shakespeare*. London: The Athlone Press, 1987, p. 196.

第三章 诗苑的奇葩：济慈诗歌的解读

"主流的浪漫主义的核心在于理想化，而哥特小说却意不在此，尽管哥特小说也有一些理想化的人物，而且也在间接地表达理想的价值观念，但其重点从来就是暴露罪恶与黑暗"。[①]济慈写《伊莎培拉》就是要将浪漫主义的理想融入到哥特素材中去，使恐怖的故事显现出美的光晕，这也正符合济慈一贯主张的诗歌创作要表现美的思想。那么济慈是通过什么办法达到以恐怖情节充当美之载体的目的的呢？

为了减少《伊莎培拉》的哥特文学特征，使其与浪漫主义理想相融合，济慈使用了"强劲"（intensity）这种文学手段。除此之外，济慈还通过将悲剧隐藏在喜剧气氛下、以意境的纯美性冲淡故事的恐怖性、拉开读者与作品的距离等手段来达到他所追求的美学效果。

首先，作为叙事诗，理应重视事件的叙述，而济慈更想做的是将情感引入叙事诗中。"情感的真实是浪漫主义的一个普遍的信条。"[②]济慈不是仅仅要求在叙事诗中带有抒情色彩，而是要求将情感推向极致，即达到以情感的"强劲"抵消哥特式情节的恐怖的效果。强劲是一种思想高度集中的状态，在这样一种状态下，想象被彻底解放，获得了超时空的自由，正如刘勰在《文心雕龙》中描述的"寂然凝虑，思接千载；悄然动容，视通万里"。这样创作出来的作品也必然会将作者的感情传达给读者。《伊莎培拉》有很强的恐怖成分，它是一个很容易被写成典型哥特作品的题材，而济慈想通过对情感的有力描写，将读者的注意力引到对伊莎培拉情感的关注上，从而冲淡故事本身的血腥成分。就艺术作品的强劲问题，济慈曾在评价一幅画作时说过："画上缺乏那种动人的强劲，没有让人发狂到要与之亲吻的女人；没有一张凸显的栩栩如生的脸。一切艺术的卓越之处在于具有那种动人的强劲，——它能让一切不尽如人意的东西因接近美与真而烟消云散……这幅画既令人不悦，又不能激起有一定深度的思索以抵消对它的排斥。"[③]这里济慈表达了两层意思：一是"强劲"可以消除"一切不尽如人

[①] 肖明翰：《英美文学中的哥特传统》，《外国文学评论》2001 年第 2 期，第 95—96 页。

[②] R. S. White, *Keats As a Reader of Shakespeare*. London: The Athlone Press, 1987, p. 37.

[③] 〔英〕约翰·济慈：《济慈书信集》，傅修延译，北京：东方出版社 2002 年版，第 58 页。

意的东西";另一个是艺术作品如果达不到"强劲"的要求,至少也应该引人"思索"以"抵消对它的排斥",这正是济慈要在《伊莎培拉》中实现的目标。其实,表达"强劲"情感之处在《伊莎培拉》中俯拾即是。写伊莎培拉对罗伦佐的思念:

> 她的琴弦震荡出他名字的回声,
> 她也因这名字搁下做了一半的刺绣。

济慈"评论精确,视野深遂,在整首叙事诗中到处有意象出现,而陷于灾难时,情感的强劲则是柯勒律治、费兹裘罗尔和修道士刘易斯所无法媲美的"。[①] 伊莎培拉从罗伦佐的鬼魂那里得知他被杀的消息之后,与仆人一起去林中挖掘罗伦佐的尸体,找到尸体后将头颅割下,这一系列过程,济慈只用了几行诗来描写,从"谁不曾在绿色的墓园闲逛"到"这就是爱:冰凉——的确死了,但未被废黜",完成了哥特式的恐怖情节的叙述。然而,作为一位浪漫主义诗人和严肃文学家,济慈不着意渲染恐怖气氛,他意在将情感推向极致:

> 她瞪眼凝视那刚盖上的泥土,
> 仿佛一眼就看出了全部的秘密;
>
> 她清清楚楚地看出,
> 正如别人的眼睛会认出
> 清泉底下的苍白的肢体;
> 她似乎生根在那杀人的地点上,
> 如同山谷里的一枝土生的百合花;
>
> 于是她突然间抽出刀来,
> 比掘金宝的守财奴更要狂热。

"济慈钟情于世俗之美,感性之乐,也是一位能够用指尖触及痛苦的

[①] G. M. Matthews, *John Keats: The Critical Heritage*. London: Routledge,1971, p. 192.

诗人。"① 济慈在这里使用了"瞪眼凝视","一眼"就看出了"全部的秘密"和"生根在那杀人的地点上"等语言,这些单纯而锋芒如针的意象足以触动最钝于感觉的心灵。如果济慈想表现血腥的场面,那只是举手之劳罢了,但这却恰恰是诗人竭力回避的,济慈比较成功地做到了这一点,因为他运用非常生动的意象和语言表达了强烈的个人情感体验,恐怖气氛减弱了,达到了适度。

亚里士多德在他的《尼克马科伦理学》中说:"例如恐惧、勇敢、欲望、愤怒、怜悯及快感、痛苦,有太强太弱之分,而太强太弱都不好;只有在适当的时候,对适当的事物,对适当的人,在适当的动机下,在适当的方式下所发生的情感,才是适度的最好的情感,这种情感就是美德。"② 联系亚里士多德关于悲剧是"借引起怜悯与恐惧来使情感得到陶冶"③的卡塔西斯论断,可以得知,亚里士多德认为只有引起观众适度的"怜悯"和"恐惧"才是悲剧真正要实现的。济慈其实是认同这个适度原则的,因为他在《伊莎培拉》中尽力减弱恐怖氛围就是朝着这个方向努力的。

第二,在《伊莎培拉》中,济慈始终将伊莎培拉的悲剧故事隐藏在喜剧气氛中。评论家在分析伊莎培拉的悲剧特征时指出:"这首诗矛盾地表现了一个潜在的悲剧故事。而这是济慈在阅读莎士比亚的喜剧中发现的特征,即蒙着面纱的忧愁在欢乐的庙宇中安营扎寨。"④ 莎士比亚早期的悲剧《罗密欧与朱丽叶》中的悲剧演进也是在愉快气氛下进行的。"而济慈不可能在写青春之爱的悲剧时不回味同一主题的著名作品。"(此处指《罗密欧与朱丽叶》)⑤

济慈的《伊莎培拉》的情节结构可以分为三层:伊莎培拉和罗伦佐沉

---

① 罗益民:《心灵的朝圣者——约翰·济慈的宗教观》,《四川外语学院学报》2003年第5期,第27页。
② 马新国编著:《西方文论选讲》,沈阳:辽宁大学出版社1987年版,第55页。
③ 同上书,第47页。
④ R. S. White, *Keats As a Reader of Shakespeare*. London: The Athlone Press, 1987, p. 200.
⑤ 同上书,第197页。

浸于甜蜜的爱河中；罗伦佐被害但伊莎培拉蒙在鼓里；伊莎培拉发现真相但伊莎培拉的哥哥们却不知道这一切。第一层中，像一切爱情故事一样，总的基调是甜蜜的：

  他们感到极大的幸福，无比的幸福
  就像六月阳光中盛开的花朵。
  ……
  唱的是甜蜜的相思和甜蜜的情意。

  而在第二层中，因为伊莎培拉尚不知罗伦佐遇害的真相，虽然她因为见不到罗伦佐而"悲伤哭泣到夜色来临"，但仍可以"独自恍然凝思过去的欢乐"。在第三层中，伊莎培拉的悲哀是：

  始终低头守着她那美丽的罗勒花，
  用自己的泪水使它永远湿润。

  整首诗中，伊莎培拉的悲痛被尽力隐藏在愉快气氛之下。只是在这之后，济慈有一些失误，这点下文将进一步分析。悲痛和愉快正好形成了一种不协调，而《伊莎培拉》中到处都可以找到这种不协调的因素：美妙纯洁的爱情与卑鄙龌龊的社会现实，细腻温馨的情感与哥特式的恐怖情节等，这正是济慈在阅读莎士比亚时发现的重要特点。它指的是"一种几乎属于上帝的才能将迥然不同的互相矛盾的观点集结在一出剧的中心上"。[①] 这种从不和谐中制造和谐的办法，济慈在他的许多诗作中都有成功的尝试。如《秋颂》中冷暖意象的对比,《希腊古瓮颂》中，一方面古瓮是美与真的化身，永远不朽的见证；另一方面它又是冰冷的。艾略特在他的《传统与个人才能》中说："诗人是一种特殊的媒介，许多印象和经验，用奇特的和料想不到的方式结合起来。"[②] 而济慈在《伊莎培拉》中要做的就是把对立的因素结合起来，但与他的其他一些名作中的那种结合不同的是，这次他面临更大的困难，即把哥特式情节与浪漫主义理想相结合。

[①] R. S. White, *Keats As a Reader of Shakespeare*. London: The Athlone Press, 1987, p. 45.
[②] 〔英〕艾略特：《传统与个人才能》，《艾略特文学论文集》，李赋宁译注，北京：百花洲文艺出版社 1994 年版，第 9 页。

像创作其他作品一样,济慈在《伊莎培拉》中要表现的是美,具体地说是要表现爱情的纯洁美好。黑格尔认为所谓爱就是认识到自己和别的一个人的统一。爱要求统一与和谐,而恶却破坏爱的实现。"和谐是文化的最理想的一极,悲剧性则是最现实的一极,和谐使人充满理想和希望,悲剧性却把人们最不愿意看到的事情展示给人们,这只有最严酷的事实和最绝望的痛苦。"①然而对立物的和谐却是一件奇妙的事情。赫拉克利特说:"自然是由联合对立物造成的和谐,而不是由联合同类东西。艺术也是这样造成和谐的……音乐混合不同音调的高低、长音和短音,从而造成一个和谐的曲调。"②在《伊莎培拉》中,济慈就是在矛盾的因素中运作了他的美的创造。

第三,在《伊莎培拉》中,济慈力求以意境的纯美性冲淡故事的恐怖性。美一直是济慈津津乐道的字眼,追求美是济慈诗歌创造的动力。在《伊莎培拉》中,济慈有意识地拉开读者与故事情节的距离,以减弱恐怖的气氛。在伊莎培拉的故事将从甜蜜转向悲惨时,济慈恳求"举世闻名的雄辩的薄伽丘":

恳求宽恕的恩典,因为我们冒昧地
写出与这样一个哀艳的忧郁的
主题如此不相称的故事。

这分散了读者对这个故事恐怖情节的预期与注意。当写到伊莎培拉挖到了坟墓的核心时,最恐怖的景象近在咫尺,但济慈又一次告诉读者:

公正的读者啊,略读一下那古老的故事,
因为在这里,说实话,并不十分宜于
明白说出:——请你翻阅那篇故事,
品尝那个苍白的美人的音乐吧。

济慈似乎在提醒读者,他是多么不愿意伊莎培拉的故事有这样悲惨的

---

① 张法:《中西美学与文化精神》,北京:北京大学出版社1994年版,第84页。
② 马新国编著:《西方文论选讲》,沈阳:辽宁大学出版社1987年版,第12页。

情节,但那古老的故事是薄伽丘所写,情节已定,不能更改。但是济慈的深层用意则是拖延一下诗歌的进程,一方面,读者通过回想薄伽丘的故事,减少恐惧的心理;另一方面,将读者再次推出诗外,形成作品与读者的距离。拉大距离是降低恐惧的有效手段,正如亚里士多德所说:"恐惧可以被定义为一种痛苦,或心情的纷乱,这些皆出自心中对未来某些破坏性的或引起痛苦的恶行的认识……那些离我们不很远,近在咫尺,马上降临的恶行才是可怕的,我们不恐惧那些遥远的事物。"[①]

通过以上几种策略,济慈超脱了哥特传统,达到了运用哥特素材表达浪漫主义理想的目的。济慈取得了很大的成功,正如有的批评家指出的,"没有诗歌能够改变这种不愉快(指伊莎培拉的情节)……如果有谁本可以成功的话,那一定是济慈,因为这个故事在他的笔下写出了可爱的诗行"。[②] 然而,济慈不仅有成功,也有失误,他在诗中部分地超脱了哥特传统,但也不知不觉地沦陷在其中。

"哥特小说是在欧洲处于深刻历史变革时期,对已走向极端的理性主义的新古典主义的逆反……强调情感、想象、直觉以及人身上其他各种非理性的因素。"[③] 哥特小说的兴趣所在决定了哥特文学有一种特有的感伤气质。感伤或者说对情感的放纵构成了济慈的《伊莎培拉》的致命弱点。

首先,在《伊莎培拉》一开始,济慈是有意回避情感的,济慈描写伊莎培拉和罗伦佐之间为爱而产生的思念与煎熬,他写道:"那么他们是不幸福吗?决不可能",显然是将情感控制住,以给读者留下想象的空间。但当这个故事接近尾声时,济慈则让伊莎培拉的情感来了一次大喷发:

"悲哀"啊,在这里停一会儿吧,

"音乐啊","音乐",沮丧地吹奏吧!

---

① 〔美〕莫蒂默·艾德勒、查尔斯·范多伦编:《西方思想宝库》,长春:吉林人民出版社 1991 年版,第 350 页。

② Ronald G & Barnes G, *John Keats: The Principle of Beauty*. London: Sylvan Press, 1948, p. 64.

③ 肖明翰:《英美文学中的哥特传统》,《外国文学评论》2001 年第 2 期,第 94 页。

"回声"啊"回声",从一些阴沉,无名

被遗忘的岛屿上向我们悲叹吧!

至此,济慈将自己完全介入到诗中,让情感决堤,悲伤如瀑布般跌落山崖,也让诗篇落入了令人厌倦的感伤泥沼。感伤损害了作品的张力,消减了作品的艺术价值。袁可嘉曾批评过文学感伤,他认为一切虚伪、肤浅的感情,没有经过周密的思索和感觉而表达为诗文,就是文学的感伤。其实济慈自己也不是一个喜欢感伤的诗人。在理查德·伍德豪斯致友人的信中谈到济慈说过的一些言论,济慈自己无法忍受《伊莎培拉》,因为里面有过分的感伤情绪。其实,"感伤"一直是济慈早期诗歌中尽力避免的,而在写于《恩狄芒》之后的《伊莎培拉》中却被当作惊奇的发现来展现,济慈为什么会犯这样明显的错误呢?

其实,这要从伊莎培拉的形象塑造谈起。伊莎培拉的形象是莎剧《哈姆雷特》中女主人公奥菲丽娅的翻版。从性格上讲,伊莎培拉与奥菲丽娅一样天真、纯洁、脆弱、温柔可人。雷欧提斯对奥菲丽娅的描述是:"忧愁、痛苦、悲哀和地狱中的磨难,在她身上都变成了可怜可爱",这也正是伊莎培拉的写照。奥菲丽娅变得疯狂之后一面采集鲜花,一面吟唱:"他会不会再回来,不,不,他死了";伊莎培拉在她的罗勒花盆被偷走以后,永远地唱着:"残酷啊,把我身边的罗勒花盆活活偷走"。就这样一天天消损了娇美的青春容貌,摧折了生命脆弱的花蕾。莎士比亚笔下的女性形象是丰富多彩的,而济慈倾向喜爱的仿佛只是奥菲丽娅这一类型。这与济慈对女性的看法不无关系。济慈在致恋人芳妮的信中说:"哈姆雷特的心像我这样痛苦,他对奥菲丽娅说'到修道院去,去吧,去吧'。"[①]这是济慈意识到自己将不久于人世时写给恋人的信。美妙的诗篇、爱情的温馨等一切美好的事物都将在生命残焰中化成灰烟,济慈不由得将自己比做哈姆莱特,而将恋人比成奥菲丽娅,这反映出济慈潜意识中理想的女性形象是奥菲丽娅式的。而这一点济慈在与芳妮相识之前就已表露过:"她们(指济慈接触

---

① 〔英〕约翰·济慈:《济慈书信集》,傅修延译,北京:东方出版社2002年版,第503页。

的女子）在我看来像孩子，我对她们宁愿给甜食而不愿为之花费时间。"①长诗女主人公伊莎培拉的形象与济慈心中潜在的女性形象是相符的。《伊莎培拉》中流露出的感伤与其说是济慈在诗歌技艺上向哥特传统的沦陷，不如说是由于长诗女主人公的性格决定了济慈不得不走进感伤的泥潭。《伊莎培拉》也是瓦尔普的小说《奥特朗托堡》中主人公伊莎培拉的又一个投影。一个有趣的巧合就是《奥特朗托堡》的女主人公也叫伊莎培拉。她是一个脆弱的、被动的、任凭邪恶势力摆布的形象。济慈的伊莎培拉又何尝不是如此呢？面对她的两个罪恶的哥哥，伊莎培拉无能为力，即使在她悼念罗伦佐的最后一点象征——罗勒花也被残酷地剥夺时，她心灵的声音还仍然是那样地微弱，没有一点抗争的力量，让人不禁用诗歌开篇的诗句叹道："美丽的伊莎培拉，天真可怜的伊莎培拉！"

伊莎培拉是一个如花的女子，她的外貌美丽如花，内心也娇美如花。"不断地上升着的自然的最终产物是美的人。而且它创造她的可能性极小，因为许多条件同它的观念背道而驰，更何况它的无限威力不能使它长久地处于完美状态并赋予那被创造出来的美以永恒。所以我们可以确切地说，美的人只美在瞬间。"②没有一个浪漫主义诗人不在作品中写美人，因为人是自然的一部分，而美丽的人是自然美的至高表现。不过人的美既有外在的，也有内在的，没有一个人可以长久地保持外在美与内在美的完美融合状态，因而人的美是瞬间即逝的。诗人写美人就是要留住那瞬间即逝的美丽。

在爱情中倍感温馨、又倍受折磨的济慈在性格上讲很有男子气，他才华出众、勇敢无畏，是一个具有很强的人格魅力的男子。这一点与另一位浪漫主义诗人拜伦是相近的。英国女作家伍尔夫（Virginia Woolf）这样评价拜伦和济慈："说到拜伦，可以说没有哪个循规蹈矩的正经女人会喜欢他的。因为在她们看来，拜伦的那种自我中心、虚荣自负的性格，就像是恶

---

① 〔英〕约翰·济慈：《济慈书信集》，傅修延译，北京：东方出版社2002年版，第230页。
② 〔德〕歌德：《温克尔曼》，《论文学艺术》，范大灿、安书祉、黄燎宇等译，上海：上海人民出版社2005年版，第386页。

棍和巴儿狗的混合物,他那种高高在上、藐视一切的孤傲姿态,看上去就像是理发师用来放假发的木桩,而他的好些连篇累牍的感伤话,表面上好像说得娓娓动听,其实不仅单调乏味,甚至令人恶心。然而,几乎所有的男人都喜欢拜伦——这么说并不令人惊异。因为在男人心中,拜伦不仅才华出众、勇敢无畏、魅力十足,而且既富有理想又擅长讽刺,既平易近人又出类拔萃——总之,他是个英雄好汉,是个女人征服者;因为男人中的强者自以为自己也是这样,男人中的弱者呢,则对此无比羡慕。所以,要想喜欢拜伦,要想欣赏他的书信和《唐璜》,首先,必须是个男人;反之,换了女人,即使喜欢也必须装得不喜欢。对济慈就不用这样装了。不错,人们在提到济慈时总带有几分怯意,因为对他这样一个具有人类所有珍贵品质的人——这样一个既有天才又有情感、既有尊严又有智慧的人,倘若我们只知一味称颂而不知其他的话,只会使我们显得低能。所以,如果要说有哪个男人能得到男女一致推崇的话,看来非济慈莫属。"[1]男人们喜爱拜伦,因为拜伦迎合了父权制社会下男性对自己优越地位的沾沾自喜的心态。而女性们对拜伦的模棱两可的态度表明,她们为传统道德所束缚,不敢承认拜伦的魅力,所以说,即使喜欢也只能是"芳心犹倦怯春寒"了。不过,就济慈的情况看,由于济慈诗作的优雅风格和济慈本人生活范围的狭窄,加上雪莱把他喻成带着露珠的花朵,很容易让人们认为济慈是一个有女性气质的诗人,而女子喜爱济慈也不会有喜爱拜伦那样的风险,但我们纵观济慈的生平及其对女人的看法,可以知道,从本质上讲,济慈和拜伦同样具有很强悍的男子气,所以他们也都喜欢塑造那些具有纯洁的自然之美的女性。

《唐璜》是拜伦的代表作,是一部未完成的长篇叙事诗。诗中刻画了善良正直的西班牙青年贵族唐璜的形象。唐璜十六岁时与一贵族少妇发生爱情纠葛,被迫出国旅行。在去意大利的途中,遇到风暴,有沉船的危险,唐璜坚毅勇敢,只身游到希腊的一个小岛上。此时,他得到了纯真姑娘海黛

---

[1] 〔英〕弗吉尼亚·伍尔夫:《文学与性别》,《伍尔夫读书随笔》,刘文荣译,上海:文汇出版社2006年版,第83—84页。

的搭救，两人相爱。但他们的爱情受到了海黛的父亲，一位大海盗的阻拦。他将唐璜卖到土耳其苏丹后宫为奴。后来唐璜逃离王宫，加入俄国的部队，在战斗中立功，成为俄国女皇的宠臣。后来，女皇派他以特使身份去英国进行谈判，他以美貌与才干吸引了众多贵族女性。

　　拜伦在《唐璜》中对海黛的描写很独特。海黛是一个洗尽铅华的自然的女儿，海黛的身上体现的是一种原始的自然美。这种自然美与拜伦所欣赏的充满暴力的自然力正相反。如果说在《雅典的少女》中"那野鹿似的眼睛"已经表明拜伦对于原始的自然美的热爱的话，那么在海黛这个人物身上，我们看到的就是一个从内到外都散发野性的女子，她是一个纯情的少女，就像济慈所塑造的伊莎培拉一样：

　　　　她的头发是褐色的，我说过，
　　　　但她的眼睛却乌黑得像死亡，
　　　　睫毛也同样黑，像丝绒般弯下，
　　　　却含有无限娇媚；因为当月光
　　　　从那乌亮的边缘整个闪出来，
　　　　连飞快的箭也没有这般力量：
　　　　它好像是盘卷的蛇突然伸直，
　　　　猛地把它的毒全力向人投掷。

　　海黛的美具有一种撼动人心的力量，这力量是生命的活力、青春的活力，它令人销魂。这个女子和唐璜过去所接触的贵族女子截然不同。海黛是大自然的孩子，远离尘世那污秽的世界，唐璜也因爱了海黛的缘故而变成了与成人世界格格不入的自然的孩子。"海黛和唐璜两人在叙述者看来都是困在一个令人困惑的成人的世界里，但是在故事中，他们的作用却是明显分开的：海黛的作用是担当幼稚的唐璜的母亲。由于饥饿和差点儿被淹死，唐璜在海黛温暖的、为其提供衣食的和像子宫一样的洞府中获得了重生，恢复了健康。"[①] 海黛身上的那股自然力让唐璜走向了新生。这里表面

---

① Peter J. M., *Don Juan* and Byron's Imperceptiveness to the English Word, *Romanticism: A Critical Reader*, Duncan Wu ed., Oxford: Blackwell Publishers, 1995, p. 220.

写的是一个海岛的姑娘，但实际写的却是自然的力量，这种力量体现在海黛的身上。对唐璜而言，这是一种创造的力量，也是一种再生的力量：

> 那是一天逐渐凉爽的时刻，
> 一轮红日正没入蔚蓝的峰峦，
> 大自然鸦雀无声，幽暗而静止，
> 好像整个世界已融化在其间；
> 他们一边是平静而凉爽的海，
> 一边是有如新月弯弯的远山，
> 玫瑰色的天空中只有一颗星，
> 它闪烁着，很像是一只眼睛。

"诗人对宇宙人生，须入乎其内，又须出乎其外。入乎其内，故能写之。出乎其外，故能观之。入乎其内，故有生气。出乎其外，故有高致。"（王国维：《人间词话》）从这两节诗中，可以发现诗人将"入乎其内"、"出乎其外"八个字做到了极致。正是做到了"入乎其内"，拜伦才能将唐璜与海黛相依相偎的温馨场面写得那样出神入化；"出乎其外"，又使诗章获得了一种远观的效果，仿佛一个人在仔细地欣赏一幅美丽的图画。这种效果的实现源于诗中对自然景物的选择与描绘。拜伦笔下的自然在爱的感召下变得纯净而令人销魂。"一轮红日"和"蔚蓝的峰峦"形成了优美的色彩对比。落日熔金，暮云合璧。"鸦雀无声"的"大自然"传达着绵绵的爱意，"好像整个世界已融化在其间"。而那"玫瑰色的天空中"的"像是一只眼睛"的星星将人的情怀与自然的情怀打通，达到了物我交融、不分彼此的状态：

> 他们就这样手挽手往前游荡，
> 踩着贝壳和五色光灿的碎石

这样，我们跟随着唐璜和海黛的脚步，走进了一个既像自然又像神话的世界。他们相依相偎，紫红的晚霞照在岩洞上，这让他们深深陶醉：

> 呵，一个长长的吻，是爱情、青春
> 和美所赐的，他们都倾力以注，

>好似太阳光集中于一个焦点,
>
>这种吻只有年轻时才吻得出;
>
>那时灵魂、心和感官和谐共鸣,
>
>血是熔岩,脉搏是火,每一爱抚、
>
>一吻都震撼心灵。

青春的热情和生命的光焰在自然意象中得以最充分地表现。青春生命中的爱是自然的莫大的恩赐。拜伦将爱的力量用自然界最具爆发性和毁灭性的力量作喻,爱的体验是一种生命的力量,但一切事物接近极致的时候,其感受都类似于它的反面。将爱的力量比喻成"太阳光集中于一个焦点"、"熔岩"、"火"等等,实际上就是极言爱的强大和生命的强大。"肉体本由易燃的泥质所揉成",而肉体的燃烧也意味着能量的释放。"占据拜伦对幻想世界的那份爱并不是一种统治力量或者社会力量或者管理者,它仅仅是生命和能量的来源。"[1]正因如此,拜伦的诗中才将爱写进了自然的风景中,写进了自然的灵魂中。

唐璜和海黛远离了世界,但并没有感到孤独。在静默的海上,天边闪出星星,红色的晚霞暗淡下去了,天变得越来越黑,四周环绕的是无声的沙石,岩洞中水滴静静滴下,他们更加紧紧地依偎:

>好像普天之下再也没有生命,
>
>只有他们两人,而他们将永生。

在静默的自然中,唐璜和海黛的爱情不仅表现出生命的完美,还表现了生命的神秘。在拜伦所歌咏的女性中,没有哪一个像海黛一样,周身的每一个细胞都表明她是自然的女儿。海黛和自然为伴,是热情所生的女儿。她是自然最美丽、最纯洁、最神奇的造物。在拜伦的诗篇中,海黛仿佛并不是一个真实世界中的女子,她的性格表明她似乎是由两种自然元素造就而成:一是火,一是水。火象征情欲,它热烈而富有毁灭性。而这热烈的

---

[1] Peter J. M., *Don Juan* and Byron's Imperceptiveness to the English Word, *Romanticism: A Critical Reader*, Duncan Wu ed., Oxford: Blackwell Publishers, 1995, p. 220.

爱情之火不是为了毁灭，而是为了新生。第二是水，水是柔情的象征。海黛怀着母亲一样的柔情拯救了唐璜的生命，带给他甜美的瞬间。然而，这甜美的瞬间是不可能永存的。他们的爱就其自身来讲没有发展的空间，"海黛和唐璜达到了一个暂时的幸福状态，但是从人性的方面来看，这种来自时间的自由是停滞与死亡。"[1] 就外部世界来讲，他们的爱又遭到海黛的父亲的阻拦，这对情侣最终被拆散。

伊莎培拉和海黛同是情感纯真、美丽如花的女子，她们的心底单纯得只有一份爱，她们为爱而生，为爱而死。而济慈和拜伦显然也对这种弱女子的美丽抱着赞赏的态度，所以用尽优美的语言表现她们的美丽。济慈的长诗《伊莎培拉》中有很多片段都写了女性的温柔之美：

爱人啊！你引我离开冬天的寒冷，

情人啊！你引我走向夏天的气候，

我一定要品尝这个恩情深厚的早晨，

在这气候成熟的暖意中绽开的花朵。

这么说时，他先前的怯弱的嘴唇胆壮了，

用如露的音韵和她的嘴唇一起吟咏；

他们感到极大的幸福，无比的幸福

就像在六月阳光中盛开的花朵。[2]

"气候成熟的暖意中绽开的花朵"，这样的意象创造了一个甜美的情感世界。一切景物都因爱的缘故变得温暖，且披上了温柔的面纱。济慈诗中不乏英雄的豪情，也不少儿女情长，英雄的豪情和小儿女的缠绵可以同时在济慈的诗中找到。济慈笔下的女性温柔而美丽。女性"是寻求内在形式的男性精神的必要补充。男性只有在与女性心灵相通之后才能成熟。'永恒的女性引导我们向上'，因此，两性之间的心灵关系，正如肉体的性欲不

---

[1] Peter J. M., *Don Juan* and Byron's Imperceptiveness to the English Word, *Romanticism: A Critical Reader*, Duncan Wu ed., Oxford: Blackwell Publishers, 1995, p. 224.

[2] 〔英〕约翰·济慈：《伊莎培拉》，《济慈诗选》，朱维基译，上海：上海译文出版社1983年版，第209页。

是主要的一样,只是一种审美关系"。①济慈擅长用美丽的自然景物状写人的美。自然之美与人之美在浪漫主义诗人的诗歌中总是结合得天衣无缝。济慈把伊莎培拉描写成一个高雅纯洁的美人,诗中一再用花的意象来暗示伊莎培拉的美丽、纤弱与纯洁,她就像那花丛中最动人的一朵花,她的温柔也散发出淡淡的芬芳。她是柔和而纯情的,是一位温婉妩媚的美人。鲍桑葵(Bernard Basanquet)指出:"艺术家或自然美的爱好者必须为某种特定的东西所掌握,使得他不能不去欣赏或表现。虽然他是有意识的,而自然是无意识的,然而对他来说,正像对自然来说一样,美不是目的,而是结果。"②美人离开了自然现象在人心中打开的那扇想象之窗,她的美质就会难以言传。自然美可以升华为情感的美,因为自然的景物被情感的光所照耀并为情感赋予了意义。狄德罗说:"有谁能摆脱光线的作用,能不求助于光线的作用而产生伟大的效果呢!"③诗赋予自然意象以心灵的内涵,类似于绘画中光的效果,让美的光辉从美人的外表浸透到美人的内心。

虽然济慈在诗中也描写女神的形象,但其格调是优雅宁静的。拜伦在《雅典的少女》一诗中描绘的少女的野性之美,很难在济慈笔下找到。拜伦写道:

> 我要凭那无拘无束的鬈发,
> 每阵爱琴海的风都追逐着它;
> 我要凭那墨玉镶边的眼睛,
> 睫毛直吻着你颊上的嫣红;
> 我要凭那野鹿似的眼睛誓语:
> 你是我的生命,我爱你。

雅典的少女也是自然的女儿。风吹鬈发的意象,让人联想起文艺复兴时期画家波提切利的杰作《维纳斯的诞生》。画面中,希腊、罗马神话中

---

① 〔德〕斯普朗格:《审美态度》,刘东梅译,参见刘小枫主编《德语美学文选》(下卷),上海:华东师范大学出版社2006年版,第44页。
② 〔英〕鲍桑葵:《美学史》,张今译,北京:商务印书馆1985年版,第550页。
③ 〔法〕狄德罗:《绘画中的明暗》,参见瑜青主编《狄德罗经典文存》,上海:上海大学出版社2002年版,第28页。

爱与美的女神维纳斯从海里升起。风神让轻柔的春风吹向维纳斯，春神在岸上欢迎她。美丽娇艳的鲜花绕着维纳斯柔和的洋溢着青春生命的肉体。这个优雅的裸体面容端庄安详，带着一种无邪的稚气。拜伦诗中的那位雅典少女仿佛就是从蔚蓝大海上升起的女神维纳斯，而那野鹿似的眼睛则有月亮女神的风韵。月亮女神常在森林中奔跑，手持弓箭，与众女神一起狩猎。她是欢快而充满野性的少女。森林的鲜花环绕着雅典少女，那位有着一双"野鹿似的眼睛"的自然的女儿。形象的美感是借助对自然景物的想象实现的，而自然景物也因注入了雅典少女的青春活力，变成了人性化的和富有理想之美的自然了。"对我们来说，美的本原形式是人性，是人的身体、人的心灵。对男人来说，是'永恒的女性美'，是理想的女人形象。"[1]

比较济慈和拜伦笔下的女性形象，我们可以得出这样的结论：济慈笔下的女性形象更加单一、纯净、温柔、高贵，与之相比，拜伦笔下的女性形象更多样化，更加丰富多彩，虽然二者具有相似之处。

哥特传统是善于描写罪恶的，是"主要通过描写暴力和堕落来揭示社会的罪恶和探索人性中的阴暗的"。[2] 但在描写恶以及对恶的理解上，济慈都表现出很大的弱势。"济慈从气质上讲似乎不能够巧妙地表现恶。"[3] 他在《伊莎培拉》中对伊莎培拉的哥哥们的残暴行为提出质问："他们为什么自豪？"一连重复四次，可是这一连串问题终于不了了之，最终没有揭示出恶的根源与本质。

虽然济慈善于运用意象，但在《伊莎培拉》中，仍可以找到济慈在意象上的败笔，伊莎培拉的兄长对罗伦佐说：

我们今天打算骑马疾驰三个公里
我们请你来，趁太阳还未
在野藩篱落下它那露湿的念珠。

---

[1] 〔德〕斯普朗格：《审美态度》，刘东梅译，参见刘小枫主编《德语美学文选》（下卷），上海：华东师范大学出版社2006年版，第53页。

[2] 肖明翰：《英美文学中的哥特传统》，《外国文学评论》2001年第2期，第95页。

[3] R. S. White, *Keats As a Reader of Shakespeare*. London: The Athlone Press, 1987, p. 206.

这样优雅的语言竟然出自爱钱如命、蛇蝎心肠的兄弟之口，实难令人相信。语言来自思想，济慈对恶的肤浅理解注定了他艺术表达上的瑕疵。这样看来，虽然在对待女性的态度上，济慈颇为大男子主义，但在表现恶的方面，他的文笔又是如此无力，雪莱在《阿多尼斯》中说济慈是"露珠培育的花朵"倒也不是全无道理了。济慈走近哥特传统，试笔于描写社会现实的罪恶，但在罪恶的表现上，他恰恰没能够很好地继承哥特传统。

浪漫主义的理想化与哥特传统在济慈的《伊莎培拉》中相撞。一方面，济慈超越了哥特传统，讲述了一个凄美的爱情故事；另一方面，济慈又不由自主地沦陷于哥特传统中，使得长诗《伊莎培拉》不很完美。虽然如此，《伊莎培拉》细腻优美的艺术风格仍会让人久久难忘，它是"悄悄送来的一阵使我的灵魂平静的风"。（济慈:《恩狄芒》）

第二节　不同语境下的济慈颂诗

约翰·济慈的诗作《秋颂》是英诗中最杰出的作品之一。批评家们仁者见仁、智者见智，众说纷纭，诗评浩如烟海。道格拉斯·布什（Douglas Bush）认为，在《秋颂》中，济慈按生活的本来面目去看待并接受生活，将生活看成是一个成熟、腐朽和死亡的永恒过程。赫伯特·林顿伯格（Herbert Lindenberger）指出："在诗歌的结尾，由强调自然中万物即将死亡的悲观视角，转向了对未来的春天里生命必定复苏的乐观展望。"[1] 保尔·弗莱（Paul Fry）认为《秋颂》中的秋天象征丰硕而不是瘦损。王佐良对《秋颂》的评价是："写的是丰足。"[2] 章燕认为济慈的《秋颂》"表现了诗人在朴素、自然的生命形式中所追求的人文精神"。[3] 也有批评家独树一帜，

---

[1] James O'R., *Keats's "Odes" and Contemporary Criticism 1998—06*. Gainesville: University Press of Florida, 1998, p. 144.

[2] 王佐良:《英国诗史》，南京：译林出版社1997年版，第322页。

[3] 章燕:《济慈〈致秋〉中的审美观和人生观》,《外国文学研究》2002年第3期，第33页。

第三章　诗苑的奇葩：济慈诗歌的解读　77

力求证明《秋颂》一诗与政治有关。①总之，对于该诗的研究是无止境的，因为它丰富的思想内涵和艺术魅力为世世代代的批评家们留下了永远言说不尽的话语空间。

20世纪中叶以来，在知识全球化的大背景下，文学研究突破了传统视野的局限，进入了多学科、多角度、多层次的跨学科研究中。诗歌语言的使用是一种特殊的语用现象。对话语在情景中所获得的意义进行解码是很重要的。解码指的是："当发话人构想出一个信息的时候，交际过程就开始了。接着信息被编码——转换为一个信号或者信号系列——接着又经某一具体的媒介或信道传递到接收人。然后，接收人又对信号或者信号系列进行解码。"②诗歌文本的理解的实质就是读者对语言信号进行解码。在解码过程中，涉及的因素较多，语境是一个不可或缺的重要因素。事实上，语言学家对语境的分类有很多种，仅将语境因素进行分类并不能深化理论，但分类却可以帮助我们确立一个观测角度，便于对问题进行阐述。美国语言学家塞义德（Saeed）把语境分成三个方面：一、从物理环境中可以估计到的；二、从上下文可以找到的；三、从背景知识或共享知识中可以找到的。③塞义德的分类概括了语境因素的方方面面，比较完整，所以我们采用塞义德的语境分类法作为以下论述的框架。

物理环境所指范围比较广，塞义德提到的物理环境包括话语所发生时的气候、地理位置及时间等情况。胡壮麟先生也指出塞义德所说的第一个方面相当于时空和物理情景。④下文主要就气候、时间、地点等语境因素对《秋颂》的影响进行论述。

19世纪初期法国浪漫主义女作家斯达尔夫人在《论文学》中谈到南北

---

① Andrew B., To Autumn, *Coleridge, Keats and Shelley*, Peter J. K. ed., Macmillan Press Ltd, 1996, p. 166.
② 〔比利时〕耶夫·维索尔伦：《语用学诠释》，钱冠连、霍永寿译，北京：清华大学出版社2004年版，第230页。
③ 朱永生：《语境动态研究》，北京：北京大学出版社2005版，第19页。
④ 同上。

方文学产生差异的主要原因在于气候,她指出:"南方的诗人不断地把清新的空气、丛密的树林、清澈的小溪这样一些形象和人的情操混合起来。……北方各民族对欢乐的关怀不及对痛苦的关怀大,他们的想象却因而更加丰富。"① 法国文艺理论家、史学家泰纳(Hippolyte Adolphe Taine)在他的《艺术哲学》中,论证了构成文化精神的三个要素是"种族、环境、时代"。其中,泰纳所说的环境指"地理环境、气候条件,有时也指社会环境"。② 泰纳认为环境是构成文化精神的要素。这意味着环境会对作家的心理和作品的风格及意义产生影响。这正好为我们研究物理环境与济慈的《秋颂》的关系提供一个文化角度的参数。

《秋颂》创作时期的天气情况不仅有据可查,而且济慈也明确地提到气候对他产生的影响。据当时报刊记载:"在1819年夏天,气温终于大幅度地回升。从8月7日到9月间,这47天中有38天是丽日晴天;9月15日至22日这一周平均气温是华氏55度左右,足足回升了10度。"③ 1819年8月底,济慈在致芳妮的信中说:"这两个月美妙宜人的天气是我得到的最高褒奖——不会把鼻子冻得通红——不会冷得发抖——可以在美妙的氛围中思索问题……我喜爱好的天气,将它视为对我最大的祝福。"④ 诗人本来就对自然变化十分敏感,济慈因长期的疾病和身体虚弱,使他越发依恋暖和的气候,把好天气看成了"最大的祝福"。正是这样的气候条件构成了《秋颂》的物理环境。这个物理环境让诗人的心灵产生了悸动,使他在大自然温暖的怀抱中找到了片刻的安宁,仅仅是片刻的安宁,因为这个时期,济慈备受生活的折磨和打击:经济上债台高筑;精神上处于一种躁动不安中;其弟远赴美国,前途未卜;与芳妮的恋爱也不顺利。此时自然界的变

---

① 胡经之:《西方文艺理论名著教程》,北京:北京大学出版社2003年版,第515页。
② 同上书,第508页。
③ 李小均:《生态:断裂与和谐——从〈夜莺颂〉到〈秋颂〉》,《四川外语学院学报》2004年第1期,第11页。
④ 〔英〕约翰·济慈:《济慈书信集》,傅修延译,北京:东方出版社2002年版,第374—375页。

化却给诗人带来了瞬间的安宁心境。在1819年9月21日致雷诺兹的信中,济慈写道:"现在这个季节多美妙——空气真好,温和的犀利。说真的,不是开玩笑,是那种贞洁的天气——狄安娜的天空——我从未像今天这样喜欢收完庄稼后的茬田,是啊,它比春天里冷冰冰的绿意要好多了。不知怎的茬田看起来很温暖——同样的道理某些绘画看上去暖和得很——我星期天散步时,这种思想使我触动如此之深,以至于我沉吟起来。"①《秋颂》因此产生。《秋颂》是困境的囚笼中透进的一道阳光。有批评家认为《秋颂》是首非常奇怪的诗,因为此时济慈身心疲惫,该时期创作的颂诗中,《希腊古瓮颂》充满了困惑,《夜莺颂》和《孤独颂》弥漫着恐惧和悲哀,但《秋颂》的气氛却宁静安详。②对此,有批评家指出:"如果世俗的压力不来打扰,那么乡村那愉快的宁静就给他带来了平和。"③可以说,济慈在写作《秋颂》时,心情是闲适而愉快的,这种心境主要是由于秋高气爽的天气所致,这就使得《秋颂》一诗展现了一种稳健祥和的气息。

《秋颂》中的时间因素是另一个值得注意的问题。《秋颂》描写了清晨、中午、傍晚三个时间。"时间是重要的交际语境因素,任何行为都要在一定的时间里进行。时间有长短之别,长可以到不同的岁月时代,短可以至朝夕瞬息,它们都会对语言的运用和理解产生直接或间接的影响。"④《秋颂》中的三个时间段,不仅决定了诗人所见之物的不同,更饱含着情感因素。在第一段中,清晨的景物透出清新的感觉,诗篇在薄雾的轻纱的遮掩下,让人联想到爽脆的红苹果和那甜美、可口、香醇的串串紫葡萄。三国魏曹丕的《燕歌行》有诗句云:"秋风萧瑟天气凉,草木摇落露为霜。"曹丕笔下的秋是萧条而寒气袭人的。济慈笔下的秋却是温和而甜美的。《秋颂》中

---

① 〔英〕约翰·济慈:《济慈书信集》,傅修延译,北京:东方出版社2002年版,第385—386页。

② Jeffrey B., *John Keats and Symbolism*, Sussex & New York: The Harvester Press & St. Martin's Press, 1986, p. 184.

③ 同上。

④ 王建华、周明强、盛爱萍:《现代汉语语境研究》,杭州:浙江大学出版社2003年版,第177页。

济慈不写风，只写雾，这是颇具匠心的，因为前者呈现出明显的动态，后者则基本为静态，后者方能与清晨的安宁相照应，这样，静态景物的书写生成了诗篇宁静而柔和的气氛。中午时分，虽时令已是秋天，气温尚高，微余的暑热与清晨的凉爽形成了对比，情绪也由饱满而变成慵懒。诗歌第2节的气氛让人联想到午后令人倦怠、昏昏欲睡的情形。傍晚将至时，夕阳西下，"风定小轩无落叶，青虫相对吐秋丝"（宋·秦观《秋日》），那蚊蝇的嗡叫声中自然而然地染上悲凉的秋气。作者很好地利用了时间因素，或者叫时间语境，生成了理想的艺术效果。

《秋颂》中地点因素也起了非常重要的作用。第一场景是种满果树的庭院。这个地点的选取正好符合诗人想表达"果实圆熟的秋"这一意境的目的，因为此时此地正可以突出秋的丰盈与饱满。济慈特别注意为所有描写的景物、人物、动物找到它们各自的地点语境，如葡萄缀满"茅屋檐下"，苹果背负在"老树上"。在第2节中，秋的拟人化形象在"谷仓"，或在"田野里"，在"打麦场上"，或在"收割一半的田垄"上，或"越过小溪"。第3节，飞虫的音乐在"河柳下"，蟋蟀歌唱在"篱下"，红胸的知更鸟呼哨"在园中"，群羊"在山圈里"高声咩叫，燕子"在天空"呢喃。每个地点的选择都给了景物以宽敞的活动空间，如同舞台布景一般，更重要的是静态的背景和动态的景物形成了一种以静衬动的效果，从而营造出诗篇的活力。同时，地点对意象选择也起了制约作用，如：

　　有时候，为罂粟花香所沉迷，
　　你倒卧在收割一半的田垄，
　　让镰刀歇在下一畦的花旁。

这个意象的选择是由田垄这一具体地点决定的，加上收割的具体情形及时间语境——慵倦的秋日午后，所以农人才"饶过了下一畦的花朵"。该意象的选取在很大程度上取决于地点语境，是典型环境下的典型意象。这个意象寄寓了诗人对世上万物的脉脉温情，同时，又是平易近人，呼之欲出的。

塞义德所说的第二类语境：从上下文可以找到的，指的是语言语境，即上下文。研究这种上下文语境对语言选择的影响，对解读文学作品是至关重要的。就诗歌研究来讲，如果我们能够解释上下文语境对诗歌语言所起的作用，就可以更好地理解语言结构与意境生成之间的关系。在探讨这一关系时，首先要考虑的是上下文语境的强制性特点。"语境的强制性首先表现在表达上。人们在表达自己的思想和情感时，是将'内部语言'进行编码传达出来，变为'外部语言'。"内部语言"指的是人在生成话语时由语义初迹向外扩展的线性的外部语言过渡的中间环节，'外部语言'是内部环境经过检索将词语呈线性序列表述出来的语言，外部语言具体的表现是一个个的句子。"[①] 另一方面，话轮作为上下文语境的一种也具有重要意义。"话轮是对话语境中常出现的一种现象，在交际过程中，发话人是相互交替的。交际的任何一个参加者发一次话——成为发话人，就形成了一个话轮。一个话轮可以由一个句子组成，也可以由几个句子组成。这样在话轮内是话题上下文语境，而话轮和话轮之间构成了话轮上下文语境。"[②]

在《秋颂》第 1 节中，起重要作用的是语境的强制性：

to load and bless

With fruit the vines...

缀满茅屋檐下的葡萄藤蔓

To bend with apples

背负着苹果……

fill all fruit with ripeness...

让熟味透进果实的心中

To swell the gourd, and lump the hazel shells

使葫芦胀大，鼓起了榛子壳

With a sweet kernel

好塞进甜核

---

① 王建华、周明强、盛爱萍：《现代汉语境研究》，杭州：浙江大学出版社 2003 年版，第 92 页。

② 同上书，第 113 页。

这节诗用了一连串的动词不定式结构，即"动词＋宾语＋介词 with"结构。这种特定的结构不仅有助于押韵，而且形成了动词对其宾语的制约性。"因为动词除直接意义线索外，还有隐性意义线索，无论是直接的意义线索，还是间接的意义线索，都会促使动词形成一种强制性的言内语境①，制约着对其外围词语的选择。"②此处，由于这个语言结构的应用，产生了一种语气上的稳定性，形成了一个坚实的理解框架，而这个"动词＋宾语"的结构都毫无例外地后续了一个介词 with 来补充说明给予者恩赐于接受者的具体物件。从逻辑分析的角度看也是如此，维特根斯坦（Ludwig Wittgenstein）说："一个物，如果它能出现在一个基本事态之中，那么该基本事态的可能性便已经被预示断定在该物之中了。"③这种结构的有意识地选用使人们在读这些诗句的时候，产生一种比较容易的预期。因为语言结构是一样的，这样自然会将读者的注意力引入到语言内容方面，读者会在不知不觉中将同一结构中的内容进行对比排列，从而在大脑中形成系列性的图画——一幅富丽堂皇、硕果累累的秋之印象。从心理学角度讲，当某种预期与人的想法一致时，会产生愉快感。这就是说，诗人在上下文语境中对动词结构的恰当运用极大地促进了诗意效果的生成。

《秋颂》第 2 节和第 3 节更像是一个话语的话轮。第 2 节中，诗人一边说，读者一边听，拟人化的秋天也在一边听。第 3 节中，诗人一边说，读者一边听。这个话轮与口语交际中的话轮的区别在于，读者的话语和秋的话语都是阅读过程中通过想象和理解由受话人任意添加的，而他们的话语却不会嵌入文本中并成为其中的一部分。第 2 节的开头是："谁不经常看见你伴着谷仓？"第 3 节的开头是：

---

① 此处所说的言内语境包括了上下文语境。"言内语境包括句际语境和语篇语境。这两种语境都会对语言的组合如上下句的衔接，段落、语篇的构成起到一定的制约作用。我们将前者称为句际语境，一般也称上下文语境，将后者称为语篇语境。"（参见王建华、周明强、盛爱萍：《现代汉语语境研究》。）

② 王建华、周明强、盛爱萍：《现代汉语语境研究》，杭州：浙江大学出版社 2003 年版，第 97 页。

③ 陈波、韩林合主编：《逻辑与语言》，北京：东方出版社 2005 年版，第 189 页。

啊，春日的歌哪里去了？但不要

想这些吧，你也有你的音乐——

济慈用这样的诗句唤起了读者内心的情绪。秋和读者作为虚拟受话人进入了赞美秋天的互动与交流中。济慈选用问句作为二、三节的开篇是别具匠心的。"文本对象与接受主体，不能简单地视为编码与译码、输送与承接、授者与受者的关系，二者之间呈双向建构，互为对象，互为主体，互相阐释，相互生成。"[1]正是由于问句的使用，使得读者的参与成为必须的、显性的。更重要的是，读者对于诗歌的介入使得该诗的意义处在不断的生成与更新中，这也是该诗具有永恒生命力的原因之一。

对于塞义德所说的第三种语境类型：从背景知识或共享知识中可以找到的，我们再次采用胡壮麟先生的解释，认为这类语境"相当于背景知识、一般常识和文化知识"。[2]因此，这里准备谈两个方面的问题：第一，文化语境与《秋颂》；第二，认知背景与《秋颂》。

首先，分析一下文化语境与《秋颂》的关系。《秋颂》完成两天之后，即1819年9月21日，济慈在致雷诺兹的信中谈道："不知何故我总是在秋天想起查特顿。他是英语中最纯粹的诗人。他不像乔叟那样用法语中的成语小品词——而是用英格兰的词语写出真正的倒置句——没有一种大手笔或大家的性情，写不出弥尔顿的诗句。我希望投入到其他感情之中。英语须得到发扬光大。"[3]"济慈放弃了弥尔顿的拉丁词汇，而偏爱在乔叟时代就已经习以为常的农业和家常词汇，词语的这种筛选不仅影响了声音和意象，而且也影响到颂诗的寓意指向并使诗篇清晰易懂。"[4]济慈在《秋颂》中风格的改变不仅是艺术上的，也是思想上的。济慈对纯正的英国语言的偏爱，反映了他对祖国、对民族的爱，这种浓浓的爱写进了《秋颂》中。《秋颂》

---

[1] 龙协涛：《文学阅读学》，北京：北京大学出版社2004年版，第27页。
[2] 朱永生：《语境动态研究》，北京：北京大学出版社2005年版，第19页。
[3] 〔英〕约翰·济慈：《济慈书信集》，傅修延译，北京：东方出版社2002年版，第386页。
[4] Paul D S., Keats and the Ode, *The Cambridge Companion to Keats*, Susan J. W. ed., Cambridge University Press, 2001, p. 97.

散发着泥土的芳菲,与民族的文化心理产生了千丝万缕的联系。"不同的民族,因其不同的地域,与其他民族不同的历史传承,形成不同的政治、经济、宗教、科学文化知识,习俗及民族心理。这种语境就具有显著的民族性,体现出特定民族的文化价值和精神向度。就其所使用的符号而言,也都具有各民族的特点。"① 只有民族的才是世界的,这句话蕴含的道理就在于此。所以从文化语境的角度讲,《秋颂》颂扬的不仅是大自然的美,它更表达了诗人的民族意识,以及对故土的挚爱。诗人饱含深情,赞美了自己祖国的迷人的秋天。正是"秋气堪悲未必然,轻寒正是可人天"(宋·杨万里《秋凉晚步》)。济慈放弃长诗的创作,转向他比较熟悉的颂体诗歌的创作,使他的诗作在"语气上自然、成熟、镇定,技艺上精湛"。②

其次,分析一下认知背景与《秋颂》的关系。"在现实认知语境中,人们的言语交际总会融入自己的心境。"③ 从现实认知语境的角度来解读《秋颂》,就必然涉及对语用主体的分析和认识。"语用主体的认知背景语境处于社会文化语境之上,属于最高层次的语境。因为社会文化语境作为一种相对客观的存在,要由语用主体来感知,来把握。"④ 作为语用主体的诗人济慈在《秋颂》中除了表达赞颂之情以外,还表达了他从自然中感悟到的那一份令人忍俊不禁的幽默情怀。

刘新民先生在《济慈诗歌新论二题》中援引国外批评界对《秋颂》的一种说法,认为《秋颂》创作前后发生的一场政治运动,即"彼得卢惨案"是这部作品创作的背景。其依据是在"彼得卢惨案"发生前后,英国政府在与舆论界的论战中用得最多的一词是"conspire"(密谋)。刘新民先生认为,济慈在诗歌中用 conspire 一词旨在回应论战中的"conspire"一词,

---

① 朱全国:《语境在文学艺术活动中的制约作用》,《文艺理论与批评》2004 年第 1 期,第 139 页。

② Paul D S., Keats and the Ode, *The Cambridge Companion to Keats*, Susan J. W. ed., Cambridge University Press, 2001, p. 96.

③ 王建华、周明强、盛爱萍:《现代汉语语境研究》,杭州:浙江大学出版社 2003 年版,第 83 页。

④ 同上。

借以抒发对"彼得卢惨案"的不满,这样,该诗就被解读成了一首政治抒情诗。①

根据对其词源的考察,对 conspire 一词的解释为:"con(together)+ spirare(breathe):一同呼吸→思想一致→为了谋求什么而团结起来",目前它的意思是"搞阴谋,图谋,共谋,协力,合作"。②将"彼得卢惨案"当成是《秋颂》的语境,是将 conspire 一词作为隐喻来解读。隐喻是一种特殊的语用现象。"隐喻是一种以句子为框架(frame),以词为焦点(focus)的话语现象。隐喻的判别必须在上下文中,在一定的语境中。"③"隐喻……的识别需要语境提供线索,在字面意义无法成立时,通过对话题和词语指称对象变换的判断,从而识别隐喻,准确理解话语的意义。"④奥特尼(A Ortony)认为:"某一种语言表达成为隐喻的第一要素是从语用角度和语境角度来看,它必须是异常的。"凯特(Kittay)指出,"话语的第二性意义是第一性意义的函项。话语的第一性意义来自其组成成分的第一性意义在正常语境中的恰当组合。当话语和语境特征向听话者表明第一性意义不成立或不合适时,第二性意义就开始显现。隐喻是典型的第一性意义与语境冲突的情况。"⑤而从《秋颂》一诗的解读来讲,不存在语言解读的"异常性",也不存在"第一性意义"与语境的冲突。作者在书信中自叙的《秋颂》创作背景,以及有记载的良好天气状况,毋庸置疑构成了《秋颂》的语境。《秋颂》中的自然景物的描写和对自然的感悟相得益彰,相映成趣,所以不能将《秋颂》解读成政治抒情诗。

从语用主体考虑,"一般来说,隐喻中的喻体对说话者或者听话者来说比本体更为熟悉。而在两者发生反应时,通常是更为熟悉的事物的特

---

① 刘新民:《济慈诗歌新论二题》,《外国文学评论》2002 年第 4 期,第 82 页。
② 〔日〕小川芳男编:《实用英语词源辞典》,孟传良等译,笛藤出版图书有限公司,高等教育出版社 1994 年版,第 121 页。
③ 束定芳:《隐喻学研究》,上海:上海外语教育出版社 2000 年版,第 34 页。
④ 同上书,第 39 页。
⑤ 同上书,第 197 页。

点和结构被影射到相对陌生的事物上"。① 如果《秋颂》中果真运用了隐喻的话，济慈对于他的隐喻本体的了解应更为深刻，但遍览济慈的信札及诗作，并没有明显的迹象表明济慈对"彼得卢惨案"想要做出回应。所以，若将《秋颂》当成隐喻，那么它的喻体本身就是"彼得卢惨案"，而济慈对这个事件的漠视足以说明，《秋颂》并没有使用隐喻，或者说并没有使用根引喻。②

那么"密谋"（conspire）一词当作何解释呢？济慈在《秋颂》开篇写道：

雾气洋溢、果实圆熟的秋，

你和成熟的太阳成为友伴；

你们密谋用累累的珠球……

这里，已经交待了上下文语境。正是由于有了与太阳的"密谋"，才有了密谋的结果。无论是发话人，还是听话人，都知道"密谋"一词的意思通常是贬义的。而从诗篇下文来看，"密谋"的结果却是一派生机勃勃的秋景图。"一年好景君须记，最是橙黄橘绿时。"（宋·苏轼《赠刘景文》）这自然与听话人对"密谋"意义理解的预期不同，而这却正是诗歌意境生成的契机。因为"密谋"带来的不是恶，而是善，经过周密的谋划，产生了令人意想不到的结果——其实，这结果本身就是惊奇，就是赞叹，就是对秋的歌颂。诗人怀着一种怜爱之情，以妙趣横生的笔墨挥洒一片秋的诗情。所以说"密谋"不是隐语而是幽默语，它蕴含了令人玩味不尽的幽默意味，并在这种幽默意味中表达了对秋的发自内心的赞美。

法国符号学家朱利亚·克里斯蒂娃（Julia Kristeva）基于巴赫金（Bakhtin）的对话理论，提出了"互文性"（intertextuality）的概念。"它表示任何文本都是由多种多样的引用组成，任何文本都是对另一个文本的吸收和解答。"③ 从互文的角度出发，将《秋颂》与济慈另外两首小诗《人生

---

① 束定芳：《隐喻学研究》，上海：上海外语教育出版社2000年版，第82页。
② "根隐喻指的是一个作为中心概念的隐喻，如人生是一种旅途，由此派生出来的隐喻，如人生的起点或终点、生命的车站等就叫做'派生隐喻'。"（参见束定芳：《隐喻学研究》，上海：上海外语教育出版社2000年版。）
③ 夏忠宪：《对话语境中的帕斯捷尔纳克研究》，《俄罗斯文艺》2003年第6期，第51页。

四季》和《蝈蝈与蟋蟀》联系起来阅读，就能够更加清楚济慈对人生的态度。济慈在《人生四季》中表达了他对生命的非常成熟的看法。小诗中，济慈用四季来比拟人生。诗中写了人生那"情稠意浓的春天"、"兴盛的夏天"、"满意于凝视"的秋天，以及"苍白，不俊俏"的冬天，经历了这一切，才算走完漫长的人生。在《蝈蝈与蟋蟀》中，诗人描写了烈日炎炎的夏日里蝈蝈的鸣叫，又描写了凄清冬夜里蟋蟀的叫声。在这两个最严酷的季节里，大地的歌声都不能止息，更何况在融融春日和凉爽的秋天呢？大地的歌声就是这样从不停歇，而《秋颂》的秋声不正是这永不停歇的大地歌声中的一部分吗？济慈对人生的认识是深刻的，也是达观的，能够如此看待生命的人是不会为秋即将到来、万物凋谢而悲叹感慨的。

总之，《秋颂》中物理语境的运用帮助诗歌确立了宁静的氛围和精确的意象。语境的强制性作用和话轮的功能又为诗歌平添了迷人的艺术魅力。在对背景知识和认知语境与诗歌意义形成的关系的分析中，可以发现，《秋颂》的主题并不单一。《秋颂》不仅赞美了大自然，表达了对故土的深情，还彰显了浓郁的民族意识;《秋颂》更是人生之颂，它以平和、安详、质朴的语调蕴含了深邃的人生哲理。真正了悟人生的智者会把生命的甘露与苦酒同样有滋有味地品尝，那正是在"泪之谷"上"始终绽放欢乐的笑颜"[①]的济慈的品格，那也是秋的美、秋的韵、秋的丰采。语用学角度的《秋颂》分析不仅为文本分析提供了强有力的理论框架，还有助于将文本之外的相关信息作为辅助材料引入诗歌分析中。诗歌的语用学解读是一个值得进一步研究的课题。

第三节 译介角度的济慈诗歌分析

诗歌翻译可以说是翻译领域中的一大难点。英国伊丽莎白时代的诗人对翻译诗歌曾经做过许多精辟的论述。约翰·德纳姆爵士（Sir John

---

① 〔英〕约翰·济慈：《济慈书信集》，傅修延译，北京：东方出版社2002年版，第8页。

Denham）曾这样说过，翻译诗歌不单是从一种语言译成另一种语言，而是从一种语言里的诗译成另一种语言里的诗。诗具有一种微妙的精神，当把它从一种语言移入另一种语言的时候，那股精神完全消失了。如果不把一种新精神加入译文，那么译出来的东西除了一堆渣滓之外，就什么也没有了。为什么呢？因为每种语言都有它的风度与神采，它的词汇之所以有生命与生气，就是这个缘故。

德纳姆爵士特别强调了诗歌的精神这一提法。原诗之所以好，贵在其精神，译诗要好，也贵在要有"新精神"。这"新精神"又是由译文所使用的语言决定的，这就意味着，在诗歌翻译过程中，要根据译文所使用的语言特点，选择恰当的表达方式，使原诗的韵味在新的语言形式中得以呈现。查良铮先生翻译的济慈的《夜莺颂》，就是一首非常优秀的译诗。原诗是大手笔，译诗也同样是大手笔，诗的韵味在译文中得以充分地展现，读来意境全出。

济慈的《夜莺颂》的创作背景颇有趣味。当时，济慈在伦敦的一个朋友家，朋友家附近有个夜莺结了巢，济慈喜欢这鸟的歌声。一天清晨，济慈在一棵树下的草地上坐了两个钟头，任思绪随夜莺的歌声飞扬，他在纸上信笔写来，整理后，就成了这首著名的诗篇。该诗情感丰富，含义深刻，语言精美，富有音乐效果。从该诗的创作过程可知，这首诗是天才之作，它一气呵成，情之所至，不由自主。要想译好该诗，译文也一定要闪烁着天才的光芒。查良铮所译的《夜莺颂》气韵生风、卓尔不群，以天才之译还原天才之作。译诗的成功在于以下诸方面：

首先，译诗注重运用准确的意象来还原原诗的境界。美国文学批评家韦勒克（René Wellek）指出："诗歌不是一个以单一的符号系统表述的抽象体系，它的每一个词既是一个符号，又表示一件事情，这些词的使用方式在除诗以外的其他体系中是没有的。"[①] 每一词表示一件事物，这可以

[①] 〔美〕勒内·韦勒克，奥斯汀·沃伦:《意象，隐喻，象征，神话》，参见张廷琛主编《意象批评》，成都：四川文艺出版社1989年版，第2页。

理解为意象的运用，意象是诗歌的骨架，而在翻译意象时，常常会由于文化的差异、语言特色的不同而产生很大的困难。而翻译济慈这样在诗歌意象的使用上已达到至真至美境界的诗人的作品，则尤其困难。济慈的诗歌意象自然隽永，韵味绵长，常有神来之笔。查良铮先生在翻译济诗的意象时处理得非常灵活巧妙，恰如其分地表现了原诗的精神。对于从一种语言转化成另一种语言后，对原意基本无损害的那部分语言材料，如 hemlock, opiate, muskrose, valleyglades 等等，译者采用了直译的手法，因为这些意象一般来说所指的事物比较确定，从一种语言译成另一种语言时，不会将其原义丢失或者损耗，只要直接从译文的语言中找到对应的意象来进行翻译就可以了。但还有一类意象，全部直译则难懂，全部意译则失味，例如，Letheward 为希腊传说中的地府忘川。"and Letheward had sunk"，若译成"向忘川下沉"，则让人不甚了解忘川之意，会误以为只是一个地名而已。虽然也可以加注来说明，然而，读诗过程中，如果时时回头看注释，势必破坏赏诗的情趣。朱维基的译本干脆将 Letheward 译成了"迷魂河"，这倒是成了地道的中国货，让人想起人死后过奈何桥、喝迷魂汤之说。然而，这个传说有着浓重的感伤色彩，与《夜莺颂》一开始所营造的因欢乐而渴望死神的氛围甚不相合，且西方文化的神韵也全然不见了。查先生译成"向列斯忘川下沉"，列斯（Lethe）为其名，忘川为其意，可谓名副其实，又保留了希腊传说的文化气息，实为神来之笔。而与此同样表示地名的 Hiocrene，即希腊神话中的灵感之泉就被全部意译成了"灵感之泉"，这样处理是因为"灵感之泉"与"忘川"不同，前者寓意不言自明，意译无损于原诗韵味，反而会使译诗更加流畅清新；后者如只意译必然会让读者产生困惑，因此要在"忘川"二字前加上"列斯"，以求意思明朗，保留原味。译者以不同的办法，处理同样的问题，收到了良好的效果。查译对意象的翻译也进行了取舍，在取舍之间保留神韵。取，取的是原文之神韵；舍，则是为体现诗歌原味，不得不舍去些细枝末节，存大体，去小节。如 of beechen green, and shadows numberless 被译成"山毛榉的绿荫和阴影"，numberless 被舍掉了，而 green 被译成了"绿荫"，暗示出山毛榉树密密匝匝，绿叶层叠掩映，不可透风之感，不难想象阴影之浓重，绿荫之凉爽。虽然这样的处理不免有些遗憾之处，但尚不失原诗韵味，尤可使人感到炎热夏日里的一丝清凉。用取舍的方式处理难以翻译的意象起到了顾全大局的作用。

除了对意象的处理颇有独到之处以外，查译还在选词造句上下了很大的功夫。苏联诗人马雅可夫斯基（Vladimir Mayakovsky）说过，为了一个词的选择，可以不惜用掉几百吨语言的矿石。济慈的诗作"犹矿出金，如铅出银"，体现在他的选词上，就是他能化腐朽为神奇，字字珠玑，句句珍馐，而这使得翻译他的诗歌很有难度，但查译却对选词进行了恰到好处的处理。举个例子：leaden eyed despairs 一句，用 leaden 修饰 despairs，可谓是"前无古人，后无来者"的奇思妙想。眼中是铅色，眼中如坠铅，铅为灰色，是悲伤沉郁之色，以此状写绝望情绪，真如特写镜头一般，令人称奇。试比较两种译法：朱维基译成"心中悲伤满怀，眼睛疲乏，万念俱灰"，不仅失去了原译的意味，而且颇为累赘。查译本译成"灰眼的绝望"，来得形象、直接且耐人寻味，很好地传达出原诗的妙处。再看另一处 mid May's eldest child 是拟人写法，指的是五月最早开放的花朵。查译成"五月中旬的娇宠"，"娇宠"的含义要比原文的 eldest child 丰富，但从济诗的语气上看，译成"娇宠"实不过分。在诗歌第 5 节中，也即 mid May's eldest child 所出现的那一节中，诗人描写了种种散发着奇香的花朵、草丛和果树，意境是甜美而温馨的。诗人对五月的鲜花满怀柔情，缱绻缠绵，故而"娇宠"二字所蓄含的浓情蜜意，再合适不过了，是形近而神似。

查译对分词修饰语的处理也是别出心裁。以 Fast fading violet covered in leaves 为例。查译成"这绿叶堆中易谢的紫罗兰"。原文中做修饰语的"covered"在译文中被译成了名词"堆"，一个"堆"字极富立体感，把人的视线引向隐蔽于繁枝密叶间的小花上来。诗境在一个"堆"字里，铺开了联想的画卷。

译诗的成功还在于它的创造性。诗歌是创造性的艺术。古希腊哲学家柏拉图（Plato）在他的《伊安篇》中说："诗人只是神的代言人，由神凭附着。"柏拉图还说:"若是没有诗神的迷狂,无论是谁去敲诗歌的门,他的作品都永远在诗歌的门外。尽管他自己妄想单凭诗的艺术就可以成为一个诗人。他的神志清醒的诗遇到迷狂的诗就暗然无光了。"[①] 当然,唯物主义者是不相信世上有神的,但柏拉图对诗歌创作的唯心主义解释却表明了创造力在诗歌产生过程中所起的重要作用。济慈的《夜莺颂》是一首天才的作品,那么好的译文也必须要展现天才的创造力,否则,就不能译出原诗的韵味。查译《夜莺颂》以天才的笔触,浓墨重彩地译出了原诗的精神。或者换句话说,译者把一种新精神注入了原作中,让译诗和原作读起来一样优美,一样耐人寻味。

且看这一节:

> or a beaker full of the warm South,
>
> Full of the true, the blushful Hipocrene,
>
> With beaded bubbles winking at the brim,
>
> And purple stained mouth;

> 要是有一杯南国的温暖
>
> 充满了鲜红的灵感之泉,
>
> 杯沿明灭着珍珠的泡沫,
>
> 给嘴唇染上紫斑。

With beaded bubbles winking at the brim,直译是"珍珠的泡沫在杯沿眨着眼睛",但"眨眼睛"虽然有动态之感,但表现不出珍珠泡沫的光感。英语中 winking 一词,音韵响亮,给人以光的质感,查意译成"明灭",既译出了光的感觉,也状写出泡沫此起彼伏、变化迅疾的动感,而汉语中的"明"的发音与 winking 的尾音一样。葡萄酒的光泽和清爽如在眼前,其情绪氛围与原诗毫无二致,可算是抛开原意的创造性译法。而 purple stained

---

① 伍蠡甫、胡经之主编:《西方文艺理论名著选编》,北京:北京大学出版社 1987 年版,第 4—5 页。

mouth 译成"给嘴唇染上紫斑"则又是一处神来之笔。purple stained mouth 原意为"被染成紫色的唇",这个意象译成汉语后感觉不好,因为汉语中要是说谁的嘴唇青紫,那给人的印象就不美了,"被染成紫色的唇"太容易让人联想到嘴唇青紫之意。而译者很有创造性地将此处译成了"给嘴唇染上紫斑"。"紫斑"足以令人浮想联翩,葡萄美酒的甘甜美妙,饮酒的人放浪形骸,不拘小节。这样的处理,其实是在原诗的基础上的再创造,诗译完成之后,由于加入了再创造的成分,译诗自身也成了一首好诗。

诗歌的音乐性主要来源于两个方面:一是节奏,二是音韵。在英诗中,节奏非常重要,节奏主要是靠轻重音构成。至于音韵,英语音韵的总数远在汉语音韵总数之上,因此,押韵在英语中比在汉语中要难。济慈的《夜莺颂》在节奏上是舒缓平和的。而依照内容的不同,又点缀些明快活泼的音符,例如在第一诗节中,从"而是你的快乐使我太欢欣"以下的诗行里和第 2 节中,诗人将一开始出现在诗中略显沉重的气氛涂了几笔亮色,就像一幅暗色的背景被一束并不刺眼的柔光穿透一般。诗歌第 4 节描写诗人展开诗歌的无形羽翼,与夜莺同往时所见的景色:

> 夜这般温柔,月后正登上宝座……
> 除了有一线天光,被微风带过……
> 我看不出是哪种花草在脚旁,
> 什么清香的花挂在树枝上;

静谧和温馨是它的主旋律。不禁令人感叹:"夜色温柔"(Tender is the night),这种气氛继续发展,直到诗歌结尾,夜莺的歌声消失。刘勰在《文心雕龙·声律》中说:"古之佩玉,左宫右徵,以节其步,声不失序。音以律文,其可忽哉!"这说的就是音韵错落有致的和谐之美。可以说这和谐之美正是《夜莺颂》中音乐效果的最基本的旋律。查译本在音乐效果的处理上着眼于诗歌的整体效果,不拘泥于个别诗行的音响效果,从整体上把握诗歌的基调和氛围,创造了与原诗一样优美的音韵。美国诗人弗罗斯特说过:诗是在翻译中丢掉的东西。他的意思是说诗是不可译的。然而,查译《夜莺颂》不但没有使它失去原汁原味,而且当《夜莺颂》披着东方语言的外衣走来的时候,它那光芒四射的美再一次将我们迷醉,使我们像诗人那样,"向着列斯忘川下沉",沉醉于一个美丽的梦境中。

第四节 济慈的美学理念

黑格尔指出:"只有艺术美才是符合美的理念的实在。"[1] 他又说:"我们可以抽象地说,理想指艺术美是本身完满的美,而自然则是不完满的美。"[2] 黑格尔认为艺术美高于自然之美,因为艺术美出于理念。但是,无论自然美还是艺术美都不能称得上完满,因为它们的美中都有缺憾。济慈在《希腊古瓮颂》中就对自然美和艺术美各自的优势和缺陷进行了深入的思考。"这首颂诗的结构非常简单——诗人在手中转动古瓮,并对古瓮侧面雕刻的情景进行评论。"[3] 诗人这样赞美古瓮:

你委身"寂静"的、完美的处子,

受过了"沉默"和"悠久"的抚育,

呵,田园的史家,你竟能铺叙

一个如花的故事,比诗还瑰丽。

古瓮上的"浮雕很浅而且很微妙,表面上看上去很难触及古瓶,它仅仅是环绕在表层;而就功能来看,它讲述神圣的神话,并且记录和表达像历史学家那样的对时间的重视"。[4] 古瓮要讲述的是一个"古老的传说,以绿叶为其边缘"的故事。这故事被赋予了同历史一样的地位,古瓮通过外在的形象,传达出一个过去世纪的人们的追求。古瓮是"委身'寂静'的、完美的处子",这表明济慈眼中的古瓮上的图案具有阴柔之美。"受过了'沉默'和'悠久'的抚育"的古瓮,又让人产生一种历史感。因时间的流

---

[1] 〔德〕黑格尔:《美学》,朱光潜译,北京:商务印书馆2006年版,第183页。

[2] 同上书,第184页。

[3] Jeffrey B., *John Keats and Symbolism*, Sussex & New York: The Harvester Press & St. Martin's Press, 1986, p. 169.

[4] William W., *Introduction to Keats*, New York: Methuen & co., 1981, p. 121.

逝，古瓮的美变得更加纯粹，更加甜蜜。而古瓮叙述的故事不是别的，正是自然，所以济慈对古瓮的赞美实际上是对自然的赞美。作为田园史家的古瓮记载的历史是自然的历史，或者更准确地说，是人对自然理解的历史。在《济慈与历史》这部批评著作中，批评家研究了济慈诗中历史感缺失这一现象，通常意义上的历史这一概念，济慈是不关注的。"田园的史家"这一提法充分表明自然在济慈的诗歌世界中的地位。在观察古瓮的画面时，济慈困惑地与古瓮展开了对话：

　　在你的形体上，岂非缭绕着
　　讲着人，或神，敦陂或阿卡狄？
　　呵，是怎样的人，或神！

这在艺术上的作用是明显的。"浪漫主义的文本表现出一种对可能性的不知疲倦的玩弄。例如，怀疑性的询问可以看作是对济慈所称的'推理中的固定点和落脚处'的挑战并让人产生更加强烈的渴望之情。"[①]在提问中，原有的逻辑性受到质询，人们渴望知道问题的答案，这种情形类似于悬念产生的效果。济慈对古瓮画面上表现的是人还是神的疑问，暗示这样一种答案：画面上如果绘制的是人，那么，那是像神一样美的人，如果是神，那是像人一样可亲可爱的神。无论是神还是人，他们都构成了画面上自然风光的一个组成部分。对于他们是人是神的提问暗示出古瓮上的画面具有很强的幻想性质。这种性质使诗人一方面为古瓮的美所陶醉，另一方面又不知不觉地被古瓮上的画面带到一个自然的世界中。诗歌因此就在真实的生命之美和艺术幻想之美之间摇摆。

　　济慈在《希腊古瓮颂》中还描写了一个求爱的场面。一个少年吹着风笛在热烈地追求一个少女，而少女在逃避。于是，诗人发出了这样的感叹：

　　树下的美少年呵，你无法中断
　　你的歌，那树木也落不了叶子；

[①] Susan J. W., *The Questioning Presence: Wordsworth, Keats and the Interrogative Mode in Romantic Poetry*, Ithaca & London: Cornell Univ. Press, 1967, p. 21.

第三章　诗苑的奇葩：济慈诗歌的解读　95

鲁莽的恋人，你永远、永远吻不上，
虽然够接近了——但不必心酸；
她不会老，虽然你不能如愿以偿，
你将永远爱下去，她也永远秀丽！
呵，幸福的树木！你的枝叶
不会剥落，从不曾离开春天；
幸福的吹笛人也不会停歇，
他的歌曲永远是那么新鲜。

"比较而言，济慈对美的观照不运用神秘的语言，因为它的主要目的不是启示，而是经验。目标不是未知的上帝，而是终极的快乐。"[1]济慈的终极快乐必要借助自然得以实现。然而，自然的美会凋谢，而已经凝成了古瓮装饰图案的画面，却借助艺术的力量而不朽。青春不会逝去，树木也万古长青，热烈的爱也不会降低它的温度，爱不会因满足而变得平淡无奇。然而，艺术是冰冷的，因为成为艺术品的古瓮上的图案不论多么精美，都是没有生命的。虽然艺术使自然完美，让美成为永恒，但同时，艺术也处死了自然。艺术如果想要复活，就必须重新回到自然中去。济慈在尽情地感受古瓮之美的同时，也将古瓮还原于自然的真实中，是自然的真实为古瓮注入了真实的生命，生命的热度让古瓮焕发了美的气息，这时候，它才是美的。因此，可以说，古瓮的艺术之美是通过自然之美得以实现的。自然之美是艺术之美的根源。

诗人转动古瓮，发现古瓮上还刻画了一个祭神的场面：

这作牺牲的小牛，对天鸣叫，
你要牵它到哪儿，神秘的祭司？
花环缀满着它光滑的身腰。

这刻画了一幅具有宗教情节的画面。古朴的山村与人们平静的生活以

---

[1] Ayumi M., *Keats, Hunt and the Aesthetics of Pleasure*, New York: Palgave Publishers Ltd., 2001, p. 146.

及对神的虔敬构成人与自然最和谐的画面。小镇变空了，因为人们都参加祭祀去了，这缀满花环的小牛就要被作为祭品供奉给神灵了，它似乎体会到了什么，所以才要"对天鸣叫"。济慈从这样一幅图案上听到了声音，感受到祭祀的气氛，并且也隐隐暗示出人们去参加这样一次盛会时的心情：

呵，小镇，你的街道永远恬静；

再也不可能回来一个灵魂

告诉人你何以是这么寂寥。

这样的笔触将作为田园史家的古瓮的历史感写了出来，古瓮见证了生命的枯荣，而那"再也不可能回来一个灵魂"的小镇给人以死亡的沉重感。对死亡的想象是因为有生命的存在，而这画中的生命是诗人给的，是诗人将生命的气息吹进了古瓮之中，才使这个平凡的艺术品有了永恒的生命：

沉默的形体呵，你像是"永恒"

使人超越思想：呵，冰冷的牧歌！

古瓮的永恒之美在于它并不真的拥有生命，因为它没有生命，也就没有失去生命的悲哀。美不会因时间而改变，但是那美中的缺陷是致命的，那就是它没有生命的体温，没有生命的呼吸，这样的美怎么能不冰冷呢？自然美是有生命的美，但它短暂；艺术美是永恒的美，但它不拥有生命。诗人已经感到了这两种美都不是理想之美，因此，他在诗的末尾写道：

等暮年使这一世代都凋落，

只有你如旧；在另外的一些

忧伤中，你会抚慰后人说：

"美即真，真即美，"这就包括

你们所知道、和该知道的一切。

"美即真，真即美。"有批评家指出："济慈区分了事实和真理，创造性的幻想力将事实变形而成为真理。"[①]济慈这里尽力变形的，是美的事实，把美的事实与真理等同，这样就让美获得了永恒的生命力。艾略特认为这

---

① William W., *Introduction to Keats*, New York: Methuen & co., 1981, p. 12.

句"美即真,真即美"的诗句损害了整首诗歌的完美,给人以唐突和焦虑感。从《希腊古瓮颂》自然发展的脉络来看,这一句似显突然。但是联系诗中的内在逻辑,这样的诗句就是合理的了。其内在逻辑是诗人在诗中已将古瓮的图案还原于自然中,并从自然中借得了暂时的生命,而这时突然意识到古瓮只是一件艺术品,它的不死的本质,正是使这首美妙的田园牧歌变得"冰冷"和"沉默"的根本原因。虽然说,听不见的乐声更加美妙,但在诗歌的最后,诗人却从这样的自我欺骗中惊醒,意识到有生命的美不能长久,而没有生命的美却又是"冰冷"的,所以他无奈地吟出了"美即真,真即美"的诗句,其实是为了弥补美瞬间即逝的缺憾,以达到心灵的满足。

在《希腊古瓮颂》中,济慈经历了一个由艺术到自然,再由自然到永恒的思考。在这种思考中,"田园的史家"的主旋律贯穿诗的始终。它一方面构成了连接艺术到自然的桥梁,另一方面,从自然到永恒的思考中,它以其史家特有的沉重感、使命感,让诗人力图建立起一种美等于真的等式,从而完成对美的永恒性质的设定。济慈使用"冰冷的牧歌"这个短语的时候,就已经表明,诗人已经感到了自然美与艺术美的根本区别。前者是有生命的,而后者是无生命的。济慈显然认识到了自然美的不完满性,但是同时,他也认识到艺术美也是有缺陷的。因此,在济慈笔下,将美等同真的意图在于捍卫艺术美的完满性。因为济慈实在不愿意看到他用幻想营造的艺术宫殿冰冷如广寒宫一般,可是,艺术美的不完满又岂是一个美等于真的等式能够解决的问题呢?"嫦娥应悔偷灵药,碧海青天夜夜心",嫦娥得到了永恒的青春,但同时也必须承受永恒的冰冷。如果将嫦娥比做艺术美的话,这诗中所描写的嫦娥的处境就是艺术美无奈的处境。

"美即真,真即美"中的"真"不是现实世界之真实存在。因为在济慈看来,真是想象力的产物,这种产物从它诞生的根源来看是唯心主义的。济慈诗中的真并不是事实,事实不等于真理,而真与幻想相连,与美丽相关。济慈将内心的经验和直觉感悟化成了诗。对内心经验直接表现的社会意义在于,人不再被看成是普遍意义上的人,而是具有独特的个体特征的人，这种独特性浮出水面意味着人的个体价值得到了认可，不需要寻求与他人的认同，以至在认同的过程中泯灭自我，直觉就从思想上和精神上解放了人。

济慈的"真"是一个形而上的概念。对"真"的判断标准在于"美"，而"美"又来源于想象。济慈诗中，那些来源于想象的东西被化成了自然的意象。所以可以说，"真"就是对自然界所存在的体现美的事物的艺术化处理的结果。康德（Immanuel Kant）指出："在一个美的艺术作品上我们必须意识到，它是艺术而不是自然；但在它的形式中的合目的性却必须看起来像是摆脱了有意规则的一切强制，以至于它好像只是自然的一个产物。在我们诸认识能力的、毕竟同时又必须是合目的性的游戏中的这种自由情感的基础上，就产生那种愉快，它是唯一可以普遍传达却并不建立在概念之上的。自然是美的，如果它看上去同时像是艺术；而艺术只有当我们意识到它是艺术而在我们看来它却又像是自然时，才能被称为美的。"① 作为艺术品的古瓮在济慈的笔下看上去完全是自然的，因此，它才是美的。

美的古瓮看上去是自然的，但它却是人的创造物。济慈颂扬古瓮的诗则是在创造物的基础上对古瓮的玄想，即是在艺术上创造的艺术。"外部世界中没有任何东西与之相像；不存在的东西成为现实，就是说，它本身变成了现实。它创造了奇妙的东西，赋予它生命。它创造了在外部世界永远不会存在的奇特情境；它只有存在于诗中才能存在于某个地方。"② 艺术总是"向人们介绍一种新东西，一种从没有见过、也永远不会见到、然而却特别想见到的东西"。③ 济慈所创造的这首不朽的诗歌得益于对自然的还原。没有自然作依附，任何创造都不会取得成功。诗人正是在对自然美的追求中，创造了自己的艺术，而这完美的艺术反过来又充满了天然妙趣。钱锺书先生最赞莎士比亚的"人艺足补天工，然而人艺即天工也"的说

---

① 〔德〕康德：《判断力批判》，邓晓芒译，北京：人民出版社2005年版，第149页。
② 〔智利〕维多夫罗：《谈创造主义》，参见潞潞主编《准则与尺度：外国著名诗人文论》，北京：北京出版社2002年版，第364页。
③ 同上。

法，称其"圆通妙澈，圣哉言乎。人出于天，故人之补天，即天之假手自补，天之自补，则必人巧能泯。造化之秘，与心匠之运，沆瀣融会，无分彼此"。[①] 济慈之诗也配得上钱锺书先生对莎士比亚艺术的这番盛赞。

在古瓮的第一幅图中，描写了一个田园牧歌似的热恋场面。古瓮就是借助自然的生机和爱的激荡获得了生命，由艺术而还魂为自然的生命。在第二幅图中，描写了祭神的场面，这可以诠释为人与自然的和谐，和谐中则隐含了一种生命的回归感，所以也直接与死亡相连。自然中拥有生命的美不会长久，艺术中永恒的美又没有生命，这样的矛盾最终只能在一句抽象的"美即真，真即美"中落下帷幕。在写下"冰冷的牧歌"这样的诗句时，济慈的爱是指向自然的，不是指向艺术的，因为他认识到古瓮中的自然是艺术化的自然，认识到艺术与自然的区别，这位求美爱美，将美当成宗教信仰一样的诗人明白：艺术再美，也只是因为艺术来源于自然。

"美即真，真即美"这句诗表达的就是诗人从古瓮中看到一种永恒，古瓮的图案让济慈把对瞬间美的感觉指向了永恒。"美即真，真即美"是诗人对自然界的抽象的理解。即使是一个古瓮，那其中也饱含着自然那沧海桑田的历史变迁。诗人要收藏的那一刹那，就是感受永恒的那一刹那，此时此刻，诗人从内心体验中获得了一种超越能力，超越了感官与心智的局限，将人从有限的自然生命中解脱出来，瞬间与宇宙万物融为一体。而这种合而为一的感觉是古瓮上图案的美引发的，诗人之所以能够把这瞬间的美的感悟与永恒的真理"美即真，真即美"联系起来，其根本原因在于济慈对直觉与瞬间感觉的把握所致。在把握瞬间感觉中，诗人可以从这瞬间立刻悟出抽象的真理，这一点和布莱克对瞬间感觉的强调异曲同工。布莱克善于在短短的诗行里一语道破宇宙的真理，这使他的诗读来就像警句格言一般，以直觉来表达整体的思考，例如，《天真的预示》开篇的几句：

　　一颗沙里看出一个世界，
　　一朵野花里一座天堂，

[①] 周振甫、冀勒编著：《钱锺书〈谈艺录〉读本》，上海：上海教育出版社1992年版，第92页。

把无限放在你的手掌上,

永恒在一刹那里收藏。

　　布莱克没有把真理束之高阁,而是化深奥为简约。布莱克使用看似天真的语言,写出了深刻的哲思。诗中的自然意象"一颗沙"和"一朵野花"是最平常的事物。唯其平常才能为大众所认知。无论生活在地球的哪一个角落,无论处于生活的什么阶层,没有谁没见过一颗沙或一朵野花。正是这看似不经意的意象的选择,诗人才能得心应手地从最平凡、最具普遍性的事物中悟出真理。这首诗所表达的思想令人想起《吕氏春秋·察今》中的言辞:"有道之士,贵以近知远,以今知古,以所见知所不见。故审堂下之阴,而知日月之行,阴阳之变;见瓶水之冰,而知天下之寒,鱼鳖之藏也。尝一脔肉,而知一镬之味,一鼎之调。"《淮南子·说山训》也有"见一叶落而知岁之将暮"之句。宋代的唐庚《文录》引唐人诗:"山僧不解数甲子,一叶落知天下秋。"这些讲的都是从事物细微的变化中看出其发展大趋势的道理。虽然它们都有表达见微知著的含义,然而却不可以将其等同理解。一颗沙与世界的关系,一朵花与天堂的关系,与一片落叶和秋的关系以及一脔肉和一镬之味、一鼎之调之间的关系不同。前者不是直接的,后者却是直接的。理解前者,就必须通过象征来建立一颗沙与世界、一朵花与天堂的关联,后者在逻辑上可以很容易地搞清楚,关联是自然存在的。树叶落了,说明气候变冷,虽然只是一片叶子,它的生长规律却是与千万片叶子一样的:春天发芽,夏天生长,秋天完成了一个生命的周期后,叶落归根。而一颗沙与世界的联系没有这样清晰。当我们仔细思考一颗沙和一个世界的关系,一朵野花和一座天堂的关系时,我们会发现,一切逻辑性的安排都被剥夺了。一颗沙和一个世界的关系、一朵野花和一座天堂的关系在于神秘与可解释之间。神秘,是因为逻辑缺失;其可以解释,是因为如果我们从象征的角度理解一颗沙,可以使一颗沙与世界之间建立起原来并不清晰的联系。一颗沙最可能象征着某种微不足道的事物,这种事物看似平凡,每天都出现在我们周围,但只要我们用心去思考,就会明白那些微小的事物与宇宙规律的联系。一朵花与天堂的关系也是建立在对一朵花的象征性理解上。我们必须将一朵花理解为美的事物，平凡而众多的美的事物是构成天堂的材料。虽然引入象征手段来解释小诗中所言的沙与世界、花与天堂的关系是可以说得通的，但我们同时必须认识到这只是一种有助于我们理解布莱克诗歌的办法，它还远远不是最佳的方式。更何况诗歌并不是哲学思想的图示版本，不能将其简单化。小诗中，布莱克表达了对感性世界的肯定。从一颗沙里看到世界和从一朵花里找到天堂是从感性世界直抵真理的结果。济慈从古瓮的图案中看到了凝固的历史，这就如同从一朵小花里看到了世界，从瞬间看到了永恒。

第五节 济慈诗中对死亡主题的诠释

接受死亡是一种对死亡的超越，这种超越在济慈的《每当我害怕》一诗中表达得非常充分：

> 每当我害怕，生命也许等不及
> 我的笔搜集完我蓬勃的思潮，
> 等不及高高一堆书，在文字里，
> 像丰富的谷仓，把熟谷子收好；
> 每当我在繁星的夜幕上看见
> 传奇故事的巨大的云雾征象，
> 而且想，我或许活不到那一天，
> 以偶然的神笔描出它的幻象；
> 每当我感觉，呵，瞬息的美人！
> 我也许永远都不会再看到你，
> 不会再陶醉于无忧的爱情
> 和它的魅力！——于是，在这广大的
> 世界的岸沿，我独自站定、沉思，
> 直到爱情、声名，都没入虚无里。

诗中，济慈写出自己对死亡的认识和态度。从地到天，诗歌突出了广阔的意境。济慈用收谷子喻指收获诗的灵感以及让这些灵感化成诗章，用云雾和天象描述幻想中那些传奇故事的宏伟和壮丽，这些大自然的景物映射出济慈对富丽堂皇的诗的世界的热烈向往。而这一切，还有济慈对爱的向往都将随着生命的消失而远去。于是，"在这广大的世界的岸沿"，诗人"独自站定、沉思"。这些诗句勾勒出一个人在死亡面前所感到的孤独。仿佛整个地平线越来越长，而人则越来越小了。最后，人在天地之间化成了一个斑点，又缓慢地从视线中隐没，渐渐消失。诗的结尾处，诗人点明了看待死亡的方式，那就是：

独自站定、沉思

直到爱情、声名，都没入虚无里。

这样，济慈就以异常平静的心态接受了死亡，这近似一种英雄的态度。"英雄的考验直至毁灭显示了人的尊严和伟大。"[①] 济慈没有明确地说明，他深思的内容是什么，然而诗歌的最后一句暗示出，他深思的内容是爱情和声名。爱情与声名是每一个年轻人向往的东西。济慈作为一个才华横溢的诗人，对这一切也有着热烈的向往。"每一个诗人都渴望未来有人比他自己那个时代更深刻更宽宏地读他的诗。这绝不是渴求名声，而是一种对生命的渴望。"[②] 不论是渴望爱情，还是渴望声名，其本质上体现的都是对尘世生活的爱。可是死亡将临，美好的人生刚刚开始就将结束，这是悲剧中的高潮，自然中最惨烈的现象才可以与诗人此时心中的激情合拍，然而济慈却用"站定、沉思"这样一个姿态，安抚了内心中激荡的江海般汹涌的情感。济慈的镇定源于他对人生的认识。"虚无"，这是济慈笔下的死后的世界，无论人怎样度过他的一生，终将"死后元知万事空"。然而天与地依旧存在，万古常新。在自然面前，诗人变得谦卑。借助对自然中那些博大的事物的感悟，济慈超越了生与死的界限，所以在死亡面前他是镇定的。

[①] 〔德〕雅斯贝斯：《悲剧知识》，吴裕康译，参见刘小枫主编《德语美学文选》(下卷)，上海：华东师范大学出版社 2006 年版，第 79—80 页。

[②] 〔墨西哥〕帕斯：《谁读诗歌》，参见潞潞主编《准则与尺度：外国著名诗人文论》，北京：北京出版社 2002 年版，第 448 页。

自然景物成了诗人认识生死的媒介，也成为诗人表现自己的生死观时必须借助的手段。宏大的自然风景在这里带给诗人安慰。死后变成尘土的生命将融入苍茫的宇宙，在天地间消隐足迹：

> 生者为过客，
>
> 死者为归人。
>
> 天地一逆旅，
>
> 同悲万古尘。
>
> ——李白：《拟古十二首其九》

"死，始终是个问题。死的不可理解性，在另外一个机关前显露出来了。它表露为：我们自我意识的肯定性与自我意识的非存在之间的关系，根本就无法理喻。可以再次援引里尔克的话：'而且死离开我们有多远，这是未曾显露的。'于是，认识应当存在于何处，以便使我们能够知道自身理解的答案在哪里？然而，念念不忘这个问题，似乎是人类一贯的不懈努力。作为生者，我们是无法避开这个问题的。"[①] 我们无法回避死的问题，那么就必须面对这一问题，济慈在面对死亡的问题时，采取了达观的态度。在济慈的一生中死亡总是离他很近。他的母亲和弟弟都死于肺结核，后来诗人自己也不幸患上了这种病，他意识到自己也将不久于人世，这样一种经历使死亡的景象经常显现在他的眼前。这也让诗人以最快的速度理解了生与死的内涵。看到万物必然凋零的不可逆转的命运，诗人没有产生悲观情绪。诗人从万物由鼎盛到凋零破碎的命运的转变中，也从对自身生命的忧虑中，感悟到了自然与人生之间存在着的奇妙关系。济慈也读懂了生命，领悟了生与死这万古不变的轮回。福柯指出："要是你选择活下去，那么你选择的是整个世界即堆积在你眼前的、有着各种奇观和痛苦的世界。同样，走到人生终点的智者，一旦看到整个世界和它的秩序、痛苦和伟大，那么此时此刻，他就有了选择的自由，即选择生或死的自由。"[②] 济慈借助自然，

---

① 〔德〕伽达默尔：《作为问题的死》，参见严平编选《伽达默尔集》，邓安庆等译，上海：上海远东出版社1997年版，第136页。

② 〔法〕米歇尔·福柯：《主体解释学》，佘碧平译，上海：上海人民出版社2005年版，第300页。

理解了从生到死的过程并坦然地接受了这个过程。在《夜莺颂》中，是对美的渴求让济慈超越了生死之限。在《秋颂》中，济慈是通过对自然规律的理性认识实现了自身精神的飞跃。然而，它们最初的源头都是自然，是自然给了诗人以生命的启示。

在《每当我害怕》一诗中，水的意象富有意味。"世界的岸沿"隐含着水的象征意味。水分开了此岸世界和彼岸世界，水也将一个即将死亡的人带到另一个岸边。英国是一个岛国，这种地理上的原因使离别的情绪更易于同水联系在一起，因为任何远行都必经水路。水这一自然景象因其内在本质常与离别的情绪产生共鸣。水的动荡不安和不确定性，与离别之人内心的不确定感相通。死亡也是一种离别，只不过它是一种对尘世的永恒的离别。而且水给人的不安定感，也预示着人对前途与命运的担忧。没有什么比水这种自然景象更容易激发起诗人去国离乡的凄楚之情了。《论语·阳货》上说"诗可以兴，可以观，可以群，可以怨"。人生聚散不定，生离死别总会在人们的心中唤起悲怨的情愫，激起感情的波澜。这就是"可以怨"或者说"离群托诗以怨"（钟嵘：《诗品序》）的道理：

　　请君试问东流水，
　　别意与之谁短长。
　　　　——李白《金陵酒肆留别》

似水柔情和英雄的悲壮与豪迈是别离中最动人的情怀：

　　此地别燕丹，
　　壮士发冲冠。
　　昔时人已没，
　　今日水犹寒。
　　　　——骆宾王《于易水送人一绝》

人在生离死别之时最易抒发对人世的感慨，这是因为，当一个人即将告别人世的时候，他自然形成了对过去的一种远观的视角，这种视角使他能够在追忆中对过去进行一种宏观的把握，进行比较理性的概括，同时，远观又使人的视角不可避免地变得模糊不清。这样，过去又变成了一种想象,一种具有美感的艺术现实。济慈在书写离世之情的时候,既是对过去进行理性思考,也是对过去进行艺术想象。过去和现在这两个时间因为离世这种特殊的场合自然地联系在一起,在这种情形下,诗人更能以豁达的态度看待人生,看待人间的爱恨情愁。不难想象诗人在面临死亡之时的那种痛苦和纠结,那种彷徨和忧伤。从这样的描写中,我们看到的是一个历尽生活的艰辛,饱尝了生命中的折磨,但不肯屈服、性情倔强的诗人的形象。那隐去的海岸将诗人放逐于茫茫的波翻浪涌的大海之上。诗人将远离,陆地也越来越遥远,所以他此时在这世界的岸沿边的"独自站定、沉思"显得是那么悲壮,那么豪迈:

　　入不言兮出不辞,
　　乘回风兮载云旗。
　　悲莫悲兮生别离。

——屈原:《九歌·少司命》

　　生命即将消失,诗人的梦想与美好的爱情也将化成云烟,此时,他不悲,亦不怒,而是"独自站定、沉思",足见其胸襟的开阔与博大。王佐良认为"其意境有似雪莱的《悲歌》,却用静默代替了呼喊"。[①] 静默的表达是一种最有力的展示,因为它的内涵已经达到了饱和的状态,但似乎又像是一种空的状态。有一位表演艺术家,当人们问他如何表现悲痛的情感时,他想了想,做了个示范,这是一个惊人的回答:他的脸上没有一丝一毫的表情,像大理石一样,目光一动不动地望着远处,好像穿透了一切障碍物,向远处望,一直望到地狱的深层。开始人们对这样的表演还不理解,但很快,人们发现,这的确是表现极度悲伤情绪的最佳方式,因为它有太多的内涵,太多的无语,涵盖了太多想说而不能说出的话。济慈诗中的"静默"恰似"于无声处听惊雷"的处理手法。

　　诗人内心的痛苦和茫然就在岸与水的意象中得以呈现。克尔凯郭尔(Soren Aabye Kierkegaard)在他的散文《家的感觉》中这样谈论海:"风诱

[①] 王佐良:《英国诗史》,南京:译林出版社1997年版,第304页。

惑他们奔向你指给他们的无边的海洋；你自己会为此而感到无法控制的陶醉，因为你认为无限是你的组成部分，它像海洋一样隐藏着海底的每样东西。你早已是这片水域的一个有经验的航海者，你会不知道这海上的灾难和不幸吗？其实，在这海上，一个人只能靠自己。"① 海是无限的，有什么比海更自由，有什么比海更洒脱，又有什么比海更凶险，更能引发诗人的激情呢？

　　生与死的启迪成为浪漫主义诗人乐于书写的主题。《古舟子咏》中也写死亡，但是由于作者柯勒律治与济慈对宗教的信仰不同，同是写死亡，他们的笔下却呈现了不同的意蕴和风景。西方文化有两大源头——一是古希腊、罗马文化，一是希伯莱文化。蒋承勇先生认为古希腊—罗马文化中含有世俗人本意识，而希伯莱—基督教文化中含有宗教人本意识。所谓"世俗人本主义意识"指的是"张扬个性、放纵原欲、肯定世俗生活和个体生命价值的人文特征"，而"宗教人本主义意识"指的是"尊重理性、群体本位、肯定和超现实价值的宗教人本意识"。② 文艺复兴时期的人文主义体现的是世俗人本主义思想和宗教人本主义思想的结合。人们渴望从中世纪教会的黑暗统治下获得解放，知识阶层便求助于古希腊、罗马文化，从中找到与封建教会抗衡的思想武器。人文主义思想"冲破中世纪教会统治下以神为中心的思想束缚，认为人是自然的一部分并支配自然，追求快乐是人的天然权利和社会发展的动因。上升时期的资产阶级根据这种理论批判封建教会的禁欲主义，肯定人拥有享受人间一切快乐的权利，使征服自然、寻求人生快乐、进行自由创造、争取个性解放以及建立公正社会制度等进步思想得到广泛传播"。③ 从神学的束缚下解放出来的人，开始思考存在的意义、人生价值和人的本性，这一切和基督教神学形成了强烈的反差。根据基督教的"原罪说"，人生来就带有罪恶，必须通过忏悔和赎罪来获得

---

① 〔丹麦〕克尔凯郭尔:《家的感觉》，参见任柏良主编《智慧日记》（第3卷），长春：吉林人民出版社2002年版，第133页。
② 蒋承勇:《西方文学"人"的母题研究》，北京：人民出版社2005年版，第1页。
③ 夏征农主编.《语词辞海》，上海：上海辞书出版社1991年版，第348—349页。

拯救，人生的幸福寄托于来世。人文主义对现世的人生意义则给予了充分的肯定，极大地激发了人的创造力，张扬了人性。文艺复兴时期产生了众多百科全书式的人物，他们为人类文明的发展做出了杰出贡献。恩格斯曾高度评价文艺复兴，认为"这是一个人类从来未经历过的最伟大的、进步的变革，是一个需要在思维能力、热情和性格方面，在多才多艺和学识渊博方面的巨人的时代"。[1] 人文主义对人类进步产生的推动力远在科学技术之上。"人类今天所取得的成就及文明的进展，科学固然功不可没，但其首要因素不是科学，而是人文价值观，尤其是文艺复兴以来璀璨夺目的人文思想。当它们被人们转变成富有生机、处处体现着正义、自由、平等、博爱的社会秩序时，只是在此时，科学才闪耀出了它光芒四射之魅力。"[2] 17、18世纪是古典主义和启蒙主义文学时代，这个时期的文学体现的是高度的理性；18世纪末和19世纪初的浪漫主义表现了人们对自由的追求和回归自然的强烈渴望，比较贴近于世俗人本主义精神。英国浪漫主义诗人济慈和柯勒律治同属于19世纪，但他们对于死亡主题采取了不同的处理方法。济慈表达了人本主义思想，表达了对尘世的留恋；而柯勒律治在《古舟子咏》中，也表达了对尘世的爱，对自然的爱，但是这种爱又始终与基督教的赎罪意识相联系。下面，我们分析一下《古舟子咏》的死亡主题，以此与济慈的死亡主题进行对照，使我们更清晰地看到两位浪漫主义诗人的分野。

《古舟子咏》中，老水手无端地杀死了一只信天翁，这给全船带来了灾难。同伴们都死去了，而老水手是"想死却不能死去"。此时，自然景物呈现出一片温情脉脉的情调，这是自然在以它自身的力量感化老水手：

　　月亮慢慢地升上天空，
　　她不断上升一刻不停：
　　她悄悄地、悄悄地上升，
　　身旁伴有一两颗星星——

---

[1] 刘明翰：《欧洲文艺复兴的"以人为本"与各国特点》，《湖南师范大学社会科学学报》2006年第1期，第109页。

[2] 邓周平：《论人文理性》，《社会科学》2003年第9期，第87页。

她洒下清光如四月的寒霜，

　　仿佛在嘲弄这酷热的海洋；

　　除了船身巨大的阴影，

　　着魔的海水到处在燃烧，

　　到处是一片红色的火光。

慢慢升上天空的月亮，洒下清光如寒霜，月亮身旁伴有一两颗星星，这些自然意象描绘出一个宁静和谐的自然。月夜的诗情是那么宁静。唐代诗人李朴的七律《中秋》中云："皓魄当空宝镜升，云间仙籁寂无声。"无声的夜，宁静的月光，给老水手带来的是对生命的思索，唤起的是老水手爱自然的情怀。在这片燃烧的、"到处是一片红色火光"的海洋上，与星星相伴的月亮"洒下清光如四月的寒霜"。清冷的月光仿佛是上天送来的慰藉，给焦渴的老水手带来了生的希望：

　　在那船身的阴影之外，

　　水蛇如白光游动在海面：

　　每当它们竖起蛇身时，

　　水泡抖落如霜花飞溅。

对水蛇的描写给人以鲜明、优雅和亮丽的感觉。当蛇身竖起时，"水泡抖落如霜花飞溅"。这让焦渴中的老水手感到心情欢快：

　　在那航船的阴影之内，

　　蛇身的颜色是多么浓艳：

　　蔚蓝、碧绿、晶黑；每过一处，

　　留下一簇金色的火焰。

这可以说是英国浪漫主义诗歌史上最动人的自然颂歌之一。蛇身的颜色伴随船身的阴影而变化：

　　蔚蓝、碧绿、晶黑；每过一处，

　　留下一簇金色的火焰。

绚丽的自然，它的美变幻万千，充满了生命的欢乐与青春的气息。这段自然书写的美丽不仅在于语言，更主要的是在于它所传达的情感。

"在那航船的阴影之内"重复了两次，诗人意在强调死亡的沉重氛围，因为船上的人都已经死亡了。就是在这样的氛围中，神秘的自然展现了它无限的生机与难以言传的美丽。一个从死亡的阴影里站起来的人，最能感受到生命的可爱；一个曾经失去了这个世界的人，最懂得找回它时的那种心情。这里写出的就是这样一种心情。水蛇色彩的变幻固然是大自然神奇的展现，但是这里诗人传达的最重要的信息不是自然的神奇，而是自然对经历了生死浩劫的老水手的影响。神奇的自然唤起的是老水手心中对自然的爱：

呵，幸福的生命！它们的
美丽没有语言能够形容：
一阵热爱涌上我的心头。
我在心中暗暗祝福它们！
准是神明开始对我怜宥，
我在心中暗暗祝福它们。"

那充满柔情的自然让人不知不觉地生出了博爱的情感。老水手心中对自然的爱就"像无边的世界那样宽宏"（费特：《春思》）。在老水手真诚地感受到自然之美之前，曾经试图祈祷：

但未等祷词从嘴中说出，
便听得一声邪恶的低语，
顿使我的心呵干似尘土。

祈祷失败了，因为此时，老水手没有从心灵的深处爱自然，他的祈祷完全是为了自己，冥冥中的那种力量使老水手不能完成他的祈祷。而当老水手在月光下，看到美丽的水蛇五光十色地在大海中翻滚，他的心被自然的美征服了，此时，他不是为了自己的得救，而是从心灵深处赞美自然，祝福万物生灵，所以奇迹发生了，他又能祈祷了，而且被船员们挂在老水手颈上的信天翁自己掉了下来，像沉重的铅块落入海中。

杀死信天翁是老水手犯的罪，这桩罪似乎成了以后船上所发生的一切灾难的起因。有批评家说老水手其实"自己被困在一个罪与赎罪的循环中，这一循环让他同时具有罪人和替罪羊的双重身份"。① 作为罪人，老水手不断地遭受比死亡还要可怕的孤独和焦渴的折磨。老水手虽然是杀死信天翁的人，然而，船员们并不清白，他们也曾相信杀死信天翁是正确的。但接受孤独的惩罚并被一种神秘的力量驱使不断地讲述这一故事的却是老水手，每讲述一次这个故事就是对老水手的一次精神折磨，所以这也是老水手的一次赎罪的过程。从这个意义上讲，老水手是一只替罪羊。他活下来不是一个喜剧。他在用他的行动、他的故事，来摧毁人类心灵的黑暗角落中开放的恶之花。有批评者指出："老水手从被抛弃的极端痛苦到欢乐的极端，是通过一种精神力量，这种精神力量他难以理解，更不能在预感中获得。"② 正是这种精神力量使老水手获得了新生。老水手难以理解的精神力量来源于自然，来源于对自然的爱。换言之，是自然的感化力量让老水手忘记了自我的存在，将自己的心灵向自然敞开，他也因此卸掉了心灵的重负。当挂在他脖子上的信天翁像沉重的铅块落入水中时，老水手获得的是灵魂的解放和自由。

当老水手的灵魂获得了解放的时候，他感到极大的快乐：

呵，睡眠！它是多么香甜，

世人有谁不将它爱宠！

我要将圣母玛利亚赞颂！

是她从天上送来酣眠，

令它悄悄潜入我的双眼。

老水手终于可以入睡了，可以体验梦中的甜美了。他感到自己的"身体是那样轻盈"，仿佛曾经：

在睡梦中死去

已成为一个游荡的精灵。

此后的自然景色写得自由奔放，酣畅淋漓，充满了生命的活力。狂风

---

① David A., Coleridge: Individual, Community and Social Agency, *Romanticism and Ideology Studies in English Writing 1765—1830*, Routledge & Kegan Pal Ltd., 1981, p. 94.

② 同上。

怒吼,摇撼着船帆,褴褛的帆篷在狂风中飘摇:

  天空骤然间获得了生命!
  无数道火光如旗帜飘动;
  暗淡的群星在火光间舞蹈,
  迷离闪烁,时显时隐。

  狂风的吼声越来越高,
  船篷如蓑草发出尖啸;
  雨水从乌云中倾盆而下,
  月亮已被乌云所遮绕。

  这里又一次出现了对暴风雨的描写,只是这次所写的暴风雨是一种新生力量。柯勒律治将事物看成是矛盾的统一体。暴风雨是一种破坏力,也是生命力。高尔基在他著名的散文诗《海燕》中写过海上暴风雨。"在苍茫的大海上,狂风卷集着乌云……雷声轰响。波浪在愤怒的飞沫中呼叫,跟狂风争鸣。看吧,狂风紧紧抱起一层层巨浪,恶狠狠地把它们甩到悬崖上,把这些大块的翡翠摔成尘雾和碎末……一堆堆乌云,像青色的火焰,在无底的大海上燃烧。大海抓住闪电的箭光,把它们熄灭在自己的深渊里。这些闪电的影子,活像一条条火蛇,在大海里蜿蜒游动,一晃就消失了……"这排山倒海、摧枯拉朽的暴风雨有着气壮山河的宏大气魄,柯勒律治的这段描写暴风雨的文字与高尔基散文诗中的格调十分相近。暴风雨洗涤了老水手的灵魂,他在闻够了死亡的气息之后,才懂得了生命的可贵。这是老水手的再生。他的再生伴着暴风雨,因为暴风雨强大的力量将生命中的一切腐朽的东西荡涤干净。诗人爱世界的美丽,也爱这美丽中的恐怖。当"月亮慢慢地升上天空"时,大自然用它的宁静和温柔感动了老水手,让他感到"一阵热爱涌上我的心头",他惊叹于自然的美丽了,从而生出了爱的情怀。紧接而来的狂风暴雨,是自然用另一种力量给世界带来生命的音讯。里尔克曾指出:"寻找自然的灵魂……只需一双睁大的虔诚的眼睛,自然的灵魂来自深远的天际,它以自身的博大与温情包裹万物。"①

在诗歌的最后一章，描写船儿即将驶入港口时，诗人写道：

呵！欢乐的梦！莫非是

那灯塔又在远处出现？

这是那座山？这是那教堂？

莫非我又重返家园？

一连串的问题表达了老水手回到家园时的喜悦心情。灯塔的出现与第1章出航时的情形构成了一个结构上的对应。那时船：

驶过教堂，驶过山冈，

最后连灯塔也消失在远方。

老水手已经经历了生与死的航程，挣扎在腐烂的海上，历尽了比死亡更难以忍受的痛苦，也经历了爱的感动，曾沐浴如水月光，也曾在狂风暴雨中荡涤心灵的尘埃。此时，重返家园的欢乐是什么呢？柯勒律治仅用了几个景物："灯塔"、"那座山"、"那教堂"。"教堂"、"灯塔"是人工景物，但是教堂与山冈，灯塔与海一起出现，它们也变成了自然风景的一部分。"教堂"和"灯塔"仿佛使老水手重新找回了自己失去的信念，重新找回了自己的世界。船儿驶入港口，清澈如镜的水面上映着明媚的月光，山崖也在闪耀。如水的夜色、寂静的月光，还有那闪耀的山崖，诗人就是用如此宁静、美妙和安详的自然景色写出了一种回家的心情。最后老水手向宾客们进一良言：

只有兼爱人类和鸟兽的人，

他的祈祷才能灵验。

……

谁爱得最深谁祈祷得最好，

万物都既伟大而又渺小。

---

① 〔德〕里尔克:《莫里斯·梅特林克》,《永不枯竭的话题：里尔克艺术随笔集》, 史行果译, 北京：东方出版社 2002 年版, 第 148 页。

这些话是老水手从自己的经历中总结出的箴言。老水手由杀死信天翁到怀着温柔的情怀被海蛇的美丽感动，其间的转折是由于发现了自然的美丽。正是对外在世界之美的感受力，使老水手脱胎换骨，成为一个爱自然的人。自然美的发现也发生在老水手经历了生死劫难之后，是生命与死亡的炼狱让老水手认识了生命的可贵和美丽。自然万物每时每刻都在经历着生命与死亡的变化，有终结的生命让人懂得了珍惜。《古舟子咏》中的信天翁，那是一只美丽的鸟，但是老水手并没有意识到它的美，一箭射杀了这可爱的鸟。当灾难来临，船上的水手全部死去，老水手这时才突然发现那自然中的幸福的生命没有语言可以形容，他被征服了，这是自然用有终结的生命给老水手的启迪。

同样是写对生与死问题的思考，济慈笔下的生命与死亡的主题显示出一种达观、辩证的观点；而柯勒律治在《古舟子咏》中体现了一种赎罪意识，这和柯勒律治受基督教影响有关。由于济慈并不信仰基督教，他的诗即使涉及死亡主题时也没有宗教的神秘气氛和思想观点。《每当我害怕》这首诗中写到死亡时，济慈更多地是写对尘世生活的留恋，这也体现了济慈的人本主义思想。通过比较济慈和柯勒律治两位诗人对死亡主题的不同处理方式，我们也可以发现文化背景对作家的影响。济慈的死亡主题中展现的是对生命和尘世的热爱，而柯勒律治侧重表现上帝的力量让尘世美丽；就艺术表现来看，济慈写死亡没有超现实的因素，也不着意于神秘气氛的营造，但柯勒律治则写得亦真亦幻，神秘莫测。

第六节 济慈诗中对生命内涵的思索

书写生命主题的诗当然也与死亡相关，但《灿烂的星》突出的则是对生命意义的感悟，对尘世的留恋与热爱，所以说《灿烂的星》是一首思考生命的诗。济慈的一生短暂而伟大，他就像一道闪电，劈开了黑暗，照亮了夜空，但只有一瞬间，他就寂灭了。所以他的诗中总会留下对生命的眷恋和思考，《灿烂的星》就是这样一首诗：

>　　灿烂的星！我祈求像你那样坚定，
>　　但我不愿意高悬夜空，独自
>　　辉映，并且永恒地睁着眼睛，
>　　像自然间耐心的、不眠的隐士，
>　　不断望着海涛，那大地的神父，
>　　用圣水冲洗人所卜居的岸沿，
>　　或者注视飘飞的白雪，像面幕，
>　　灿烂、轻盈，覆盖着洼地和高山。

天空、星象、大地、海洋，这一切在济慈的诗中展现了对世界的宏观观照。生命亦如微尘，将被宏大的宇宙吸纳。景物的宏大使人物显得渺小，人在宏大的景物面前被削减了，像中国画中人物成了风景的一部分，成了大千世界的一个微小粒子。在诗歌的最后几句，诗人却从自然的宏观景象中退回来，把镜头一下拉回了现实生活中。他写下了一个诗人心中的愿望：

>　　呵，不，——我只愿坚定不移地
>　　以头枕在爱人酥软的胸脯上，
>　　永远感到它舒缓地降落、升起；
>　　而醒来，心里充满甜蜜的激荡，
>　　不断，不断听着她细腻的呼吸，
>　　就这样活着，——或昏迷地死去。

诗人并不畏惧死亡，而是对人生太留恋。在爱中死去的愿望包含着诗人对生命的爱。因为爱的本质是延续生命，在爱中逝去，意味着生命并不真正地归于虚无，在爱中，灵魂可以找到它的归宿。正因如此，济慈从自然风景中隐退，退回到爱的怀抱中。爱中有人间一切的美丽，也包含着自然中一切的美丽。雪莱的《爱的哲学》中，将大自然所有的造物都动员起来，融入了爱之海洋、爱的天穹。自然万物之间的关系在雪莱的诗中被诠释成相互间的爱慕关系。雪莱的这首诗也进一步扩大了我们对济慈诗歌的理解和诠释。因为自然万物之间所形成的爱的关系都象征着人间的爱情关系，这样，济慈在爱中仙逝的愿望就蕴含着与自然合一、与宇宙万物合一

的内涵:

> 你看高山在吻着碧空,
> 波浪也相互拥抱;
> 你曾见花儿彼此不容.
> 姊妹把弟兄轻蔑?
> 阳光紧紧地拥抱大地,
> 月光在吻着海波:
> 但这些接吻又有何益,
> 要是你不肯吻我?
>
> ——雪莱:《爱的哲学》

有爱的世界才光明,有爱的人生才美丽。雪莱诗中写爱,也写人生。因为爱是贯穿雪莱一生的词汇,是绽放在雪莱心灵中永恒的花朵。雪莱曾指出:"人,就是生活:我们所感受的一切,即为宇宙。生活和宇宙是神奇的。"[①] 这种神奇在于宇宙万物之间形成了一种爱的关系。雪莱的爱的哲学就是人生的哲学,从自然现象中,雪莱感到了这种哲学是真实的,因为他从自然现象中发现了爱的神奇。歌德指出:"一个总在观察、感受、思考的艺术家,会看出事物的最崇高的状态,最强烈的作用,最纯粹的关系。"[②] 诗人雪莱从大自然的运行中,从自然的现象中看出宇宙神秘的安排,从中悟出了爱的玄机。诗人感到爱的冲动,自然景色在他的内心中就因此变成这种冲动的表现。世界变成了一个充满温情与爱意的世界,是因为诗人的灵与肉都在体验着爱的涌动。"诗歌关心的最深的是浸入灵魂的东西。"[③] 当诗人雪莱将内心深处的爱融于自然万物中时,那些浸入诗人灵魂

[①] 〔英〕雪莱:《论生活》,《雪莱散文》,徐文惠、杨熙龄译,北京:人民文学出版社2008年版,第42页。

[②] 〔德〕歌德:《评狄德罗的〈画论〉》,《论文学艺术》,范大灿、安书祉、黄燎宇等译,上海:上海人民出版社2005年版,第143页。

[③] 〔澳大利亚〕怀特:《谈一谈诗》,参见潞潞主编《准则与尺度:外国著名诗人文论》,北京:北京出版社2002年版,第399页。

深处的东西同时也进入到自然意象中,所以在《爱的哲学》中,我们可以从每一片波浪上读出爱的文字,从每一缕月光中读出爱的温柔。斯宾诺莎(Spinoza)指出:"事物的意象乃是人体内的感触,而这些感触的观念表示被当作即在目前的外在物体。这就是,这些观念包含我们身体的性质,同时又包含外在物体的现在性质。如果外界物体的性质与我们身体的性质相似,那么我们所想象的外界物体的性质与我们身体的感触与外界物体的情况相似。"①在雪莱的诗中,爱和整个人生都浸透于美好的自然景致之中了。因为诗人心中充满了爱,所以自然才在他的心里昭示着爱的神奇。

《灿烂的星》书写爱情时更多的是与感官的快乐相联系的。"爱人酥软的胸脯"和"细腻的呼吸"都是描写人体美的,而且是与性的联想相关的。而人的美,包括人体美,也是属于自然美的。从这个意义上讲,当济慈书写爱人的美丽时,他还是在写自然。"逗人喜爱的身体的匀称,轮廓线条的柔和平滑,媚人的脸色,柔软细腻的皮肤,端正挺拔的潇洒自如的体态,美妙悦耳的声音等等都是人天生的福气。"②黑格尔也曾指出:"自然美的顶峰是动物的生命。"③作为智能动物的人的美丽是一切美丽之最。宏大的自然风景为死亡蒙上了一层悲凉和旷远之感,爱人的怀抱中的温馨又将死亡的意绪化成一片温柔的风景。济慈将自然、爱情和死亡的主题巧妙地融在一首诗中。

布莱克的《经验之歌》中也有一些诗表达对生命的思考。《苍蝇》就是这样一首寓意深远的小诗。诗歌一开头,诗人就对人生发出了感叹:

　　小苍蝇,
　　你夏天的游戏
　　给我的手
　　无心地抹去。

---

① 〔荷兰〕斯宾诺莎:《伦理学》,贺麟译,北京:商务印书馆1983年版,第120页。
② 〔德〕席勒:《审美教育书简》,张玉能译,南京:译林出版社2009年版,第241页。
③ 〔德〕黑格尔:《美学》,朱光潜译,北京:商务印书馆2006年版,第170页。

我岂不像你

是一只苍蝇?

"像苍蝇一样,诗中的叙述人认为,他将他的日子虚度,直到有朝一日落入了一只盲目的手中——上帝、命运或者环境。"[①] 诗中的叙述人就是诗人自己。诗人感到人的生命像一只苍蝇那般脆弱,短暂而瞬息万变。诗人由一只苍蝇想到人的生死问题。然而生命尽管脆弱,诗人却没有因此而绝望。在诗的末尾,诗人将自己比喻成一只快活的苍蝇,生也快乐,死也快乐。因为生命本就是这样匆匆,一旦逝去,谁也不会留下足迹,但是只要曾经存在过,曾经追求过,就已足够让自己感到慰藉和快乐了。就像泰戈尔(Rabindranath Tagore)说的:"天空没有翅膀的痕迹,但鸟儿已经飞过了。"生也欢乐,死也欢乐,还因为苍蝇曾经"跳舞、又吟又唱",他在世间的时光虽然短暂,却曾经有过闪光的时刻。意大利诗人夸西莫多(Salvatore Quasimodo)在他的诗《转瞬即是夜晚》中写道:

每个人孤立在大地心上

被一线阳光刺穿

转瞬即是夜晚。

生命是如此短暂,但却总会有那样一个瞬间,阳光刺穿它,让生命中高贵、丑陋、纯洁与卑污全都暴露于光天化日之下。"被一线阳光刺穿"的一刻是展现生命本质的一刻,拥有了这一刻也就拥有了活着的意义。生命与死亡之间那白驹过隙的刹那,让文人墨客们产生过无数的感叹与思考。《苍蝇》一诗不仅表达了诗人对生死的达观与超越,还表达了一种类似于庄子的齐物思想。"齐物"即是与物齐的意思,就是说,将人与物视为没有差别的齐一。自然与人是有机的生命统一体,物我之间的关系是融合同一的。《齐物论》中有一则庄周梦蝴蝶的故事。"昔者庄周梦为蝴蝶,栩栩然蝴蝶也。自喻适志与!不知周也。俄然觉,则蘧蘧然周也。不知周之梦为蝴蝶与?蝴蝶之梦为周与?周与蝴蝶则必有分矣。此之谓物化。"庄周梦里变

---

① G. S. Morris., Blake's *The Fly*, *The Explicator*, 2006, Fall, 65: 1, Research Library, p. 16.

成了蝴蝶，怡然自得，翩翩起舞，俄顷，梦醒。心中感慨万分，不禁自问：是庄周梦里变成了蝴蝶，还是蝴蝶梦里化成了庄周呢？这则寓言表达了庄子的齐物思想。人与物齐，如果人能打破生死、物我的界限，则能够达到极致的快乐。

在《苍蝇》中，我们发现了类似的表达，诗人写道：

> 我岂不像你
> 是一只苍蝇？
> 你岂不像我
> 是一个人？

这也是一种人与物齐的境界。布莱克看到了人与物齐的条件就是生与死问题上的众生平等。一只苍蝇的快活的夏日游玩会被不经意地抹去，而人生又何尝不是如此，也将被无形的力量轻轻抹去。与一只小飞蝇相比，人是强大的，但那莫名的操纵人命运的力量更加强大，人与那种力量的对比正如苍蝇与人的力量相比一样。人在某种神秘的力量面前是弱小的，认识到这一点也就可以平静地对待生死了。《齐物论》中，人与物齐也是有一个潜在的规则，那就是庄子在《齐物论》中说的"天地与我并生，而万物与我为一"。人与物的界限之所以能够消除，就在于人与天地万物都是一种存在，这样，无论是生还是死，都可以等闲视之。"因万物与我为一"，人可以与物齐，也就没有生或死的问题，于是便可以超越于生死之外，达到至乐的境界。布莱克的诗中还有另一层意思：

> 如果思想是生命
> 呼吸和力量，
> 思想的缺乏
> 便等于死亡，
> 那么我就是
> 一只快活的苍蝇，
> 无论是死，
> 无论是生。

此时，诗人已经将生物学上的死亡转化为精神的死亡。精神的死亡即是思想的死亡。而诗人指出，在精神死亡这种现象存在的前提下，他会是一只快乐的苍蝇，无论是死，是生。这说明，诗人相信自己的思想是不会死的。布莱克就在这个意义上超越了生死的界限。值得一提的是，对布莱克结尾的几句诗还有另一种诠释的方式。这种诠释只保留了布莱克诗中对生命的达观态度，却将布莱克以思想的永生超越生命局限的意思丢弃了。这就是在爱尔兰女作家艾·丽·伏尼契（Ethel Lilian Voynich）的小说《牛虻》中对布莱克诗的一则活用。主人公牛虻写给自己的恋人的遗书以一首小诗结尾。小说意味深长地写道：信的末尾没有签名，只写着他们小时候坐在一起念过的一首小诗：

不论我活着，

或者我死掉，

我都是一只

快乐的虻！

虽然女作家没有指明这是布莱克的作品，但是将它与布莱克的《苍蝇》结尾诗做一对比，《苍蝇》的结尾为：

那么，我就是

一只快活的苍蝇，

无论是死，

无论是生

二者如出一辙，几乎可以认定，这首诗是布莱克的《苍蝇》的翻版。从伏尼契的生活年代来看，这个推断也合乎情理。伏尼契生于1864年，晚布莱克约一个世纪，曾在伦敦居住。这首小诗虽然看上去平淡，它却是小说《牛虻》的点题之笔。小说写了意大利革命者牛虻为意大利人民的自由与理想而英勇战斗的故事，最后，牛虻大义凛然地走向了刑场。牛虻经历了苦难的一生，但是他从不屈服于命运，他悲伤但从不陷入绝望，痛苦但在苦难中仍然感受着生命的快乐，就像那只快乐的蝇，尽管知道命运的结局是悲惨的，却依然满怀信心投身于火热的生活，快乐着、飞翔着。能够领悟生命的真谛，直面惨淡的人生的人，才会真正找到生命的快乐。

虽然布莱克信仰基督教，但他思考生死问题时更多地突出了达观的意识。他的达观与济慈的达观也有所不同。布莱克认识到生命的脆弱与短暂，于是无奈地接受了命运的安排。他的达观是在无奈的情绪中体现的，有点晦暗的色调。而济慈在写生死主题时，是不自觉地将自己的人生写了出来，所以济慈的诗中含有更多的情感色彩，对尘世的留恋也那样令人震撼。

第四章 感悟艺术真理的脉动：济慈的诗学品质

"诗学"（poetics）一词在《现代牛津词典》中的解释有两个：一是写诗艺术（the art of writing poetry），另一个是诗学，即诗歌技巧及诗歌研究（the study of poetry and its technique）。在亚里士多德的《诗学》一书中，"诗学"泛指的是文艺理论，而不是仅局限于有关诗歌这一体裁的理论。本书中所说的诗学泛指诗歌艺术及其诗歌理论。济慈将他创作的感悟写在他的书信里，虽然内容不多，但其中却蕴含着真知灼见。济慈的"消极能力"和"诗人无自我"的提法深为后来的诗人和学者赏识。关于这些，本书将在以后的章节中进行论述。本章所要论述的是济慈诗学的两个基本特征：注视性和认同性。从隐喻的角度来说，济慈的诗学可视为"注视"的诗学。济慈的诗学是在认同中创作作品并探索艺术真理的。济慈对诗歌艺术的探索是感悟性的，他在对诗歌创作艺术的感悟中挖掘艺术创作的原则、艺术的真理和规律。

第一节 济慈的"注视"诗学

以隐喻构建人的精神世界是诗人们的一贯风格。隐喻极富张力。隐喻通常涉及两个因素：本体和喻体。本体通常是难理解的陌生事物，喻体则是人们熟悉的事物。为说明陌生的事物，人们使用隐喻，用喻体来说明本体,换言之,就是用熟悉的来说明陌生的。

注视是存在哲学的研究对象,它反映出人与人、人与自己、人与世界的关系。让·斯塔罗宾斯基(Jean Starobinski)将"注视"从哲学的研究范畴延展开来,发展成一种批评观。"注视"是斯塔罗宾斯基对文学批评的隐喻式描述。在他的批评著作《活的眼》中,他将文学批评看作是一只"活的眼",即有生命的眼睛。有生命的眼睛必然要"注视",而如果"注视"的对象是文学作品,则"注视"指的就是对作品的批评式阅读。斯塔罗宾斯基认为批评的"注视""要求批评家全身心地投入作品中,所谓理解,就成了逐步追求与创造主体的一种完全的默契,成了对作品所展示的感性和智力经验的一种热情的参与。然而,无论批评走得多远,他也不能完全泯灭自身,他将始终意识到自己的个性。也就是说,无论他多么热烈地希望,他也不能与创造意识完全地融合为一。如果真的做到了忘我,那么结果将是沉默,因为他将只能重复他所面对的文本。因此,要对一个文本说出某种感受和体验,与创造主体认同是必要的,但不可能是完全彻底的,要做出某种牺牲"。[①]

济慈的注视诗学可以以他的莎学研究为例子。济慈并没做过系统的莎学研究,甚至没有撰写过专门的文章来评论莎士比亚,济慈的莎评除了散见于他的书信中,就是其在阅读莎士比亚时在页边空白处所做的批语。这决定了济慈莎评的风格是格言式的和片断性的。济慈对莎士比亚的研究以热情和兴趣为先导,但济慈的莎评却处处闪现着真知灼见,济慈的莎学研究价值不容忽视,而这却是以往的莎学评论研究不愿光顾的边缘地带。将济慈的批评观定位为"注视",原因在于济慈在莎评中,一直都用自己的眼睛满怀热情地"注视"莎士比亚,将莎士比亚视为启迪智慧的先师,在"注视"中寻找创造的灵感;另一方面,长久的"注视"将会把人的视线引入神秘的未知领域。济慈将"注视"的焦点对准"神秘",在对神秘的认同与探索中解读经典。

---

① 郭宏安:《让·斯塔罗宾斯基:目光的隐喻》,《外国文学评论》2005年第4期,第16页。

斯塔罗宾斯基的"注视"表达了两层基本意思：一是批评主体要怀着热情参与到文本中去，这是理解作品的前题；另一方面，批评主体与创造意识不可能融为一体。济慈的莎评恰恰具有这样的特点：首先，济慈在莎评中将全部的热情投入到批评客体中；其次，济慈意识到批评主体的独立性，所以他在主体与客体的相互关系中消融和瓦解自我的同时，又在此基础上重塑自我并以重塑自我为其终极目的。

济慈对莎士比亚的热爱贯穿于他整个创作生涯中，是一份最持久、最深刻的爱。翻阅济慈的书信，可以发现莎士比亚和他的戏剧中人物的名字在济慈的书信中俯拾即是，他们仿佛超越了时空，从过去的时代走进了济慈的时代，从舞榭歌台走进了现实生活。在济慈的眼中，莎士比亚不仅是一位伟大的文学家，更是一位心腹密友。他为发现一幅莎士比亚的画像而欣喜，他还让弟弟在莎士比亚生日那天写信给他。他感觉"能读懂莎士比亚，或许还能揣摩到他的深度，就应该感谢上帝了"。[①] 莎士比亚也是济慈作品的最权威的沉默的评判者。济慈说："我在半随意状态中写下的东西，被后来的冷静判断肯定为写得非常恰当——把这个主宰者想象成莎士比亚是否太大胆了一点？"[②]

斯达尔夫人在评价卢梭时说："对卢梭的颂扬尚不存在，因此我感到需要看到我的钦佩之情得以表达。也许我本该希望由别人来描绘我的感受，然而，在我为自己描述关于我的热情的回忆和印象的时候，我品味到某种乐趣。"[③] 乔治·布莱（George Bly）说："斯达尔夫人的第一个批评行为原来就是一种钦佩行为。而钦佩是什么？难道不是一种认识、而且是一种被情感支撑、照亮、甚至引导的认识吗？这是一种认识行为，但它是在一种与纯粹感觉相混同的内在经验中汲取力量和发现根源的。"[④] 这段文字很好地

---

① 〔英〕约翰·济慈：《济慈书信集》，傅修延译，北京：东方出版社2002年版，第98页。
② 同上书，第17页。
③ 〔比〕乔治·布莱：《批评意识》，郭宏安译，桂林：广西师范大学出版社2002年版，第8页。
④ 同上。

说明了情感投入对于认知作品意义的作用。可以说，情感是理解和认识的动力，没有情感的支撑，任何理解都难以开始、发展或继续。济慈对莎士比亚的热爱和钦佩之情是理解的先导，是深刻洞察的原初动力。

热情使人类的心灵彼此交融，息息相通。柯勒律治曾说："缺乏对人心情的了解，或者在理解人的心灵时伴随而生的柔情和童贞的喜悦……无论他的学识多么渊博，也不配懂得莎士比亚的作品。"① 热情是读懂莎士比亚的最首要的条件，枯竭的心灵永远都无法理解莎士比亚戏剧的勃勃生机和葱茏诗意。"莎士比亚的伟大就在于具有卓越的想象力，因为他赋予了他所表现的对象以尊严、热情和生命。"② 当然，对于莎士比亚这样一位用整个生命的热情去创造作品的作家，也必须用整个生命的热情来感受他。正如柯勒律治所说："从莎士比亚搁笔至今已过去近二百年，但是难道有朝一日我们会不再读他的著作？难道有朝一日他不再给予我们光明和欢乐？"③ 莎士比亚作品的"光明与欢乐"这种特质唤起读者青春的热情，使他们感受生命的律动，引领他们全身心地投入，而全身心地投入反过来又让读者真正理解莎士比亚。

热情的投入还含有一种"我思故我在"的意味。法国印象派批评家阿纳托尔·法郎士（Anatole France）有句名言："我批评的就是我自己。"④ 他认为："优秀的批评家讲述的是他的灵魂在杰作中的冒险。客观艺术不存在，客观批评同样不存在，凡是自诩作品之中毫不表现自我的那些人都是上了十足欺人假象的当……批评家若是坦率的话，就应该说：先生们，关于莎士比亚、拉辛、帕斯卡尔或是歌德，我所要谈的是我自己。"⑤ 济慈从不讳言他在莎评中的主体介入。济慈将自己现实的人生和戏剧的人生混为

---

① 李伟民：《柯勒律治浪漫主义莎评解读》，《天津外国语学院学报》2003年第5期，第60页。
② 同上文，第59页。
③ 王春元、钱中文主编：《英国作家论文学》，汪培基等译，北京：生活·读书·新知三联书店1985年版，第43页。
④ 邓新华：《中西印象批评比较》，《外国文学研究》2000年第3期，第111页。
⑤ 同上。

第四章 感悟艺术真理的脉动：济慈的诗学品质 125

一谈，不去区分自己是生活在现实的世界中，还是戏剧的虚构中。他说："莎士比亚的中年时期为乌云所笼罩，他的日子不比哈姆莱特快乐。"① 他又说："哈姆莱特的心像我这样痛苦。"这样，济慈就直接进入了莎士比亚戏剧的核心，他在这个核心中任意穿行，自如展现自我以及自我与批评客体——莎士比亚戏剧的默契和心心相印。

然而，我们说济慈对莎剧的热情投入不是为强调批评主体的作用，而是像法朗士所说的"让灵魂在杰作中冒险"。柯勒律治曾把作家分为两类："一类是像莎士比亚那样具有幻想感受力的作家，一类是不具有这种能力的作家，如弥尔顿、华兹华斯。这两类作家中一类从外部进行观察，一类从内部进行感受。济慈是接近莎士比亚这类模式的。"② 其实，济慈在莎评中也正是采用了"幻想感受力"的模式。这种模式为济慈提供了一个自由探险的空间。"灵魂在杰作中的冒险"也意味着批评主体在对客体的观照中消融、瓦解自我，并在此基础上重塑自我。

承袭了赫兹利特（William Hazzlitt）衣钵的批评家威尔森·耐特（Wilson Knight）将文学批评分为"阐释"（interretation）和"批评"（criticism）两种。他说："'批评'在我看来暗示出某种有意使思考的作品客观化的过程；将其与别的类似作品比较，特别要表现的是它在哪些方面有所超越，或不如哪些作品，将'好'与'坏'区分，而最终，对作品的永久生命力做出评判。相反，'阐释'就是沉浸于他所分析的作品中，他试图尽可能地凭借自己的本性理解它的主题，即使使用外在参照物，也仅仅是作为一个理解的起步罢了……批评是对所见之物的判断；阐释则重构视觉所见。"③ 无论从哪一点来说，济慈的莎评都接近于阐释式评论。济慈在研究莎学时注重细节。约翰森·贝尔（Jonathan Bare）指出济慈在阅读莎士比亚和其他作家的时候，全神贯注于"美好的词句"。而许多研究济慈在阅读莎士比亚时所做批注的批评家也都一致认为济慈"习惯标注动人的意象和诗意化的

---

① 〔英〕约翰·济慈：《济慈书信集》，傅修延译，北京：东方出版社2002年版，第343页。
② William W., *Introduction to Keats*, New York: Methuen & co., 1981, p. 75.
③ R. S. White, *Keats As a Reader of Shakespeare*. London: The Athlone Press, 1987, p. 37.

语言",而对于"重大主题、情节成分、性格轨迹"则往往忽视。[①]

众所周知,济慈的文学观是深受赫兹利特影响的,济慈对细节的重视也与赫兹利特颇有关系。在赫兹利特的《莎士比亚戏剧中的人物》这套丛书中,有一篇莎评杰作《麦克白》。这篇文章无疑提供了赫兹利特研究莎士比亚的一个范本。在与柯勒律治的莎评文章比较时,我们发现赫兹利特的莎评拒绝柯勒律治常常使用的概念和定义,而是大量引用莎剧《麦克白》的细节,并以诗化的语言揭示莎剧细节的内蕴。选择细节作为作品研究的对象,就意味着对细节的解读。而这种解读必然是批评主体"试图尽可能地凭借自己的本性理解它的主题"。因而,它是阐释性的。"凭借自己的本性"就意味着主体在批评客体中对自身的消解与重构。

在致雷诺兹的信中,济慈写道:"《李尔王》中的一节——'你听见海的声音没有?'——一直热情地回响在我的耳畔。"[②] 正是这句《李尔王》中的独白使济慈写下自己的诗歌《海》。正是《李尔王》中海的意象的丰富蕴涵,情感张力,让济慈离开了阐释莎剧文本的初衷,而创造出自己的诗歌。"如果批评工作产生了一部作品,而这部作品被认为是美的,那再好也没有了。"[③] 济慈创作《海》的例子可以说明济慈的莎评不是指涉文本,而是指涉自身。这种回归自身的指涉虽然已远离源文本,成为创造,但它的内核中依然隐藏着对源文本的消解及在消解基础上的重构。与他人的文学批评不同的是,这种重构甩掉了源文本的重负,自由飞翔于诗意的空间。然而济慈从来就不是一位自觉的批评家,他在评论莎士比亚作品时,处于一种无意识状态。济慈说:"莎士比亚过了象征性故事般的一生,他的作品就是对此的评论。"[④] 所以在研究济慈的莎评时,权将《李尔王》对济慈创作《海》一诗的影响作为一个隐性的批评话语文本未尝不可,正是从这个隐性的批评话语文本中,我们看到了济慈重塑自我的灵动的操作过程。好

---

① Beth L., *Keats's Paradise Lost*, Gainesville: University Press of Florida, 1998, p. 43.
② 〔英〕约翰·济慈:《济慈书信集》,傅修延译,北京:东方出版社2002年版,第9页。
③ 郭宏安:《让·斯塔罗宾斯基:目光的隐喻》,《外国文学评论》2005年第4期,第6页。
④ 〔英〕约翰·济慈:《济慈书信集》,傅修延译,北京:东方出版社2002年版,第289页。

似聚光灯全部打亮，对准拍照的物体，在"注视"的刹那，文本的内涵得以彰显。在"注视"的瞬间，新的东西在极度的关注中生成，最终使阐释成为一种创造。济慈的莎评范式与其说是在进行莎士比亚的研究，不如说在莎士比亚的作品中进行创造的搜求。济慈用他热情的目光"注视"并收获"注视"的创造。

斯塔罗宾斯基指出，"注视"具有这样的特性：注视"是一种危险行为……极力想使注视的所及更远，心灵就要盲目，陷入黑夜"。[①] 心灵之所以会盲目，就在于"注视"永远向真理伸展视线，而再长的视线也永远不能抵达终极真理，所以目标和实现目标的手段之间的张力构成"注视"最本质的内涵，这种本质内涵最终导致"注视"不是投向批评文本确定性的生成，而是将批评文本永恒地投入了神秘的渊薮，让一切阐释都在神秘之光的笼罩下分化、解体、生成、泯灭。

济慈的"注视"指向神秘意味着济慈将文学创作与文学批评提升到一种精神层面。维特根斯坦说："对神秘东西的本能追求来自我们的愿望未能通过科学来满足。我们感到甚至当所有可能有的科学问题都得以回答，我们的问题还全然不曾触及。"他的意思就是说科学的态度对于解决审美意识形态领域的问题是无能为力的。"宇宙没有秘密，艺术则有一切神秘。"[②] 科学通过逻辑论证或推理解开了许多困扰人的宇宙之谜，但是涉及艺术领域和美学领域，科学就显得力不从心了。因为艺术中有更多的直观感觉的成分，而这种直观的感觉是无法用数据来记载的，也无法通过实证的手段得到证实。所以物质世界里的问题可以通过科学研究得到解决，但精神世界里的问题远没有这样简单，我们没有办法像研究物质一样研究精神，因为精神是不能量化的。

济慈对此有充分的认识。他著名的"消极能力"说关注的就是神秘的功用。他说："有一些事情涌上心头，与我的想法吻合，这使我灵机一动，

[①] 郭宏安：《让·斯塔罗宾斯基：目光的隐喻》，《外国文学评论》2005年第4期，第14页。
[②] 鲁枢元：《文学批评的精神层面》，《文艺理论研究》1994年第6期，第80页。

骤然明白是什么品质使人取得成就，尤其是在文学上，像莎士比亚就最具有这种品质——我是指消极能力，即，一个人能够止于不确定中，止于神秘和困惑中，而不急于去弄清事实的真相。例如，柯勒律治因为不能够满足于对事物的半清晰状态，他会与从神秘的幽处取得真相的机缘失之交臂。像这样追根问底，得到的答案不过是：对于一位伟大的诗人来讲，对美的考虑超越一切其他思量。"①"神秘"是"消极能力"中的一个重要因素，济慈怀着满足和欣赏的心态注视神秘。不仅在"消极能力"说中体现了这一思考，而且在许多其他的地方，济慈也多次表达过类似的思想。

对"神秘"的认识还体现在济慈对"真"与"美"的关系的观照中。济慈说："每种精神的追求可能也要靠追求者的热情来确定它的现实性与价值——就这种热情本身来说它本来是无足轻重的——涉及灵性的事物至少具有这点实在性，它们可以分成真实、半真实和虚无的三类。真实的事物指的是像日月星辰与莎士比亚的诗句这样的存在对象；半真实的事物如爱情、云彩等，它们需要心灵的呵护方能获得完整的存在；而虚无的事物则需要由炽热的追求来赋予它们伟大与尊严。"②济慈对"真"、"半真"和"虚无"的区分完全以批评主体的视角作为出发点。他强调在精神追求中"追求者的热情"能够给予事物以现实性和价值，这其实就是认同艺术真理不同于科学真理。之所以不同，就在于艺术真理的追求永远不要寻求终极答案，艺术真理必须，而且也只能止于神秘中。另一方面，济慈说莎士比亚的诗句是真实的，其实就等于说莎士比亚的诗句是"美"的，因为"美即真，真即美"(《希腊古瓮颂》)。当然，莎士比亚诗句的"真实"并不是客观的真实，而是精神层面的真实。

在济慈看来，对"真"的认知途径是通过对"美"的感悟。也就是说，所谓"美"完全等同于审美主体的主观体验。这样，"真"与"美"就徘徊于客观世界和主观世界之间，这也决定了"真"与"美"处在一种互动生

---

① John K., *The Poetical Works of Keats*, Houghton Mifflin Company, 1986, p. 277.
② 〔英〕约翰·济慈：《济慈书信集》，傅修延译，北京：东方出版社2002年版，第102页。

成中，而诗人所能捕捉的只是在这种互动生成中瞬间闪现的亮点而已。闪亮的时刻如同豁然开朗的时刻，也即"真"的发现时刻。有人说："济慈的信札和诗歌的每一页都表明他相信情感经验的瞬间的具体反应。"[①] 通过直觉体悟的方式来体会"真"决定了济慈的认知有一种模糊特质，而这种模糊是没有办法使之变得清晰的，它具有不可消除性，这就是说，对"真"的认知必然以"神秘"为其归宿。

伽达默尔认为："人类有两种对真理的认知和体验方式，一种是受科学方法论指导的所谓科学之内的对真理的认知方式，另一种是超出方法论指导的所谓科学之外的对真理的经验方式。自然科学采用前一种方式，尽量使主体不参与和影响客体，以便获得关于对象的客观知识和客观真理。而精神科学或人文科学中，对象并不是与主体无关的，主体也不是与客体分离的，往往正是主体对客体的参与才使其对象被认识，其真理被体验……精神科学在三个领域内存在对真理的经验：哲学经验、艺术经验、历史经验。"[②] 文学属于艺术经验。在艺术经验中主体与客体无休止地纠缠，使人对客观世界的认识表现为一种模糊性，任何想要得到清晰答案的努力最终都将以失败而告终。这个结果用济慈自己的话来说就是："会坐失从神秘堂奥中攫获的美妙绝伦的真相。"此外，有批评家认为："济慈认为直觉本身就是自我完满的，因为直觉中其实已经包含了理性。济慈强调的是，来自感性的语言本身就能够揭示深层真理，因为它触及直觉，以及以感官为基础的对世界的认识，而非凭借于理性的思考。"[③] 直觉自身的神秘性又为济慈的莎评平添几分深奥。注视"神秘"是济慈的基本莎评策略，也是济慈得以理解莎士比亚的关键。承认"神秘"就是承认文学批评对于精神层面的靠近，追问"神秘"体现的是对艺术真理的探索精神，满足于"神秘"就是对作为审美意识形态的文学的客观特质的尊重。

---

① R. S. White, *Keats As a Reader of Shakespeare*. London: The Athlone Press, 1987, p. 33.
② 胡和平：《模糊诗学》，北京：社会科学文献出版社 2005 年版，第 28—29 页。
③ R. S. White, *Keats As a Reader of Shakespeare*. London: The Athlone Press, 1987, p. 42.

与形成了规模和系统的莎评相比,济慈的莎评可谓"草萤有耀终非火,荷露虽团岂是珠"(白居易《放言五首》其一)。火焰之光,非"草萤"之耀可比,明珠之贵,"荷露"岂及?但若换一角度思考,"草萤"、"荷露"亦别有韵味。济慈的莎评如"草萤"、"荷露",虽不成系统,却有很高的研究价值。

第二节　对生存本体问题的探索

认同(identification)是一个极其复杂的精神现象,其概念的内涵在不断扩展与深化。它既是一个多元化问题,又是一个跨学科问题。就文学创作与文学批评而言,探讨认同离不开社会学和心理学。从社会学角度看,认同是指"现代人在现代社会中塑造成的、以人的自我为轴心展开和运转的、对自我身份的确认,它围绕着各种差异轴(譬如性别、年龄、阶级、种族和国家等)展开,其中每一个差异轴都有一个力量的向度,人们通过彼此间的力量差异而获得自我的社会差异,从而对自我身份进行识别。"[①]认同的社会学定义说明了认同与自我寻找的关系。自我寻找本质上就是要回答"我是谁?"这个生存的本体论问题。陈染曾在小说《角色累赘》中写道:"所有的问题,最终只是一个关键性的问题,用卡尔·罗杰斯(Carl Rogers)的话说:他们都在问我究竟是谁?我怎样才能成为我自己?当一个人长大的时候,他自然而然地就要摆脱通过别人的眼睛而造就出来的他,离开他扮演的各种各样的角色,但当这种愿望与现实抵触时,就会出现一系列的问题,这是一个无法回避的困境。"[②]人们渴望回答"我是谁?"这样的问题,是因为谁找不到自我,谁就没有真正生活过。对自我的找寻从根本上讲是对生命意义的思索。这种思索只要有人存在,就不会停止。自我寻找是一个和存在密切相关的问题。

[①] 王艳芳:《女性写作与自我认同》,北京:中国社会科学出版社2006年版,第47—48页。
[②] 同上书,第53页。

谁能回答"我是谁?"的问题,谁就不再是世间的漂泊者,而是一个回到港湾中的人,因为他找到了属于自己的家园。马克思认为人的本质"不是单个的人所固有的抽象物。在其现实性上,它是一切社会关系的总和"。①人的本质是"社会关系的总和",说明个体的人对社会的依赖,这种依赖性体现在人是通过他者得以认定自我价值和意义的,或者说,人是通过他者来确定自己的身份的。"在人类生存的丛林中,没有同一感也就没有生存感,因此,寻求认同以获得自身的存在证明,正是生命个体在其生命中的每个时期都不可或缺的重要关切。"②

从心理层面来讲,认同产生于欲望。作为人,每个个体都有他的个性,同时,每个人身上都存在着与其他人相通的共性。共性是理解的基础,而个性的存在则激发了单个个体对其他个体了解的欲望,这正是认同的动力。这动力促使个体想要进入另一个体之中,去体验他者的思想与情感,反过来,对他者的体验则从另一角度加深了对自己的认识。归根结底,认同是以体验他者为手段而满足了对自我了解的欲望。具体来讲,这个欲望就是著名的德尔斐神谕:"认识你自己。"只有认识了你自己,才能找到生命的意义和存在的价值。很难想象,如果没有改变生活和改变自身的想法,有谁会心甘情愿地付出努力来做某件事情。认同的发生不是静态的,在产生过程中充满了不可调和的矛盾,一直都是在困境中曲折前进的。人的一生就是持续不断地认同于某个特定身份的过程,这个持续的认同过程使人的"自我"得以形成并不断变化。弗洛伊德(Sigmund Freud)认为作家不能实现的愿望以白日梦的形式出现在作品里,而读者又何尝不是在白日梦的洗礼中得到快感的呢?

认同的寻求意味着交流。写作与阅读是一种书面形式的交流,就交流的程度与效果而言,其优势是显而易见的。书面交流可以超越历史与疆域、国家与民族的界线,能让我们同时生存于自己和他者的时空中。写作让生

---

① 〔奥〕弗洛伊德:《精神分析引论》,高觉敷译,北京:商务印书馆2005年版,第8页。
② 王艳芳:《女性写作与自我认同》,北京:中国社会科学出版社2006年版,第52—53页。

存在一定空间和时间的人有机会与他者对话，同时也和内心中的自我对话。女诗人郑敏说过："对于生命存在的思索与表现……对我来讲一直是一个个人的最深刻的体验，生命中记载了我们自己与世界接触的各种感受。生命的存在状态是一个诗人必然会时时在关心的问题……一个诗人与生命之间的交流和感受是其诗歌的主要来源……我感到，与自己的生命对话，跟自己的生命交流，把握对自己生命的体会，这是一个诗人在诗中要带给人们的东西。"[①]在郑敏看来，写作是把握生命的一种方式。阅读与写作一样，是借助文本对自我进行的寻找。作家通过作品与世界沟通，因为他们将自己的感受以文本的形式外化，文本就成为他们生命的最本质的痕迹，读者阅读也同样是对生命的一种把握，读者通过对作家思想痕迹的追逐达到间接与世界沟通的目的。萨特（Jean-Paul Sartre）认为，"人一方面意识到世界万物必须借助于人的意识而显现，另一方面人又意识到自己对于被揭示的世界而言是微不足道的。为了使自己感到自己对世界而言是重要的，人就通过艺术创作将呈现于意识中的世界固定在画布或文字中，于是这个被固定在画布和文字中的世界就成了人生产的东西，是人的自由的实现"。[②]这样萨特就把文学的本质与自由、存在联系起来。通过写作可以实现自由，是因为它让人找到了人之所以为人的意义，找到了自己在这个世界上的位置，从认同的角度讲，就是找到了进入世界和他者的路径，从而也就解决了人与社会的关系问题。萨特又说："阅读的本质是自由的，读者完全可以这样阅读、也可以那样阅读……真正阅读自由是一种负责任的自由，是那种尊重作品的呼请并服从艺术品价值要求的自由。"[③]

作品中表现出来的认同是创作主体深深体验到的一种创作状态。对于这一点，济慈在书信中谈到自己对认同的看法："随着想象力的加强，我

[①] 王艳芳：《女性写作与自我认同》，北京：中国社会科学出版社2006年版，第303—304页。

[②] 朱立元：《当代西方文艺理论》，上海：华东师范大学出版社2005年版，第152页。

[③] 同上。

第四章　感悟艺术真理的脉动：济慈的诗学品质　133

日甚一日地觉得自己不只生活在一个世界里，而是生活在上千个世界之中——每当我独自一人，史诗中的伟大形象立即就聚集在我周围，他们听从我的驱役，如同国王的侍卫那样——接下来，'悲剧排山倒海般地袍笏登场了'。根据心境的不同，我或是与阿喀琉斯一道在战壕里喊叫，或是与忒奥里克里托一道悠游于西西里的山谷中。"①这正是作家与他者达成认同的形象化写照。济慈对认同的感悟表明认同的发生与想象不能分。正如当今盛行的虚拟空间概念一样，认同也为创作主体提供了一个虚拟的空间，创作主体可以在这个空间里实现幻梦中才能实现的一切。可以说，想象力如同一叶扁舟，是从此人之岸抵达彼人之岸的工具，没有它，认同是不可能实现的。

　　在认同的实现过程中，创作主体自己则要退后。这一点，济慈有过明确的论述。1818年10月27日在致理查德·伍德豪斯的信中，济慈说："说到诗人的个性……它是一种自成一体的自在之物，它不是自己——它没有自我——它是一切又不是一切——它没有个性——它喜好光亮与阴影，不管是丑还是美，是低还是高，是富还是穷，是贱还是贵，它总爱率性而为——塑造一个伊阿古，对他来说就像塑造一个伊摩琴那样高兴。令道德高尚的人吃惊，会使玩世不恭的诗人欢喜。它对事物黑暗面的探析，与它对事物光明面的玩赏一样无害，因为这两项都止于静观。"②

　　"伊阿古"是莎士比亚在《奥赛罗》中塑造的恶人形象，而"伊摩琴"是莎士比亚在《辛白林》中塑造的一个善良可爱的女子。济慈认为莎士比亚在塑造这两个截然相反的人物时同样高兴，因为作为创作主体的莎士比亚完全超然于物外，达到了消解自我的境界。创作主体自我消融于其他事物中，是主体在与客体的融合中的消解与失落，也正是在这种失落中，主体得以在文本中以变化了的面目再生。正如济慈所说："随着想象力的加强，我日甚一日地觉得自己不只是生活在一个世界里，而是生活在上千个

---

① 〔英〕约翰·济慈:《济慈书信集》，傅修延译，北京：东方出版社2002年版，第229页。
② 同上书，第214页。

世界之中。"①创作主体在"上千个世界之中"生活体现的是创作主体与客体的关系。这种关系具有一种神秘的性质。因为到"上千个世界之中"生活就意味着将自己置于他者的形象中,感他人之所感,思他人之所思,而认同的发生并没有那么简单,因为你永远都无法确切地思他人之所思。"如果您硬要进入一个意识之中,您将被一阵旋风裹住,被抛到外面去。"②完全"认同"的不可能性必然造成认同迷惑,神秘就在迷惑中孕育或产生。

"任何认同都在人与人之间、内在性与内在性之间进行,任何认同都是个人的。"③作为个人行为的认同必然蕴含着多样性、变化性和异常难测的丰富性,所有这一切都构成了认同的不确定性。而认同的完成过程就是"诗人已从外部认识过渡到内部认识,过渡到对人及其暂时性的一种直觉理解"。④认同最终的结果也归于一种直觉的感悟,换言之,认同具有圆形性质,以直觉开始,以直觉告终。而且,"为了使认同真正地完全,诗人的想象力应该使他与已经历过的生活的深刻性相遇合,此种深刻性滞留在每个人的内心中"。⑤认同从心灵发出,又最终归于心灵之所在,像空气一般贯穿始终的是神秘的氛围。

"诗人无自我"理论在20世纪西方杰出诗人兼评论家艾略特那里得到了更充分的说明。艾略特在论文《传统与个人才能》中提出"非个性化"理论。"非个性化"理论的一个重要思想就是诗人的心灵应该像一个容器一样,可以让各种情感置放在里面,而诗人的心灵却能够不受影响,保持中性。无论是济慈的"诗人无自我"主张,还是艾略特的"非个性化"理论都要求诗人在创作时与他描写的事物拉开一定的距离,这样,他就可以进入他者的意识中去,去客观地反映事物,而将他自己的主体意识消融于对

---

① 〔英〕约翰·济慈:《济慈书信集》,傅修延译,北京:东方出版社2002年版,第229页。
② 〔比〕乔治·布莱:《批评意识》,郭宏安译,桂林:广西师范大学出版社2002年版,第226页。
③ 同上书,第20页。
④ 同上书,第22页。
⑤ 同上书,第23页。

他者意识的理解中。创作主体不干涉他所描写的情绪或塑造的人物,唯有这样,创作的文本成果才能最终成为读者所接受的客体。可见,在创作者那里,认同要求创作主体主动进入他者并与所创作的对象拉开距离。

伟大作家的创作无不彰显了这一情结。莎士比亚是一个典型的例子。爱默生(Ralph Waldo Emerson)说:"有什么秘密他(指莎士比亚)不能心领神会呢?有哪一种职责、功能,或人的工作领域他会遗忘呢?他像泰尔玛教拿破仑一样,教过多少国王治国之方啊!少女们发现他比她们更温柔,因为哪位恋人也不比他爱得更深情。难道他的眼光不比哪位圣人远大?又有哪位行为粗鲁的绅士没有受过他的教导呢?"(《诗人莎士比亚》)这就是认同在创作中产生的神奇力量。莎士比亚替形形色色的人讲出了他们的心里话,莎士比亚就成了他们的代言人,而无论他们是谁,总能在莎士比亚那里找到一个自我,这也正是莎士比亚魅力永存的原因之一。

认同在创作主体方面的极致表现类似魂灵附体的感受。李渔在《闲情偶寄》中曾言:"文章一道,实实通神,非斯人语。千古奇文,非人为之,神为之,鬼为之也。人则鬼神所附者耳。"这个鬼神附体说听起来有点像柏拉图的灵感迷狂说。柏拉图在《伊安篇》中谈到,诗人是一种轻飘的长着羽翼的东西,不得到灵感,不失去平常人的理智而陷入迷狂,就没有能力创造,就不能做诗或者代神说话。"诗人只是诗的代言人,由神凭附着,最平庸的诗人也有时唱出最美妙的诗歌。"[①]

柏拉图把伟大的诗篇说成是诗人代神讲话的结果。也就是说伟大的诗篇不是由人创造的,而是由神创造的。归根结底,伟大的作品是诗神的作品,而非诗人的作品。神灵附体的说法当然是形而上的唯心主义观点,有神秘的色彩。神是子虚乌有的,而人却是实实在在的。可以想象,所谓诗神的作品指的是诗人在创作过程中进入了一种忘我状态,而忘我的实现就意味着完全进入他者的心灵中,写诗的时候诗人并不是他自己,而是他者的代言人。查尔斯·波德莱尔(Charles Baudelaire)在题为《人群》的散文

[①] 马新国编著:《西方文论选讲》,沈阳:辽宁大学出版社1987年版,第2页。

诗中这样描写认同："诗人享受着这无与伦比的优惠，他可以随意使自己成为他本身或其他人。如同那些寻找躯壳的游魂，当他愿意的时候，他可以进入任何人的躯体。对他自己来说，一切都是敞开的，如果有什么地方好像对他关闭，那是因为在他眼里，这些地方并不值得一看。"[①] 波德莱尔想要表达的是认同为作家提供了体验人类思想的多样性的可能。从上古的神话中也能找到与波德莱尔近似的关于认同的思考。《淮南子·说林篇》中谈到女娲造人，"黄帝生阴阳，上骈生耳目，桑林生手臂，此女娲之所以七十化也"。黄帝、上骈、桑林都是神的名字。在造人的时候，每位天神都造了人身体的一部分，组合起来便成了完整的人。神话中所说的"七十化"指的是人的精神而非肉体，因为只有精神具有千变万化的特点。精神何以能够如此多变呢？这是因为精神具有无限丰富性，这无限丰富的精神必然会以千变万化的方式表现出来。体验这种千变万化就是认同所要经历的过程。波德莱尔的论述可以当成"七十化"的注解来解读。作家只有体验这种人类思想的多样性才有可能写出具有普遍意义的东西，而只有普遍意义的东西才能为广大读者接受。可见，创作主体的认同之所以能够产生出不朽的文学作品，原因在于认同产生出具有普遍性的东西，而这种普遍性的东西中蕴含的哲理使作品获得了超越时空的生命力。创作主体如果不以认同他者为出发点进行创作，他就无法创作出能够为他者所接受的作品。诗人将自己变成了自然风景的一部分，以主体的身份介入风景中，将自己的精神与自然的精神相结合，让这种与自然结合之后的精神去分享自然的力量，并为自然景物所象征。自然与诗人的精神融合的结果就是诗人在自然书写中展现了自身，明确了自身的存在，是"独与天地精神往来，而不傲倪于万物"的结果。

济慈通常将自然认同于自己的精神世界。当他看待自然风景的时候，他立刻就会像对老熟人说话一样和自然进行对话，这不仅仅是因为诗人

[①]〔比〕乔治·布莱:《批评意识》，郭宏安译，桂林：广西师范大学出版社2002年版，第19页。

通常将自然物拟人化，并以喜爱的方式对它们讲话，而是因为他如果不在幻想里认为这个自然物中体现了他自身的存在，那么他就无法想象自身的存在。

第三节　文学批评中的认同问题

济慈不仅在创作中寻求与自己所写的内容的认同，就是在评论莎士比亚时，济慈也是在体验一种认同之感。就"注视"批评的性质而言，"注视"是一种认同过程。注视中，作为一个读者，他需要求得与创作主体意识和文本意识的认同，否则，就难以实现对文本的理解或批评。而要达到与这两种意识的认同又必然面临种种困难：各种意识的不统一性、语言媒介的模糊性等等，这就意味着在批评视界中，我们应该期待相对的认同，而接受绝对认同不可能存在这一现实。认同要在他人或他物身上找到自我，确定我们自己是谁。这种找寻可以在现实中实现，也可在幻想性的、创造性的世界中实现。在后一种对自我的找寻中，读书无疑成了最有效的途径，这种认同不是自然而然实现的，它必须经历一种能动性的思考。这个能动性的思考过程，就是阅读作品并对作品进行审美的或道德的价值判断的过程，也就是批评的过程。"拿起桌子上的那本打开的书，开始阅读。随之而来的是墙的消失、物对精神的吸收以及物所显示的奇特的可渗透性。我说过，这和一个人买了一只鸟、一条狗、一只猫是一码事，人们看到它们变成了朋友。同样，如果我喜欢我的书，那是因为我在它们身上认出了一些人，他们能回报我给予他们的情感。"[①] 认同意味着意识的融合，这里的意识指的是主客体双方的意识。它们的融合是可能的，因为作品揭示的是普遍存在的人的本质与真理。亚里士多德这样写道："写诗这种活动比写历史更富有哲学意味，更被严肃对待，因为诗所描述的事带有普遍性，历史则

---

① 〔比〕乔治·布莱:《批评意识》，郭宏安译，桂林：广西师范大学出版社2002年版，第238—239页。

叙述个别的事。"① 这里的诗可以从广义上理解为文学作品。事物的普遍性与特殊性相互依存的特点又使得认同具有相对性的特征，也就是说，在一定的时空范畴内、在一定的程度上，读者意识和作者意识相对认同是可能的，二者绝对认同则是不可能的。

在阅读过程中，一直发生的事就是现实中的读者的自我意识不断沉浮，有时在文本中潜游，有时浮出文本之上。有时感觉自己同书中的某些人物或某种情感合而为一，有时又跳出书外，沉浸于对自己生活的联想中。"这就是阅读在我身上产生的显著变化。它不仅使我周围的有形的物消失殆尽，其中包括我正在阅读的书，而且还有大量与我的意识密切相关的精神的物取代了这种外在的客观性。但是我与我的对象之间的这种亲密性又向我提出了新的问题。最奇怪的是：我成了这样一个人，其思想的对象是另外一些思想，这些思想来自我读的书，是另外一个人的思考。它们是另外一个的，可是我却成了主体。"② 阅读过程是一个思想转换的过程。但这个过程并不是简单的公式所能表达的。"由于他人思想对我个人的思想的这种奇怪的入侵，我成了必须思考我所陌生的一种思想的另一个我了。我成了非我的思想的主体了。我的意识像一个非我的意识那样行事。"③ 主客体之间在阅读中所形成的微妙关系使读者意识和作者意识形成了一种重合、背离和复现创造的关系。重合是指读者意识和作者意识相互之间成功地沟通、理解并达成一致；背离则是读者对文本的曲解；而复现创造则是读者在文本阅读过程中在文本基础上有意加入创造的成分，从而产生望文生义的现象，它与曲解类似，但曲解更多的是无意为之而为之，而复现创作常常是读者强烈的突出自我的愿望使然。米歇尔·福柯认为："批评不是要作出判断，而是要给一部著作、一本书、或者一个句子、一种观念带来生命，为了使之散布开来，它把火点燃，观察草的生长，聆听风的声音，把捉飞逝的泡

---

① 〔古希腊〕亚理士多德：《诗学》，上海：上海人民出版社 2006 年版，第 39 页。
② 〔比〕乔治·布莱：《批评意识》，郭宏安译，桂林：广西师范大学出版社 2002 年版，第 241 页。
③ 同上。

沫。它使生存的符号多姿多彩，而不是判断；它召唤它们，把它们从沉睡中唤醒。有时它竟创造了它们？那就太好，太好了！作出判断的批评令我昏昏欲睡，我喜欢的是富于想象力闪光的批评。它不是至高无上的，也不是涂脂抹粉的，它挟带有可能的风雷闪电。"[1]福柯的描述与我们这里所说的复现式阅读类似。这三种阅读情形并不是分别发生在不同阶段，或在对不同作家的解读中，而是同时发生在一个阅读行为中。换言之，阅读的理解永远不可能达到精确，即使是作者本人对自己的作品进行阅读，他也不可能完全重现他在创作该作品时所处的意识状态。现代阐释学告诉我们："任何人都不可能完全再现所谓客观存在的文本，因为古人有古人的'视界'，我们有我们的'视界'。换句话说，古人与我们处在不同的历史、文化、社会、个人环境等等的背景之下，我们不可能摆脱掉自己的视界，纯粹沉浸在古人的视界之中，从这个意义上说，理解和解释实际上是不同视界之间的碰撞和交融，而且正是因为如此，人类文化才有可能进步与发展。"[2]

英国批评家特里·伊格尔顿（Terry Eagleton）区分了一般意识形态、作者意识形态和文本意识形态。伊格尔顿所说的一般意识形态指的是"任何一种社会生产方式都必然会产生出来的占统治地位的社会意识形态。他认为，一般意识形态由一些自身相对统一的'话语'所组成，这其中包括伦理价值话语、艺术表现话语、宗教信仰话语等等，这些话语与一定的、可称之为一套意识形态文化机器的物质机构相联系。或者可以说，后者是前者寄身之所，意识形态所反映的是个人与其社会条件的体验关系。"[3]至于作者意识形态，伊格尔顿认为那是"作者被以特定的方式置入一般意识形态这一符号秩序之内后产生的结果。这一'置入'是由一系列不同因素多元决定的，包括阶级、性别、民族、宗教、地域等等"[4]。而"文本意识

---

[1] 方生：《后结构主义文论》，济南：山东教育出版社2002年版，第187页。
[2] 张志伟：《西方哲学十五讲》，北京：北京大学出版社2004年版，第18页。
[3] 马驰：《新马克思主义文论》，济南：山东教育出版社2001年版，第236—237页。
[4] 同上书，第237页。

形态不是作者意识形态的'表现'：它是对于一般意识形态进行美学加工所得的产品"。① 伊格尔顿认为主客体之间发生的情形有点像演出和剧本的关系。他说："演出与剧本的关系也往往被认为是表现、反映或复制的关系。然而演出实际上不是'反映'剧本而是对剧本进行加工生产。演出与剧本的关系不是反映而是劳动关系，导演和演员通过戏剧工具把剧本这一'原材料'生产为产品。"② 如果把演出比喻成阅读，那么剧本如同文本，演员如同读者，正如演出创造了剧本一样，阅读也创造了文本。在演出中，创作的主体是演员，在阅读中，创造的主体则是读者。这就是说对作品的认同不仅存在于主客体内部，也存在于外部。这个存在于外部的问题，也许可以通过读作者传记和了解作者所处的那个时代的历史背景来补充，类似一种意识形态的还原工作，但我们应该明白这种还原式的工作永远做不到真正的还原，不仅时间上，而且就其历史性而言都是不可能的。历史永远是不可复制的。如果作者就生活在我们中间，他的意识形态还是和读者不一样，这正像伊格尔顿所说的，由于个人的嵌入方式不一样，不可能产生读者与作者同步的情况，不可能产生读者和作者的完全认同，所以认同只是暂时的、瞬间的、相对的。

具有不确定性的作者意识也必然在置入社会意识时产生千姿百态的变化。也就是说，作为置身于社会之中的存在者，任何一位作家都必然进入意识形态符号秩序之中，但由于每个人所进入的方式或方位不同，因此最终内化为作者意识形态的东西也不同。这也启示我们一个问题，就是通常所了解的作者生平对于他的创作的影响究竟能在何种程度上帮助我们理解原作意图。"意识存在，因为它显露出来。然而它若不使一个它与之密不可分地联系在一起的世界浮现出来，它自己就显露不出来。"③ 这就告诉我们个人意识与世界的关系，就是说，在思考个人意识的时候，也必须将其放

---

① 马驰：《新马克思主义文论》，济南：山东教育出版社 2001 年版，第 237 页。
② 同上书，第 239—240 页。
③ 〔比〕乔治·布莱：《批评意识》，郭宏安译，桂林：广西师范大学出版社 2002 年版，第 206 页。

在整体意识的背景下加以考虑,因为只有当个人意识作为整个人类意识的组成部分时,才可以获得一种话语权力,否则的话,文本是否能够作为物质的存在尚不能确保,又何以展现自身呢?"作品之外的任何东西都不可能享有文本在我身上享有的那种特权。"[①]

读者意识和文本意识永远不能完全重合还因为主客体的意识是在交流与互动中存在的,这是一种动态平衡系统,一旦动态变成静态,本文也就死亡了。因为停止阐释的文本就是走向被抛弃的文本,束之高阁的文本必然感到"兰闺深寂寞,无计度芳春"(王实甫:《西厢记》)。"苹果的滋味来自于果实与腭的接触,而不是果实本身;同样,诗歌来自于诗与读者的相会,而不是印在书页上那些符号构成的分行。关键在于……那战栗,在于每次阅读时产生的那种几乎是肉体的激动。"[②]只有当文本与读者对话的时候,即阅读行为真正发生时,文本才被激活,成为阅读、研究和批评的对象。这就是说,文本是在作者和读者的互动过程中得以实现其价值的,而作者和读者之间的桥梁是文本。作者—文本—读者三者之间的关系永远是一个引人入胜的话题。对文本的阅读如同被快乐的洪流卷走,让精神在文本中历险,那是批评的快乐。

那么在阅读批评中,收获是什么呢?拉康(Jacques Lacan)在他著名的镜像阶段(mirror phase)学说中曾经这样描述孩子看到自己的影像时的反应:"他的自我同这个映像完全一致,而且只有在被投射时才能形成。不论镜子实际上是否起了某种重要的作用,可以肯定,孩子在接近六个月时,便开始模仿父母,并在他们的注视下,把自己看作客体。这时他已经是一个自主的主体,在向外部世界超越,但他只能以投射的形式遇到自己。"[③]但问题是那镜中的映像并不真的是你自己,镜中之像只是自我的一个幻影

---

① 〔比〕乔治·布莱:《批评意识》,郭宏安译,桂林:广西师范大学出版社2002年版,第244页。
② 〔英〕姆内斯·希内:《诗歌的纠正》,参见潞潞主编《准则与尺度——外国著名诗人文论》,北京:北京出版社2002年版,第477—478页。
③ 王艳芳:《女性写作与自我认同》,北京:中国社会科学出版社2006年版,第50页。

而已，它以不精确的相似性欺骗你的视觉，使你在虚幻中得到满足。镜子的比喻也适合文本的阅读，读者在阅读过程中也是以投射的方式来与自己相遇。阅读批评中的认同类似于镜中所发现的自我，它是一个不清晰的幻像。更何况读者在对文本的接受过程中总在通过自己的意识进行删节、加工、曲解，即使同一个读者在对同一文本进行解读，由于时间不同也会产生不同的效果。这是阅读的复杂性，也是批评的复杂性，同时也构成了主客认同实现的困境。

20世纪法国符号学的代表人物之一罗兰·巴尔特（Roland Barthes）说："语言是文学的生命，是文学生存的世界：文学的全部内容都包括在书写活动之中，再也不是在什么'思考'、'描写'、'叙述'、'感觉'之类的活动之中了。"[①]虽然巴尔特夸大了语言的意义，但不可否认的是语言给了文本以物质的存在。读者通过语言理解作品，认同也是通过语言得以实现的。文本的复活掌握在读者手中，文本的内容是由语言表达的，但语言本身在表达思想时并非像我们想象的那样精确。作为媒介的语言具有模糊性。马克思说过："'精神'从一开始就很倒霉，注定要受物质的'纠缠'，物质在这里表现为震动着的空气层、声音，简言之，即语言。"[②]在刘勰看来："夫形而上者谓之道，形而下者谓之器。神道难摹，精言不能追其极；形器易写，壮辞可以喻其真。才非短长，理自难易耳。"（南朝梁·刘勰《文心雕龙·夸饰》）抽象的道理难以用语言来描述，而形象的事物却可以得到精确的说明。然而文学作品表达的是人的思想情感，不是具体事物的说明书，抽象是不能回避或逃脱的，那么这个表达之难也不可能完全避免。在这种困境必然造成语言表达上的模糊性，这种语言的模糊性也成为阅读批评中主客体不能完全合而为一的一个不能不提的重要原因。

当今时代，人们对于语言的普遍怀疑已经到了无可复加的地步。有批评家认为："语言是不稳定的，总是根据说话者的情绪的变动而变动，由于

---

① 杜昌忠：《跨学科文化批评视野下的文学理念》，北京：北京大学出版社2004年版，第57页。

② 同上书，第57—58页。

每一种说法都不可能是明晰而准确的,而是模棱两可含混不清的,所以语言总是不能恰到好处地表达出说话者所要表达的意义。语言产生于语言自身的蜕化和衍变,虽然可以提供相当可观的现实,却无法抵达真正的现实,现实是不可能的,真理终究只能是语言的游戏。"[1] 当然,这种对语言的全盘否定并不可取,因为尽管语言有种种局限,但除了借助语言,我们再也找不到一种更为清晰的表达思想的办法了。在阅读批评中,认同是激活文本的手段,当文本被激活时,文学作品才真正发挥了它的社会功能。于是,作为生存表现的文本,在寻找生存表现的读者那里找到知音,即认同发生了。然而,认同的局限与生俱来,作者、文本和读者三种意识的不统一和语言的模糊性质造成了认同的相对性特质。

第四节　变色龙效应

认同的情形在许多浪漫主义诗人的身上得以体现,像雪莱的《西风颂》,就十分清晰地展现了这种认同的过程。在《西风颂》的最后两段,雪莱诠释了如何借助西风这一自然现象使自己蜕变的过程。这种过程始于诗人的想象,也在诗人的想象中得以完成。精神与自然景物完全合一,自然成为诗人心灵的解释物。雪莱是一个不合流俗的诗人、不谙世事的自由天使,他对自由的追求总是在现实面前碰得头破血流。现代社会正如美国哲学家马尔库塞（Herbert Marcuse）描述的:"潜在的自由和现实压抑之间的脱节日趋严重,它已渗透到了整个世间生活的各个方面。进步的合理性加强了这种进步的组织和方向的不合理性。强大的社会凝聚力和管理的权力已足以使整个社会免受直接的攻击,但要根除积聚起来的攻击性就力不从心了。这种攻击性转向了那些不属于整体的人,其生存为整体所否定的人。"[2] 作为一个个体的人,雪莱面对的是强大的社会力量,他感到自己

---

[1] 马驰:《新马克思主义文论》,济南:山东教育出版社2001年版,第226页。
[2] 〔美〕赫伯特·马尔库塞:《爱欲与文明》,黄勇、薛民译,上海:上海译文出版社2005年版,第76页。

"跌在生活的荆棘上，我流血了"。他在人间找不到知音，却在西风的咆哮声中听到了自己内心的声音。雪莱从西风那无拘无束的生命中看到的是自己，"骄傲、轻捷而不驯"，这些是雪莱性格的写照。"自然自身是沉默的。在寻求自我表现中，自然首先通过诸如水和天空、黑暗和光明之类的原初形象向我们说话。"① 诗人雪莱将西风的话语诠释成"骄傲、轻捷而不驯"，它让饱受生活煎熬的诗人获得了精神的慰藉。奔放的西风、自由的西风让诗人的精神获得解放。"人对自然的审美感受，是由自然所唤起的一种超越了人世的烦恼与痛苦的自由感。"②

在诗歌的最后一节，诗人对西风祈求：

把我当作你的竖琴吧，有如树林：
尽管我的叶落了，那有什么关系！
你巨大的合奏所振起的音乐
将染有树林和我的深邃的秋意：
虽忧伤而甜蜜。呵，但愿你给予我
狂暴的精神！奋勇者呵，让我们合一！

这时，诗人的精神已经完全和西风融成一体，诗人是西风中的一片落叶，任由西风的吹拂，也在西风的吹拂中染上一片秋意，将自身浸入了西风的精神世界里。此时，诗人是西风，西风也是诗人，他们已经浑然一体，不分你我。他们是两个合为一体的自然精灵，他们在人世间传播的是自由的信息，是对美好未来的预言。诗人那颗不安的灵魂，那闪电一样的壮美的情怀，还有那海洋般无法平息的心绪都在西风的吹拂中化成了宁静天空中的那份澄澈和清明。西风认同了雪莱的精神，通过这种认同过程，雪莱表达了自己对自由的向往，但是作为主体的诗人不是主角，主角是认同了诗人精神的西风。《西风颂》中那"像是灰烬和火星，从还未熄灭的炉火向人间播散"的是雪莱的自由理想。《西风颂》虽然是一首写自然的诗，但是

---

① 彭锋：《完美的自然》，北京：北京大学出版社 2005 年版，第 59 页。
② 李泽厚、刘纲纪：《中国美学史》（第二卷），北京：中国社会科学出版社 1987 年版，第 502 页。

诗中寄托的是雪莱对自由的渴望，对未来世界的美好憧憬。"诗人用另一种方式发表他的预言：用含混的和说不清的、却是生动的和可靠的方式在人们心中暗示人类的生气蓬勃的未来及其无限的可能性。"[①] 这正是那句"要是冬天已经来了，西风呵，春日怎能遥远"让人们铭刻于心的缘故。认同过程是雪莱诗歌中常用的一种手段。在悼念济慈的诗《阿多尼斯》中，雪莱先是痛悼阿多尼斯："我为阿多尼斯哭泣——他已经死去！"可是随着诗歌的发展，雪莱与阿多尼斯融为一体：

> 我的心为什么退缩、转身、迟疑？
> 你的希望已先你而行，已经抛弃
> 这里的一切；此刻，已该离去；
> 一片光明已经离开了轮回的岁月，
> 离开了男人妇女；仍然是亲爱的
> 还在吸引你拥抱，不容你凋谢；
> 柔和的天在微笑，轻风在近处低语：
> 这是阿多尼斯在召唤，哦，快去吧，
> 不要再让生把能够由死亡结合的长久分离。

"在将济慈变成一个永恒的媒介之后，雪莱渴望自己也成为永恒的。像去哭泣的命令，去死的命令，是对他自己发出的，同时也是对读者发出的。诗歌中写一个肺结核患者的死亡，而后它变成了写作者自己的死亡……"[②] 这种认同也表明雪莱的诗中有一种很强的主体意识，雪莱进入到他自己的诗歌里，使自己成为风景的一部分。雪莱的认同必须要借助对自然景物的描写方成为可能。像《西风颂》中的狂野的西风，《阿多尼斯》中"柔和的天"以及"在近处低语"的"轻风"，没有这些自然现象作为媒介，雪莱的认同也就不可能实现。是自然物唤起了诗人内心世界

---

① 〔秘鲁〕塞萨尔·巴列霍:《诗和诗人》，参见潞潞主编《准则与尺度：外国著名诗人文论》，北京：北京出版社 2002 年版，第 385 页。

② Jame A. W. H., Adonais: Shelley's Consumption of Keats, *Romanticism: A Critical Reader*, Duncan Wu. ed., Oxford: Blackwell Publishers, 1995, p. 186.

的感悟，与自己的诗成为一体，成为诗中的自然世界的一个组成部分或者成为那自然物所象征的抽象理念的一个符号，这几乎成了雪莱在诗中不懈的追求。

《致云雀》是雪莱抒情诗中的精品。雪莱一生最为热爱的是自由，一生热烈追求的也是自由。他歌颂自由的理想，也表达感受自由的欢乐。《致云雀》中的云雀和《西风颂》中的西风一样，代表的都是诗人自己。那歌声不是来自于在天空自由飞翔的云雀，而是来自于诗人那颗按捺不住的热烈的心。诗篇一开头就为这首咏云雀的诗定下了一个基调，那歌唱的云雀唱出的乐曲是如此地欢乐，显然它不识人间的苦痛，它知晓的只有天堂的欢乐：

　　向上，再向高处飞翔，

　　从地面你一跃而上，

　　像一片烈火轻云，

　　掠过蔚蓝的天心，

　　永远是歌唱着飞翔，飞翔着歌唱。

诗中的云雀是不具形体的鸟，它敏捷轻快，热情奔放。它：

　　沐浴明光飞行，

　　似不具形体的喜悦开始迅疾的远征。

那么云雀的快乐来自哪里呢？这也是诗人在诗中力求探索的：

　　什么样的物象或事件，

　　是你那欢歌的源泉？

　　田野、波涛或山峦？

　　空中、陆上的形态？

　　是对同类的爱，还是对痛苦的绝缘？

来自自然的欢乐是云雀的喜悦之源。放歌的云雀歌唱的是大地的美景，云雀是诗人雪莱的自由精神的体现。弗洛姆（Erich Fromm）认为："天堂的伊甸园是自然的象征，但当人从伊甸园被赶往人界后，人类就失去了与自然的和谐，即使有人想回到自然去，手执喷着火焰的法杖的天使也会挡住他的道。于是人类只好留在凡界开发生产，并不断挖掘自己的智慧，用一种新的人际和谐，去替代原始祖先的那种与自然的和谐。"弗洛姆又说："人类理性的东西越趋于成熟，与原始纽带的关系就越疏远，他与自然世界也就越分离，为此，人类就必须寻求一条真正的能够摆脱孤独的途径。"①云雀体现出超脱凡尘的欢乐是因为它是完全属于自然的，在自然中没有任何束缚。与自然的和谐给了云雀最大的自由，它使云雀与天地合一，没有孤独，没有痛苦。云雀的欢乐寄托着诗人的向往。

云雀的欢乐还来源于对人类的大爱。"你爱，却从不知晓过分充满爱的悲哀。"诗人雪莱爱人类、爱正义，他爱得太真、太热烈，他的爱不为世人理解，他为了这份爱而痛苦。而云雀的歌中有爱却没有爱带来的痛苦，这说明云雀的爱是超脱的，是不屑去求得世人理解的。换言之，即使爱充满痛苦，云雀也会只见枫红，不见霜降，这是无条件的爱，只有达到了这样的爱的境界，才能获得真正的快乐和自由。《圣经》中说："如果你爱那些爱你的，你又可以收到什么回报？难道收税的人做的不是同样的事情吗？"雪莱已经朦胧地向往云雀那不求世人理解的超脱精神和无边大爱。云雀的欢乐还在于它参透了生死的真谛：

> 你对死的理解一定
>
> 比我们凡人梦到的
>
> 更深刻真切。

死亡就如同生命一样是不可抗拒的规律。只有正视死亡才能获得生命的自由。"自然迫使我们这样做。她指出，离开这个世界吧，就像你来到这个世界一样。从死到生，从生到死，经历着同样的过程，你不会有感觉也不会有恐惧。你的死是宇宙秩序的一部分；是世界的一部分。"②云雀不仅超越了爱，也超越了死，所以在云雀的歌声中才有这样纯粹的欢乐，这

---

① 〔美〕弗洛姆：《爱的艺术》，萨茹菲译，北京：光明日报出版社2006年版，第17页。
② 〔美〕莫蒂默·艾德勒、查尔斯·范多伦编：《西方思想宝库》，长春：吉林人民出版社1991年版，第350页。

种尘世无法比拟的欢乐。据说华兹华斯也咏过云雀，但当他读到雪莱的诗时，自叹弗如。华兹华斯不会写出雪莱的激情。虽然青年时代的华兹华斯也充满革命的激情，想为真理、正义而斗争，但法国革命的血雨腥风使华兹华斯失望了。后来他选择了隐居湖畔，忘情于山水间的生活。华兹华斯的《致云雀》也赞美了云雀的自由精神，诗人同样希望像云雀那样欢乐地飞翔，但雪莱诗中那饱满的激情、青春的光焰，无论如何也不能在华兹华斯的诗中找到。在雪莱的《致云雀》中，激情如滚滚奔腾的洪水，又似电闪雷鸣的瞬间，或者像李白诗中所言的"飞流直下三千尺"。诗人的心灵在九天苍穹展翅翱翔。而华兹华斯的激情就如同一条缓缓流动的长河，偶尔有几段急流险滩罢了。华兹华斯诗中发出了对云雀的请求：

  带我飞上去！带我上云端！
  云雀呵！你的歌高昂强劲；
  带我飞上去！带我上云端！

  不过，即使这种请求听起来也显得颇有点力不从心。之所以产生这样的差别，根本原因在于两位诗人在诗中自我认同的强度不同。当雪莱将自己完全投入到诗中的时候，他的整个灵魂和思想都进入了自然物中，使自然物获得了诗人的灵魂，这是一种强大的冲击力。华兹华斯的诗虽然也有认同的意识，但是雪莱的自由精神是华兹华斯无法比拟的。因此，在雪莱的诗中我们看到的是一个高歌的精灵，那就是诗人的化身；而在华兹华斯的诗中，我们看到的是诗人在一边，云雀在另一边，诗人与自然物并不是完全融合在一起的，其认同的强度是比较弱的。在雪莱和华兹华斯与诗中描写的事物认同的过程中，诗人的主体都是参与者，而济慈在与诗中所写的景物或人物的认同中，是去掉其自身的主体的。就济慈的情形来看，济慈的认同与雪莱和华兹华斯的认同有所不同，应该说，济慈的认同强度比雪莱、华兹华斯都来得更加强烈，是完善的认同。勃兰兑斯说："幻想海阔天空地飞翔而忘却自我的诗人，在他们从事创作的时候，总是要尽一切努力来驱除掉他们的个人气质和一己好恶。很少有人能够做到像济慈那样彻底地从作品中清除了个人的希望、热情和原则。他的书斋，正如他的一个崇拜者所说，是'一间除去画架之外一无所有的画家的画室'。"[1]济慈在自己的诗歌作品里除掉了个人的一切，完全认同于他所描写的对象，如变色龙一般，改变自己，使自己成为所处的环境的一部分。济慈根据自己所描写的对象的不同，也不断变化，认同于所描述的事物，因此才写出了伟大的诗篇。诗人的这种独特的艺术创作特点可以称之为变色龙效应。

---

[1] 〔丹麦〕勃兰兑斯:《十九世纪文学主流》(第四分册)，徐式谷、江枫、张自谋译，北京：人民文学出版社1997年版，第150页。

第五章 插上灵异的翅膀：
希腊神话与济慈的诗歌

第一节 古希腊神话的思想内涵

质询济慈接受古希腊神话影响的深层原因，并探索古希腊神话与济慈诗歌在审美趋向上的共性及其产生的机制，对于我们从更深层次上理解济慈诗歌的思想内涵和艺术价值具有重要意义。希腊神话的核心思想是人文主义思想，它体现了古希腊人对人的赞美、对尘世生活的强烈热爱。古希腊神话的审美情趣是壮美形态的和谐。在人类幼年时期，几乎每一个民族都在编织自己的神话。在生产力极不发达的原始社会，大自然的风雨雷霆、洪水猛兽在原始人类的眼里永远可以用两个字来形容——"神秘"。拥有智能生命的人对神秘的自然充满了好奇心，但古人没有能力解释自然和社会，于是，他们诉诸幻想，用幻想构筑起神话的王国。根据林惠祥的论著，神话是"关于宇宙起源、神灵英雄的故事或关于自然界的历程或宇宙起源、宗教、风俗等的史谈"。[1]可见，神话不是空中楼阁，不是漫无边际的捏造，它是对自然力和社会生活的形象化表现。神话像一切其他的文学形式一样，根植于生活的土壤。

在西方文明发源地古希腊，原始先民们创造了五彩缤纷的神话，令人

---

[1] 林惠祥：《林惠祥人类学论著》，福州：福建人民出版社1981年版，第8页。

惊叹。无论现代科技怎样飞速发展,原始先民创造的神话也绝不会从人类历史上消失,因为这些神话体现了生命最本质的追求和民族文化的深邃内涵。神话已成为人类精神世界的不可分割的一部分。亚里士多德说过,爱好智慧的人也是爱好神话的人。马克思曾这样评价希腊神话:古希腊神话向人们显示了永久的魅力。古希腊神话不仅是希腊古代诗文戏曲的素材,传入欧洲后,又对文艺复兴产生了深远的影响,并为文艺复兴所消化,融入了世界文学的血液中。古希腊神话不只属于希腊一国,它已成为世界文学一个珍贵的组成部分,也是我们了解西方文学所必须掌握的基础知识。

古希腊的面积比较小,在一个相对小的区域内,神话在传播过程中保持了它的完整性,而且神话形成时期正处于氏族制向奴隶制过渡时期,这是一个相对稳定而漫长的过程,它使古希腊神话得以很好的保存。另外,古希腊人以航海为生,这种生活方式使古希腊人敢于冒险,性格上自由奔放。古希腊神话产生于海洋文化的土壤,海洋文化的自由造就了古希腊神话生动活泼的想象。古希腊的神话经历了一个不断充实和丰富的过程,在这个过程中也融进了传说故事。

古希腊神话内容丰富,有叙述世界起源的创世神话、赞美和歌颂人类力量的巨人神话、表达对宇宙之谜进行探索的动植物神话和自然现象神话。此外,希腊人还在征服自然的实践活动中创立了反映社会生活的神话。无论是古希腊神话的题材,还是其思想内涵和审美特征,都可以在19世纪英国浪漫主义诗歌中找到它的痕迹。因此,在论及希腊神话与济慈诗歌的关系时,首先,我们必须对古希腊神话的内容、思想内涵及审美倾向有一个基本的了解。

自从人类出现在地球上,人类就一直在探索宇宙的奥秘。他们想知道宇宙是如何起源的,人类又是如何产生的,有人把这类神话说成是创世神话。《大不列颠百科全书》指出,创世神话是指某一文化传统或某一社群根据自己的理解,用象征手法叙述世界的起源的神话。创世神话体现了古希腊人对人类起源、人在宇宙中所占地位、人的基本生活方式和文化形态的思考,创世神话对于我们了解古希腊人的世界观具有重要意义。古希腊神话讲述,天和地被创造出来,大海波浪起伏。鱼儿在水里嬉戏,鸟儿在空中歌唱。大地上动物成群,但还没有一个具有灵魂的高级生物。就在这时,普罗米修斯降临了,他是被宙斯放逐的神祇族的后裔。他聪慧而睿智,知道天神的种子蕴藏在泥土中,于是他就捧起泥土,用河水把它沾湿调和起来,按照天神的模样,捏成人形。为了给这泥人以生命,他又从动物的灵魂中摄取了善与恶两种性格,将它们封进人的胸膛里。天神中,他有一个女友,即智慧女神雅典娜。她惊叹普罗米修斯的创造物,于是便将神气吹进了具有一半灵魂的泥人里,使它获得了灵性。这样,第一批人在世上出现了,他们繁衍生息,遍布各处……普罗米修斯又来帮助他的创造物。他教会他们观察日月星辰;给他们发明了数字和文字,让他们懂得计算;他还教他们驾驭牲畜,使他们懂得给马套上缰绳拉车或作为坐骑。他还关心人类生活中其他的活动。普罗米修斯教会人们调制药剂来防治各种疾病。他还教会他们占卜、圆梦,解释鸟的飞翔和祭祀显示的各种征兆。他引导他们勘探地下的矿产,让他们发现矿石,开采铁和金银。他教会他们农耕技艺,使他们生活得更舒适。在这之后,普罗米修斯还盗取了天火来帮助众生。

古希腊有关造人的神话还有一个说法:人类是奥林匹斯山上的诸神创造的,他们先造出了一个黄金人类,这些人的生活和神仙一样,无忧无虑,就连死亡也毫无痛苦,就像是沉睡一样,这是第一代人;之后,神又创造了白银人类,他们远不如黄金人类那样幸福,但生活得还算安宁舒适,这是第二代人;随后天父宙斯创造了第三代人,即青铜人类,青铜人类不断地进行战争,他们虽然长得高大强壮,却无法抗拒死亡。有了青铜人类,世界从此失去了安宁,神不再爱护青铜人类;最后,第四代人——铁人类出现了。铁人类的命运就是不停地劳作,精神上遭受无穷的烦恼。如果说普罗米修斯造人的神话反映的是对人类起源问题的思考,那么这则关于人类四个时代的神话则在力求解释人类起源的同时,也暗示出人类历史进程中的某些特征。

人一旦来到地球上就面临着生存问题,在生产力极其低下的上古时期,

第五章 插上灵异的翅膀:希腊神话与济慈的诗歌

为了能够生存下去,运用智慧与大自然进行斗争就显得十分重要,所以很自然,原始先民们就构想出了一位神来传播智慧,帮助人们了解自然法则,使人的生存变得容易一些。古希腊神话中普罗米修斯用泥土造人,而奥林匹斯神用黄金、白银、青铜和铁造人。这些神话表现了古希腊人对于人类自身的思考。首先,人是由神制造出来的;其次,人是由神用某种地球上存在的材料制造出来;第三,人的肉体和灵魂不是同步被制造出来的,先有肉体,而后,才被注入了灵魂;第四,人被制造出来以后,有一位造人之神、助人之神,即希腊神话中的普罗米修斯,会来帮助孤立无援的人类在地球上站稳脚跟。

宇宙的奥妙是伟大的,宇宙间最为奥妙的奇迹是人。在远古时期,由于生产力极其低下,人们崇尚体力,因此,也就有了关于巨人的设想。巨人是最有能量的人,因为他的体力最大,最有可能办到常人不可能办到的事。古希腊神话中的巨人是地母该亚的后代,第一代巨人叫提坦,是该亚与乌拉诺斯所生,共有六男六女,后来提坦帮助克洛诺斯推翻乌拉诺斯,但是当宙斯造反时,他们又同宙斯作对,发生了长达十年的神祇战争——提坦战争,最后提坦以失败告终。地母该亚为了报仇,又与地狱之神塔耳塔斯生了巨人提福俄斯,他长着一百个龙头,神勇无比,独自一人杀上奥林匹斯山,将众神打得四散逃命,并将宙斯撕碎。后来,宙斯复活,命令火神造雷锤,终于打败了提福俄斯,将他压在山下。其余的巨人又发动进攻,这次众神请大英雄赫拉克勒斯出山,才将他们剿灭。

原始初民在思考自己的同时,也在思考自己生存的这个世界,它的万千气象,它的姹紫嫣红,它的飞禽走兽,它的山清水秀,它的一切神秘和美妙。在这样的思索中就产生了有关动植物的神话和有关自然现象的神话。动植物神话是有关动植物起源和解释其特性的神话。神话中都有花神和树神的构想,花神和树神这类的植物神代表的都是和谐、宁静和美丽,而动物神所代表的内容则更丰富一些。在古希腊神话里有许多充满灵性的动物神。比如,动物神斯芬克斯是底比斯城外的一个怪物,人头狮身,是巨人堤丰和蛇怪厄喀德娜的女儿。斯芬克斯盘坐在一块巨石上,给经过的人出谜语，猜不中谜语的人就被她吃掉。她吃掉了许多人，但她的谜语被俄狄浦斯猜中了，斯芬克斯非常羞愧，跳崖自尽了。古希腊神话中还有一位很著名的动物神，名叫塞壬，是人身鸟足的女神，住在地中海一个孤岛上，用美妙的歌声引诱航船触礁沉没。有关自然现象的神话力求解释各种自然物和自然现象。这种神话与生产方式没有多大关系，因为自然现象，如风雨雷电，是普遍存在的。在创造这种神话时，古希腊人表现出他们想象的奇妙，他们让代表自然现象的神祇形成了一个系列：日神、风神、星神、山神、河神等等。每个神都有自己的随从。例如，每天驾着有翼的太阳车在大地上巡视的太阳神阿波罗的随从就有世纪神、年神、月神、日神、小时神、春神、夏神、秋神、冬神。各神有各神的职权范围。这是一套非常完备的自然神神系，它寄托了古希腊人对大自然的理解和热爱。中国神话中也有日神、月神、风雨雷电神之说，但就其系统性和周密性来讲，就远不如古希腊神话了。人类作为地球上唯一的智能动物，自产生之初，就没有停止过对宇宙及自身奥秘的探索和诠释。孜孜不倦的思考，折射出人类对生命的感悟，也印下了历史进程中人类在思想意识上的运动轨迹，而神话正是记录这一切的载体。古希腊神话在探索人类起源及发展之谜时所铺开的想象的长廊，很好地展示了从童年走向成熟的希腊民族的文化取向。

上古先民除了创造了有关生命起源和自然奥秘的神话以外，还创造了反映社会生活的社会神话，内容涉及神之间的战争、神的恋爱、神与人的交往等。古希腊人那光彩照人的神话几乎都是关于神祇传说和英雄传说的社会神话。古希腊神话故事的主题大都是英雄创举和磨难，讲述人的命运以及遭遇。古希腊的麦肯尼时代以及后世，特别是骑士时代偏爱战斗传说，因此许多神话都围绕国王、贵族、将军以及统治集团或家族之间的矛盾和争斗展开。古希腊神话中最著名的故事就是围绕着特洛伊战争逐步展开的。古希腊神话故事刻画的英雄人物比比皆是：俄狄浦斯王、征战底比斯的七英雄和阿喀琉斯等等，举不胜举。他们的英雄壮举可歌可泣。这些神话讲述的是关于爱恨情愁、生死存亡等主题的一些波澜壮阔、扣人心弦的故事，其惨烈可称是撼人心魄，其凄美则可谓千古绝唱。

且以古希腊神话中的复仇故事为例。古希腊神话的复仇故事是系列故事，这些故事一环套一环，形成了一个完备的体系。帕里斯王子拐走了海伦，于是，古希腊人组织了一支十万人的军队，准备进攻特洛伊。主帅阿伽门农出征前把亲生女儿献祭给狩猎之神阿耳忒弥斯。其妻克吕泰涅斯特拉因为丈夫杀了女儿祭神，决定和奸夫一起为女儿报仇。阿伽门农得胜回国。她就在阿伽门农洗澡的时候把他杀死了。几年以后，寄养在别人家的阿伽门农的儿子俄瑞斯忒斯长大成人，他和妹妹一起计划为父报仇。俄瑞斯忒斯设法进宫，杀死了自己的母亲和母亲的奸夫，替父报了仇。这是一个系列性的复仇神话，包括两个过程，一是杀夫报仇，二是杀母报仇。然而骇人听闻的报仇故事还不止于此。还有一则神话讲科尔喀斯的公主美狄亚因被丈夫抛弃而杀子复仇的故事。古希腊神话还花了很多笔墨描写战争，讲述英雄故事，例如阿耳戈英雄们的故事、拯救赫拉克勒斯的子孙们的战争、忒修斯和亚马孙人的战争、七英雄远征底比斯的战争、古希腊人和特洛伊人的战争等等。古希腊神话中的战争故事充满了冒险精神，生动活泼，而且组合成一个个系列性的故事。

古希腊神话有的描写神与神的相恋，也有的描写人与神的相恋。在古希腊神话中，这方面的内容特别多。古希腊神话中的许多重要神祇都被风流韵事所包围。主神宙斯十分好色，他与无数的女神和凡间女子都缔结了姻缘，生了众多子女。而爱神阿佛洛狄特不忠于丈夫，是战神阿瑞斯的情人，还与美少年阿多尼斯关系暧昧。古希腊神话中的爱情就像空气那样无处不在，而且是那样自由自在，人的天性在这里自由张扬。

神是什么样的呢？在古希腊神话中神就是接近完美的人：有强健的体魄，旺盛的精力。从文艺复兴时期以古希腊神话为题材的绘画和雕塑作品中就能看到神的外形非常令人艳羡和赞叹。奥林匹亚诸神是完全按照人类的样子塑造的，他们有七情六欲，也会犯各种各样的过失，他们的形象鲜活可爱，贴近生活。可以说在古希腊神话中，神的美完全可以通过其外貌反映出来，是美之外化。在莎士比亚的戏剧《哈姆雷特》中，哈姆雷特有这样一段独白："人类是一件多么了不起的杰作！多么高贵的理性！多么伟大的力量！多么优美的仪表！多么文雅的举止！在行为上多么像一个天使！在智慧上多么像一个天神！宇宙的精华，万物的灵长！"①哈姆雷特这一人物被公认为人文主义的杰出代表，在哈姆雷特看来，如果人有优美的仪表，智慧的理性，就和天神相等。可见，天神就是最健康、最美丽的人。意大利思想家维柯认为，不是神创造了人，而是人按照自己的形象创造了神。在古希腊神话中，所有的神都是健康美丽的，他们不像中国的神那样，在道德上有什么超人之处，只不过是在身体上长得比人完善而已。"古希腊人创造出他们的神更多地反映出他们的理想，而不是要为自己树立一个供自己崇拜的偶像，他们的神既亲切又可爱。"②"既亲切又可爱"，这正是古希腊的神。他们亲切可爱，是因为神就是人。神性接近于人性，神像人一样不甚完美，有着丰富多彩的性格。上文已经谈到古希腊神话中普罗米修斯用泥土造人的故事。普罗米修斯为了让这泥土具有生命，便借用了动物灵魂中善与恶的双重性格，将它们锁在泥团的胸内。关于人性的双重性的神话反映了古希腊人对于人性的客观看法。古希腊的神既向人间施恩，也惩罚世人。他们不像中国神话中的神那样是人的庇护者、奉献者。他们既是庇护者也是惩罚者。古希腊神话中的神甚至会为了些微不足道的小事对世人加以严惩。阿克特翁是古希腊神话中的猎人，他因偷看狩猎女神阿耳忒弥斯和水神们一起洗澡而受到阿耳忒弥斯的惩罚。阿耳忒弥斯把他变成一只小鹿，结果小鹿被阿克特翁自己的猎狗咬死。

　　古希腊神话中的诸神能参透过去，预知未来，他们可以长生不老，摆脱了自然生命的羁绊，但他们却和人类一样需要饮食休息，他们身上具有人类的感情、人类的习俗、人类的优点和缺点。作为神，他们理当不受世俗的烦扰，然而他们却和人类一样承受着忧愁和痛苦，尽管如此，古希腊的诸神对世俗生活仍充满热爱。宙斯是一位有着无上权力的天神，他高踞

---

① 〔英〕莎士比亚：《莎士比亚全集》（九卷），北京：人民文学出版社1991年版，第49页。
② 〔美〕菲利普·李·拉尔夫等：《世界文明史》（一卷），赵丰等译，北京：商务印书馆1987年版，第216页。

第五章　插上灵异的翅膀：希腊神话与济慈的诗歌　157

于奥林匹斯山的宝座，拥有无上的威严，但他却总是向往人间的生活，以他的神力，化成各种动物，到凡间去寻求人世的恋情。他注意到埃托利亚国王的女儿丽达十分美丽，就变做白天鹅走近了她，使丽达沉浸在爱河中。这样的神人相爱的故事在中国神话中也有，然而在古希腊神话里，人神相爱的爱情故事中神的爱远不是完美和至善的，它带有嫉妒、邪恶、强加等意味，这和中国神话中的人神相爱模式完全不一样。在中国神话里，你若遇到了一个花神也好、狐神也好、蛇神也罢，这个神所给予的那份爱一定是至真至纯，至善至美的，白娘子和许仙的故事不正是这样吗？古希腊神话中的神人相爱其实是现实世界男女相爱的一种真实再现，它既有激情和善的一面，也绝不回避邪恶。贵为天后的赫拉，并不认为自己的使命就是为人类奉献牺牲。她毫不掩饰自己的嫉妒之心。她迫使宙斯把伊俄变成了一头牛，还把美丽的卡利斯特变成了熊，仅仅因为宙斯爱她们。爱与美的女神阿佛洛狄忒是匠神赫淮斯托斯的妻子。她还有众多的情人：战神阿瑞斯、美男子阿多尼斯等等。阿佛洛狄忒的风流韵事如此之多，以至于她把爱的种种风情都尽收眼底。讨厌女人而钟爱自己的象牙雕塑的皮格马利翁，因为对爱神的崇拜和敬畏，他的象牙处女竟活了。象牙处女是美的象征，而美因为注入了爱的气息而拥有了生命。古希腊人把爱和美看得非常重要。苏联学者留里科夫说："对古希腊人来说，爱情乃是最大的美德，谁要拒绝爱情，谁就注定要灭亡。那喀索斯因为拒绝了厄科女神的爱情并爱上自己的影像而死去。安娜克萨瑞忒由于不愿爱伊菲斯而灭亡。阿都尼由于拒绝了维纳斯的爱情也死去了。谁不接受爱情之箭，谁就会被死亡之箭射死。"[1] 阿佛洛狄忒就是爱与美之神，而爱神自己的性格正像世间的女子一样，美丽、多情、敢爱敢恨，她还有很强的嫉妒心。神的性格体现的正是人的性格。古希腊神话中的男神或女神，他们的生活和人的生活没有本质上的区别，他们的个性与人的个性之间也没有本质的区别。所以古希腊神

---

[1] 〔俄〕尤·留里科夫：《爱的三种魅力》，徐泾元等译，北京：工人出版社1988年版，第56—57页。

话所刻画的神是具有全面人性的神，神的形象是立体化的。阅读古希腊神话，我们处处可以感受到以人为本的精神，换言之，感受到人文主义思想的存在。古希腊神话热情赞美了人的价值和尊严，对人的欲望、幸福、利益和权利给予了充分的肯定。

　　古希腊人热爱的是现实世界，而不是超凡脱俗的理想境界。为此，他们不愿使他们的神带有令人敬畏的性质。古希腊神话中的神呈现了全面的世人品质和气质，众神不是接近于一种完美的理念，而是接近于尘世中不甚完美的俗人，世俗的欢乐与烦恼让古希腊众神神魂颠倒。当然，这样的神，人们是难以对之产生敬畏之感的，相反，有时候，某一位神还会因为没有满足凡人的愿望而受到凡人的抱怨。古希腊的神不是高高在上，而是几乎与凡人平齐，他们无论如何也难以成为凡人的精神领袖。既然神不能成为人们的偶像，而神和人所做的事又没有根本的区别，那么可以说，在古希腊神话中神的意志就是人的意志，神的情欲就是人的情欲，神就是人自己。

　　在古希腊神话中，英雄行为的动机从根本上讲是为了满足个体对生命价值的追求。神话里的英雄们争夺财产、王位或爱情，而通过自己的努力争夺来的一切也被给予了充分的肯定。可以说，古希腊神话中英雄们的故事展现了英雄们为实现生命价值而进行个人奋斗的历程。荷马史诗《伊利亚特》叙述了主人公阿喀琉斯的故事。阿喀琉斯视勇敢为最高荣誉。神预测他有两种命运：一是默默无闻而长寿；二是在战场上功勋卓著但早死。阿喀琉斯毅然决然地选择了第二种命运，宁愿战死疆场，也不愿碌碌无为，这是对人生价值的追求。阿喀琉斯热爱自己的民族，但与自己个人的尊严相比较，民族的利益则被置于次要地位。当古希腊主帅阿伽门农抢走了他心爱的女奴时，阿喀琉斯拒不出战，置民族利益于脑后。而当他的挚友帕特罗克洛斯被敌军将领赫克托耳所杀，他又重新出战，决心为挚友报仇血恨，他杀了赫克托耳，还用十二个俘虏为挚友陪葬。阿喀琉斯把个人的尊严和价值置于民族利益之上，而荷马史诗对此也持肯定和赞美的态度。这表明古希腊人重视自我实现、自我价值、自我尊严。古希腊哲学家普罗泰戈拉（Protagoras）认为人是万物的尺度，这是古希腊人强烈的自我意识的表现。

古希腊人的人文主义思想还体现在他们对现实生活的热爱上。古希腊人将死后世界设想得十分可怕，这从另一角度印证了古希腊人对尘世生活的热爱，显示出他们对人生的乐观态度。他们肯定现世的生活，幸福就在人间，而不在天堂，就连视死如归的英雄们都难以割舍世俗生活。大英雄阿喀琉斯死后来到地府，在奥修斯的帮助下，他恢复了记忆，想起自己金戈铁马的战斗岁月，不禁悲痛地感叹说他宁愿在人间当长工，也不愿死后去统治整个阴间世界。他的生死观体现了古希腊人以人为本的思想。古希腊人为现世而生活，因为在他们眼里，死后的世界没有什么令人向往的。古希腊人重视肉体更胜于重视精神，对古希腊人来说，拥有结实、健美的身体是最令人自豪的事情。古希腊诸神在道德方面并非有什么超人之处，但在肉体方面却占有优势。宙斯、阿波罗、赫拉、阿佛洛狄忒都有英俊美丽的外形。诗人荷马把神祇称为美丽的形象。古希腊的人与神的根本区别在于神能够长生不老，神祇们过着与人一样的生活，只不过他们可以随心所欲、不受约束而已。古希腊人认为人是万物的尺度，万物的灵魂，认为世界上没有比人更完美的形式，于是将人的美寄托于神的身上，这样，古希腊的神就被人化了。古希腊神话赞美人的形象、人的肉体，崇尚个人价值，肯定世俗生活，人文精神在古希腊神话中得到了充分地体现。古希腊神话中神与神、神与人的爱带有很强的情欲成分，对于道德和教化作用则不强调。奥林匹斯诸神对强壮健美的肉体都有着强烈的占有欲望。美与爱之神阿佛洛狄忒的丈夫匠神赫淮斯托斯容貌丑陋，阿佛洛狄忒与年轻潇洒的情人，即战神阿瑞斯幽会，被赫淮斯托斯当场捉住，带他们到众神面前评理。而众神对此事却哈哈大笑，信使之神赫耳墨斯还说哪怕有三重弄不断的锁链把他绑住，哪怕有全体男神和女神都看着他，他也愿意同金光灿烂的阿佛洛狄忒同床共枕哩。这是荷马的《奥德赛》中记载的故事，从这个故事中，我们看到古希腊人对人的自然性的肯定。

如果从美学角度来研究古希腊神话，我们就会发现，实际上，古希腊神话的审美形态是壮美的和谐。人与自然的和谐，或者说人与自然神的和谐是古希腊神话永久的主题，古希腊神话中蕴含着和谐的审美理想，这和谐理想中最突出的是壮美形态的和谐。古希腊美学的壮美形态与和谐理想的产生与古希腊当时的政治经济密切相关。就古希腊的政治体制和机构来说，它为古希腊提供了一个自由的生存空间，这促进了古希腊艺术的发展。古希腊的雅典等城邦实行民主制政体，没有一个至高无上的专制君主。公民大会是最高的权力机构，这个机构每十天召开一次公民大会，除了奴隶、妇女、外籍人以外，所有的公民都有发言权，都可以以投票表决的形式参与国家重大政治决策的制定和实施，且可以担任国家各级官吏。在这样一种政治氛围中，自由的公民把自己当成了国家的主人，他们以一种奋发向上的精神主宰国家的命运，同时也是自己的命运，这塑造了古希腊人的自我意识，也促进了和谐的审美理想的发展。在经济上，雅典等城邦的航海业非常发达，而航海业和殖民事业的发展又带动了商业、手工业的发展。发达的外向型经济形成了复杂的社会关系，航海是一项富有挑战性的事业，加之古希腊各城邦之间不断爆发战争，激发了希腊人的冒险精神和团结协作精神，打造了他们强健的体魄。人们的审美兴趣也偏向那些壮美的事物。古希腊神话的雄伟、瑰丽、悲壮，正是壮美型和谐的艺术表现。

　　我们来看普罗米修斯的神话：为人类盗取天火的普罗米修斯受到宙斯的惩罚，宙斯将他捆在高加索的悬崖上，每天早晨，一支秃鹫来啄食他的心肝，之后伤口愈合，而第二天秃鹫又照旧重复昨天的一切。日复一日无休止的痛苦把普罗米修斯的意志锤炼得更加顽强，使其高贵的精神更加昭然于世。普罗米修斯的痛苦化成了精神上的豪迈，雪莱这样吟道：

　　　　啊，三千年不眠不睡的时辰，
　　　　每一刻全由刺心的伤痛来划分，
　　　　每一刻又都长得像一年，刻刻是
　　　　酷刑和孤独，刻刻是怨恨和绝望——
　　　　这些全是我的王国。它比你从

第五章　插上灵异的翅膀：希腊神话与济慈的诗歌　　161

你无人羡妒的宝座上所俯瞰的一切
要光荣得多，啊，你这威猛的天帝！
你可不是万能，因为我不肯低头
来分担你那凶暴统治的罪孽。

宙斯可以惩处普罗米修斯的肉体，但却无法损害他的精神，正义终将战胜邪恶。如果说普罗米修斯的故事令人感动敬佩的话，那么美狄亚的故事则是骇人听闻的。故事中，依阿宋是伊俄科斯国王的孙子，合法的王位继承人，但他的叔父珀利阿斯篡夺了王位。叔父想要置伊阿宋于死地，就打发他到科尔喀斯去取金羊毛，并答应事成之后，将王位还给他。在科尔喀斯的土地上，有一种珍贵的宝物——金羊毛。金羊毛在美狄亚的父亲手中，他将金羊毛挂在树上，并让毒蛇看守，然而，金羊毛是无价之宝，许多英雄都想得到它。依阿宋召集了许多天神和英雄们，扬帆出发，终于到达了科尔喀斯。在那里，他遇到了美狄亚并与她相爱。在美狄亚的帮助下，依阿宋夺取了金羊毛。但到达希腊后，叔父又不肯履行诺言归还王位了。美狄亚设计害死了伊阿宋的叔父，他们被迫流落到科任斯托国，虽然美狄亚是个非常美丽和聪慧的女子，为伊阿宋生育了儿女，但当她年老色衰以后，伊阿宋渐渐变了心，他决定娶国王的女儿为妻。在曾经为了爱情而不顾一切的美狄亚的心中，仇恨的火焰燃烧起来，她立志报仇雪恨。美狄亚的智慧再一次取得了成功，她设计杀死了无辜的新娘和新娘的父亲。然而，美狄亚的复仇计划到此也只进行了一半，更加残酷的事还在后面。为了将伊阿宋推向绝望的深渊，美狄亚杀死了伊阿宋的孩子，当然，他们同时也是美狄亚的孩子。这是一个本身就充满了悲剧激情、诗情和悲剧情节的故事。当古希腊戏剧家欧里庇得斯把这故事用作他的戏剧题材，写成了悲剧《美狄亚》的时候，这个古老神话壮美的激情魅力就被更加充分地展示出来了。《古希腊悲剧经典》中说："在一系列妇女形象中，美狄亚不是以纯洁和善良著称，而是以性格的力量著称。但这个力量本身给她带来剧烈的痛苦……她做这样骇人听闻的事不是由于劫数或命运，而是由于'沉痛的心'和固执、任性的性格的有意识的决定。另一方面，她的行为兼有激情，这种激情使她失去健全的理智。"[1] "美狄亚是一个完全被满怀的激情所控制的女子。激情压倒了她身上一切自然的情感；理智已经束手无策，所有的道德情感都消失了，正义被遗忘了。在这样的状态下，为了满足自己的利己主义感情，一切手段都成为许可的……"[2] 可以说美狄亚的悲剧是其个人意志和外在力量冲突的必然结果。

美狄亚悲剧的根源是美狄亚被弃这件事。美狄亚不甘心自己被抛弃，而作为一个远离国土家园的外乡女子，她没有什么武器可以用来捍卫自己的权利，根据雅典的法律，也是全希腊的法律，与异国女子结婚没有法律效力，可以轻易解除。一个外国女子，为了所爱的人抛弃了家园，抛弃了父亲，甚至杀害了弟弟，但她的付出没有换来伊阿宋至死不渝的爱。当伊阿宋想另寻新欢时，作为一个被侮辱、被损害的女性，美狄亚的选择只有两个：一是听任命运的摆布，二是复仇。美狄亚的个性绝对不允许她选择前者，那么她要复仇，会以什么办法报复伊阿宋呢？唯一掌握在美狄亚手中的就是伊阿宋的子女，当然，这也是美狄亚的子女。所以美狄亚杀子复仇的方式不仅是在毁灭伊阿宋，也是在毁灭她自己。这一点，她很清楚，但她要用个人意志战胜外界力量，完成她那阴森可怕的复仇。美狄亚为自己的尊严、权益、地位而抗争，她刚烈的性格正反映出古希腊神话的壮美情趣。

命运可以使人不幸，但是命运却不可以最终把人打倒。俄狄浦斯原是底比斯城国王的儿子，命运注定他要杀父娶母。于是，他被抛弃在山谷中，一个牧人捡到了他，将他送给了科任托斯城邦的国王。长大后，俄狄浦斯从神示中得知了自己的命运，他逃走了。途中，他杀死一伙人，而其中就有他的生父。他逃到了底比斯城后，除掉了人面狮身怪，当上了底比斯的国王，娶了生母，并与她生育了儿女。于是，神降瘟疫于底比斯以示惩罚。

---

[1] 〔希腊〕埃斯库罗斯、索福克勒斯、欧里庇得斯：《古希腊悲剧经典》，罗念生译，北京：作家出版社1998年版，第472页。

[2] 同上书，第476页。

俄狄浦斯王决定追查到底，在追查过程中，俄狄浦斯渐渐怀疑自己就是那个杀父娶母、给底比斯城带来灾难的人，但他仍一往无前地追查下去，终于案情大白。他自己刺瞎了双眼，请求放逐。他不逃避自己的责任，不惜放弃自己的地位、权力和名誉，牺牲自己，保全城邦，这表现了他的正直和伟大，以及他与命运抗争的执着和勇毅。

俄狄浦斯的故事还表明："古希腊人的命运是内在的自然必然性，古希腊人寻找的是一条摆脱它而走向专制政权的道路，因为他们不理解这种内在的自然必然性……自然必然性在个人的自然生活本能方面表现得最强烈，最无法克制，而在社会的道德方面却是令人难以再现理解，随意加以解释的，个人的盲目本能在国家里总是受社会道德观左右的。个人的生活本能总是一再地、直接地表现出来，社会的本质是习惯，它的观念则是一种仲裁性的东西。社会的观念只要还没有完全理解社会的本质和个人的本质，还没有完全理解它是由这种本质里产生的，那么它就是一种有着限制和阻碍作用的观点，但当个人的具有创新作用的本质由于盲目而反抗习惯的时候，社会的观点同样会越发专横。"①俄狄浦斯在不明真相的情况下杀父娶母，他没有觉得自己的生活有什么不幸，这是他个人的自然生活本能的呈现。而当他知道了真相以后，社会道德意识就将他个人的生活击毁了。正是在这种个人人格力量与外界力量的撞击中，故事迸发出了壮美的光彩。

古希腊神话在悲壮中还透露出诗意美。阅读古希腊神话，我们会感到诗的激情在心中荡漾。可以说古希腊神话有诗化成分。谈到诗化成分，我们有必要说明一下什么是诗。华兹华斯说，诗是强烈情感的自然流露。赫兹利特说"诗歌是想象和激情的语言。它与任何诗人的心灵感到快乐或痛苦的事物有关……恐怖是诗，希望是诗，爱是诗，恨是诗；轻视、嫉妒、懊悔、爱慕、奇迹、怜悯、绝望或疯狂全是诗。它扩展、提炼、美化、提

---

① 〔希腊〕埃斯库罗斯、索福克勒斯、欧里庇得斯：《古希腊悲剧经典》，罗念生译，北京：作家出版社1998年版，第447页。

高我们的全身心；没有它，'人的生活与禽兽无异'"。①古希腊神话中那些骁勇善战的英雄们常常发出人生短暂的感慨：荷马史诗《伊利亚特》第六卷描写了特洛伊将军格劳科斯与古希腊大将狄奥墨得斯在交战之前互相喊话，狄奥墨得斯问起格劳科斯的家世，格劳科斯在叙述家世前说了一段开场白：

> 豪迈的狄奥墨得斯，
> 你何必问我的家世？
> 正如树叶荣枯，人类的世代也如此，
> 秋风将叶撒落一地，
> 春天来到，林中又会滋发许多新的绿叶。
> 人类亦如是，一代出生一代凋谢。

大将横刀立马、欲建战功之际，竟想到人世之枯荣凋谢，这使战斗的场面染上一种诗意的悲壮。英雄们既知命而又不认命，并能以豁达的态度对待人生，可叹可敬！古希腊神话故事中的主人公无不是遭遇到巨大的痛苦而又在痛苦中呈现出英雄本色的。机敏而睿智的普罗米修斯因盗取天火被钉在了高加索山上。他被笔直地吊着，不能入睡，也永远不能弯曲他疲惫的双膝，而被派来执行这一残酷命令的赫淮斯托斯却对普罗米修斯充满同情。当一个人的痛苦连他的敌人也表示同情的时候，这痛苦之深就可见一斑了。另一方面，赫淮斯托斯的话使普罗米修斯的故事更具有人情味，这其中的诗情是豪放的，也是悲切的。

从古希腊神话所塑造的神身上，我们看到古希腊的神与人是同质同形的。神之所以为神不是因为他们的精神境界高出凡人，而仅仅是因为他们比常人有更完美的体魄，能够长生不老。神的身体比凡人的美丽：眼睛、耳朵、嘴巴都是美丽的，整个身体的结构是匀称而和谐的。这是古希腊神话中和谐的审美情趣的表现。古希腊神话所塑造的众多的神的形象中，无

---

① 〔美〕莫蒂默·艾德勒、查尔斯·范多伦编：《西方思想宝库》，长春：吉林人民出版社1991年版，第1240页。

论职位高低，神力大小，他们都有一个共同的特点，那就是随心所欲，自由自在。在古希腊神话中，神表现着自己的真性情，而真性情本身就是美的。古希腊神话充满对大自然的歌颂和对人生的赞美。古希腊神话中有着丰富的自然神，包括日神、月神、海洋女神、森林女神、水泽女神等等，他们的身上寄托了古希腊人对自然的热爱、对美的礼赞。

第二节　诗性的神话

19世纪的英国浪漫主义诗人普遍对神话有浓厚的兴趣，他们的作品中不同程度地留下神话的印痕，但他们对神话的运用方式又各不相同。例如，布莱克喜欢自创神话。布莱克集诗人、画家、雕刻家等多元身份为一体。他出生于伦敦一个贫苦的袜商家庭，没有受过正规教育，早年，布莱克最喜欢阅读莎士比亚和弥尔顿。14岁时作雕版学徒，1779年布莱克入英国皇家艺术学院学习美术，1782年布莱克与一个目不识丁的女子凯瑟琳结婚。布莱克教妻子雕刻技术，不久以后，凯瑟琳就可以作他的助手了。布莱克印刷了自己的第一本诗集——《诗歌素描》。《天真之歌》和《经验之歌》是两组抒情短诗，被认为是布莱克的代表作。1790年布莱克完成他的《天堂和地狱的婚姻》，之后，他又写了有关法国和美国的史诗。他在诗中也模仿《圣经》神话创立了自己的神话，通过自己创立的神话体系表达自己对世界的思考，《由理生之书》就是这样的诗篇。布莱克从童年时代起，就具有丰富的想象力，他经常在幻想中清晰地看到一幅幅神秘的图画，比如缀满天使的大树、安葬在威斯敏斯特教堂的古代圣贤，于是他把自己幻觉中所看到的一切用绘画和诗歌表现出来。布莱克的画通常是由经过变形的人体来表现的。

《由理生之书》描写了人世的创造与堕落，与《圣经》的《创世记》类似。不同的是，《创世记》中把上帝的创造视为仁慈与慷慨，其后人类的生活中恶行猖獗，是由于人违背了上帝的旨意，背叛了上帝。而在《由理生之书》中，恶的产生原因不在于人的背叛，而在于专制君王的命令本身。

因为由理生创造世界并不是因为他爱这个世界，他的动机是想实现让世界按照自己的意志运转的野心。"布莱克将恶的根源归结为由理生原初的自私与自我的超然状态。这是神话的开始，进而显示这种从自己的灵魂分离中产生了其他的恶。"在[①]描写由理生创世故事的神话中，布莱克的诗歌呈现出一种大气磅礴的风格。"行神如空，行气如虹，巫峡千寻，走云连风。"（唐·司空图：《二十四诗品》）《由理生之书》开篇写了创世之前的准备。在这一节诗中，"一个恐怖的阴影升起"，它是：

  黑色的强力

  隐藏在无人知道、抽象沉思的神秘中。

  由理生在黑暗中年复一年，日复一日在那里丈量空间，策划他的创世。在那被黑色的狂风掀裂的山冈上，由理生投入一场又一场的战斗中，他的敌人就是荒野中生长出来的各种野兽、鸟、鱼、毒蛇。由理生的出现，一开始就与黑暗、恐怖和暴力相连，他那可怕的行动为由理生的创世行为蒙上了一层恐怖而又神秘的色彩。

  雪莱的诗中也有大量的神话因素。《阿波罗礼赞》这样描写太阳神：

  光线是我的箭，

  我用它射杀。那喜爱黑夜

  害怕白日的"欺骗"。

  太阳神的金光被想象成箭。雪莱诗中对阿波罗的赞美，没有脱离希腊神话中对阿波罗的描绘，但在诗人的笔下，阿波罗被诠释成了一个热爱正义、保护弱者的形象：

  凡是作恶或蓄意为恶的人

  都逃避我，有了我辉煌的光线

  善意和正直的行为就生气勃勃。

  太阳神把光明带给人间，还带来了与光明同行的一切美好的事物："花

[①] William B., *The Poems of William Blake*, W. H. Stevenson ed., text by David V. Erdman, Longman Group Ltd, 1971, p. 249.

朵"、"彩虹和云雾"、"月亮和纯洁的星星",因为那月亮与星星的光也是太阳光的一部分。

济慈则更是迷恋神话,例如其长诗《恩狄芒》就是以神话故事中的人名作为诗歌标题的,但是济慈却不像布莱克那样自创神话,对于布莱克精心打造的那种神话体系,济慈更无兴趣。即使书写长篇幅的诗歌,济慈也不注意神话故事本身的结构。他的长诗《恩狄芒》就被批评为结构松散。建立严谨的结构是济慈的弱项,所以他没有兴趣自创神话,因为自创神话要求有一个完整的情节和合理的结构与脉络。济慈的想象力被用来加强神话的气氛和神话场景的美妙,而不是故事本身的惊心动魄。济慈也不像雪莱那样运用神话来表达自己追求自由和正义的理想。济慈笔下的神话也不乏恢宏的气度,但总体来看,他大致是运用现有的神话来书写自己的心曲和他对美的追求。与布莱克不同的另一方面是,济慈神话的总体色调是明朗的,很少有布莱克诗中不惜篇幅制造的那种恐怖气氛。与雪莱不同的是,济慈的神话人物精神中的激情更为含蓄,而不像雪莱的《阿波罗礼赞》表现得那么明朗。后者有点像正午的烈日,因过分的温暖而让人睁不开眼睛。济慈也喜欢明朗的事物,但他的明朗具有一种天然的柔和曼妙,这多半得益于济慈对希腊神话的喜爱,希腊神话的色调总体上看是富丽明朗而且和谐的。济慈的诗歌常以希腊神话为素材,而在审美倾向上也更接近于希腊文化。

古希腊神话体现了希腊文化的精髓。希腊神话中将各种自然力拟人为各种各样的神,现在他们已经家喻户晓,被拟人化的自然力成为希腊神话中一个个活生生的神的形象。他们自身的特征就是这种自然力的特征,这表现了古希腊人对自然力的朴素理解和基本认识。希腊人将满腔热情付诸形象思维,这种形象思维虽然粗糙,却很有原创性。说它粗糙,是因为各种形象都没有经过深思默想或者综合分析,是印象式的;说它具有原创性,是因为希腊人为大自然的每一种现象创造了一个大致反映其特点的神。在古希腊人的想象中,神灵遍布在天地之间,这些神灵的活动使得自然现象发生,而这些神灵的性格中也涂上了自然现象本身的特性。希腊神话中的主神宙斯是整个宇宙中最高的统治者。宙斯的意思是"天堂之光"。他被赋予了至上的权力，掌管云与雪，调节四季，他还是电闪雷鸣的主人，在不同的地方被人供奉和崇拜。抽象的自然力被赋予了有形的形象。在他的形象中包含着人们对自然力的敬畏与热爱之情。赫赫有名的太阳神阿波罗的意思是"阳光四射"。太阳神带给人们明媚的春天，他是一个英俊美丽的神，也是一个纯洁、公正的神，他要求那些崇拜他的人心地纯净。月亮女神黛安娜容貌姣好，举止娴静。她有无数银色的箭，常常在森林中奔跑、狩猎。她喜爱山林水泽，也爱唱歌跳舞。在神话里，"自然本身被认为具有神圣的属性，这也意味着自然被赋予生命，自然的各个部分被赋予了心智与意志"。①

神话是人类心灵的杰出的产物，它体现了人的勇敢探索精神。扬格（Edward Young）热情地赞美了这种探索。他指出："人类心灵的勇敢探索是如此无限，它在现实以外的浩瀚空间可以召来虚幻之物和未知世界，其众多、其灿烂，一如星辰一样久长；这种极为独创之美，我们可以称为天国仙境，没有种子的花果。"②神话不就是"没有种子的花果"吗？它超越于现实世界之上，又反映着现实世界的生活，它不是自然本身，却为自然的精气所浸染。想想那轻轻抚过耳畔的和风，也许就来自神话中某个温柔女神的叹息，神话所唤起的想象本身就是充满诗情的。

神话是诗性的。维柯认为："诗的真正的起源和人们以前所想象的不仅不同而且相反，要在诗性智慧的萌芽中去寻找。这种诗性智慧，即神学诗人们的认识，对于诸异教民族来说，无疑就是世界中最初的智慧。"③而这种最初的智慧是体现在神话传说中的。"当时希腊人还处在世界的童年时代，一些最可怕的宗教的沉重压力，碰到某些人类需要或效益时，就感觉

---

① R. Gruner, Science, Nature and Christianity, *Journal of Theological Studies*, 1975, n. s.: 26, p. 56.
② 〔英〕爱德华·扬格:《试论独创性作品》，袁可嘉译，北京：人民文学出版社1998年版，第108页。
③ 〔意〕维柯:《新科学》，朱光潜译，北京：商务印书馆1997年版，第8页。

到要从宗教得到援助和安慰,就形成了这种想象,把他们所看到或想象到的一切,甚至他们自己所做的一切,都归之于神。"[1]闻一多先生将他研究神话的著作定名为《神话与诗》,可见神话与诗结下了不解之缘。可以说,人的造神工程展示的是人对自然界形象思维的结果,而形象思维是诗的思维特征。不仅如此,神话中已经蕴含了诗歌的最基本的艺术技巧:比喻、象征、拟人、意象、节奏等等。如果说神话是"没有种子的花果",那么诗就是从神话的种子里生长起来的新一茬的花果,而且是更加甜美的花果。诗歌把神话的诗性从形式到内容完美地统一起来。神话表达了人们对自然的朴素理解,而诗则在这朴素的底色上绣出了华美的图案。神话被诗人书写,也使诗人借助神话的力量创造出了超越自然的美。

神话的典故、神话人名、神话情节,这些在浪漫主义诗人的作品中就如草地上盛开的野菊花,随处可见,又像金色的火焰,点燃了诗人的心灵。诗人用他们深邃的目光,借助神话的帮助,将心灵投向了大自然那神秘莫测的地方,在那里找到了美。神话在浪漫主义诗人的笔下被重新书写,这进一步拓展了神话的内涵,使神话获得了多重意义,开阔了神话的想象空间。

第三节 古希腊神话与济慈的诗歌

济慈的诗歌引领我们与诗人一起走进艺术殿堂,走进幽深的树林和寂静的湖畔,感受春色的流溢、夏花的绚烂,秋叶的静美和冬雪的安宁。济慈的诗歌在整个英国文学史上,乃至世界文学史上都留下了浓墨重彩的一笔。英国浪漫主义诗歌有着深厚的文化底蕴。只有理清其文化脉络,我们才能真正理解浪漫主义诗歌的本质及其在思想和艺术上的成就。济慈的诗歌和其他浪漫主义诗人的诗歌作品一样,都是深植于西方文化土壤中的。神话这一古老的文学形式对浪漫主义诗歌影响颇深。古希腊神话为济慈插

---

[1] 〔意〕维柯:《新科学》,朱光潜译,北京:商务印书馆1997年版,第66页。

上了灵异的翅膀，使他的诗歌在空灵的神话世界里幻化出美的光彩。

古希腊神话与济慈诗歌的关系是济慈研究中不可回避的问题。国内批评者在济慈诗歌文本和诗歌理论研究方面屡有建树，但古希腊神话在济慈诗歌创作中的作用却成了批评话语沉默的一隅。古希腊神话是古希腊文化精神的载体，其承载的思想内涵和艺术品质都值得认真研究，其对西方文化，特别是浪漫主义文学思潮的影响更是不容忽视。正因如此，国外一些研究者已经开始把视线聚焦于古希腊文化对济慈诗歌创作的影响上，且取得了一些具体的研究成果，在众多受到古希腊文化影响的作家中，唯有济慈在思想倾向、审美情趣方面与古希腊文化精神的共鸣最为天然，最为默契。

济慈受古希腊神话影响颇深。济慈为何如此钟情于古希腊神话呢？罗宾·科林伍德（Robin Collingwood）认为："当人读诗，就不仅是领会了诗句所表现的诗人的情感，而且是凭借诗人的语言表现了他自己的情感，于是诗人的语言变成了读者的语言，诚如柯勒律治所说'我们知道某人是诗人，是基于他把我们变成了诗人这一事实；我们知道诗人在表现他的情感，是基于他使我们得以表现自己的情感这一事实'。"[①]可以说，济慈热爱古希腊神话，是由于古希腊神话承载了他内心的思想情感，表达了他对世界和人生的期望。

济慈对古希腊神话的探索从根本意义上讲是生命美学视域下的情感释放。"所谓'生命美学'，意味着一种以探索生命的存在与超越为指归的美学"。[②]济慈通过古希腊神话的素材，抒写生命的悲与喜。杜甫诗云："文章憎命达，魑魅喜人过。"（《天末怀李白》）这是对才藻富赡，却不见容于世的李白的遭遇的感怀之语，又何尝不是对天下所有命运乖戾的文人的悲愤伤悼呢？济慈一生都在一个充满"疲劳、热病和焦躁"的"让人对坐而悲

---

① 朱立元：《当代西方文艺理论》，上海：华东师范大学出版社2005年版，第35页。
② 潘知常：《生命美学论稿：在阐释中理解当代生命美学》，郑州：郑州大学出版社2002年版，第40页。

叹的世界"（济慈:《夜莺颂》）里苦斗，在生死边缘与命运抗争，用生命的烛焰照亮世界并通过神话的载体将"美"奉献给这个从不曾善待他的世俗人间。M. D. 乌纳穆诺（Miguelde Unamuno）相信"唯有苦难，唯有渴求不死的激情，才能使人类的精神成为自己的主宰"。[①] 在死亡、绝望、贫穷的阴影中徘徊的济慈不仅在古希腊神话中找到了创作素材，而且找到了生命之旅中最忠实、最知心的精神友伴。在同时代的浪漫主义诗人中，没有谁像济慈那样饱受生活的磨难，所以也没有谁像济慈那样在古希腊神话的艺术世界中"沉醉不知归路"。

古希腊人是如何对待人生的呢？V. G. 别林斯基（Vissarion Grigoryevich Belinsky）说:"对于缺乏基督教启示的古希腊人来说，生活有其暧昧的、阴沉的一面，他们称之为命运，它像一种不可抗拒的力量似的，甚至要威胁诸神。可是高贵自由的古希腊人没有低头屈服，没有跌倒在这可怕的幻影前面，却通过对命运进行英勇而骄傲的斗争找到了出路，用这斗争悲剧的壮伟照亮了生活阴沉的一面；命运可以剥夺他的幸福和生命，却不能贬低他的精神，可以把他打倒，却不能把他征服。"[②] 这种不能被征服的精神正是古希腊神话赋予济慈的财富，它与济慈在苦难的漩涡中搏击的生命最强音产生了共鸣。

古希腊人的顽强精神深深根植于古希腊民族特征中。法国文艺理论家、史学家 H. A. 泰纳（Hiolyte Adolhe Taine）曾对古希腊人的种族特性进行了分析，指出:"由于自然界景物大小适中，比例调和，形体明确，希腊人在明净的空气下看惯了明确的形象，没有茫然恐惧、不安的猜测，从而培养起这个民族思想清楚，倾向于有肯定和明确的概念，总之，是客观的自然环境造成希腊人这些种族特征，而种族特征又体现在他们民族的精神文

[①] 王静:《搜寻苦难的意义——简论痖弦的诗歌创作》,《世界华文文学论坛》2004 年第 1 期，第 48 页。

[②] 〔希腊〕埃斯库罗斯、索福克勒斯、欧里庇得斯:《古希腊悲剧经典》，罗念生译，北京:作家出版社 1998 年版，第 446 页。

化上。"① 济慈的生活环境没有古希腊人享有的那份明朗和宁静,然而,济慈不愿与生活的阴影为伴,他写道:

> 因为阴影叠加只会更加困厄,
> 苦闷的灵魂永无清醒的一天。
> ——济慈:《忧郁颂》

在现实的悲剧人生中,济慈的内心充满了对光明和欢乐生活的渴望:

> 呵,幸福的树木!你的枝叶
> 不会剥落,从不曾离开春天。
> ——济慈:《希腊古瓮颂》

这是济慈对美好世界的呼唤。古希腊神话中的乐观主义精神让济慈品味了生命的喜悦。英国作家威廉·坦普尔（Wilhelm Tempel）指出:"万能的上帝把人的生活视为他所能给予人的最快乐的生活,否则,他就不会把亚当安置在伊甸园里了。伊甸园是天真和欢乐之地。"② 而济慈的"伊甸园"不是上帝创造的,却是由古希腊神话中"比诗还瑰丽"的"如花的故事"所缔造,那是一个明朗纯净的美之世界。

古希腊人充满活力的乐观精神深深吸引了济慈,使济慈将古希腊文化精神当作一种信仰来顶礼膜拜。"希腊人针对的是爱、奢侈和因自然规律而成为必然的事物,并通常能够保持人性的活力……基督教针对的是愤怒的争吵、褊狭、悲观的指责与破坏、开除教籍、战争和屠杀和那些困惑、愤怒并摧毁人性的事物。要是济慈知道史莱格尔的观点,即:希腊人已经发明了'快乐的诗歌',济慈会同意的。实际上,济慈是不胜感激在这'快乐的诗歌'中印证'美的宗教、欢乐的宗教'。"③ 并且济慈"用宗教仪式来表达一系列异教的价值暗示,是对现有基督教结构的一种替代,在任意

---

① 胡经之:《西方文艺理论名著教程》,北京:北京大学出版社 2003 年版,第 509 页。

② 张箭飞:《解读英国浪漫主义——从一个结构性的意象"花园"开始》,《外国文学评论》2003 年第 1 期,第 101—102 页。

③ Timothy W., Romantic Hellenism, *The Cambridge Companion to British Romanticism*, Stuart Curran ed., Cambridge University Press, 1993, p. 168.

一种情形下,希腊的世界至少部分是与基督教处于对立关系中"。①

古希腊神话世界的明朗与基督教世界的晦暗形成鲜明的对照。济慈摒弃了基督教对世界与人生的看法,而将古希腊神话精神融入自己的人生信念中。济慈不信基督教,他说:"对于那些误入歧途的人来说,这个世界的别名是'泪之谷',我们要从这里得救,就要通过上帝的独断干预才能升入天国——多么狭隘的闭塞的概念啊!要是你高兴的话,把这个世界称为'造魂之谷'好了,那样你就可以认识到世界的作用。"②济慈说:"我得好好考虑一下这个问题,因为我认为这是比基督教更为伟大的拯救制度——或者说这是一种精神创作制度。"③可见,济慈在寻求灵魂的解脱时,已经抛弃了基督教的方式,他要找到一条适合自己的救赎之路。济慈不清楚自己的"造魂"之术当如何进行,然而在摒弃基督教的救赎之说的同时,他其实已潜在地选择了另一种救赎方式,这就是济慈从古希腊神话中体悟到的古希腊文化精神。

古希腊文化精神最核心的内容莫过于它的世俗人本主义思想。古希腊哲学家普罗泰戈拉(Rotagoras)的名言"人是万物的尺度"④是希腊人强烈的自我意识的表露。"重视个体的人的价值的实现,强调人在自己的对立物——自然和社会——面前的主观能动性,崇尚人的智慧,是古希腊文化的本质特征。在这种文化土壤中产生的古希腊文学,就呈现出张扬个性、放纵原欲、肯定人的世俗生活和个体生命价值的特征,具有根深蒂固的世俗人本主义意识。"⑤

首先,古希腊的世俗人本主义意识体现在古希腊神话对神的形象塑造

---

① Timothy W., Romantic Hellenism, *The Cambridge Companion to British Romanticism*, Stuart Curran ed., Cambridge University Press, 1993, p. 168.
② 〔英〕约翰·济慈:《济慈书信集》,傅修延译,北京:东方出版社 2002 年版,第 330 页。
③ 同上书,第 331 页。
④ 蒋承勇:《从古希腊到 18 世纪西方文学中"人"的观念》,《外国文学研究》1999 年第 3 期,第 63 页。
⑤ 同上。

中。在古希腊神话中，神与人是同质同构的，这样人和神"相互之间就消除了交往的界限。不少神话就描述了人神共舞、人神共欢、人神相恋、人神结合的情景，寄托了人神相亲相爱、相融相会的高度和谐的理想"。① 济慈在对神与人的关系的处理中也体现出这一思想。在谈及《恩狄芒》的故事时，济慈说："很多很多年以前，有一个年轻英俊的牧羊人，他在一座叫作拉特摩斯的山坳里放羊——他孤独地住在森林与草原中间，喜欢沉思与冥想，但丝毫也未想到像月神这样美貌的佳人竟然会疯狂地爱上了他。"② 在济慈的描绘中，月神和人间的佳丽没有区别。难怪当济慈用诗歌来表现《恩狄芒》的故事时，将人神之爱写得浑然天成，神话色彩消解于现实的层面，而现实意义也在神话的笼罩下异彩纷呈。

古希腊人的世俗人本主义精神还体现在他们对现世人生的热爱上。神话寄托了人类对理想的追求，神话中对来世的构想反映了人们对现世生活的态度。古希腊神话中的死后世界暗无天日。古希腊人认为灵魂就是一团气，一团虚无的阴影，灵魂在阴森恐怖的地府里飘游，灵魂的生活既单调又乏味，毫无欢乐可言。这和基督教所宣称的来世大相径庭。《圣经》中反复出现的一个字眼就是天堂。天堂是灵魂得救者的最终归宿，是基督徒的理想境界，上帝就住在天堂里，他的左边是耶稣，前面有成群的天使簇拥。天使们：

> 用雪白的素手，
> 她们用美的眼睛，
> 保护着一切人类，
> 除去他们的不幸。

——海涅:《什锦诗之十：天使》

基督教的信仰者们将自己的幸福寄托于虚无飘渺的未来世界，而古希腊神话则将希望与欢乐安置于今生今世。济慈与古希腊人的思想有相通之

---

① 周来祥主编:《西方美学主潮》，南宁：广西师范大学出版社1995年版，第176页。
② 〔英〕约翰·济慈:《济慈书信集》，傅修延译，北京：东方出版社2002年版，第25页。

第五章 插上灵异的翅膀：希腊神话与济慈的诗歌 175

处。在《灿烂的星》中，他就表达了对世俗人间的留恋与热爱。希腊人为现世而生活。正像视死如归的英雄阿喀琉斯那样，济慈并不惧怕死亡，但对世俗生活却难舍难分。尽管世俗人间带给济慈的是无尽的苦难和悲哀，却不能动摇济慈对人世的挚爱。古希腊神话引领济慈走进了一个明亮、美丽、纯净的精神家园，这个精神家园的主宰是世俗人本主义思想。在那里，济慈找到了与痛苦斗争到底的力量。古希腊神话精神鼓舞着济慈在生活的凄风苦雨中书写人生的欢乐，吟咏对光明的渴望。

古希腊神话的思想影响了济慈，古希腊的审美情趣也对济慈产生了深刻的影响。古希腊神话审美情趣的一个重要方面就是对和谐美的推崇。在古希腊，"宇宙"的本义就是"秩序"。和谐有序是古希腊人对大千世界的认知理想。毕达哥拉斯学派就是用数的和谐来阐释宇宙的美，认为数的有规则地排列生成了美。苏格拉底和柏拉图也认为美在于和谐。亚里士多德继承了毕达哥拉斯学派、苏格拉底和柏拉图的观点，认为"美是内蕴着真与善的理想和谐整体，这种和谐既是形式方面的和谐，即'秩序、匀称、明确'、'体积与安排'方面的和谐，又是形式与内容统一的和谐"。[①] 从亚里士多德的解释来看，他对和谐的理解主要包括两方面：首先，和谐之美有"秩序、匀称、明确"的特点，那么它给人的感觉就是柔和稳健的，让人精神放松，不会产生焦虑感。其次，和谐之美具有整体性的特点，这决定了它具有包容性和开放性。就是说，和谐也意味着将不同的事物统一成一个整体。从这两个意义上理解的和谐之美也构成了济慈诗歌的美学品质。

温克曼（Winkelman）"对希腊雕像的明显白色印象颇深。在19世纪，发现这些雕塑被涂上了亮色。这导致了他强调希腊艺术的纯洁和古典的安详。这与他想要颂扬所谓的'在姿态和表情上有种高贵的单纯和宁静的庄严'相符，'正像卧在汹涌澎湃的海洋表面下是沉静安逸的海底一样，在希腊的塑像里，激情的争斗下有一颗安宁的灵魂'。所以拉奥孔的雕像的扭曲和挣扎让他想起了'单纯和宁静'，而人体的躯干展示得'没有一点暴

[①] 孔智光：《中西古典美学研究》，济南：山东大学出版社2002年版，第41页。

力和色情'"。[1] 在济慈的《初读贾浦曼译荷马有感》中,济慈从荷马史诗中感受到了"从未领略的纯净、安详","无畏而高昂"。济慈对荷马史诗的评价表明济慈对于古希腊文化体现出和谐之美的感悟与鉴赏。他像温克曼一样,为古希腊艺术的端庄和宁静所倾倒。有评论家认为"内在统一与和谐是济慈殚精竭虑追求的诗歌品质"[2],这种提法很有道理。

如同古希腊人将和谐之美看成是将不同的事物统一成为一个整体的观点一样,济慈对联合不同的事物来创造和谐十分热衷。《秋颂》正是通过对生活的客观观照展示了济慈对和谐之美的追求。《秋颂》的情调是宁静的,但诗中也有淡淡的失落的感慨。这种失落感是诗人感到秋的盛景散尽后,一种颇富反思意味的心灵投影。雪莱曾经写道:

> 每当我在秋日的黄昏漫步,
> 在飘逝着的落叶中出行,
> 向着青春柔和的蓝天注目——
> 总有些什么失去了踪影。
> 寒冬的奇妙的白雪和严霜,
> 炎夏的浮云,却都在何方?
>
> ——雪莱:《明天》

自然在变幻莫测中给人留下美好的回忆和些许的遗憾。小诗中没有了壮观的自然书写,代之以"秋日"、"黄昏"、"落叶"、"白雪"、"严霜"、"浮云"这样柔美的自然景物,表达诗人散淡的心绪,温和而婉约。济慈笔下的秋天没有雪莱的秋天那样冷,但是寒意也是明显的,那种寒冷的意蕴表达出内心深刻的失落感。

杰弗里·贝克(Jeffery Baker)说:"我的观点是我们在济慈的诗中无法得出任何结论,但却可以毫无疑问地发现争执——也许现在评论家们应

---

[1] Timothy W., Romantic Hellenism, *The Cambridge Companion to British Romanticism*, Stuart Curran ed., Cambridge University Press, 1993, p. 162.

[2] 罗益民:《心灵的朝圣者——约翰·济慈的宗教观》,《四川外语学院学报》2003 年第 5 期,第 128 页。

该认识到济慈的诗作中有多少是关于这类事情的——我们可以发现在《恩狄芒》的开头诗人全神贯注于此,在两部《海壁朗》中,随着诗歌强度的增加,诗的意象之间变得越来越矛盾,或者说是处在对比式的模糊象征中。"[1] 贝克之所以在济慈的诗作中发现了争执,恰恰是因为济慈在诗歌中融进了多种对立因素,但是应该指出的是,济慈在使用对立因素的过程中并没有制造混乱。客观世界永远存在充满悖论的事物,济慈则将这些相互矛盾的事物有机地融合起来,制造出和谐的效果。

济慈曾说莎士比亚有"一种几乎属于上帝的才能可将迥然不同的互相矛盾的观点集结在一出剧的中心上",[2] 而这也是济慈拥有的颇为出色的才能。在致雪莱的信中,济慈说:"您应该收敛一点散漫,更像个艺术家,用碎石填充您题目里的'每一道缝隙'。"[3] 济慈自身正是以这样严谨的态度来创作,让自然的千姿百态、万籁之声都在诗篇中找到栖身之所。赫拉克利特(Heraclitus)说:"自然是由联合对立物造成和谐,而不是由联合同类东西。艺术也是这样造成和谐的。"[4] 济慈正是在对立中寻求统一,在悖论中造就和谐。

在对立统一的关系中建构和谐并不是济慈的独创。布莱克也对世界持有一种对立统一的辩证观点,这是布莱克最明亮的一道哲思之光。我们以《天真之歌》和《经验之歌》这两部布莱克的代表作来说明这个问题。两部作品表达了人类心灵的两种对立状态。天真的世界,在布莱克看来是人在灵魂未堕落时的情形,它充满了阳光、欢笑和爱;而经验的世界则是一个堕落的世界,那里充满了疾病、战争和痛苦。《天真之歌》和《经验之歌》写了各种各样的动物。有些动物典型地属于天真世界,像羊、蚂蚁、萤火虫、鸟、云雀等等;还有一些典型地属于经验世界,像虫子、老虎、苍蝇、

---

[1] Jeffrey B., *John Keats and Symbolism*, Sussex & New York: The Harvester Press & St. Martin's Press, 1986, p. 26.
[2] R. S. White, *Keats As a Reader of Shakespeare*. London: The Athlone Press, 1987, p. 45.
[3] 〔英〕约翰·济慈:《济慈书信集》,傅修延译,北京:东方出版社2002年版,第506页。
[4] 马新国编著:《西方文论选讲》,沈阳:辽宁大学出版社1987年版,第12页。

乌鸦。不过，这不是绝对的。有些动物也出现在本不应该属于他们的世界里。在天真的王国里，有狩猎动物，如狮子和豹子，而在经验的王国里，苍蝇改了外貌，卑微的羊变了形态。《天真之歌》中有首诗《羔羊》。羔羊善良、温驯、慈爱。诗人用最清新的诗句、最清纯的思想塑造着小羊羔的天真世界：

> 小羊羔，谁创造了你
> 你可知道谁创造了你
> 给你生命，哺育着你
> 在溪流旁，在青草地；
> 给你穿上好看的衣裳，
> 最软的衣裳毛茸茸多漂亮；
> 给你这样温柔的声音，
> 让所有的山谷都开心。

小羔羊在溪流边、在青草地，悠闲自在地吃着草，穿着最软的毛茸茸的衣裳。它温柔的叫声，使周围山谷都被它的欢乐感染了，这让人联想起初唐诗人骆宾王七岁时写的咏鹅的诗：

> 鹅，鹅，鹅，
> 曲项向天歌，
> 白毛浮绿水，
> 红掌拨青波。

诗中所创造的充满童趣的意境与布莱克的诗相似。诗中的色彩都是那样清纯、温柔，两者又都描写了动物欢乐的叫声。安然恬静的自然让诗人的心沉醉在一片绵绵的爱意与温情中。除了充满童趣以外，布莱克的小诗《羔羊》还表现了布莱克的宗教思想。在《圣经》中，上帝造了世界，上帝所造的这个世界是丰富多彩的，也是对立统一的。布莱克赞美上帝，因为上帝辩证地创造了一个对立统一的世界，所以诗人满怀赞美之情地问道：

> 小羔羊谁创造了你？
> 你可知道谁创造了你？

诗人又自问自答地写道：

　　小羔羊我要告诉你，

　　小羔羊我要告诉你；

　　他的名字跟你的一样，

　　他也称他自己是羔羊；

　　他又温顺又和蔼，

　　他变成了一个小小孩，

　　我是个小孩你是羔羊

　　咱俩的名字跟他一样。

　　小羔羊上帝保佑你。

　　小羔羊上帝保佑你。

通常羔羊是用来献祭之物。一只无辜的羔羊被宰杀，并在祭坛上被焚烧，替人受罚，这样，人的罪就得到了赦免。然而动物的血还不能除去我们的罪，所以上帝派他的儿子基督来拯救世人。他就如羔羊那样，为了替人类赎罪而死在了十字架上，所以耶稣就是上帝的羔羊。布莱克指出"他的名字跟你的一样"，"他"指的是基督：

　　他又温顺又和蔼，

　　他变成了一个小小孩。

"小孩是天真与遗忘，一个新的开始，一个游戏，一个自转的轮，一个原始的动作，一个神圣的肯定。"[①]在布莱克的诗里，基督、小孩和羔羊，他们是一体的。他们来到人的这个世界，就是为了传播上帝的爱。所以诗人在诗歌结尾处对小羔羊许愿说：

　　小羔羊上帝保佑你。

　　小羔羊上帝保佑你。

处于天真状态的小羔羊的心灵与上帝的心灵贴得很近。它与自然合一，也与上帝合一，因而诗人许他以永恒的欢乐。虽然布莱克是一个虔诚的基

---

① 〔德〕尼采：《查拉图斯特拉如是说》，尹溟译，北京：文化艺术出版社2003年版，第20页。

督教徒，但他又是开明的教徒。布莱克反对正统的基督教教义。基督在他的眼中也就被诠释成了一个慈爱、宽厚的仁者形象。

在《经验之歌》中有一首诗《老虎》，描写老虎凶猛、强悍和美丽，与羔羊形成了鲜明的对比。老虎雄壮、充满摧毁一切的力量，他是可怖的，又是壮美的。诗人在一开篇就提出了一连串的问题：

　　老虎！老虎！火一样辉煌，

　　燃烧在那深夜的丛莽。

　　是什么超凡的手和眼睛

　　塑造出你这可怖的匀称？

诗人通过想象老虎的各个器官的制造过程，赞美了缔造者的博大胸襟和坚强品格。虎的制造本身也变成了一则惊天地、泣鬼神的神话：

　　从何处取得你眼中之火？

　　取自深渊，还是取自天国？

　　凭什么翅膀他有此胆量？

　　凭什么手掌敢攫取这火光？

虎的眼睛被形容成一团火，一团攫取自深渊或者是天堂的火焰，这就意味着取火人能展翅腾飞于九天之上，也可以潜入深不可测的海底，而且他有凌空攫住火焰的胆量和气概：

　　什么样的努力，什么样的神工

　　把你心脏的筋拧制成功？

　　在什么可怕的手中

　　你的心脏开始最初的搏动？

当老虎的心脏的筋被控制而成，心脏开始跳动，此时，老虎被给予吐纳天地灵气、纵横九霄云外的生命力量：

　　什么样的铁锤？什么样的铁链？

　　什么熔炉把你的脑子烧炼？

　　什么样的握力？什么样的铁砧？

　　敢把这无人敢碰的材料握紧？

第五章　插上灵异的翅膀：希腊神话与济慈的诗歌　181

　　老虎不仅是力的结晶，还是智慧的结晶，因为它的脑子是在熔炉中炼就，并在铁砧上锤打而成的。这是怎样的创作？多么惊心动魄的艺术，多么不可思议的胆识。这老虎的缔造者不是别人，正是上帝：

　　　　当群星向下界发射金箭，

　　　　把泪珠洒遍那天宇之国，

　　　　他可曾对自己的作品微笑？

　　　　莫不是他，羔羊的作者把你造？

　　夜色渐深，群星灿烂，洒下一片清光之泪。它们是因为上帝创造了猛虎，从此，柔弱的生灵要遭到伤害而流泪吗？还是为上帝伟大的创作感动而流泪呢？不管怎样，群星"把泪珠洒满那天宇之国"这一诗句读来让人感受到世界已经被诗人的柔情所淹没。长空澹澹，星光飞渡，大地动容，万物敛息。"他可曾对自己的作品微笑？"上帝是伟大的造物主，他是个巨人。波德莱尔说："一个巨人的脸上出现了一丝微笑和一滴眼泪，这是一种近乎神圣的独创。"① 这是因为，在不以创造为神奇的巨人那里，如果能够因创造而产生感动，足以说明那所造之物的神圣与奇美。诗人发自内心地赞美上帝的伟大。"莫不是他，羔羊的作者把你造？"上帝造了温柔的羔羊，也造了凶猛的老虎。上帝将一切相互矛盾的东西和谐地融合在一起。无论是温柔的还是狂暴的、美丽的还是丑陋的，都在大自然中相互依存，形成了统一的整体。其实自然界本无所谓美与丑，"真正的想象力的特色在于，它能够用一些孤立起来错误或丑恶的意象来创造出一个正确的或美的整体"。②

　　上帝爱弱小的生灵，也爱强大的生灵，给予他们同等的爱。诗人也是如此。这两种极端的感情却产生于同一根源，那就是力量。一个强有力的人会同时被两种事物所吸引，一种是柔弱的需要保护的事物，一种是强大

---

① 〔法〕波德莱尔：《维克多·雨果》，郭宏安译，参见黄晋凯、张秉真、杨恒达主编《象征主义·意象派》，北京：中国人民大学出版社1989年版，第22页。

② 〔英〕鲍桑葵：《美学史》，张今译，北京：商务印书馆1985年版，第522页。

的令人生畏的事物。诗人"一边玩耍一边抚摸着那使一双软弱的手害怕的东西，他在无限之中活动而不感到眩晕。同时，由于一种出自同一根源的不同的倾向，诗人又总是表现出他是一切软弱的、孤独的、悲伤的、一切具有孤独性质的东西的温柔的朋友，这是父子的吸引力。强者在一切强大的东西中找到了兄弟，而在一切需要保护或安慰的东西中看见了他的孩子。正是从给予强者的力量本身和信心之中产生出公正和仁慈的精神"。①《老虎》的最后一节再次重复了诗篇的第1节。如果说诗歌开篇一段是提问的话，那么当这段再次出现在诗歌结尾处就不再是提问，而是加重惊奇感。"火一样辉煌"的老虎照亮了黑暗的深夜丛莽，老虎充溢着饱满的生命的激情，表现出力量之美，这是动态的美；而老虎那"可怖的匀称"则表现了静态的、和谐的与对称的美，它是老虎力量的来源，因为只有身体各部位的和谐运用才能最大限度地发挥力量。更重要的是，它也象征着布莱克对世界的对立统一的辩证观点。济慈的诗中很多方面也都是对立统一的，比如从审美观上看，济慈兼有阴柔之美和阳刚之美，在济慈的诗中有各种动植物，它们的存在都是为了共同建构一个完整的艺术世界，美丽或丑陋的，有用和无用的，都共同存在于济慈的诗中。虽然济慈没有明显地像布莱克那样用《天真之歌》和《经验之歌》来表达人类两种不同的经验，但那种对立统一的辩证观浸透在济慈的每一首诗中。我们在济慈的诗中看到的不是局部的对立统一，而是整体上的对立统一。

　　古希腊审美情趣的另一方面就是对美、真和快感的思考。"亚里士多德重视美与真的关系，但是并未把美与真等同起来。在他看来，美能够给人以知识，这与其中含真有关。美又可引起人的快感，有情感愉悦性。"②对美与真的关系的思考是济慈最为深刻的思想之一。最能够体现这一观点的当首推《希腊古瓮颂》中的诗句"美即真，真即美"。济慈比亚里士多

---

① 〔法〕波德莱尔：《维克多·雨果》，郭宏安译，参见黄晋凯、张秉真、杨恒达主编《象征主义·意象派》，北京：中国人民大学出版社1989年版，第22页。

② 孔智光：《中西古典美学研究》，济南：山东大学出版社2002年版，第38页。

德前进了一步,将美与真等同起来。虽然对这句诗的理解众说纷纭,但有一点是可以肯定的,那就是济慈认为"美"的事物具有"真"的性质。从美学角度讲,这是一个以美导真的例子。所谓"以美导真",指的是对美的探索会最终达到发现真理的目的。有位科学家说:"我们宣称,如果有两个都可以用来描述自然的方程,我们总是要选择能激起我们的审美感受的那一个,'让我们先来关心美吧,真用不着我们操心!'这就是基础物理学的呼声。"[①]把物理学和审美联系起来似乎有些出人意料,但现在的情形是"审美事实上已经成了当代物理学的驱动力。物理学家已经发现了某些奇妙的东西:大自然在最基础的水平上是按美来设计的"。[②]亚里士多德认识到美给人以知识,所以与真有关,这表明亚里士多德可以从美所蕴含的客观事实的角度观察到美与真的关系,而济慈则从对艺术的感悟中体会出了美与真的联姻。现代科学中以美导真的事例又成为亚里士多德和济慈有关美真关系之论的注解。

　　总之,古希腊神话的思想内涵和艺术魅力让济慈"未成沉醉意先融"(李清照:《浣溪沙》)。古希腊神话中体现的顽强精神鼓舞济慈在痛苦的现实中寻求生命的欢乐。古希腊神话中的世俗人本主义精神又让这位徘徊在死亡阴影下的诗人觅到了生命的意义,感受到生活的悲壮。"清溪清我心"(李白:《清溪行》)的古希腊神话的明快情调、和谐意境又为济慈送来抚慰。李白诗云:"兰陵美酒郁金香,玉碗盛来琥珀光。"(李白:《客中作》)如果说古希腊神话如芳香的美酒,那济慈的诗篇不就是盛满美酒的玉碗吗?畅饮佳酿,济慈怎能不忘情于神话之乡呢?

[①] 凌继尧:《美学十五讲》,北京:北京大学出版社2003年版,第198页。
[②] 同上。

第六章　异域的和声：
济慈思想与道家思想之比较

　　正如苏联文艺理论家日尔蒙斯基所指出，人类社会历史发展的统一性决定了文学历史进程的统一性。我们可以循着日尔蒙斯基的思路，来进一步拓展我们的思想。其实，不仅社会历史发展的同一阶段上会出现类似的文学现象或思想，即使是在不同的历史发展阶段，也会出现类似的文学现象或思想。这是因为文学属于人文学科，而人文学科是人的创造物，也是人性的反映。一切人文现象都可以超越时空的界限，反映人类的某种共性。《三字经》中就有"人之初，性本善。性相近，习相远"之言。"性相近"体现了中国古代人对人的普遍性的认识。而就文学本身来看，文学表达的是人类在适应自然、改造自然、征服自然的社会活动中产生的思想与情感，它体现的是人类共同的追求和梦想。在东西方的思想中，我们很容易找到类似文学思想或文学现象的存在。例如，就文学起源问题，古希腊的德谟克利特认为艺术起源于对自然的模仿。亚里士多德在《诗学》中进一步发展了德谟克利特的观点，认为文学起源于人类对自然和对社会生活的模仿。《吕氏春秋·古乐》中说乐歌"效八风之音"、"听凤凰之鸣"，也就是说，乐歌诞生于对自然的模仿。19世纪的英国浪漫主义作家把诗歌看成人类心灵的表现，可以称之为表现说，而在中国古籍中也记述了与之类似的观点，如《毛诗序》中说："诗者，志之所之也。在心为志，发言为诗。情动于中而形于言。言之不足故嗟叹之，嗟叹之不足故咏歌之。"这种观点强调的也是诗歌可以表现人类心灵的所感与所思,这可以称为是言之有物、直觉思维痕迹明显的东方版本的表现说。基于这种认识,将东西方没有明显影响却卓然可比的文学现象加以对比是很有价值的。这一章首先对济慈审美观与道家审美观进行比较研究,进而将济慈诗学理论的核心概念"消极能力"说与庄子的"虚静"理论进行对比研究,最后就道家之"忘"与济慈的"忘"进行了比较研究。这种研究如同异域和声,让我们同时感受到东西方不同文化语境下类似的思想情感和审美情趣,可以帮助我们深入理解济慈的审美观和以老庄为代表的道家审美观的异中之同和同中之异,也会使我们对济慈诗篇的艺术价值有更深刻的认识。从美学角度入手的比较研究必然涉及审美价值背后的文化底蕴,因为审美价值是作为整个文化网络上的网结存在的。这就是说,此项研究必须在东西方文化比较的大背景下拉开序幕,所以对此问题的深入探讨必将为文化批评提供较有价值的参考。中国文学批评界对济慈的研究多集中于文本研究、诗论研究,特别是对"消极能力"说的阐释性研究,当然,这些研究也涉及对济慈审美观的探讨,但从审美观角度进行的比较研究尚显薄弱,跨文化审美价值研究将会在一定程度上开拓济慈研究的新思路,也会对比较文学研究领域的研究方法的更新起到抛砖引玉的作用。

第一节　济慈审美观与道家审美观

　　济慈一生向往美,追求美。在济慈短暂的生命中,他用敏锐的诗笔捕捉美的浮光掠影,凝固艺术美的波谲云诡,书写人生至美的流霞虹霓,将诗篇作为美的载体,传达美的千姿百态。对济慈来说,美是欢乐,美是真,而在美与真之后,还隐含着善的因子。无独有偶,中国先秦时代的道家也对美、真、善进行了深度思考与阐释,形成了很有价值的看法。美、真、善是济慈和道家共同关注的问题,也构成了二者审美观的重要范畴。对这三个范畴的含义及其关系的理解有助于我们了解济慈与道家审美观的趋向。以下将以此为切入点,将二者做比较研究。

对美的追求是济慈诗歌创作的动力，快乐的源泉，也是他的终极目的。济慈在书信和诗篇中反复申明了他为美写诗的理想。济慈写道："对于公众我不会有丝毫的卑躬屈膝——或者说在任何一种生灵前我都不会妄自菲薄——只除了对永恒的生命和美的原则——还有对伟人的怀想……我做不了大众的代言人——我可以向朋友折腰，感谢他们征服了我——但在多数人当中——我决不作诣颜媚色，要我对他们奴颜婢膝，连想也不要想——我写任何一行诗时脑子里都没有公众的影子。"① 济慈为美写作。美给济慈带来了生活的和谐、幸福与欢乐。美是诗人在不幸的人生中最绚丽的一抹亮色，是每位研究济慈的批评者不能不为之动容的彩虹，它出现在诗人那风飘雨骤般短暂人生的天穹上。《不列颠百科全书》对约翰·济慈这一词条这样解释：他将其"短暂的一生献给了借助于逼真的意象、极大的感性美和通过神话传说以表达哲理而探索诗的完美境界的艺术生涯"。② "极大的感性美"构成了济慈诗歌的一个突出的艺术特色。

美是欢乐，这个命题带有浓烈的主观色彩。表面看去，济慈只是作为一个敏感的诗人，在表达他对美的体验和领悟，但仔细分析，此命题蕴含着深刻的哲理。托尔斯泰（Leo Tolstoy）说："从主观的意义来看，我们把给予我们某种快乐的东西称为'美'。从客观的意义来看，我们把存在于外界的某种绝对完满的东西称为'美'。但是我们之所以认识外界存在的绝对完满的东西，并认为它是完满的，只是因为我们从这种绝对完满的东西的显现中得到了某种快乐，因此，客观的定义只不过是按另一种方式的主观定义。实际上，这两种对'美'的理解都归结于我们所获得的某种快乐，换言之，凡是使我们感到惬意而并不引起我们的欲望的东西，我们称之为美。"③ 美首先是一种客观存在，但客观存在的事物并不等同于美。事物有美丑之分是由于人的介入，失去了作为审美主体的人，客观世界中存

---

① 〔英〕约翰·济慈：《济慈书信集》，傅修延译，北京：东方出版社2002年版，第118页。
② 〔英〕《不列颠百科全书》（第9卷），北京：中国大百科全书出版社2001年版，第197页。
③ 〔美〕莫蒂默·艾德勒、查尔斯·范多伦编：《西方思想宝库》，长春：吉林人民出版社1991年版，第1290页。

在的美就只能是作为一种存在,而不能被发现为美。也就是说,离开了人的审美活动,美也就不存在了。人的审美活动首先是一种情感活动,感受到欢乐,而后知道美,是因为客观事物中存在着美。由此看来,托尔斯泰对美从主观意义上下定义是有合理性的。给我们欢乐的东西,我们才认为它是美的。托尔斯泰的话印证了济慈从体验中得出的结论:美是欢乐。渴望美的理由中,欢乐是最为充分的一个。欢乐是生命自身发出的最本能的要求。没有欢乐,人生如同行走于荒凉的沙漠中。

大卫·麦森(David Masson)说:"总之,济慈像是受到自然本能的驱使,对各种观点、学说、论争,一直是漠不关心的,他在一个感觉和比喻的世界上最感到游刃有余,在那里他快乐地编织着他的奇思妙想。"[①] 这是济慈对美以外的其他事物毫不关心这类观点中颇具代表性的例子。那个"感觉和比喻的世界"就是济慈用他的诗篇铸造的美的乌托邦。济慈一生被死亡和疾病困扰,他时时感到生命将逝的悲哀与无奈。幸好,这个悲惨的现实世界之外,尚有一个美的王国可以让济慈流连忘返,于是,他就将自己的全部心思都放在了这个美的世界中,而全然不关注社会生活中的具体事物了。

卢森堡(Rosa Luxemburg)说:"艺术——同一切公认的美学哲学概念相反——决不是奢侈品,不是在多愁善感的灵魂中激起美感、快乐的情绪以及诸如此类的事物的手段;艺术就和人类的语言一样,是人们的一个重要的、在历史上形成的交往形式。"[②] 以此观之,济慈抛弃了艺术的社会功能,将艺术当成个人享受的工具,只关注带来欢乐的美,那么这是他远离社会生活、远离大千世界的狭隘思想的表现吗?

不然。文学的确应该服务于社会,但文学从根本上讲是一种审美意识形态。它具有作为意识形态的共性,也有自己的特殊性,那就是文学必须是审美的。美的东西带来欢乐,欢乐的心灵好似阳光普照大地,它是明朗

[①] Nicholas R., *Keats and History.* Cambridge University Press, 1995, p. 2.

[②] 〔法〕卢森堡:《论文学》,王以铸译,北京:人民文学出版社1983年版,第31页。

而绚丽的。无论是闻名遐迩的六大颂诗，还是长篇诗作《恩狄芒》、《伊莎培拉》、《圣亚尼节前夕》以及洒脱飘逸的十四行诗，都表现出济慈对美孜孜不倦的追求。他是在用美的魅力唤起人们对生活的爱。卢森堡关于艺术的观念有其正确的一面，但她对美的理解未免过于实用化。能够直接增进社会福利的艺术品固然是好的，给人带来欢乐的艺术品也同样是好的，因为欢乐也是人的生活幸福的标志。所以，济慈因美是欢乐而求美的主张是积极的，是有益于社会并合乎普遍人性的，而不是颓废的，也不是孤芳自赏和狭隘冷漠的。何况，就其内涵来讲，欢乐本身具有善的性质，这种善的性质使济慈对美的追求本身就意味着对善的追求。从主观上讲，济慈不关心文学的社会功能，但客观上，还是形成了济慈诗歌的"美"与"善"的同一这一性质。济慈将美带给人的欢乐尽情挥洒，他的诗笔抒发的欢乐之情如此强烈，以至于任何欣赏济慈诗歌的人都会被诗篇的美所陶醉，并在其中深深体会到生的欢乐，体会到善的最美好的情感。那么我们要进一步追问，为什么欢乐即善呢？

"欢乐——在我们已经获得一种善的事物时，或相信将来获得一种善的事物时，则我们在一存想之下，心中就会发生一种愉快，这便是所谓的欢乐。欢乐与善相伴而生，互为表里。快乐或喜悦便是善的表象或感觉，不高兴和不快乐便是恶的表象或感觉。因此，一切欲望和爱好都多少伴随出现一些喜悦，而一切憎恨或嫌恶则多少伴随出现一些不快乐和烦恼。"[1]

有批评家说："济慈从气质上讲似乎不能够巧妙地表现恶。"[2]这颇耐人寻味。或许由于诗人的整个身心都为美和善所浸润，以至于全然不能穿透恶的内核，了悟恶的本质。济慈对美的追求也是对善的追求，善是使美成为欢乐的根源所在。普罗提诺（Plotinus）从神学的角度解释善与欢乐。他认为："圣人生活中需要的快乐不是在享受放荡生活之中，不在于肉体的满

---

[1] 〔美〕莫蒂默·艾德勒、查尔斯·范多伦编：《西方思想宝库》，长春：吉林人民出版社1991年版，第386页。

[2] R. S. White, *Keats As a Reader of Shakespeare*. London: The Athlone Press, 1987, p. 206.

足之中——圣人的生活中没有这些，这类快乐只能窒息幸福——也不在任何强烈的感情冲动之中——那么什么能使圣人动心呢？这只能是那种必定有善存在的快乐，以及不是来自冲动和因为占有某种东西得到的快乐。所有善之物会直接展现给圣人，圣人展现给自己：他的快乐，他的满意，他信守中道，不逾矩。"① 这里普罗提诺所说的圣人所享受的欢乐最接近于审美欢乐，因为这种欢乐不以占有为目的，它是欣赏性的，审美性的。欢乐如果能够达到这样一种超功利的境界，它同时就必须是善的，因为唯有善，才能摒弃和遏制物欲泛滥，人欲横流。济慈对美之欢乐的追求正是建立在对善的追求的基础上。

美是欢乐，与善相联；美中有欢乐，又与真相关。这样就形成了美、真、善三者之间的关系。在美与真的关系上，济慈明确地将二者等同起来。在《希腊古瓮颂》中，济慈咏叹道："美即真，真即美。"在书信中，济慈又谈及真与美的内涵和它们之间的关系。他说："想象力以为是美而攫取的一定也是真的。"② 济慈将真、善、美结合起来看，这种审美观与古希腊的审美观类似。虽然济慈不懂希腊语，对古希腊文化的理解主要通过阅读翻译作品，然而"济慈一直被认为是浪漫主义诗人中最希腊化的诗人"。③ 说济慈"最希腊化"，不仅指济慈的艺术风格接近希腊艺术，更暗含着济慈在审美观念上与希腊文化的心有灵犀。虽然济慈受柏拉图思想和亚里士多德思想的直接影响不能从事实材料上得到证明，但可以肯定间接影响的存在：18世纪末和19世纪初，英国出现了对古典文艺的强烈兴趣，这次对古典文艺的兴趣与欧洲文艺复兴时期的不同之处在于它的重点放在对古希腊文化的研究上。这一时期伦敦的建筑风格受到古希腊建筑艺术的影响，不仅如此，整个艺术品味都接近于古希腊的审美情调。当时，有许多人翻

---

① 〔美〕莫蒂默·艾德勒、查尔斯·范多伦编：《西方思想宝库》，长春：吉林人民出版社1991年版，第384页。
② 〔英〕约翰·济慈：《济慈书信集》，傅修延译，北京：东方出版社2002年版，第51页。
③ Ayumi M., *Keats, Hunt and the Aesthetics of Pleasure*, New York: Palgave Publishers Ltd., 2001, p. 95.

译了古希腊的文艺作品。不懂希腊语的济慈也通过阅读翻译作品,感受到了古希腊文化的艺术魅力。他写道:

  我常听到有一境域,广阔无垠,

  智慧的荷马在那里称王,

  我从未领略的纯净、安详。

——济慈:《初读贾浦曼译荷马有感》

  这是济慈在读了荷马诗歌的译作之后对古希腊艺术精神的领悟。可以想象,古希腊的审美观对济慈的思想产生了潜移默化的影响。另外,济慈对古希腊神话的热爱,也使他能够透过神话这一艺术载体,进一步体会古希腊的艺术精神。与济慈同时代的许多浪漫主义诗人对古希腊思想的研究和造诣颇为深厚,特别是雪莱和拜伦。在与这些诗人的接触中,济慈也会间接地受到古希腊文化的影响。当时古希腊的雕塑等艺术品非常流行,作为一个热爱文学和绘画艺术的青年诗人,济慈同样可以在模仿古希腊艺术的过程中直观地接受美的熏陶并感受古希腊的审美理念。

  柏拉图和亚里士多德都提及真、善、美的问题。柏拉图从理式的观点出发解释真、善、美的关系,他认为"理式是至真的,至善的,也是至美的。真的理式,就是先验存在的真理的模式,只有智慧才能认识它,只有通过回忆才能把握它。这种把握真理的认识就是真知。真知是一种美德。由此可见,柏拉图认为,美与真是同一的。那么善的理式又如何呢?善的理式,就是最高的道德模式。从真知具有美德的属性可以看出,柏拉图认为道德可以具有美的属性和价值。所以善的理式也就是美的理式。美的理式与真的理式统一也可以见出和谐的性质,美的理式与善的理式的统一可以见出和谐的属性"。[1] 柏拉图用理式解释了真、善、美之间的关系。他从主观感觉出发,表明真、善、美之间内在性质决定的互相依存、互相包容的关系,并从艺术的社会功用入手认识到真、善、美的同一关系。

  亚里士多德也谈及美与真的关系,但是与柏拉图的观点有些不同。亚

---

[1] 孔智光:《中西古典美学研究》,济南:山东大学出版社2002年版,第24页。

里士多德认为,"知识和理解属于艺术较多,属于经验较少,这就是说艺术中蕴含的知识和理解,比日常经验中包含的这些知识和理解还要多,艺术中确有不少真的东西,且与美是统一在一起的。亚氏还认为,对于秩序、匀称、明确的美来说,只有数学才能更好地把握它们,因为这些形式美的东西与作为客观法则的真联系更多……亚里士多德重视美与真的关系,但是并未把美与真等同起来。在他看来,美能给人知识,这与其中含真有关。美又可引起人的快感,有情感愉悦性"。①

济慈不是哲学家,他的审美观不具有系统性,其重要性不能与古希腊先哲们相提并论。但在真与美的关系这个具体问题上,济慈的思想既受柏拉图的影响,又受亚里士多德的影响,所以很有研究价值。

"美即真,真即美"是济慈批评中争论最多的话题之一,也是切入济慈审美观的关键所在。关于真的理解有许多说法。有学者指出:"济慈的'真'不仅是一种记号语言②,也是一种拟陈述③的语言。前者说明'真'关注情感,而不关注其与所指称的客观物体的对应性。这表明'真'关注的焦点不在于事物的真与假。这就是说,济慈所言的'真'并非与'假'处于二元对立中,'真'的存在更主要的是依赖于情感的投射。"④一方面,像柏拉图一样,济慈将真与美的关系等同起来。另一方面,济慈又为真与美的等同提供了一种既不完全同于柏拉图,也不完全同于亚里士多德的解释。那就是将真向美的转化归结为情感的作用。情感中当然包含着快感的因素,一件美的事物是永久的欢乐。济慈认为真与美同一,真与善同一。

---

① 孔智光:《中西古典美学研究》,济南:山东大学出版社2002年版,第37—38页。
② "记号语言"是I. A. 瑞恰兹(I. A. Richards)提出的观点,"他指出科学语言使用的是'符号',而诗歌语言使用的是'记号'。符号与它所指称的客体相对应,而记号则没有相对应的客体,因此记号所表达的是一种情感和情绪"。(朱立元:《当代西方文艺理论》,上海:华东师范大学出版社2005年版,第98页。)
③ 瑞恰兹还进一步指出诗歌语言是一种"拟陈述"。他说:"显然大多数诗歌是由陈述组成的,但这些陈述不是那种可以证实的事物,即使它们是假的也不是缺点,同样,它们是真的也不是优点。"(朱立元:《当代西方文艺理论》,上海:华东师范大学出版社2005年版,第98页。)
④ 王萍:《"真"与"美"的内涵叩问与认知质询》,《北方论丛》2006年第5期,第50页。

济慈相信真、善、美的同一性,但不像柏拉图那样强调"善"的作用,这是因为济慈不强调文艺的社会功能。他说:"我确信应当怀着对美的渴求和喜爱来写作,哪怕我每晚的劳作到第二天早晨便付之一炬,没有任何人看过一眼。"[①]柏拉图正好相反,他强调文艺的社会功能。柏拉图的《理想国》中有这样一段话:"如果有一位聪明人有本领模仿任何事物,乔扮任何形状,如果他来到我们的城邦,提议向我们展览他的身子和他的诗,我们要把他当作一位神奇而愉快的人物看待,向他鞠躬敬礼;但是我们也要告诉他:我们的城邦里没有像他这样一个人,法律也不准许有像他这样的一个人,然后把他涂上香水,戴上毛冠,请他到旁的城邦去。至于我们的城邦哩,我们只要一种诗人和故事作者:没有他那副悦人的本领而态度却比他严肃:他们的作品须对于我们有益;须只模仿好人的言语,并且遵守我们原来替保卫者们设计教育所定的那些规范。"[②]柏拉图明确地指出了他所要的文艺就是那种有益于城邦,合乎城邦规范的文艺,也就是能够为城邦的政治目的服务的文艺,体现在柏拉图的美学观念中就表现为他对"善"的强调。通过这样的对比,我们认识到济慈对"善"的认识是模糊的,对善的表达是隐晦的。真、善、美三者中,柏拉图首推"善",其次才是"真"与"美",而济慈则将"美"置于第一位,"真"是作为美的陪衬而存在的,而"善"则是隐藏在"美"与"真"身后的无足轻重的附庸。

济慈对真、善、美的理解与亚里士多德有相似之处,也有不同。济慈认为美引起的快乐也是一种快感,这与亚里士多德的观点接近,但济慈不像亚里士多德那样,承认美给人以知识是由于美中含真。亚里士多德的"真"有偏重于客观真理之意,而济慈的"真"则偏重于主观真理。所谓的主观真理,就是通过情感的过滤而感到的一种境界,这种境界可以说像柏拉图的理式一样,是隶属于想象世界的。存在于想象中的"真"即存在于人的意识中的"真",只有到达了意识中的那部分内容才可能是"真"的,

---

① 〔英〕约翰·济慈:《济慈书信集》,傅修延译,北京:东方出版社2002年版,第215页。
② 胡经之:《西方文艺理论名著教程》,北京:北京大学出版社2003年版,第32页。

而且这个可能的"真"要转化成真正的"真"却必须经过美的检验，这是济慈对"真"的诠释。

另外，在亚里士多德那里，真与美的关系是："美能给人知识，这与其中含真有关。"可见"真"是"美"存在的一个先决条件。济慈正好相反，他将美与真的关系颠倒过来，认为"对于'真'的检验就是看我们是否能够清晰地感觉到它的美。'除了从对美的清晰的感觉中观察以外，我从未对任何真理感到有把握。'"①"说某件事情是'真'，因为它是合理的，这对济慈来说简直就是愚蠢。如果一件事情是合理的，那么它仅仅就是合理的，别无其他了，它的真实性应该在另一个法庭上判定，而在这个法庭上，理性并不是审判官，而自身却受到审判。"②可以说，济慈说的"真"是一种感性的真理，而不是客观真理。马尔库塞认为"艺术能单独用感性来表达它的真理"。③虽然马尔库塞所说的真理是亚里士多德的客观真理，但这却肯定了感性发现真理的可能性，也证明了济慈审美观的合理性。

这样，我们就较清晰地把握了济慈对真、善、美之间关系的理解。首先，济慈认为真、善、美是同一的，它们共存于事物之中，是相互联系的、不可分割的存在，是从属于事物性质本身的；其次，在真、善、美三者的重要性上，济慈将美放在首位，其后为真与善。

在真、善、美的关系问题上，以老庄为代表的道家也大显身手。道家是如何看待真、善、美的呢？这可以先从道家对待文艺的态度谈起。《老子》曾言："五色令人耳盲，五音令人耳聋，五味令人口爽，驰骋畋猎令人心发狂，难得之货令人行妨。是以，圣人为腹不为目。故去彼取此。"《老子》第十二章中也有类似的提法。"失性有五：一曰五色乱目，使目不明；二曰五音乱耳，使耳不聪……"(《庄子·马蹄》)这些话似乎说明道家对文艺和审美都持否定态度，因为文艺在道家学说那里成了混淆视听、扰乱人

---

① M. R. Ridley, *Keats' Craftsmanship*, Oxford University Press, 1933, p. 5.

② Ibid., p. 6.

③ 马驰：《新马克思主义文论》，济南：山东教育出版社2001年版，第219页。

的心智的罪魁祸首，是人人应该极力避之而唯恐不及的。然而，这样看问题只触及了事物的表面现象，没有深入其本质。雅斯贝斯（Karl Jaspers）认为，"老子的'每一句话都是离题的，谁若拘泥这些话的表面意义，就只能把握对象。为了内在地成为真理，他必须超越语句和对象，即是说，进入不可言说的领域'……老子的语言是'一次伟大的间接传达（indirekte mitteilung）'"，① 那么我们不禁要问：以老庄为代表的道家学派要"间接传达"的是什么样的审美观呢？

道家审美观与它的哲学思想密切相关，对"美"的言说也处处打上了"道"的烙印。冯友兰先生说："《老子》的宇宙观当中，有三个主要的范畴：道，有，无。因为道就是无，实际上只有两个重要范畴：有，无。不仅在《老子》中是如此，在后来的道家思想中也是如此。""'无'就是无名。不能说道是什么，只能说它不是什么。这就是无名。"② 那么"有"和"无"是一种什么关系呢？"一切万物的共相，就是有。它不是这种物，也不是那种物，可是也是这种物，也是那种物。实际上并不存在这种有，所以有就成为无了。"③ 在对"美"的问题上，正像对"道"的问题一样，《老子》写道："道，可道，非常道。名，可名，非常名。"（《老子》第一章）道家学说把"道"说成是不可言说的。正是秉承了这样的哲学观，"美"也就成了不可言说的了。这样，道家的审美理想就以否定美的言说开始。

道家是以否定美的言说开始说美，在说美的时候又以否定美的可言说性开始谈美，为此，道家的审美观就蒙上了一层玄奥的色彩。庄子在《知北游》中说："天地有大美而不言，四时有明法而不议，万物有成理而不说。圣人者，原天地之美而达万物之理，是故至人无为，大圣不作，观于天地之谓也。""不言"本身也是一种言说方式。这种言说方式不过是"从负面方面否定了人们对美和艺术的一些常识性看法"。④ 道家对美的常识

---

① 毛宣国：《中国美学诗学研究》，长沙：湖南师范大学出版社2005年版，第147页。
② 冯友兰：《中国哲学史新编》（上），北京：人民出版社2004年版，第330页。
③ 同上书，第331页。
④ 毛宣国：《中国美学诗学研究》，长沙：湖南师范大学出版社2005年版，第156页。

性看法的否定表明道家不屑以享受声色等感官之乐为美,而是要求得一种"大美"。"大美"展现出"美"的一种无限延展的性质,"大美"存于天地间,包罗整个宇宙,广阔无垠。"大美"合于自然,合于天,合于自然而然的审美情趣。"大美"之美就是建立在"无"的哲学基础之上的无美之美。

美的特质是"大美"。尽管如此,美还是要有形态的。道家审美观中最突出的审美形态,用西方的美学术语来说,可算是纯粹壮美情趣。这在庄子的许多篇章中都可看到。"北冥有鱼,其名为鲲。鲲之大,不知其几千里也。化而为鸟,其名为鹏。鹏之背,不知其几千里也;怒而飞,其翼若垂天之云"(《庄子·逍遥游》),这是何等伟大的气魄,此中的豪放诗情不亚于古希腊悲剧最光辉的篇章。《庄子·秋水》中的河伯在秋水至时,看到"百川灌河……渚崖之间,不辩牛马",自以为天下之美尽收眼底,直到他见到了北海,那"东面而视,不见水端"的无涯之美令他震撼。河伯的震撼是在有限美与无限美的比较中,对有限美的局限性的感慨,也是对无限美的礼赞。

道家审美的另一特点是以朴素为美。《老子》第十九章说:"见素抱朴,少思寡欲。"这就是要求人外表要表现得单纯朴素,内心要有一个淡泊的情怀,减少私心和欲望。这种朴素的美是道家所提倡的。《庄子·天道》说:"朴素而天下莫能与之争美。夫明白于天地之德者,此之谓大本大宗,与天和者也。"可见,在道家那里,不要人工之美,不要矫饰之美,而要天然、朴素之美。这朴素之美最本质的内涵就是与天合一。这里的"天"指的是自然,合于天,就是合于自然的境界,也就是至美的境界,就是"大美"的境界。

《庄子·至乐》中说"至乐无乐",意即至极的欢乐没有欢乐。之所以如此,是因为达到至乐状态时,人的审美快乐已与自然融为一体。可以说,此时,人是合于天,合于自然的,此时,人就从精神的桎梏中获得解放,他的心智便处于自由状态。正像"至乐无乐"一样,大美无言,因为"至乐"和"大美"的哲学根源都在于"无"。了解了老庄哲学的这一背景后,才能明白道家"间接传达"的审美观就是不美之美,美的基础是构建于"无"之上的。以"无"为基础建立的"美"虽倍感玄妙,但并非镜花水月,不可捕捉。以壮美为美,颇有气度;以朴素为美,合于天,合于道。

道家的审美观建立在"无"的基础之上,这也决定了其审美观中美、真和善之间的关系。

像济慈一样,道家思想也非常重视对"真"的探讨。"道家美学之'真'重在事物的本性、自然状态",[①]是本然的自然的存在状态。而济慈的"真"是想象世界的真。济慈有意识地将存在于主观世界的想象扩展到"真"的范畴中,对"真"的诠释与道家思想迥然有别。在道家思想中,对"真"的论述常与对人的修养的论述结合起来,这表明道家思想关心的焦点是"真人的"生存价值。拥有"真"的人才能具有美。把"真"与"真人"结合起来说,也体现了道家论"真"的目的,道家论"真"并不在于说明真是否客观存在。"真"的客观存在性完全体现在人对自然的感悟中,这一点显然被道家理所当然地当成了现成的不言自明的命题。道家论"真",焦点在于如何行动,才能够达到与天合一、与自然合一的理想境界,即"真人"的修养境界,至于"真"是来自于客观存在,还是来自于主观意识,是主观意识反映的客观实在,还是主观意识反映的真实情感,这些都不是道家主要关心的问题,但这些恰恰是济慈在论"真"时最为关注的问题。可见,虽然在道家审美观中提到"真",济慈也提到"真",但此"真"非彼"真"也。

"真"在道家的思想里是如何诠释的?《庄子·渔父》中借孔子之问,回答了这一问题。"孔子愀然曰:'请问何为真?'客曰:'真者,精诚之至也。不精不诚,不能动人。故强哭者虽悲不哀,强怒者虽严不威,强亲者虽笑不和。真悲无声而哀,真怒未发而威,真亲未笑而和。真在内者,神动于外,是所以贵真也……礼者,世俗之所为也;真者,所以受于天地也,自然不可易也。故圣人法天贵真,不拘于俗。'"这里,"真"指的是一种客观存在,是"不可易"之自然。真诚之心有感人的效应,它摆脱了任何形

[①] 成复旺主编:《中国美学范畴辞典》,北京:中国人民大学出版社1995年版,第194页。

第六章 异域的和声：济慈思想与道家思想之比较

式上的羁绊，只以自然为它的判官，不违背个人本性，这种率直和坦荡就是"真"。那么"真人"又如何呢？"古之真人不逆寡，不雄成，不谟士。若然者，过而弗悔，当而不自得也。若然者，登高不慄，入水不濡，入火不热……古之真人，其寝不梦，其觉无忧，其食不甘，其息深深……古之真人，不知说生，不知恶死；其出不欣，其入不距；悠然而往，悠然而来而已矣……"（《庄子·大宗师》）可见，在庄子看来，"'真人'或具有美的人性者，是因任自然、冥真合道，忘我遗物，淡泊寂静，不乐生，不忧死，遗世而独立的人。'真人'……即不媚俗之人，庄子认为他的最大特点，就是率其自然本性，顺乎自然，而不为世俗所累。"[①]正因如此，"真人"在道家那里受到了推崇，是至人的标准，是道德修养极高的典范。"不离于宗，谓之天人；不离于精，谓之神人；不离于真，谓之至人。以天为宗，以德为本，以道为门，兆于变化，谓之圣人。"（《庄子·天下》）庄子津津乐道的"真人"反映了道家思想顺应自然的初衷。顺应自然就是最大的智慧，也就是"大美"。

比较而言，济慈论"真"时关注的是艺术本身的"真"，而不关注人的修养方面的"真"，这是因为济慈想从"真"中探讨出"美"的规律性，他把寻找"美"、获得"美"当成人生的欢乐和目的。对济慈来说，美是他为自己建造的理想之国。对美的追求本身体现的也是一种审美的修养。马尔库塞认为"对于感官的理想国的价值的审美修养本身就是对现有秩序的一种'否定'，是'伟大的拒绝'"。[②]这里，济慈拒绝的是世俗生活的种种困扰，而到美的世界中寻找他的理想国。为了说明理想国的存在，济慈当然必须要将美与真联系起来，因为当"美即真"时，那个令人渴望的理想国就不再是"忽闻海上有仙山，山在虚无飘渺间"了。（白居易：《长恨歌》）

[①] 敏泽：《中国美学思想史》（上卷），长沙：湖南教育出版社2004年版，第232页。

[②] 章燕：《走向诗歌审美的人文主义——谈济慈诗歌中的社会政治意识与其诗歌美学的高度结合》，《外国文学评论》2002年第4期，第71页。

像济慈一样，道家审美观中对"善"并不重视，而不重视的原因却不同。济慈不重视"善"，因为他不关注文艺的社会功能。这里要提请注意的是济慈虽然不重视"善"，但他对美的追求客观地在自己的作品中表现了"善"。这一点上文已有论述。道家不重视"善"，是由于道家提倡"通常无为，而无不为"(《老子》第三十七章)。《老子》第二章说："天下皆知美之为美，斯恶矣；皆知善之为善，斯不善矣。"这并不意味着老子否定"美"和"善"。刘勰说："老子疾伪，故称'美言不信'；而五千精妙，则非弃美矣。"(《文心雕龙·情采》)不仅老子的锦绣文章说明了他对美的肯定，庄子的文章也处处洋溢着热烈奔放的美。道家对"善"也像对"美"一样，并没有否定"善"，而是要求以不为善而善。老子对利害得失的处理办法就是无为而治。不做就是做，不为善也就是最大的善。正是基于这样的哲学思想，道家对于"善"并不关注。

对真、善、美三者的理解中，济慈将美置于首位，因为追寻美是他艺术创作的动机和目的。在济慈那里，"美"的才是"真"的。由于济慈将美看得举足轻重，所以极力想证明"美即真，真即美"。而道家的审美观中，与"道"息息相通的"真"是最重要的，因为"真"体现了"道"的内涵，"真"是道的表现，也是"道"实现的路径。由于与"道"相合，"真"就成为了道家学说中最重要的审美范畴。"美"从属于"真"，只有"真"的才是"美"的，这与济慈的观点"美"的才是"真"的正好相反。济慈的审美观因与希腊文化相契合，体现了对真、善、美的关注与思考。但由于济慈不关注文艺的社会作用，所以"善"这个涉及道德领域的审美范畴就被忽视了。道家的审美观受到了道家哲学观点的影响，是其哲学体系在美学领域的具体体现，因而"善"和"美"均在"真"之后。

第二节 "虚静"理论与"消极能力"说

"消极能力"(Negative Ability)是济慈最重要的诗歌创作理论之一。济慈是在写给其弟的信中表述这一思想的："有一些事情涌上心头，与我的想

第六章 异域的和声：济慈思想与道家思想之比较

法吻合，这使我灵机一动，骤然明白是什么品质使人取得成就，尤其是在文学上，像莎士比亚就最具有这种品质——我是指消极能力，即，一个人能够（be capable of）止于（being in）不确定中，止于神秘和困惑中，而不急于去弄清事实的真相。例如，柯勒律治因为不能够满足于对事物的半清晰（half-knowledge）状态，他会与从神秘的幽处看取真相的机缘失之交臂。像这样追根问底，得到的答案不过是：对于一位伟大的诗人来讲，对美的考虑超越一切其他思量。"①

"消极能力"的提法是济慈的一大发明，但大千世界，常有令人不可思议的巧合。中国古代哲学的一个重要理念"虚静"，与济慈的"消极能力"说产生的背景不同，时间不同，然而其内涵却有惊人的相似之处。"虚静"是我们接触中国古代哲学与文艺理论时，常常遇到的字眼。这个字眼最早用于哲学范畴，后来，"虚静"这一哲学概念为文艺理论家启用，对中国古典美学产生了深远的影响，成为了一个重要术语。无论是儒家还是道家都对"虚静"思想进行过阐述，儒家对"虚静"的探讨只局限于一般的哲学层面，而道家则从宇宙观的角度进行阐述，把"虚静"当成认识客观世界的途径和方式。"虚静"是何种状态呢？《庄子·天道》中对"虚静"进行了一番详论："圣人之静也，非曰静也善，故静也。万物无足以饶心者，故静也。水静则明烛须眉，平中准，大匠取法焉。水静犹明，而况精神！圣人之心静乎！天地之鉴也；万物之镜也。夫虚静恬淡寂漠无为者，天地之本而道德之至，故帝王圣人休焉。休则虚，虚则实，实则伦矣。虚则静，静则动，动则得矣，静则无为，无为也，则任事者责矣。无为则俞俞。俞俞者，忧患不能处，年寿长矣。夫虚静恬淡寂寞无为者，万物之本也。"庄子的这段论述内涵丰富，不仅包括了对宇宙大道的理解与观照，还指出"虚静"是一种修身养性之法。庄子认为"虚静"是道家思想的最高境界，要想达到这一境界，就要通过"心斋"与"坐忘"。《庄子·人世间》云："若一志，无听之以耳而听之以心，无听之以心而听之以气。听

---

① John K., *The Poetical Works of Keats*, Houghton Mifflin Company, 1986, p. 277.

止于耳，心止于浮。气也者，虚以待物者也。唯道集虚。虚者，心斋也。"而《庄子·大宗师》云："堕肢体，黜聪明，离形去知，同于大道，此谓坐忘。"庄子以"虚静"修身，以"虚静"的心态来写作，故有了洋洋洒洒的哲学著作《庄子》，但《庄子》不仅是一部深藏智慧的哲学著作，它同时还是一部具有非常高的艺术价值的文学作品。可以说，"虚静"之道，如果只是运用于作者创作作品的时刻，和"虚静"之道深入作者的生命意识中，这两种情形对作家的影响会有天壤之别。后世持"虚静"观者甚多，而创作的作品出于《庄子》之上者则寥若晨星，不独因为庄子有惊天地之大才，更因其具有"道"的修行。

马克思说："人作为对象性的、感性的存在物，是一个受动的存在物；因为他感到自己是受动的，所以是一个有激情的存在物。激情、热情是人强烈追求自己的对象的本质力量。"① 激情和热情之所以是一种"本质力量"，在于它隐含着人的各种欲望。斯宾诺莎说："欲望，不论是要求良好行为的欲望或要求快乐生活的欲望，即是人的本质，换言之，亦即人竭力保持他自己存在的努力。"② 乔治·巴塔耶（Georges Bataille）认为："人的欲望是多维的存在，不仅有生之欲望，占有之欲望，而且有色情之欲望、死亡之欲望、耗尽之欲望，等等。同时，人的欲望也是立体的存在。第一层次的欲望是'动物的欲望'……第二层次的欲望是'人的欲望'，它是'人性'确立之后对'动物性欲望'进行拒斥的'世俗欲望'（理性的欲望）……第三层次的欲望是'神圣的欲望'。它是欲望的最高层次，是隐藏在显性的'世俗的欲望'之下的'秘密的欲望'。"③ 欲望构成了推动人类历史前进的动力，人在欲望中生存，它同时也是人格发展的动力。斯宾诺莎说："只要人们为情欲所激动，则人与人间彼此的本性可相异，只

---

① 〔德〕马克思：《1844年经济学哲学手稿》，北京：人民出版社2000年版，第107页。
② 〔荷兰〕斯宾诺莎：《伦理学》，贺麟译，北京：商务印书馆1983年版，第186页。
③ 赵一凡、张中载、李德恩主编：《西方文论关键词》，北京：外语教学与研究出版社2006年版，第806页。

要同是一个人为情欲所激动,则这人的本性前后可以变异而不稳定。"① 合理欲望的实现是社会稳定的基础,是构建和谐的保证。然而,人类调节欲望的能力似乎一开始就很低下。情欲可以说是欲望中最为明显并被人深切感受的一种体验。这里我们以情欲为例,借以说明欲望的普遍情形。从伊甸园中被赶出来的亚当和夏娃就是欲望葬送人的最典型的隐喻。奥古斯丁(Augustinus)认为:"亚当和夏娃之所以葬送了人类现世的幸福,在于他们在情欲的驱使下破坏了上帝给予人类的自由意志。在亚当和夏娃之前,上帝把自由意志连同人类一起,赋予了人类社会,正是由于有了自由意志,才使人们能避免犯罪,过着道德的生活。而也正是由于自由意志,才使得亚当与夏娃走向了犯罪道路,败坏了道德,使上帝把罪过降给了他们的后代。"② 人所以会滥用自由意志,是出于欲望。情感战胜理性之时,就是欲望泛滥之日。斯宾诺莎认为,"幸福就是人通过认识真理,把握了自然和人的本质。理性控制了情感,人做了感情的主人"。③ "克制情欲,使'人的心灵与整个自然相一致',这是斯宾诺莎所努力追求的目的,也就是他所说的幸福。但他也看到,把一切贪婪、肉欲和荣誉扫除净尽,决不是一朝一夕所能办到的,必须在理性的指导下,经过自己的主观努力,通过一个长时期的艰苦锻炼才有可能实现。"④ 理性在与情感的斗争中,再一次显示了它的重要性。理性体现的是人性的智慧。人一旦具有智慧,就能够调节其主体需要与现实生活的关系,做到知足常乐。一个知足常乐的人不会对物质有过多的贪求。如果这种知足常乐的心态变成一种人生哲学,受益的不仅是个体,而且是集体。当个人具有这种品德之后,这种关系的效果将渗透到他与社会中其他成员的交往中,人与人之间建立和谐关系的理想就与人类的生活现实相距不远了。

为什么在人类文明的沃土上没有开放幸福的花朵呢?这要涉及人与自

---

① 〔荷兰〕斯宾诺莎:《伦理学》,贺麟译,北京:商务印书馆1983年版,第192页。
② 冯俊科:《西方幸福论》,长春:吉林人民出版社1997年版,第114—115页。
③ 同上书,第179页。
④ 同上书,第181页。

身的和谐问题。众所周知,《周易》的主体观念是阴阳和谐。阴阳和谐不仅是宇宙万物之大道,也体现在人对自身的适度调节上。所谓人是小宇宙之说就是这个道理。阴阳和谐是中国古代哲人对人的理想生存状态的表述,也是道德修养达到一定境界的结果。孔子在《大学》中提出的"身修而后家齐,家齐而后国治,国治而天下平"的思想把身修列为第一位,为其他一切的基础。通过提高自身的修养,人才能对自己有一个客观的认识。人文理性是了解自身的基础。中国古代的哲人们也对达到自身和谐的方式进行了深度思考。庄子没有把人自身的和谐孤立地看待,而是将人与自身的和谐以及人与自然的和谐联系起来看。"虚静"是一种修身养性之法。虚静之所以能够成为修身之法,在于它具有一种内省性质。在"虚静"状态下,人的内心世界达到恬淡无为的状态,而正是在这样的状态之下,人才能参透宇宙的奥妙和人生的真谛,达到身心的惬意,这是道德修养的极至,也是和谐人性的表现。

古希腊神话中说,普罗米修斯按照天神的样子造了人,为了给这泥土造的人以生命,他从动物的灵魂中摄取了善与恶两种性格,将它们封进人的胸膛里。这个故事体现了西方对人在本体论意义上的思考。双重人格的命题从一开始就将人置于一个身心搏斗的生命舞台上。西方人梦想伊甸园表明他们对和谐生命的呼唤。和谐问题和人类本身一样久远。而中国人对人性的认识虽不像西方人那样客观冷静,但也同样意识到了人需要身心的协调。庄子将"虚静"提升到修养的高度隐含着一种预设:人性中潜藏的纠纷使人无法达到心灵的澄澈与清明。这个纠纷与其说是善恶之争,不如说是身与心、情与理的争执。可以说,古今中外的哲人都无一例外地想为人类找到幸福的归宿,而这个幸福归宿的最大特征是人的身心和谐。人自身的和谐不仅使其自身获得幸福,也为处理人与自然、社会、他人,群体与群体的关系提供人格素质保障。一个自身和谐的人会像普照大地的阳光,或像润物无声的细雨一样,以其美好的言行浇灌大地,使他周围的世界生机勃勃,展露笑颜。

庄子强调要涤除心中一切私欲杂念,心灵才会获得充分的解放,并且只有这样,心灵才会清明如镜,观照宇宙万物,如诸葛亮所言:"非淡泊无以明志,非宁静无以致远。"此外,庄子认为"静"并不是一个绝对的静止不动的状态,"静"是为了以后的"动",而"动"起来之后,就会有所收获。

陆机在《文赋》开篇写道:"伫中区以玄览,顾情志于曲坟。""玄览"出自《老子》中的"涤除玄览"。陆机认为作家在创作之前必须进入"虚静"状态,还提出在进入"虚静"状态后,活跃的创作思维就开始了:"其始也,皆收视反听,耽思旁讯,精骛八极,心游万仞。其致也,情瞳而弥鲜,物昭晰而互进,倾群言之沥液,漱六艺之芳润,浮天渊以安流,濯下泉而潜浸。"这段文字非常形象地说明了在"虚静"状态中,由于创作者摆脱了尘世的束缚,思维活跃,创作主体与客体相融,代表客体的意象越来越清晰这一"物化"过程。刘勰在《文心雕龙·神思》篇中则指出:"是以陶钧文思,贵在虚静,疏瀹五脏,澡雪精神。"刘勰认为在作文构思的时候,必须要达到空与静的状态,这样才能疏通五脏,洗涤精神。清张谦宜《斋诗谈》曰:"诗须静处吟,境静则心静。静便不好,也有可取;不静便好,也有可议。"在这些文学家的笔下,原本作为哲学概念的"虚静"已经被引入文学理论领域,它指的是一种创作状态。

"虚静"是创作的运思的状态,也是道家修身悟道之法。而"消极能力"说又类似于"虚静"理论,可以推理说济慈也深识"虚静"之作用,那么"虚静"对于济慈仅是创作状态呢,还是修身之"道"呢?此外,"消极能力"与"物化"是什么关系呢?

首先回答第一个问题。济慈的"虚静"可以说是得"道"之虚静。所谓得"道"之虚静并不是说济慈像庄子那样为探求宇宙奥妙而修行求道,此"道"非彼"道"也。济慈求的"道",是他对美的崇拜与信仰,用"崇拜"和"信仰"这两个词来形容济慈对美的态度意味着:对于美,济慈有类似朝圣者的心态。济慈的一生短暂而历尽人间苦难。在同时代英国杰出浪漫主义诗人中,济慈的生活境况最为贫苦,加上病痛缠身,这一切使他自然而然地想要超脱现实世界:

>远远地、远远隐没，让我忘掉……
>这使人对坐而悲叹的世界
>
>——济慈：《夜莺颂》

济慈沉浸于对美的世界的冥想中。济慈为自己躁动不安的心灵找到了一个依托，亦如朝圣者对宗教的依托，对美的追求调适人类的心灵，正如宗教调适人类的心灵一样。① 济慈拒绝俗世生活的种种不幸的困扰，到美的世界中去寻找他的理想国。坎贝尔夫人称耶稣是"伟大的浪漫主义者"，因为他证实了浪漫主义的实质就是"人身上的基督信仰"。那么济慈心灵深处的渴望又何尝不是一个虔诚的朝圣者的理想呢？② 济慈在长诗《伊莎培拉》中，称罗伦佐是"爱神眼中的年轻朝圣者"。罗伦佐是爱情的朝圣者，而济慈又何尝不是美的朝圣者呢？

宗教是一种信仰，信仰是精神的依托，艺术也是精神的依托。济慈对美的渴求是那样强烈，这就意味着，他求美，刻骨铭心，如圣徒求道。上文指出，其实"虚静"之说本是哲学概念，也是修身之法、修身之境界。而济慈的求"美"，完全不逊色于庄子的求"道"。在对"虚静"身体力行上，济慈当仁不让。然而，济慈并不了解中国文化，他从来没有听说过庄子，在他的书信中，甚至认为中国人是愚笨的。当然，他也不可能了解"虚静"这个概念，但这又有什么关系？真理是不分民族和国界的，"自然给我们的心灵注入了永无休止的发现真理的欲望"。③ 有渴望就有探索，有探索就有发现。世界是博大的，而真理却是放之四海而皆准的。

《老子·十六章》曰："致虚极，守静笃。"这就是说要抛弃世间一切杂念，达到虚的极至，坚守清静到笃诚的地步，方符合"道"的要求。济慈是当之无愧的"致虚极，守静笃"的诗人。这一点，从济慈对待批评的态

---

① 〔俄〕李福清：《神话与鬼话》，北京：社会科学文献出版社 2001 年版，第 2 页。
② 罗益民：《心灵的朝圣者——约翰·济慈的宗教观》，《四川外语学院学报》2003 年第 5 期，第 35 页。
③ 〔美〕莫蒂默·艾德勒、查尔斯·范多伦编：《西方思想宝库》，长春：吉林人民出版社 1991 年版，第 525 页。

度上可见一斑。济慈一向以宠辱不惊的态度对待批评家们的飞短流长。拜伦认为批评家害死了济慈，雪莱也持这样的看法，在悼念济慈的诗《阿多尼斯》(Adonais)中雪莱写道：

　　凭一双软弱的手，尽管有崇高的心
　　在恶龙盘踞的洞中挑逗饥饿的恶龙，
　　竟然无以自卫；哦，当时都在哪里：
　　那轻蔑的长矛，那智慧的明镜之盾？

　　据英国诗人罗塞蒂 (Rosetti) 分析，雪莱说济慈想在诗歌上进行创新，逆当时的文学潮流而动，但空怀雄心斗志，因为《恩狄芒》尚不成熟，而济慈又不能以智者的态度，轻蔑地对待批评家的攻击，结果抑郁而死。雪莱和拜伦对济慈之死的解释都有些过于偏激了。其实，这主要源于他们对济慈的思想深度的判断误差。济慈在自己的书信中写道："对纯美的热爱使一个人变成对自己作品的严厉批评者，对这样的人来说，赞赏与责骂只会产生片刻的影响。我的自责带来的痛苦，远非《布拉克伍德》或《评论季刊》带来的所能企及。"[①]济慈并没有因为批评家的攻击中断他的诗歌创作。事实上，济慈著名的颂诗及《圣亚尼节前夕》(The Eve of St. Agnes)、《拉米亚》(Lamia) 等较成熟的长诗都是写于《恩狄芒》受挫之后。济慈虽然只是一个年轻诗人，但他的思想却是早熟的。他不为修道而入"虚静"，他为美而入"虚静"。威廉·豪威特 (William Howitt) 说："济慈不在意这个世界和与其有关的一切，而这个世界也不在意他。世俗的一切和世俗的智慧无法解释他，无法与他认同。"济慈是一个没有历史感的诗人。但这从另一个方面正好证明了济慈对诗歌创作的专注、对美的专注。而无专注，何来"坐忘"与"心斋"？"用志不分，乃凝于神。"[②]可以说"虚静"不是济慈习得的认识事物的哲学方法，而是济慈自身的素养造成了他与"虚静"思想的天然契合。济慈抛却了一些杂念，圣徒般拜倒于美的殿堂。他直言

[①]〔英〕约翰·济慈：《济慈书信集》，傅修延译，北京：东方出版社2002年版，第211页。
[②]　曹础基：《庄子浅注》，北京：中华书局2000年版，第270页。

不讳地说:"我写任何一行诗时脑子里都没有公众的影子。"①济慈就"像荒凉沙漠里的一朵花不屑于/向那过路的风吐露气息"。(雪莱:《孤独者》)古今中外的诗人不乏心明如镜、心止如水的高人,在创作作品上更不乏将"虚静"身体力行之士,而济慈的迥异之处在于,在创作运思上,他体察并利用"虚静";在身心修养上,他不修"道"而能悟"道",将"虚静"融入了生命中,融入对美的渴求中。"消极能力"其实质在于获得大彻大悟的积极能力。如老子所言:"道常无为,而无不为。"(《老子·三十七章》)济慈不是"无为"者,而是"有为"者,且非常渴望有所建树,他立志要跻身于最伟大的诗人之列,不然就宁愿不做一个诗人。但他最为可贵之处在于他深识"无为"之道,不肯为世俗困扰消耗自己的生命。不像世外高人那样超脱,也没有入世之人的庸俗,身在不幸中,却以一颗"虚静"之心为美和真吟唱欢乐的歌调。

下面,我们来回答第二个问题:"消极能力"与"物化"的关系是什么。有评论家指出济慈在"消极能力"中"含蓄地拒绝了这样一个概念,即有某种最后的终极真理,适用于任何情形,因为时间总是带来不断改变我们想法的新鲜感觉,而这些必须扎根于某一时刻所带来的一知半解的神秘中"。②这就是说,济慈在"消极能力"说中主张"止于"在"半清晰"的神秘中是建立于没有终极真理这个认识的基础上的,这样,就把这个表面只涉及创造理论的"消极能力"说提到了一个哲学的高度来认识。但问题不在于是否存在终极真理,因为那是哲学家更加感兴趣的问题,而文艺批评家最感兴趣的问题是:是不是由于有终极真理不存在的前提,所以我们就必须"止于"在"半清晰"中呢?显然,这是一个不充分的前提,也就是说,让我们"止于"在"半清晰"中,不再去探究事理,必有其他原因存在,因为济慈的"消极能力"说要求诗人"止于""半清晰"的状态中,最终目的是实现美的创造,就是说在"止于"与创造出美之间一定产

---

① 〔英〕约翰·济慈:《济慈书信集》,傅修延译,北京:东方出版社2002年版,第119页。
② R. S. White, *Keats As a Reader of Shakespeare*. London: The Athlone Press, 1987, p. 35.

生了一场思维过程的变迁。所谓"止于"并不真的是一个静态的过程，而是一个动态的思维过程，因为只有这个过程运动起来，才能最终达到美的创作之目的。这个过程其实是一个艺术家进行创造时的一个运动流程。济慈使用一个表示静态的词"止于"来描述这一过程，足见其意识到，这一"止于"过程首先表现为一种静态；同时，又用了"有能力"一词，则暗示出"止于"这一过程的不自觉的能动性，进而要求人为地对这种不自觉的能动性进行抵御，而"消极"一词也印证了这一点，它实质上表现的是人对于这种心理状态所采取的态度：消极而非积极。用"虚静"说来讲，在"消极能力"论的"止于"阶段，由入"虚静"状态而产生"物化"，又因"物化"而产生美的创造，这样就建构起了济慈"消极能力"这一运动性的链条。尼古拉·罗（Nicholas Roe）认为济慈的"消极"的意思并不是说要消除、否定各种能力，而是要分离、搅扰这些能力，以显示心智的多变，摒弃自我，接受并反映大千世界。① 罗的话无疑认同了"虚静"所要求的情形，即：抛弃一些私欲，进入忘我之境。只有摒弃自我，方有可能实现主体与客体的融合，从而达到反映大千世界的目的。

"物化"从美学角度上讲，可以说成是移情作用。朱光潜说："什么是移情作用？用简单的话来说，它就是人在观察外界事物时，设身处在事物的境地，把原来没有生命的东西看成有生命的东西，仿佛它也有感觉、思想、情感、意志和活动，同时，人自己也受到了对事物的这种错觉的影响，多少和事物发生同情和共鸣。"② 这里说的是移情的普遍情形，它与"物化"过程基本一样，应该指出的是，对移情现象的看法，文艺理论家们也不尽相同，如哈奇生用类似联想来解释自然界事物何以能象征人的心情。③ 而费肖尔反对用记忆或"联想"来解释这种移情现象，因为移情现象是直接随知觉来的物我同一，中间没有时间的间隔可容许记忆或联想起作用。④ 对

---

① Nicholas R. *John Keats and the Culture of Dissent*. Oxford: Clarendo Press, 1997, p. 236.
② 朱光潜：《西方美学史》，北京：人民文学出版社1979年版，第584页。
③ 同上。
④ 同上书，第591页。

此，本书认为哈里生的看法更有道理。移情作用发生时，即物我同化的过程中，必然涉及两个因素：一是物-客体；一是我-主体。主体与客体融合时，主体不能像一只空空的容器那样，主体必须对客体进行加工。客体只有一个，但不同的主体却可以有不同的反映，正所谓，一千个读者眼中有一千个哈姆雷特，这是因为主体加工客体靠的是主体自身的经验，而他的经验必然包括回忆联想。并不是移情过程中没有联想和回忆的空隙，而是联想与回忆早已浸透到了主体之中。搬用美学上的"移情作用"一词来描述"物化"过程就意味着我们可以从审美的角度描绘"物化"过程。

有评论者认为，在"消极能力"说中，济慈要求诗人"能够止于不确定中，止于神秘和困惑中，而不急于去弄清事实的真相"，这就是说，"他认为诗人应努力促使生活中的现实与诗人内心情感发生交流，产生撞击，使诗人获得一种直觉，一种潜存于意识与无意识交流中的灵性，诗人不急躁地凭借理性去解读现实"[①]。主客体交融过程中，浸入了意识与无意识的相撞情形，可以说，这就指出了"消极能力"说中的心理学因素。济慈在论及莎士比亚时，说到"消极能力"，从语境上来看，济慈指的是创作中的一种心理状态，并非有所特指，所以，"生活中的现实"与"诗人内心的情感"的提法限制了"消极能力"的内涵，不如换用较为宽泛的字眼"客体"与"主体"替代，更能反映济慈的本意。

说到"客体"对"主体"的替代，这自然与济慈的另外一段诗论"诗人无自我"联系起来，所以一般评论家倾向于把"诗人无自我"论看成是对"消极能力"说的进一步补充。济慈认为诗人是最没有个性、没有自我的。济慈强调"诗人无自我"与庄子"至人无己，神人无功，圣人无名"（《庄子·逍遥游》）是不同层面的两个问题：济慈谈的是创作思想，庄子谈的是哲人的处事态度。但它们的相似之处却是明显的，那就是必须在"无自我"或者说在忘掉自我的情况下才能使主体的我与客观世界的物进行

[①] 章燕：《走向诗歌审美的人文主义——谈济慈诗歌中的社会政治意识与其诗歌美学的高度结合》，《外国文学评论》2002年第4期，第74页。

对话。这一点在 20 世纪西方杰出的诗人和评论家艾略特那里得到了更充分的证明。

济慈的"消极能力"是率性所写，或者不如说济慈的"消极能力"说来源于直觉，从思维方式到思维内容，都可与"虚静"说比拟而论。这又引出了另一个问题，那就是济慈的"消极能力"与直觉的问题。在论及"消极能力"时，有批评家指出："我们不能超越经验和知识允许我们达到的程度，这样我们应该享受细节的神秘与惊奇，而不是努力地做出归纳。"[①] 这段话指出消极能力要求诗人体察事物，不急于做出结论，正如王佐良谈"消极能力"时所说："诗人要经受一切，深入万物，细致体会，而不要企图靠逻辑推理作出结论。"[②]

真理蕴藏在直觉中。济慈将直觉本身看成是自我完满的，直觉本身已经包含了理性，所以济慈强调的是来自感性的直觉本身能够揭示深层真理，以及以感官为基础，以内心体验为依据的对世界的认识。济慈将内心的体验看成是真理的直接源泉。杜威（John Dewey）指出："现代思想家发现了内心的经验，一个纯个人的事情的领域，而这些个人的事情总是在个人的掌握之中的，而且在寻找避难所、追求安慰和刺激时，这些个人的事情完全是属于他一个人所有的，并且又不需要付出什么代价。现代的这个发现也是一个伟大的使人类获得解放的发现。它意味着尊重人类个性所具有的一种新的价值和意义，它意味着一个人不单纯是自然的一种特性，按照独立于人类之外的一种体系被安排在一定的地位之上，正像一件物品被放置在柜中一定地位上一样，而是对于自然有所增添的，他标志着一种贡献。"[③] 内心体验具有完全个人化、个性化的性质。这种个性化的性质成为个人理解世界的出发点。一个人理解世界总是带着自己的独特的东西。因此，一个人眼中的世界和另一个人眼中的世界是完全不同的。济慈的内心

---

① R. S. White, *Keats As a Reader of Shakespeare*. London: The Athlone Press, 1987, p. 34.
② 王佐良：《英国诗史》，南京：译林出版社 1997 年版，第 314 页。
③ 〔美〕杜威：《经验与自然》，傅统先译，南京：江苏教育出版社 2005 年版，第 112 页。

体验被直接地表现在文本中,这就是济慈所强调的直觉。

"'虚静'的认识论体现了中国古代思维方式上的重要特点,即重在内心的体察领悟,不重在思辨的理论探索。在庄子看来,这些属于宇宙万物的本质和规律,亦即'道'的内容是无法说清楚的……所以这是一种'体知'而不是'认知'。不过这种'体知'之中又富有'认知'内容,它不只是一些直观的、经验的内容,不只是事物的表象,而是事物的本质和内在的原理。"①换言之,"虚静"认识论重直觉而不重认知。这一点又和济慈的"消极能力"说不谋而合。济慈要求"能够止于不确定中,止于神秘和困惑中,而不急于去弄清事实的真相",其目的就是阻止来自直觉的感受在思考中失去,为此他举了柯勒律治的例子,认为柯勒律治由于想要穷尽事物的真相,而失去了对美的把握。

济慈的重视直觉的作用与他同时代的著名文学批评家兼作家赫兹利特的文学批评理论颇有关系。济慈很欣赏赫兹利特的文艺批评观点,认为他"品味深厚"。有评论家指出:"几乎所有的济慈关于诗歌的创作理论都来源于赫兹利特。"②

赫兹利特有一个重要观点:"在整体设计中,被揭示的部分之间的关系被逐渐建构起来之前,画家须全神贯注地关注细节。"赫兹利特把自己的作品描述为"由画家表达的一个玄学派作家的思想"。③这表明赫兹利特认为细节的组合就是构建整体的根本,所以他要求关注细节。细节是直觉之所见,而直觉所见的细节组合起来表达的却是一个深奥的思想,这番话足见赫兹利特认为直觉本身就包蕴了丰富的思想内容,也可以说是认知的内容。

说到这里,我们引进了一些概念,"直觉"、"体知"和"认知"。为了便于以下的论述,有必要对这些概念进行一下界定:直觉一般指不经过推

---

① 张少康:《中国文学理论批评史教程》,北京:北京大学出版社1999年版,第33页。
② R. S. White, *Keats As a Reader of Shakespeare*. London: The Athlone Press, 1987, p. 31.
③ 同上书,第34页。

理就直接认识真理的能力。柏格森认为"直觉是一种先天的、神秘的,只可意会不可言传的'体验'能力"。①"体知"指的是内心的体察与领悟。认知(cognition)是现代心理学的术语,"它指人类认识客观事物,获得知识的活动,包括知觉、记忆、学习、言语、思维和问题解决等过程"。②从这些概念的定义上看,我们发现"直觉"、"体知"强调的是内心的意会。为论述方便,可以将"体知"与"直觉"看成是基本一样的概念。

道家为什么重"体知"而不重"认知"呢,《知北游》曰:"天地有大美而不言,四时有明法而不议,万物有成理而不说。圣人者,原天地之美而达万物之理,是故至人无为,大圣不作,观于天地之谓也。""大美"是道家孜孜以求的,它存于天地间,故圣人只求顺应天性,体察万物的道理而已。只有以"虚静"的方式认识宇宙奥妙,才不会受具体认识的片面性和局限性的制约,达到认识宇宙规律的目的,可见道家认为直觉体验本身就包含了真理。

济慈同样重视直觉,他说:"我从来不能够理解,怎么可以通过按部就班的推理来判断哪件事是真的——我宁愿过一种感情的生活,而不要过思想的生活!"因为济慈认为"从想象得来的知识比从论据得来的知识更加真实"。③这一点在他的《拉米亚》一诗中形象地表达出来:

> 只要接触到冰冷的哲学,
> 不是一个妩媚全飞跑?
> 天上曾出现庄严的彩虹;
> 我们知道她的纬线和结构;
> 她屈从一般事物乏味的清单,
> 哲学将把天使的翅膀剪掉,
> 用规则和线条征服一切神秘,

---

① 夏征农主编:《语词辞海》,上海:上海辞书出版社1991年版,第147页。
② 同上书,第433页。
③ 〔英〕艾弗·埃文斯:《英国文学简史》,蔡文显译,北京:人民文学出版社1984年版,第94页。

把通灵的大气和矿藏掏走——

折毁一道彩虹。

  在济慈看来，来自直觉经验的美一旦经过认知的过滤，就被剥夺原有的美，从而失去了它的真谛，所以济慈对"美"的处理方式和道家的处理方式一致，那就是以"虚静"的心态体知宇宙万物，这也就是"消极能力"的真谛。

  其实，直觉体验并非不掺杂认知，这个问题首先从"消极能力"说中的"一知半解"一语谈起，因为在"消极能力"的论述中，济慈没有指出我们要"止于"在其中的那种"不确定"与那种"神秘和困惑"之情状的全部特征，只有在批评柯勒律治不满足于"半清晰"时，才暗示出济慈向往的这个境界的主要特征就是"半清晰"。联系上文有关"虚静"引起思维处于活跃的动态的论述，我们可以推断，"一知半解"是在诗人主体与客体的接触中，客体受到主体经验的制约、判断、筛选而出现的一种情形，它具有模糊的性质。此时，"认知"对"直觉"的加工已经发生，因此，这个直觉里包含的并非像我们所想的是片面的、个别的意识，而是具有普遍意义的东西。普遍性寓于个别性之中。重要的是济慈认为在这种"一知半解"的状态下，可以揭示美的真谛，但如果进一步探索下去，像柯勒律治那样，反而会失去攫取美的机会，这正符合了济慈认为想象力所攫取的美一定是真的这个原理，因为济慈要告诉我们的是，知识是广阔无垠的，决非是推理及系统化的方式可以触及一二的，所以最明智的选择就是"止于""半清晰"中。

  有趣的是，济慈的这一论述与《庄子·齐物论》的一段论述竟如此相似。《庄子·齐物论》云："故知止其不知，至矣。孰知不言之辨，不道之道？若有能知，此之谓天府。注焉不满，酌焉而不竭，而不知其所由来。"庄子认为能停止在自己所不知的境界的人是明智到了极点。济慈认为，如果要追究事情的真相，必然会失去把握美的机会。而庄子对于"知止其不知止"的分析是："夫大道不称，大辨不言，大仁不仁，大廉不嗛。"(《庄子·齐物论》)庄子认为，因为高深的道是不可名状的，所以领悟它的最好的办法就是止于自己不知晓的境界,这样敞开胸怀,接纳容受宇宙万物,就会有大光明的出现,以此类推,满足于济慈所谓的"一知半解",便能够任思维在宇宙中自由腾飞,摆脱一切尘世的羁绊,于是事物便可以注入宽广的心胸,让诗人将美汲取。

在济慈的诗歌创作中,到处可以找到"消极能力"说的印证。《希腊古瓮颂》中,济慈面对的是一个无生命的古瓮,而在对古瓮图案的欣赏中,产生了作为主体的诗人与作为客体的古瓮之间的交流,从美学上讲,产生了移情作用,用道家的话讲,实现了"物化"过程。于是古瓮不再只是一个没有生命的艺术品,它活了,它:

讲着人,或神;敦陂或阿卡狄?

啊,怎样的人或神!在舞乐前

多热烈的追求;少女怎样逃躲;

怎样的风笛和鼓铙!怎样的狂喜。

此时,古瓮成了有声、有色、有情的活的实体,是"消极能力"将沉睡的古瓮唤醒,跳动起美的脉搏。济慈在这首诗中还写道:

听见的乐声虽好,但若听不见

却更美;所以吹吧,柔情的风笛;

不是奏给耳朵听,而是更甜,

它给灵魂奏出无声的乐曲。

有批评家说:"诗中的讲话人表明他相信古瓮体现了一种超验价值,这种价值是体现在乐曲中的,它比任何感官描写都'更甜'。"[1]听不到的声音之所以美就在于那种美可以任意由人去幻想,也就是说,人加入到作品的创作中去,从而体验美。《老子·四十一章》曰:"大音希声,大象无形"。就是说,最美的声音就是没有声音,最美的形象就是没有形象。《庄子·齐物论》中把声音分为三类:人籁、地籁、天籁,一级比一级高,天籁是最

---

[1] James O'R., *Keats's "Odes" and Contemporary Criticism 1998—06*. Gainesville: University Press of Florida, 1998, p. 65.

高一级的音乐,它的特点是"听之不闻其声,视之不见其形,充满天地,苞裹六极"(《庄子·天运》)。当然对于老庄的观点,也要辩证地看待,"希声"和"无形"之所以能够造成"天籁"和"大美"的境界,正是因为它们并非孤立存在,它们是寓无形于有形之中,寓无声于有声之中。譬如《希腊古瓮颂》吧,我们历数那栩栩如生的美好画面:

啊,幸福的树木!你的枝叶
不会剥落,从不曾离开春天;
幸福的吹笛人不会停歇,
他的歌曲永远是那样新鲜……

以及

这些人是谁呀,都去赴祭祀;
这做牺牲的小牛,对天鸣叫……

从这些诗句中,我们会看到诗人把古瓮描写得有声有色,因为有了这些真正存在的声色描写,才能让读者想象那无声音乐和那无形画面的美,实中见虚,方知虚中有大美。也许,"大音希声"只不过是济慈与道家思想的又一个巧合,然而,在这种巧合中,难道不隐藏着某种偶然中的必然吗?

济慈的"消极能力"是诗人对创作状态的思考,是诗思的结晶;"虚静"理论则辉映着哲思的光芒。济慈对美的形态的认识,也接近于道家的思想。以"虚静"理念审视"消极能力"说可以更好地阐释济慈"消极能力"的内涵,并为"消极能力"说的研究提供一个新的视野。

第三节 济慈之"忘"与道家之"忘"

"忘"是道家的哲学范畴,它同时具有深邃的美学内涵。《老子》与《庄子》中多次提到"忘"这一观念。道家之"忘"的哲学与美学意义体现在三个方面:首先,道家之"忘"的目的是回归本然;其次,从生命美学意义上讲,道家之"忘"是珍视生命、使人的精神世界达到和谐的救赎良方；再次，道家之"忘"对艺术的意义在于它使艺术创造达到超然的、无功利性、无目的性的审美静观。

英国 19 世纪浪漫主义诗人约翰·济慈也有一"忘"。虽然济慈不是哲学家，但他像老庄一样，同样赋予了"忘"以深邃的哲学意义和美学内涵。意大利思想家维柯说："我甚至敢肯定，诗人和哲学家同样特意地追求真理。只是诗人在娱乐中教化，而哲学家则严肃为之。"① 道家哲学，特别是庄子哲学实在很诗化。闻一多先生认为，"他那婴儿哭着要捉月亮似的天真，那神秘的怅惘，圣睿的憧憬，无边际的企慕，无涯岸的艳羡，便使他成为最真实的诗人。实在连他的哲学都不像寻常那一种矜严的、峻刻的、料峭的一味皱眉头、绞脑子的东西，他的思想本身便是一首绝妙的诗"。② 庄子的诗化哲学让人在轻松洒脱中体味其智慧的深奥，而诗人济慈在诗歌的"忘川"中延伸着人生的哲思。

与道家之"忘"的意义相对应，济慈之"忘"也有三层意义：第一，济慈之"忘"不是指向本体的回归，而是要让精神借助"忘"的翅膀，飞升于理想世界的清明长天，在理想的乌托邦国度中安顿心灵；第二，从生命美学意义上讲，济慈之"忘"也是为达到修身养性之目的，但更多的是为创造一个诗化人生，而不是为芸芸众生送去救赎的福音；第三，和道家之"忘"一样，济慈之"忘"使诗歌创作达到了超然的、无目的的审美静观。然而，道家之"忘"的目的实现是无意为之而为之，而济慈之"忘"的目的实现则是有意为之而为之。通过对济慈之"忘"与道家之"忘"的观念的对比研究，可以揭示济慈诗作的审美内涵，也能够为理解济慈诗歌的审美风格提供一个独特的东方视角。

道家之"忘"的目的是回归本然，寻找朴素的审美境界，这也决定了道家之"忘"是从物质到精神的系列之"忘"。道家对"忘"的论述颇多，下列引证尤其具有代表性。"忘足，履之适也；忘要，带之适也；知忘

---

① 〔意〕维柯：《论一切知识的原则和目的》，《大学开学典礼演讲集》，张小勇译，桂林：广西师范大学出版社 2005 年版，第 151 页。

② 王振复：《中国美学史教程》，上海：复旦大学出版社 2004 年版，第 84 页。

是非，心之适也；不内度，不外从，事会之适也。始乎适而未尝不适者，忘适之适也。"(《庄子·达生》)庄子在此要求了四个"忘"："忘足"、"忘要"、"忘是非"、"忘适"。"忘足"、"忘要"是对具体之物的"忘"，而"忘是非"是对社会的政治、道德伦理的漠不关心，"忘适"则是自身生命体验中的"忘"。此四忘不仅针对的对象不同，它们之间的关系也不是平行的。"忘足"、"忘要"有比兴意味，意在说明"忘是非"的情状，而"忘适"则是"忘"所要达到的最高境界，因为"适"本为"忘"之目的，而目的本身都被"忘"了，可谓是"忘"得彻底，"忘"得干净。《红楼梦》第二十二章有这样一段宝钗讲给宝玉的参禅故事："五祖欲求法嗣，令徒弟诸僧各出一偈。上座神秀说道：'身是菩提树，心如明镜台；时时勤拂拭，莫使有尘埃。'彼时惠能在厨房舂米，听了这偈，道：'美则美矣，了则未了。'因自念一偈曰：'菩提本非树，明镜亦非台，本来无一物，何处染尘埃？'五祖便将衣钵传他。"前者的境界是承认物的存在，而时时以勤为念，后者则以空为镜，其境界类似于庄子的"忘适"。"忘适"是彻底回归道家本体的"无"之"忘"，是"忘"的最高境界。

  "忘是非"是庄子四"忘"中值得特别重视的一环，因为"忘是非"而达到"心之适"，这是精神层面的向上飞举。是非之"忘"有深厚的哲学基础。冯友兰先生说："庄周认为，'圣人'必须'遣是非'，指出各人的见解都是出于一种偏见，事物之间所有的分别都是暂时的、相对的。他由此达到'与万物为一'的'混沌'。"[①]事物的相对性使人世间没有绝对的是与非，因此，是非之于人就没有价值，"忘是非"就是顺理成章的了。"忘是非"的审美意义在于，它使心灵达到了一种澄明境界。心如止水，才能将客观世界的美映照在心灵的镜壁之上。此所谓"人莫鉴于流水，而鉴于止水。唯止能止众止"(《庄子·德充符》)。

  道家之"忘"的另一重要方面是忘情。在《老子》中就有对情的贬损之辞。《老子》第十三章说："宠辱若惊，贵大患若身。何谓宠辱若惊？宠为下，得之若惊，失之若惊，是谓宠辱若惊。何谓贵大患若身？吾所以有大

[①] 冯友兰：《中国哲学史新编》(上)，北京：人民出版社 2004 年版，第 416 页。

患者，为吾有身，及吾无身，吾有何患？"老子在此指出了患得患失、宠辱皆惊对生命本体的戕害。道家的哲学是热爱生命的哲学，故有伤于生命的事情在老子那里就贬值了。这并不意味着道家哲学是"无情"哲学。道家对情之"忘"建基于顺乎自然之上。《庄子·养生主》中的一段话有助于我们理解道家之"忘"与情的关系。"老聃死，秦失吊之，三号而出。弟子曰：'非夫子之友邪？'曰：'然。''然则吊焉若此，可乎？'曰：'然。始也吾以为至人也，而今非也。向吾入而吊焉，有老者哭之，如哭其子；少者哭之，如哭其母。彼其所以会之，必有不蕲言而言，不蕲哭而哭者。是遁天倍情，忘其所受，古者谓之遁天之刑。适来，夫子时也；适去，夫子顺也。安时而处顺，哀乐不能入也，古者谓是帝之悬解。'"生死之别本是人生最大之痛，而在道家看来，生死皆是自然规律，对生死的正确态度应该是"安时而处顺"。这种主张看似无情，却并非无情，它基于对客观世界的理性观照，它体现的是对自然规律的尊重和在悲剧化的人生旅途中安顿心灵的智慧。从审美的角度讲，它显示了对"伟哉造化"的欣赏与崇拜，也是从"情"的羁绊中摆脱出来的一种自由。"情对于人是一种束缚，理可以使人从束缚中解放出来。这种解放，就是自由。"[①]

与道家之"忘"的目的不同，济慈之"忘"是要摆脱现世的烦恼和痛苦，寻找诗化的乌托邦。也就是说，济慈之"忘"的实质内涵就是忘掉现实世界的烦恼，到理想的乌托邦国度中去找寻心灵的栖居与安宁：

　　我的心在痛，困顿和麻木
　　刺进了感官，有如饮过毒鸩，
　　又像是刚刚把鸦片吞服，
　　于是向着列斯忘川下沉：
　　并不是我嫉妒你的好运，
　　而是你的快乐使我太欢欣

　　　　　　——济慈：《夜莺颂》

[①] 冯友兰：《中国哲学史新编》（上），北京：人民出版社2004年版，第428页。

> 济慈渴望饮着"忘川"之水，忘掉：
>> 你（指夜莺）在树叶间从不知道的一切，
>> 忘记这疲劳、热病、和焦躁，
>> 这使人对坐而悲叹的世界。
>
> ——济慈：《夜莺颂》

这首诗最直接地表达了济慈对人间苦痛的感悟。这一点与济慈的生平颇有关系。济慈的生活一直被贫穷、疾病与死亡所笼罩，就连他想成为诗人的理想，也如一叶飘摇于狂风巨浪中的小舟一样，随时都会被世俗的冷眼刺得千疮百孔，济慈早期的许多诗作表达的都是他对自己是否能成为诗人的疑问。他的诗才举世无双，然而，批评界的冷遇，疾病的折磨，恋情的无望，亲人的离去，这些痛苦苦苦地折磨着诗人那敏感的心灵。他到哪里找一剂良药，让心灵得到安宁呢？济慈找到了"忘川"之水，对济慈来讲，这是妙药，也是良方。

《夜莺颂》中夜莺的歌声本身就是一曲美妙的音乐。自然景物被统一于一种音乐的节奏中。在这里，"思想化成了音乐，抑或是音乐化成了思想"。[1] 诗歌除了形式上的节奏感以外，还有内容上的节奏感。节奏感以及结构感都是指内容上的。这种节奏感和结构感是因诗歌中对于自然意象的选择及组合而产生的。《夜莺》的结构感是由自然的背景引出自然的乐音，来自自然的乐音又浸透了诗人心灵的深处，这就形成了小诗的内在结构，而这种结构反过来又使诗歌获得了一种回环往复的旋律。乐韵在荡漾，夜莺的歌声缓缓地升起又落下，潜入了诗人那亦悲亦喜的心灵里，浇灌着诗人渴望雨露的心田。乐音在奔流，诗人的心也随着这乐音的奔流而忘却了尘世的烦恼。

尼采指出："音乐自身及其本质，对于我们的内在世界来说，并非如此充满意义，如此令人兴奋陶醉，更不能把它看成是直抒人类情感的语言。

---

[1]〔俄〕叶甫图申科：《古米廖夫诗的回忆》，参见潞潞主编《准则与尺度：外国著名诗人文论》，北京：北京出版社2003年版，第376页。

但是音乐与诗的原初的统一，赋予节律的演进和音调的抑扬以如此众多的象征意义，以致我们现在以为它直接诉诸灵魂又直接发自内心。"①济慈对音乐的呼唤是对内心灵魂的呼唤。这表现在形式上是济慈诗歌中鲜明的节奏，表现在内容上就是用自然的意象来书写音乐之美。对乐声的描写配上济慈诗作中有关美和爱的主题，让人看到爱的画面，以及这画面背后流淌着的音乐旋律。

雪莱也写过夜莺，但不是单独写夜莺，而是在写爱情的时候提及了这个富有诗意的鸟。在《印度小夜曲》这首诗中，雪莱先将自然景物统摄于有关音乐的意象中：

夜晚第一度香甜的睡眠里，

从梦见你的梦中起身下了地，

习习的夜风正轻轻地吹，

灿烂的星星闪耀着光辉。

轻轻吹拂的"习习的夜风"和闪耀着光辉的"灿烂的星星"，营造了宁静安详的夜晚气氛，"梦"、"夜风"和"星星"更为诗创造了一层朦胧的面纱。此时，并没有音乐之声，然而，自然景物本身已经传达出一种节奏感。这种节奏感让人仿佛听到了自然的箫声：

四处游荡的乐声已疲惫，

湮没在幽暗静寂的清溪——

金香木的芳馨已经消逝，

就像梦中那甜美的情思；

夜莺一声声泣血的怨啼，

已在她的心底溘然死去——

乐声伴着自然景物在尽情地倾诉，是那样地宁静，那样地温柔，又是那样地甘美，还带着一缕缕幽怨，是情丝化成的溪水，还是溪水中流溢着情丝，很难说清，而那只夜莺"泣血的怨啼"也将爱情的悲与喜化成了一

---

① 〔德〕尼采：《上帝死了》，戚仁译，上海：上海三联书店2007年版，第97页。

段动人心弦的韵律。在诗歌的最后一节,雪莱将自然景物幻化的音乐之声融进了自己的生命之中:

> 让你的爱化作吻的密雨,
> 落在我苍白的嘴和眼皮;
> 我面颊冰凉,惨白无血!
> 我心音沉重,跳动迅疾——

"吻的密雨"流泻出爱的亲切与温暖的旋律,而"心音沉重,跳动迅疾——"是因爱的狂喜亦或是悲哀而产生的心灵的强音,在此诗歌达到了高潮。艾略特认为"在音乐的各种特点中和诗人关系最密切的是节奏感和结构感"。① 雪莱的这首诗从节奏上讲,体现了舒缓与激越的节奏,使我们对于音乐如何浸透到诗人的心灵并对心灵起作用的过程更加明了。音乐在净化心灵和使心灵愉悦方面的作用是无与伦比的,音乐可以使人达到"忘"的境界,所以诗人在诗中也常写音乐。

"忘"了现世的诗人想要寻找他理想的乌托邦,而这个乌托邦当然只能存在于诗人为自己编织的幻想中。不过,幻想终究是一个"骗人的妖童"(《夜莺颂》)。不管它有多么美妙,诗人最终还是要回到硬邦邦、冷冰冰的现实中来。诗人想通过沉醉于诗的美而逃离痛苦的想法只能像吸食鸦片一样,当他从幻想的雾中再次坠落到现实中时,那份悲痛又加剧十分。"一件善的事物如果丢掉了,使我们不能在可能的长时间中来享受它,则人心在思想它时,便会感到一种不安,这就是所谓悲痛。"② 对济慈来说,痛苦有着不可被遗忘的属性,因为现实的灾难总是源源不断地袭击着他。在济慈短暂的创作生涯中,他照看着一个生病的弟弟,为另一个前往美国、前途未卜的弟弟担心焦虑,为经济上的困难而心力交瘁,所以济慈之"忘"是自欺欺人之谈,是想忘终难忘,想逃终难逃。济慈在他的另一首诗中写道:

---

① 〔美〕艾略特:《诗歌的音乐性》,参见潞潞主编《准则与尺度:外国著名诗人文论》,北京:北京出版社2002年版,第228页。
② 〔美〕莫蒂默·艾德勒、查尔斯·范多伦编:《西方思想宝库》,长春:吉林人民出版社1991年版,第380页。

第六章 异域的和声：济慈思想与道家思想之比较

哦，不。不要去那忘川，也不要榨挤附子草
深扎土中的根茎，那可是一杯毒酒，
……待悲哀之隐秘透露；
因为阴影叠加只会更加困厄，
苦闷的灵魂永无清醒的一天。

——济慈：《忧郁颂》

可见，"忘川"并非是纯粹的无忧理想国，其为济慈提供的这一避难所虽然美妙，却如海市蜃楼，永远只存于幻想之中，而不会落到现实生活的尘埃里。

"忘"也帮助诗人实现了对诗化人生的追求。生命美学"要追问的是审美活动与人类生存方式的关系，即生命的存在与超越如何可能这一根本问题。换言之，所谓'生命美学'，意味着一种以探索生命的存在与超越为指归的美学"。[①] 探索生命的存在与超越从根本上讲就是对生命意义的思索与追求。从这个意义上讲，道家之"忘"与济慈之"忘"有共性：都是要达到修身养性之目的；二者也有不同：道家之"忘"是解决现世人生困境的理论策略，而济慈之"忘"更多的是为了创造一个诗化人生。

在道家思想中，"忘"并不是自然而然生成的，不完全取决于主观意志，它的发生要有客观条件。《庄子·达生》里说："仲尼曰：'善游者数能，忘水也，若乃夫没人之未尝见舟而便操之也，彼视渊若陵，视舟之覆，犹其车却也。覆却万方陈乎前而不得入其舍，恶往而不暇！'"看来，"忘水"的条件是"善游"，唯善游者才能视万顷波涛如平地。也就是说，"忘"与技艺是密切相关的，技艺的极度精湛才能导致"忘"的发生。庄子对"忘"的客观条件性的论述体现了他的辩证思想。

在道家那里，唯"忘"能达到至善至真之境，梓庆削木做钟鼓架的故事说明了这一点。木匠梓庆的架子做得精巧绝伦，"见者惊犹鬼神"（《庄

---

① 潘知常：《生命美学论稿：在阐释中理解当代生命美学》，郑州：郑州大学出版社2002年版，第40页。

子·达生》),问他何能做到如此的地步,梓庆回答说,他一介匠人,没什么道术可言,只是在制做架子的时候,"未尝敢以耗气也,必齐以静心。齐三日,而不敢怀庆尝禄;齐五日,不敢怀非誉巧拙;齐七日,辄然忘吾有四肢形体也。当是时也,无公朝,其巧专而外骨消;然后入山林,观天性;形躯至矣"(《庄子·达生》)。梓庆斋戒七天之后,达到了"忘"的至高境界:他不仅忘记了功名利禄,就连自身的生命本体也被他忘得荡然无存。《庄子·达生》曰:"凡外重者内拙。"那些把外在的名利地位、成败毁誉放在心上的人是不能将技艺发挥到炉火纯青的地步的。这个故事还体现出另一种思想,即"忘"是一个循序渐进的过程。梓庆的"忘"历经了"三日"、"五日"、"七日"这样的渐进过程。每过一个阶段,他的"忘"功都向上进级,最后终于达到了极至境界。这一系列过程呈现的意义在于,它使庄子对"忘"的思考更加全面,更有系统性,也使其哲学和美学意蕴更为深致。

在《庄子·大宗师》中也表现出了"忘"的阶段性意识。只是这一次不是以时间来排列"忘"的次序,而是以"忘"的内容来界定其质量。"颜回曰:'回益矣。'仲尼曰:'何谓也?'曰:'回忘仁义矣。'曰:'可矣,犹未也。'他日复见,曰:'回益矣。'曰:'何谓也?'曰:'回忘礼乐矣。'曰:'可矣,犹未也。'他日复见,曰:'回益矣。'曰:'何谓也?'曰:'回坐忘矣。'仲尼蹴然曰:'何谓坐忘?'颜回曰:'堕肢体,黜聪明,离形去知,同于大通,此谓坐忘。'仲尼曰:'同则无好也,化则无常也,而果其贤乎!丘也请从而后也。'"在这个"忘"的渐进过程中,颜回通过静思达到了"坐忘"的境界,得到了孔子的肯定,以至于愿意步弟子之后尘而入"坐忘"之境。"坐忘"的境界就是身心俱忘。入"坐忘"之境地的人不以物喜,不以己悲,是非不入其耳,宠辱不惊其心,是大自由、大解放的境界。

道家要回答的问题是如何通过"忘"来达到在充满烦恼的人生旅途中过上幸福生活的目的。用庄子的话说,就是达到"真人"之境界,这是庄子之"忘"所要培养的人格典范。唯有成为"真人",才能对世间的变故处之泰然。也唯有这样，才能超越生命的局限，从有限的存在中，感受无限的欢乐。道家哲学实在是智慧的生命哲学，同时也是智慧的生命美学。生命美学的特质在"真人"的身上展现无余。"真人"达到了物我两忘的境界，能够做到忘记生死，忘了自己，任其自然。冯友兰先生说："有这样意境的人，最后必须取消我和非我的分别。"①当一个人取消了我与非我的区别，也就是取消了物与我的区别，即"物化"了。庄子的"忘"可以说是忘到了哲学深处。

"忘"是为了达到一种自由的生命境界。《庄子·大宗师》中说："鱼相忘于江湖，人相忘于道术。""相忘于道术"是庄子选择的理想的生存状态。相忘于水的鱼畅游于江湖也就忘了一切，而悠游于道的境界的人便忘了一切。自由自在的人生是最贴近自然的，也是最美的。所以庄子要求相忘。"忘年忘义，振于无竟，故寓诸无竟。"（《庄子·齐物论》）忘却生死，忘却是非，方能达到自由无穷的境界，并在这个境界中悠然地体验人生的欢乐。

与道家思想类似，"忘"对济慈来说也是修身之术。道家思想将"忘"上升为一种哲学思考，是要对现世的人生苦难提供一个形而上的理论指南。在济慈那里，"忘"使他超脱了世俗的烦恼，使他的人生诗化，在现实的废墟上筑起艺术的宫阙，其生命的意义是与诗歌艺术紧密地联系在一起的。诗之所以能够使济慈"忘"，在于诗是生命力的展现，是生命存在的意义。对于体弱多病、身陷困境的诗人来讲，他必定要在现实世界之外的精神世界为自己寻找一片净土，来展现生命的意义。济慈找到的就是诗之净土。济慈在书信中写道："我发现没有诗歌我无法生存下去——没有永恒的诗——半天也不成——整天更不成。"②诗歌创作为病弱的诗人提供了一个精神的生存空间，这个空间对于生命的意义在于，它使诗人超越了现实世界的苦难，感受到生命的强劲力量。当创作灵感像火山一样喷涌而出时，

---

① 冯友兰：《中国哲学史新编》（上），北京：人民出版社2004年版，第415页。
② 〔英〕约翰·济慈：《济慈书信集》，傅修延译，北京：东方出版社2002年版，第11页。

诗人在艺术的冥想中超越了现实的人生，走向了轰轰烈烈的另一种生命存在状态。济慈在书信中引用斯宾塞（Edmund Spenser）的诗句说：

> 高贵的心灵寄寓于善良的思想，
> 伟大而光荣的意向在其中生长，
> 孜孜不倦永无停息，直至它的奋斗
> 创造了一系列永恒的卓越辉煌。①

这一节诗充分说明了诗歌创作对于济慈来说是一个"伟大而光荣的意向在其中生长"的过程。换言之，诗歌创作是心灵的生长，是生命力的展现。

诗歌也成了济慈抵御生活的狂风巨浪及艺术生涯中艰辛苦楚的灵丹妙药。济慈对诗歌艺术的热爱更上升为一种心灵的信仰。像一切宗教信仰一样，济慈对诗歌的信仰使他沉醉和迷狂，也使"忘"成为可能。"济慈似乎认为诗歌是一种宗教，可以逃避于其中，徘徊于其中，并自由地沉醉于美的快乐之中。"②正是在这一点上，济慈的"忘"拥有了一种哲学属性。对济慈来说，自由是一种超越，超越平凡有限的人生达到永恒。济慈的"忘"是他诗化人生的展现，是修身之策，立身之本。同时，"忘"使济慈抵达了诗的彼岸，通过"忘"之桥，济慈找到了精神上的安慰。

从生命美学意义上讲，济慈之"忘"虽然已接近"真人"的境界，但毕竟也只是接近而已。在济慈的内心中，"忘"是为了诗，为了诗化的人生，一旦这个诗化人生在幻想中有片刻的兑现，诗人就感到莫大的欣慰，所以济慈之"忘"还很不彻底。难怪济慈总是感觉到梦醒之后的迷惘。道家之"忘"就来得彻底，而且对"忘"有一个系列性的操作，这也足见道家哲学的深刻与系统。

济慈与道家之"忘"的审美归宿也是一个值得我们深入探索的问题。

---

① 〔英〕约翰·济慈：《济慈书信集》，傅修延译，北京：东方出版社2002年版，第11页。
② Ayumi M., *Keats, Hunt and the Aesthetics of Pleasure*, New York: Palgave Publishers Ltd., 2001, p. 132.

济慈之"忘"和道家之"忘"一样，达到了超然的、无目的的审美静观。然而，道家之"忘"的审美是无意的，济慈之"忘"却明确指向审美。在这一审美过程中，道家强调的是通过"物化"实现"天人合一"。济慈的"消极能力"说也要求达到物我相融的境界，类似于"物化"，只是济慈的论述针对的是艺术境界，并没有从哲学高度全面思考人与客观世界的关系。道家的哲学表面上是反审美的，是想弃绝一切审美欢乐的，但其主张却与审美不谋而合，实在有一点"无心插柳柳成荫"的味道。道家思想本身及其后来对中国文学艺术的影响都说明，道家思想中蕴藏了深厚的审美内涵。那么为什么道家看起来又像是反美学的呢？道家对美的追问是从非对象性的角度出发的，是从超越生命的可能性的角度出发的，确切地说，道家思考的不是什么是美，而是什么是非美。正如《庄子·齐物论》所言："以指喻指之非指，不若以非指喻指之非指也；以马喻马之非马，不若以非马喻马之非马也。天地一指也，万物一马也。"正如对马的命名从对非马的认识开始，对美的命名也是"以非指喻指之非指"开始。之所以如此，根本原因在于，道家对美的探索是将其建立在"无"的基础之上的。老子指出："天下万物生于有，有生于无。"（《老子》第四十章）中国哲学中，这个"无"的境界是至关重要的。因为无才能生出有，"无"是根源，"有"是产物。"无"是一种敞开的方式，它的敞开与无的境界是同一的。敞开意味着可以接受一切，可以让人把握宇宙的永恒。

与道家不同的是，济慈对美的追问从一开始就是主动的，完全是有意识的。"生存下来的最合适的办法就是退居到精神的庇护所中去；像教士那般统治它。"[1]成为那个精神庇护所的统治者的前提是清晰地认识到美的存在，并相信通过对美的追求能够达到精神上的超越。从哲学意义上讲，济慈对美的追问是以"有"为出发点的，他的追问是有对象性的。

济慈知道哪里是美的天堂，那就是到自然、到艺术中去寻找美。济慈笔下的大自然从视觉、嗅觉、味觉等方面都给人以美的艺术享受。"大地的

---

[1] Stuart C., Romantic Poetry: Why and Wherefore?, *The Cambridge Companion to British Romanticism*, Stuart Curran ed., Cambridge University Press, 1993, p. 218.

诗啊永远不会死"(《蝈蝈和蛐蛐》),他将最美丽的瞬间凝固在艺术的永恒中,不论时间这把剪刀多么锐利,都无法消损艺术之美。济慈诗歌的主题总的来说就是赞美美的万般事物,吟颂美的万般情怀。济慈的诗是写给美的,他也只接受了美的苛求,而淡泊世俗的一切。

庄子之"忘"体现了"物化"的审美意义,这一理念本不专意在美学,却实在是很'美学'的。审美便是'忘己'、'无己'的'适'。'适'是物、我没有矛盾与阻隔,是人之生命及其精神对环境没有'磨擦',反之亦然。一旦达到'忘适之适',便是审美的最高境界。康德的游戏说"将文艺界定为不受任何外在束缚的'自由的愉快'"。① 而这"自由的愉快"就是排除了一切外在干扰的心灵之"适",是一种"乘云气,御飞龙,而游乎四海之外"(《逍遥游》)的洒脱。这恰恰正是"人之心灵的自由状态,无拘无束,一种无偏执于'心'的自由……是一种心灵的审美"。② 这种"心灵审美"的实质是通过"忘"达到"物化"之境。陈鼓应先生认为"物化"指的是"物我界限之消解,万物融化为一"。③ 也就是说,"物化"指向"天人合一"。在"物化"中人消弥了自我的存在,使自我融入了宇宙万物之中,达到了与天合一,与自然合一。此时,主体以物体道,实现向自然的回归。这个境界是哲学和审美的境界,也是艺术创造的境界。"'物化'既体现为一种人生态度,也体现为一种艺术态度,是人生的艺术化或艺术的人生化,当人把这种人生态度以艺术的方式表达出来时,就转化为艺术作品。"④ "物化"之所以是一种艺术态度,在于"物化"的内涵是深入物的本性中,从而达到对客观世界的认识,而这也恰恰是艺术构思与创造的契机,没有"物化",艺术家就不可能体物入微,也就不可能创造出艺术作品。

"物化"本身还是一种忘我的境界,这种忘我的境界是通过将自身与物

---

① 胡经之:《西方文艺理论名著教程》(上),北京:北京大学出版社 2003 年版,第 312 页。
② 王振复:《中国美学史教程》,上海:复旦大学出版社 2004 年版,第 88 页。
③ 章必功、李健:《中国古代审美创造"物化"论》,《文学评论》2007 年第 1 期,第 23—24 页。
④ 刘月新:《在"物"中寻求诗意的栖居——比较庄子的"物化"与海德格尔的"物性"》,《国外文学》2005 年第 1 期,第 15 页。

等同而达到的,即"齐物"。《庄子·齐物论》无意于审美,而"物化"却与审美境界不谋而合。"文学艺术创作应达到忘我的精神境界。庄子物化的本质就是忘我,这是在极度自适的状态下产生的一种感觉。"①

可见,"物化"之于艺术的功用在于,一方面,"物化"帮助艺术家把握了客观世界,另一方面,"物化"作为一种忘我的过程,使艺术家的心理达到了最适于进行艺术运思的状态。

济慈的"消极能力"说揭示的是艺术创作的灵感发动与体悟的神秘。它与《庄子·齐物论》中的"物化"颇有相似之处。济慈提倡"消极能力",而"消极能力"要求抛弃私欲、自我,进入忘我之境,主体方有可能与客体融合,这实质上是一种认同作用,由此达到反映客观世界的目的。这里所追求的主客体的融合,就类似于"天人合一"的"物化"过程。当然,这并不意味着"消极能力"与"物化"可以画等号。济慈在"消极能力"说中,只侧重思考艺术创作过程中的心理活动,和"物化"一样,也是一个体悟过程,但不同的是,"消极能力"是基于对美的观照方式提出的,它指向审美的感悟层面。"物化"不是直接指向审美的感悟层面,是指向"天人合一"的哲学思考,之后才是不自觉地指向主客体交融的审美境界。

道家之"忘"的目的决定了其"忘"的内涵。道家之"忘"是一个系统性的概念,它涉及从身到心的"忘",还包括"忘"的具体运行方式以及"忘"所能达到的最理想的人生境界。庄子之"忘"实乃系统性的哲学之"忘"。济慈之"忘"则是要忘记世俗的烦恼,让精神诗意地栖居在艺术的理想国中。从生命美学意义上讲,道家和济慈都从修身的角度体悟"忘"。道家将"忘"的功能定位在对智慧人生的全面思索,济慈则将"忘"定位于追求诗化人生。此外,道家之"忘"和济慈之"忘"都指向艺术创作的机制和审美愉悦。道家之"忘"不直接针对审美,而是客观上与审美意识相合,济慈之"忘"则有意识地向审美境界延伸思考。

---

① 章必功、李健:《中国古代审美创造"物化"论》,《文学评论》2007年第1期,第24页。

第七章 他山之石：
中国古典美学视阈下的济慈诗歌

　　无论是东方还是西方，都有自己的美学追求，并形成了各自的美学理论。从中国古典美学的角度研究济慈诗歌的美学特征可以使我们站在我们熟悉的角度来理解济慈的诗歌。他山之石可以攻玉，借助中国古典美学的启示，我们可以更深入地欣赏和理解济慈诗歌的意象美、语言美、风格美和情调美。

第一节　绮丽的意象

　　济慈的诗有种绮丽之美。济慈的诗文采葱茏，文思华美，可谓"绮丽"，《二十四诗品》云："神存富贵，始轻黄金，浓尽必枯，淡者屡深。雾余水畔，红杏在林，月明华屋，画桥碧阴。金樽酒满，伴客弹琴，取之自足，良殚美襟。"济慈的诗歌艺术炉火纯青，至真至美，是不可多得的诗坛佳酿。通过分析济慈诗歌的意象，我们可以领略济慈诗歌的绮丽风格。

　　在中国古典诗学话语中，意象由意和象两个不同的范畴组成。这就是说，中国古典诗学中的意象暗示出了象与意之间的关系。这意味着有两个问题必须首先考虑：一是"象"的含义；二是"意"与"象"的关系。语义在历史的发展中不断变化，也会随语境的变化而变化。"象"在哲学中和诗学中的含义是不同的。哲学和诗学又是互相渗透、水乳交融的；诗学中的"象"散发着哲学的气味,哲学的"象"洋溢着诗学品格。故欲穷尽诗学之"象"的涵义,须先从哲学之"象"那里寻踪探源。

凝结着中国远古文化观念的《易经》提到"象"。象是先秦哲学美学思维的主要起点,它引发了有关象的哲学理论。其中,《老子》对"象"的阐发最为深刻。《老子》中的"象"是原朴之象,根本之象,是先民关于道的一种体悟。《庄子·天地》中讲了一个寓言:"黄帝游乎赤水之北,登乎昆仑之丘而南望,还归,遗其玄珠。使知索之而不得,使离朱索之而不得,使喫诟索之而不得也。乃使象罔,象罔得之。黄帝曰:'异哉!象罔乃可以得之乎!'"这里的"玄珠"象征道;"知"象征智慧;"离朱"象征视觉;"喫诟"象征言辩。寓言的意思是,用智慧、视觉、言辩不能得到的道,用象罔却可以得到。"象罔"象征有形和无形、虚和实的结合。这里"象"与"罔"并称,含有一种重虚的意识。

意与象的关系问题,也可以追溯到《易经》。从词源上看,意与象是分而言之的。在《周易·系辞上》中有这样一段话:"子曰:'书不尽言,言不尽意。'然则圣人之意,其不可见乎?子曰:'圣人立象以尽意'。"这里已经明确表明象为达意,也就是说,象为手段,意为目的。《庄子·外物篇》中有段话用更形象的语言阐明了意和言的关系,"荃者所以在鱼,得鱼而忘荃;蹄者所以在兔,得兔而忘蹄;言者所以在意,得意而忘言。"通过层层设喻,庄子强调了意之于言的重要性。《周易》中阐明了意与象的关系,《庄子》中阐明了言与意的关系,这样实际上形成了一个关系的递进:言、意与象。这三者是我们谈论意象时的一个出发点。

从秦汉到隋唐,意象概念在不断地发展和充实。三国时期,王弼在其《周易略例·明象篇》中从庄子的"得意而忘言"的理论出发,更加深入、更加清晰地阐明了言、意、象三者间的辩证关系:"夫象者,出意者也。言者,明象者也。尽意莫若象,尽象莫若言。言生于象,故可寻言以观象。象生于意,故可寻象以观意。意以象尽,象以言著。故言者所以明象,得象而忘言。象者所以存意,得意而忘象。"这段话首先说明了象与意的关系,是先有意而后有象。意在象先,这决定了意是出发点,而象是意找到的目标,与艾略特的"客观对应物"之说相似。其次则具体地、辩证地阐明了言、象、意三者的关系：象表达意，言用来说明象，也就是说，言、象、意三者的关系是："意"第一、"象"第二、"言"第三。象是一个中间环节，它与意和言构成一种派生关系。意之生象，犹如思想寻找它的客观对应物，"尽象莫若言"则是用语言符号来表达象。由于意、象、言是这样的关系，也就决定了人们对这三者的态度："得象而忘言"和"得意而忘象"。这与"意、象、言"的排列顺序正好相反，呈逆向流动。这表明，中国古典诗学中的"意象论"最终只要意存即可，对意的强调可谓是到了极点。

言、象、意三者之间是互动的。"言生于象"、"象生于意"中的"生"字不仅仅表示一种起源，更表示一种由无到有的生长过程，正因为有了这样一种生长过程，才有了刘勰在《文心雕龙·神思篇》中所说的"意翻空而易奇，言征实而难巧也。是以意授于思，言授于意，密则无际，疏则千里"。从对象的探寻出发，有两条发展路线：一是受道家思想影响，将气与象联系，使象具有灵动的性质，让象活起来，让象成为意的温床。"象"的另一发展方向就是与"意"的结合，进而又与"言"关联，这样就构成了重意轻象的意象概念。前者，意与境结合，象隐而不见了，后者，则是意与象结合，象变得无足轻重。这两种思路昭示了一个问题，那就是象由虚而至无或加以虚化。这是中国古典诗学的意境论和意象论的一个显著特点，就虚避实。虚是什么呢，就像中国画的留白一样，中国画背景上的空白在画的意境中并不是真的空无一物，而是生命的灵气流动之处。虚实相生，方成画之妙趣。《老子》第二十一章说："道之为物，惟恍惟惚。惚兮恍兮，其中有象。"象存于朦胧中，处在浮游不定的状态，趋虚而避实，空无而飘渺。从《老子》对"象"的描述可以见出，象与道、气三位一体。老子和庄子在阐释象之意时都表达了一种重虚意识。

在中国古典诗学话语中，最为重要的是意境概念而非意象概念。意象论在诗学理论中并没有占据突出位置，反倒是与意象有关的意境理论，在诗学园地花繁叶茂，历沧桑而不凋。意境和意象有相通之处，但属于不同的美学范畴。意象指的是典型的物象，与《周易》中所言的象有类似含义,而意境指的是一种境界和情调,它的形成通常包含许多客观存在之物。它们之间构成了相得益彰的关系,生成了意境整体上的张力。意象是实实在在的存在,而意境则是虚化了的艺术氛围,大概正是由于意境中含有更多的重虚意识,才更适合用来描述中国诗歌的理想追求。刘勰《文心雕龙·隐秀》中有"境玄思澹"之语。王昌龄的《诗格》首创了"意境"一词。司空图《诗品》提出"境生于象外"之说。王国维的《人间词话》则认为:"文章之妙,亦一言以蔽之,曰:有意境而已矣。何以谓之有意境?曰:写情则沁人心脾,写景则悦人耳目,述事则如其口出。"由此可见中国诗学理论对意境的重视。

image在英语中没有中国诗学话语中意象那样丰富的哲学内涵和思想深度。尽管如此,正如意象概念有中国古典文化作为它的大背景一样,西方诗学中的意象术语也有其赖以存在的西方文化土壤,这就是西方哲学中的重实意识。与中国古典哲学的重虚意识不同,西方哲学以实为出发点,其诗学中的意象的内涵是被实实在在地解释的。意象给人的是一种实感。它的形态可感可触,也就可以得到科学的解析。有人觉得,只要找到了符合感性与理性高度结合的意象,就可以写成好诗了。不过,这个问题并不像它看起来那么简单,因为它会涉及一些很难有确切答案的问题,如感性和理性在怎样的条件下会发生融合,如何融合才有可能构成恰到好处的复合体?通过浓缩的意象,人的心智会被刺激,从而延展认识的深度和广度。

意象是蕴含主题的一种表达方式,可分为声音意象、味觉意象、嗅觉意象、触觉意象和动态意象。各种意象在诗中的使用构成了生动的诗意的表达与再现。好的诗歌意象如醇酿,它会带给我们强烈的感情激荡并令我们沉醉。意象是诗歌的一个重要组成成分,在某种程度上诗歌是意象的艺术。意象使用的优劣在很大程度上决定着诗歌的质量。

济慈在给友人的信中写道:"诗之妙处切勿止于中途,而应推向极致,务求令读者心满意足而不仅仅是敛息屏神地等待;诗之形象[①]要像读者眼

---

① 原文是image,可译成"意象"或"形象"。

中的太阳那样自然升起、运行与落下——先是照耀中天,后来庄静肃然而又雍容华贵地降落下去,使读者融入黄昏时绚烂的霞光中。"①济慈这一段有关诗歌意象的阐述含有两层意思。第一,意象应是自然而然地产生,从而使读者也感到自然;意象应给读者留下巨大的想象的空间,这一点是至关重要的。意象必须是自然而然形成的。关于这一点,许多伟大的诗人,包括济慈自己都做过精辟的论述。那么意象如何才能够自然呢?意象是在写诗的过程中产生的,如果诗歌的写作过程是自然的,诗歌的意象也就一定是自然的。济慈说过诗歌的诞生要像树叶生长于树上那么自然。因为写作的过程也正是意象产生的过程,诗歌不应是强制的产物,诗应该在创作者有诗情的时候所写。自然的意象是新鲜独特和准确的,它决不艰涩,决不故弄玄虚。一些诗人喜欢用复杂的意象来展示他们的深奥,却常常走向另一个极端——晦涩难懂。并不是说复杂的意象不能使用,而是说,意象首先应该有巨大的引人联想的能力。意象决不应该只追求表面的怪异和奇特,而且意象的多少也不能成为判断诗歌优劣的标准。第二,意象应该引人深思。意象要给读者留下难以忘怀的美,并给读者以巨大的享受。济慈对意象的看法不仅继承了与济慈同时代的一些浪漫主义诗人的诗歌论点,还超越了这些论点。济慈强调意象的后期效应,即意象令人回味的效应。这种后期效应使济慈的诗耐人寻味,诗情葱茏,这也是形成济慈绮丽的自然书写特征的主要手段。

济慈的诗歌无论是写人的还是写物的都汇集了丰富多彩的意象。这众多意象的出现又总是和谐地统一在一首诗里,构成一幅大的画面。而这一个个意象就是涂抹在这个大画面上的一道道闪耀着才气的笔触,给读者留下了刻骨铭心的印象。

济慈在《秋颂》中运用了一连串的意象:"缀满茅屋檐下的葡萄藤蔓"、"背负着苹果"的"屋前的老树"、"胀大"的"葫芦"、"鼓起"的"榛子壳"、"过迟的花朵"、蜜蜂的"黏巢"——这就是一座丰收的果园。你走

---

① 〔英〕约翰·济慈:《济慈书信集》,傅修延译,北京:东方出版社2002年版,第97、98页。

进它时看到的是各种各样的水果挂满枝头，爬满屋檐。我们不仅可以看到果实那绚烂的色彩和形态，我们还可以嗅到果实所散发的馨香，或甜或酸，或是一种想象不出却更加令人垂涎的味道，但最引人入胜的还不止是这一切，而是我们可以随意触摸到那榛壳、那花朵、那黏黏的蜂巢。这些意象都不是单纯的意象，它融合了触觉、视觉、味觉和嗅觉，把一切感官都调动起来，从各方面品味秋天的美景。"雾气洋溢"的清晨中透出了秋日的美丽，也隐含着秋日的一丝惆怅。秋和太阳关系密切，是可以倾心"密谋"的"友伴"，整个秋天充满了人情味儿，让人感到亲切舒爽。这里意象众多而不杂乱，一切意象都统一在一幅秋景图的和谐完美的艺术世界中。

济慈早期的小诗《人生四季》把人生变迁的大主题囊括在短短的诗行中。在这首诗中，济慈用四季来比拟人生。将人生与季节相比，这算不上新奇，但济慈赋予每一个季节的内涵却与人生的不同阶段一拍即合，让人叹为观止：

> 他的春天情稠意浓，幻想清晰，
> 想用手掌轻轻把一切美来包容。

青春年少，活泼欢快，少年人心胸开朗明净，仿佛有无穷的精力可以用来实现自己的理想，绝对不会想到自己的人生还有什么局限。他们充满活力，就如春天一般。他们的人生刚刚开始，似乎一切美好的事物都属于他们，世界轻而易举地就在脚下展开：

> 他有他的兴盛的夏天，当他将
> 早春蜜饯的反刍草仔细品尝。

这"早春蜜饯的反刍草"给人以丰富的联想。当你青春年少，所体验的一切都被不求甚解地接受下来，而今重新深思，细细品味，该有怎样的一番感受呢？若春天采集的是花粉，此时则在享受蜜的甘甜了。这体验一定万分幸福，如临天堂。青春时期，既成熟又少世故，比之少年时要平静，比之中年要有活力。入秋之时：

> 他的心灵有静静的海湾
> 折起翅膀满意于凝视。

人到中年，青春之梦的翅膀收起了，他踏踏实实，"满意于凝视"。他凝视什么呢？诗人没有说，把这个空白留给读者凭自己的经验来填充。或许，他面对"碧云天，黄花地"轻轻感叹。或许，他凝视忙于收割的田野，也分享一份收获的喜悦。不管是怎样的感受，他都"让美的万般事物"在"迷雾里"，"悠闲里"，"没有受到注意"，"就像溪水流逝"。这样的心理状态只有中年人才有。饱尝世故，历尽人生艰辛，品尝过了酸甜苦辣的中年人对人生的认识完全成熟了。这凝视的表情恰恰反映了他内心微妙的感情漪澜，没有对人生的深刻理解，无论如何也写不出这样的文字：

　　　　他也有苍白而不俊俏的冬季，

　　　　要不，他就会将人性抛弃。

　　对于冬季的描写，作者只用了"苍白"和"不俊俏"两个形容词。老年人已失去了旺盛的活力。这"苍白而不俊俏"既是自然状态的写照，也使人联想到老年人的白发和皱纹。经历了这无法逃避的老年时光，才能走完漫长的一生。冬季也与老年人单调的生活合拍。

　　济慈的意象给人提供的联想空间十分广阔，而且给人留下经久不忘的回味。在《忧郁颂》中，济慈写道：

　　　　虽然只有健全而知味的口

　　　　咀嚼"喜悦"之酸果的人才能看见；

　　这里，"'喜悦'之酸果"是一个很有爆发力的意象。酸果在口中破裂了，它流泻出的是酸甜的液汁，这就是济慈眼中的喜悦，它甘美而短暂，清纯而消魂，令人神往，令人陶醉，却不给人以满足就倏然而逝，留下无边的怅惘和幽思。在济慈早期创作的一些诗篇如《初读贾浦曼译荷马有感》中，也能找到这种标志济慈诗歌艺术进入顶峰时期的完美意象，这使我们看到济慈的诗歌天才从一开始就闪烁着灿烂的光芒。在《初读贾浦曼译荷马有感》这首诗中诗人写道：

　　　　我游历过许多金色的地区，

　　　　看过许多美好的国家和王国；

到过诗人们向阿波罗

　　效忠的许多西方岛屿。

这"金色的地区"就是知识的王国。这个意象给人留下的想象空间是巨大的，它带领我们走进了美丽神奇的国度，并通过一系列的遐想，使我们久久地沉浸在诗所创造的意境里。济慈的作品里深藏着他对宇宙人生的透视和观照。睿智从容的笔端，流出一道美的清泉，闪烁着深邃的美与哲理之光。诗人所使用的意象丰满独特，准确而美妙，堪称诗坛绝唱。诗人那奇妙的诗思，优雅的诗句将永远回荡在诗的王国里，留下一片绮丽的风韵。

第二节　洗练的语言

《二十四诗品》将洗练形容为："犹矿出金，如铅出银，超心炼冶，绝爱缁磷。空潭泻春，古镜照神，体素储洁，乘月反真。载瞻星辰，载歌幽人，流水今日，明月前身。"洗练意味着用最少的文字表达最丰富的思想，更重要的是洗练意味着抓住事物的精神实质，达到传神的目的。济慈的诗体现出这种洗练的审美情趣。许多浪漫主义诗人都写到海，通过比较我们可以看到描写这种自然景色时，济慈所表现出的与其他浪漫主义诗人不尽相同的洗练的语言风格：

　　在荒凉的海岸四近，它发生

　　永恒的低语，巨大的波涛

　　吞吃了两万个洞窟，直到

　　赫卡提[①]的魔法给它们留下古老的影音。

　　常常可以发现它有温驯的脾性，

　　哪怕上次天风刮来的小贝壳

　　也会在原来落下的地方，

---

① 赫卡提，希腊神话中掌管蕊术、魔法之女神。

　　　　动也不动地停留好几天。
　　　　眼睛烦躁疲倦的人们哟，
　　　　放眼饱餐大海的辽阔吧！
　　　　耳朵为喧闹所震聋，或者听到
　　　　太多令人厌腻的曲调的人们哟！
　　　　你们且坐在古洞之旁，低头默想，
　　　　直到你们一惊，仿佛海妖在合唱！①
　　　　　　　　　　　　——济慈:《海》

　　济慈笔下的海很单纯，也很宏大。因为单纯而宏大，也因为宏大而单纯。波涛在洞穴中发出的巨响，让人感到海的辽阔、海的伟大，而海边的贝壳在岸上停留不动，更显出海的神秘和伟大。小诗很短，但诗中把大海的古老、辽阔和力量写得那样有魅力，而且又是那样透彻。

　　同样是描写大海，在柯勒律治的笔下，大海又呈现另一番景致。《古舟子咏》一诗中，海上日出的景色反复出现在诗中，在老水手出海时，在杀死了信天翁后，在他遇到鬼船时……通过重复可以达到简洁的审美效果。重复是一种重要的文学现象。一个场景或者一个情节在重复中不断地展现它的意义，而且意义随着每次重复会改变、加深或者由一般性的意义上升为象征意义。批评家米勒（J. Hillis Miller）指出:"两次或更多次提到的东西也许并不真实，但读者完全可以心安理得地假定它是有意义的。任何一部小说都是重复现象的复合组织，都是重复中的重复，或者是与其他重复形成链形联系的重复的复合组织。"②虽然这里谈的是小说，但是这种特点也适用于诗歌，特别是叙事诗，因为叙事诗其实就是韵文体的微型小说。诗又不同于小说，诗用的是更加凝练的语言。重复是最有效的扩展文学作品的表现空间、达到最佳效果的艺术手段。重复可以与其他的重复形式形

---

① 〔英〕约翰·济慈:《海》,《济慈诗选》,朱维基译,上海:上海译文出版社1983年版,第312页。

② 〔美〕J. 希利斯·米勒:《小说与重复——七部英国小说》,王宏图译,天津:天津人民出版社2008年版,第3页。

成联系。这就是米勒所说的"重复中的重复"。柯勒律治通过运用这种艺术手段使最简洁的自然书写在相互比照、相互联系中产生了丰富的思想内涵与艺术魅力。

柯勒律治还善于通过印象式的描写达到简洁的效果：

> 西边的海波似一片火焰；
> 此时白昼将尽已近夜晚：
> 一轮巨大的灿烂的夕阳，
> 将坠未坠在西方的海面；
> 突然，那个奇怪的物体，
> 闯进了太阳和我们之间。
>
> 太阳随即蒙上条条暗影，
> 愿天国之母赐我们怜悯！
> 他仿佛隔着狱栅向外张望，
> 露出巨大的燃烧的面容。

自然书写极其简洁，只有海、太阳和暗影。由于夕阳将海面染上一层红色，描写中只出现了两种色调，一种是亮色调，一种是暗色调。柯勒律治对于如何运用自然书写中的色彩来表达情感有自己的研究，他指出，众所周知，运动中的明亮色彩给眼睛留下最强烈的印象。从诗人所描述的这幅画面看，海是红的，而鬼船是什么颜色诗人没有明确描写，这样更平添了它的玄妙性。因为鬼船可能是忽隐忽现的，可能是无色的或者是透明的，此刻的太阳是一个移动的物体，它正在慢慢下落，而船的闯入给太阳蒙上了暗影，暗影突出了太阳的色彩。太阳于是"露出巨大的燃烧的面容"。虽然这里快速前进的物体是船，但由于这是一艘鬼船，它无形，但有灵，所以可见的运动之物还是太阳。色彩强烈的太阳在整个画面中成为聚集点。它不仅吸引了读者的眼睛，更重要的是它打动了读者的心灵。因为太阳是生命之源，而太阳被阴影遮暗，预示某种不幸的命运。在描写死亡景象的时候，柯勒律治再次引入了印象式的表达方式。静悄悄的夜一片漆黑，死亡降临了。死亡的诡计就在这暗无天日的时刻施行着。自然景物的变化是一个背景，在这个背景下，船上的二百多名水手死去了：

> 夕阳落海，群星奔涌；
> 转眼间黑夜已经降临；
> 那魔船仍在海上疾驶，
> 如飞箭离弦腊腊可闻。

> 恐惧在心中滋生，夜色漆黑：
> 直至一钩新月升起在天边，
> 新月下面挂着一颗星，
> 在夜空中闪着明亮的光焰。

从星辰无光的夜到一钩新月升起，天空经历了一个由暗到明的变化过程。这样的自然景物纯净得像是一幅印象派绘画，强调光的效果和瞬间的感觉。此时，仿佛神灵在完成他们的使命，这样，光由暗到明的变化又被诗人赋予了生与死的意义。那无边的黑暗是从天而降的死亡，而那新月下面的一颗星象征唯一一条生命逃开了死亡的魔爪。生死及其引起的情感震撼在这洗练的自然书写中被表现得意境绵绵。

将自然之物变形，将变形的意象写进诗中，这也是柯勒律治实现自然书写的简洁的手段。例如诗中对鬼船的描写，这鬼船：

> 起初只是个小小的斑点，
> 后来又仿佛是一团烟雾：
> 它不断向前移动，终于
> 像是个物体看得清楚。

鬼船只是看起来像一个物体，并非真的是一个物体，这显然是超自然之物。太阳和海水则是可见之物，是来自于现实的东西。诗人为了适合超自然的描写，将现实中的太阳和海都变了形。也就是说，将太阳、海和鬼船这些意象按照表现超自然力的意图重新组合，形成了新的整体性模式。说它是整体性的，因为它要表达超自然力的整体作用，在这样的情形下，太阳和大海就是作为部分因素融入这个整体中的。柯勒律治很重视这种能力。"对柯勒律治来说,天才并非是一种集合力,也不是一种化繁为简的知识获取途径,区分和归纳只是获取知识的预备行为。天才更重要的作用是将部分融入新的整体与模式中。这些整体,从蕴含的真理与能量方面讲,超过了部分的汇总或者由部分分析得出的道理。"[1] 表达整体性的理念必然使柯勒律治的自然书写洗练简洁,因为整体性本身就意味着融合与概括。

拜伦也很善于写海,他笔下的大海另有一番情调。徐志摩在他的散文《拜伦》中这样描写拜伦:"不,他不是神,他是凡人,比神更可怕更可爱的凡人,他生前在红尘的狂涛中沐浴,洗涤他的遗体的斑点,最后他踏脚在浪花的顶尖,在阳光中呈露他的无瑕的肌肤。"[2] 叛逆的精神成了拜伦诗篇中的灵魂,叛逆就意味着不被这个世界接受,漂泊就成了必然的命运。拜伦一生追求冒险,喜欢过动荡的生活,最不能忍受的就是平庸的无所作为的日子。所以他虽然不知自己的前途如何,却并不为此过分伤情,反倒是后者,那些诗人不得不告别的过去让他生出了万千感慨。拜伦在离开英国时赠给他的朋友托马斯·穆尔的一首诗中,回顾了过去,也展望了未来:

爱我的,我报以叹息,

恨我的,我置之一笑;

任什么天气和运气,

这颗心全已准备好。

大海虽汹汹吼叫,

也必得载我向前;

沙漠虽茫茫环绕,

也有可觅的甘泉。

——拜伦:《给托马斯·穆尔》

---

[1] Kathleen W W., "Kubla Khan" and Eighteenth Century Aesthetic Theories, *Coleridge, Keats And Shelly*, Peter J. K. ed., Macmillan Press Ltd., 1996, p. 29.

[2] 徐志摩:《徐志摩文集》,秋雨主编,延吉:延边人民出版社2004年版,第99页。

小诗中的自然意象虽然不像《去国行》中那样丰富厚重，但是这里的意象形成了对照，从而加大意象内涵的深度。大海"汹汹吼叫"，沙漠"茫茫环绕"，它书写的是诗人内心动荡不安的情绪以及对未来的艰辛岁月的预想。"沙漠"的意象写出诗人茫然的内心世界，"甘泉"的意象是诗人在极度痛苦中的自我慰藉，也表明诗人的美好希望尚未在生活的痛苦中泯灭。在"沙漠"和"甘泉"意象的对比中，可以更加充分地理解拜伦在书写离别时百感交集的心情。《哈尔德·哈洛尔德游记》开篇，拜伦也以深情的笔触书写离愁，而且是借助写海的景色来写离愁：

　　别了，别了！故国的海岸
　　消失在海水尽头；
　　汹涛狂啸，晚风悲叹，
　　海鸥也惊叫不休。
　　海上的红日冉冉西斜，
　　我的船乘风直追，
　　向太阳、向你暂时告别，
　　我的故乡呵，再会！

这是英国青年公子哈罗德出国游历，船驶离海岸时，他所吟咏的篇章。汹涌的海浪，飘摇的小船，这小船随时都会被海浪掀翻，然而，诗人说他还是要在海上漂泊，因为他：

　　像从岩石上掉下的一棵草，
　　将在海洋上漂泊，不管风暴多凶，浪头多么高。

这正是拜伦式英雄的特征。这凶险的大海让诗人超越了平淡无奇的生活，所以这风险实际上是拜伦的所爱，这样的自然才合了诗人的追求。这份痛苦的汁液在诗人拜伦那里是苦涩的，也是甘甜的，因为对于拒绝平凡的诗人来说，没有什么比痛苦的折磨更能让他释放心灵的激情了。"幸甚至哉！歌以咏志。"海的博大与诗人的起伏的心潮相呼应，洗练的语言形成了豪放的审美形态。大海上汹涌的海潮"像识主的骏马"，任由诗人驾驭。大海被比喻成诗人驾驭的骏马，这显示的是一种英雄气概。正是这种英雄气概让拜伦的诗中充满了自由豪放的激情。拜伦渴望献身于自由的事业,并非是因为对正义事业有深刻的理解,而是由于在这样的事业中拜伦可以找到生命的意义,释放生命的激情。而正是这种激情要求干脆利落的语言来表现,因为唯有洗练的语言才能更好地传达诗人心中沸腾的情感。

同样是写海的作品,济慈、柯勒律治和拜伦三位诗人由于不同的人生追求和审美需要,各自以不同的方式达到了洗练的效果。济慈诗中的大海有贝壳来衬托,柯勒律治诗中的大海以船为衬托,他们都写出了大海的单纯和宽广,也都体现了洗练的风格。但不同的是,济慈笔下的海重在声音的描写,而柯勒律治笔下的海突出的是视觉上的色彩效果。济慈诗中的贝壳增强了海的明朗,而柯勒律治笔下的鬼船使大海改变了原始的形态。拜伦笔下的海则与他个人的漂泊的情绪密切相关,带着浓厚的个人主义色彩。

有时,对一些重大的人生问题的思考竟然也可以用极其洗练的语言表达出来。济慈的一首诗《本·尼维斯》中写道:

诗神哟,从蒙雾的尼维斯山巅,
请教我一课,请大声说!
我窥视深渊,深渊藏在一片雾中,——
人类对地狱所知道的也就这么一点;
我仰望,这一片阴沉的雾,——
人类对天堂所能说的也就这么一点;
雾障铺展在大地上,在我脚下,——
人看到自己的也这般,也这般朦胧!
在我脚下是嶙峋的石头,——
我就知道这么一点;
我踩着个可怜无智的妖精——
我眼见的全是大雾和魄岩,不仅在此山,
也在思想和智力的世界里①

---

① 〔英〕约翰·济慈:《本·尼维斯》,《济慈诗选》,朱维基译,上海:上海译文出版社1983年版,第316页。

诗写得非常单纯，同时，也非常令人震撼，因为短短几行诗中把天堂、地狱和人间均写了出来，而人在世间的短暂的生存又是那么艰难。雾是诗中反复出现的意象，无论天堂、地狱还是人间，都为雾所笼罩。这种纯净洗练的审美特点和雪莱的《奥西曼迭斯》颇为相似。在雪莱的这首怀古诗中，雪莱咏叹了古埃及国王的陵墓。曾经叱咤风云、不可一世的国王生前为自己修建了巨大的陵墓，并为自己塑像。而如今，那昔日的荣耀和辉煌已荡然无存，只剩下那巨大的残骸了：

> 有一双巨大的石足，没有身躯，
> 矗立在沙漠……近旁的黄沙半露着
> 一副破碎残缺的面孔，它眉峰紧蹙，
> 嘴唇起皱，统帅万方，鄙夷一切的神色，
> 表明雕刻师对这类情欲曾经深有感受，
> 它们，由于留痕在这无生命的物体上，
> 竟比孕育了它们的心，仿造过他们的手，
> 都存活得更长更久：在台座上石足下，
> 有这样的字迹依稀可读："众王之王——"
> 奥西曼迭斯就是我，看看我的业绩吧，
> 纵然是一世之雄，也必定会颓然而绝望！

这些诗句让人看到一个目空一切、狂妄自大的世界征服者的形象，"古今将相在何方"，而今只剩下孤坟黄沙了。雪莱的这首怀古诗与他一贯的直抒胸臆的风格截然不同，诗歌深沉的语调和有节制的情绪造成了非凡的艺术效果。诗中出现的唯一的自然景物是沙：

> 残骸的四周，此外再没有留下什么，
> 寂寞、荒凉、无边的平沙伸向远方。

"自然自身变成了想象的一种修辞手段。"[①] 单纯的沙漠景色用以比喻"怅望千秋一洒泪"（杜甫：《咏怀古迹五首》其二）的落寞之感。通过"平

---

① Kathleen W., *Romanticism, Pragmatism and Deconstruction*, Blackwell Publishers, 1993, p. 69.

沙"的意象，诗中还体现出对不可一世的君主的讽刺。那"鄙夷一切"的帝王如今已无迹可寻，就连他的塑像，也残破不堪地半埋于黄沙之下了。杜甫在《咏怀古迹五首其三》中，感叹昭君是"一去紫台连朔漠，独留青冢向黄昏"。此诗中也是用了大漠平沙的自然景象书写苍凉的人生感叹。雪莱的诗中，黄沙所寄托的不仅是对人生的感叹，还有对权力与声名的思索。权力是什么呢？那不过是生时的疯狂和死后的落寞，而人则常常为了权力将生命虚耗。代表权力的帝王不过是短暂的过客，他的自大也成了笑料，唯有那漫天的平沙扫荡着人类对名声与权力的渴求。歌颂自由的主题在黄沙的意象中被曲折地表达出来。说其曲折，在于黄沙并不直接象征自由，与雪莱的多数诗不同，此诗中没有直接象征自由的意象，自由变成了隐于诗歌语言后面的旋律，这旋律在"平沙"这种自然意象的回味中，变得更加强烈而震撼人心。诗人仿佛用自然意象的语汇告诫我们说：

> 切不可让财富或是权势来玷污
> 诗人们自由而神圣的魂灵。
>
> ——雪莱：《告诫》

重大的主题却被只言片语所概括，而且概括得那么有力量，这不只是诗人高超的艺术造诣所及，更是诗人深入思考的结果。没有对人类历史的深刻认识，是不可能写出那些震撼人心的文字的。

第三节 豪放的风格

《二十四诗品》中这样描述豪放："观化匪禁，吞吐大荒；由道反气，处得易狂。天风浪浪，海风苍苍。真力弥满，万象在旁。前招三辰，后引凤凰；晓策六鳌，濯足扶桑。"济慈诗歌具有一种浓艳和温柔的色彩，同时他的诗中也有阳刚之美。在表现凌云壮志的时候通常就会体现出这种审美特征。济慈对自然景物的描写都会蒙上一层壮丽和崇高的色彩，但是崇高在济慈的诗中并不仅仅是一种品味，从更深刻的意义上讲，它是诗人内心激情的迸发。"崇高感首先是从趣味的角度获得并首先被仅仅当作自然的崇高。这种自然的崇高本身也可以表现在艺术中。然而很明显,崇高超越了趣味。"① 对济慈来说,超越了趣味的崇高感中蕴含的内容就是诗人对释放生命激情的精神需要。崇高美是西方美学中常用的术语,它有点接近于中国古典美学中所说的豪放。在济慈那首气魄宏大的长诗《海壁朗》中,有一幕描写被推翻的巨灵神族聚集在一个阴暗的山洞中的情景:

> 这是一个没有侮辱的光
> 能照射在他们泪水上的兽窟;
> 他们在那里感到,却听不到他们
> 自己的呻吟,因为雷鸣的瀑布
> 和嘶哑的山洪凝固了的吼声,
> 说不出在哪里,倒下不绝的巨石。
> 层层突出的岩崖,和始终好像
> 刚醒来的岩石,把巨大的尖角
> 靠得额碰到额;这样以无数
> 庞大无比的怪状给这悲痛之巢,
> 盖成一个相宜的屋顶。他们坐在
> 权充宝座的坚硬的燧石上,不平的石榻,
> 因含铁而顽固的板石山脊上。
> 并非全部聚在一起:有的锁上链
> 在受折磨,有的则在四处漂流。
> 刻斯,该基斯,布赖留斯,泰封,
> 多罗尔,波尔非利翁,还有许多,
> 攻击时最有力量的,都被关起在
> 呼吸艰难的地域;被囚禁在
> 暗黑的元行里使他们咬紧的牙关

---

① 〔德〕伽达默尔:《直观与生动》,参见严平编选《伽达默尔集》,邓安庆等译,上海:上海远东出版社1997年版,第522页。

仍然咬紧,他们所有的四肢被锁起

像五金的矿脉,抽搐而扭紧;

一动不动,除了他们痛苦地起伏着的

巨大的心,因鲜红、发热、沸腾的

脉跳之漩涡而可怖地起着痉挛。①

"雷鸣的瀑布、嘶哑的山洪、倒下不绝的巨石、层层突出的岩崖",这些宏大的自然景象是天地间最为雄伟的事物,它们发出的天翻地覆的响声,令天庭和宇宙震撼。在这样宏大的背景下,那些深受折磨的神,有的被锁链锁住,有的在四处漂流,有的被关在呼吸艰难的地域。他们牙关紧咬,四肢抽搐,他们的心沸腾、痉挛。强大的自然力具有暴力性质,正是自然中的这股强悍的力量创造的场景应和了诗人内心的狂涛。诗中的神在人世间感到的幻灭和极端的痛苦只有在这种自然风景中才能得到宣泄。冷峻的自然意象构成了《海壁朗》中宏大的自然景观。

疾风暴雨的情绪在《海壁朗》中随处可见。情感的狂热使这首没有完成的诗歌充满了强大的力量。疯狂和绝望似天崩地裂一般在济慈的诗中出现。"苦痛比快乐更能产生诗歌,好诗主要是不愉快、烦恼或'穷愁'的表现和发泄。"②自然的风雨雷电借助诗中故事,抒发了诗人内心的激情和对生命自由的渴求,因为自由精神的本质就是除旧换新。这种精神必然伴随着心灵的巨大震荡,非电闪雷鸣何以展示精神的雄伟与壮观,非疾风暴雨何以描述精神的狂放与不羁。尼采指出:"有人推测精神之中的'自由精神'有朝一日将变得成熟、轻快以至于完美无缺,在一次巨大的解放中已取得了决定性的经验,而在此之前,它则是一种戴镣铐的精神,并且似乎永远被捆绑在柱子上和角落里。什么镣铐最坚固?什么镣铐是砸不碎的?就上等人物和神秘人物来说,下述是他们的本分:青年人所特有的敬畏,在所

---

① 〔英〕约翰·济慈:《海壁朗》,《济慈诗选》,朱维基译,上海:上海译文出版社1983年版,第261—262页。

② 钱锺书:《诗可以怨》,《七缀集》,上海:上海古籍出版社1994年版,第120页。

有自古以来受尊敬的东西面前的含蓄和敏感，对养育他们成长的土地的感激，对率领他们的双手的感激，对他们学会做礼拜的圣地的敬仰——他们最重要的东西也是将他们束缚得最紧的东西，使他们肩负着最持久的职责的东西。对那突然被束缚的人来说，巨大的解放就好像地震的震荡：年轻的灵魂顷刻之间摇晃、松散、撒裂——"①《海壁朗》要表现的就是"灵魂顷刻之间摇晃、松散、撒裂"。在这种巨大的震撼中，体现崇高。这崇高"有赖于心灵作出努力或反应来同气派宏大或力量无穷的气象展开某种竞争。在这种努力或反应中，主体觉得自身肯定有了比通常经历的更深刻的精神力量"②。内心对生命自由的强烈的爱使济慈调动起天地间最宏伟的自然现象，并让它们在诗的韵律中发出震耳欲聋的声音。济慈也从对这些宏大的自然现象的书写中找到心灵对烦恼尘世的超越感。这是大自然景象用它无声的语言给予人的教化。"我们是自然所宠爱的子女，自然的计划不是叫我们卑鄙而下贱——不，她把我们带到生活和整个宇宙中，就好像把我们带到某一个巨大的竞技场中一样，为的是使我们同时既是她的伟大行为的看客，又是她的伟大行为的野心勃勃的竞争者，而且从一开始，就在我们的灵魂中植下了对于一切伟大的事物，对于一切比我们自己神圣的事物的不可克服的渴望。因此，就连整个世界也不够宽广，不够人的思想任意翱翔，而人的心灵也常常超越空间的界限。"③自然以它的丰富和伟大启迪人的心灵。当我们看到自然中那些优雅、壮观和美丽的事物时，我们的内心就会产生对于崇高事物的憧憬和向往。当我们去赞美高山和瀑布的时候，我们不是觉得它有什么实际的用途，而是为它所蕴含的精神本质所征服。说到底，就是我们的精神想走近它，想成为像它那样的美丽之景、美丽之物。对济慈来说，这壮丽的自然在他心中唤起的是对生命自由的无限热爱。自由也在诗人对自然的丰富想象中流泻着它的光韵。"明确地说自由就是属

---

① 〔德〕尼采：《上帝死了》，戚仁译，上海：三联书店 2007 年版，第 16—17 页。
② 〔英〕鲍桑葵：《美学史》，张今译，北京：商务印书馆 1985 年版，第 139 页。
③ 同上。

第七章　他山之石：中国古典美学视阈下的济慈诗歌　247

于想象力的。"① 因为只有在想象的天空中，诗人才能创造他的那个理想国，一个可以被苛刻的社会机制所容忍的幻想世界。

　　宏大的自然景观吸引济慈，最根本的原因在于，济慈内心中的激情其实一直被压抑。他渴望让生命获得自由，然而现实生活中的他又无法实现这个愿望，因此，他就在诗中借神话的情节来抒发这种渴望。和拜伦不一样，济慈的诗中不直接写自己，而是让自己变身为诗中人物，经历诗中的事件。拜伦则在诗中写自己，始终在写诗人自己。拜伦自己是诗的中心，这个中心有时也会在拜伦的诗中几经游移，最后，还是回归原处。拜伦的自我就是一个"拜伦式的英雄"，这决定了拜伦的诗中必然要呈现豪放之美。拜伦在诗中的豪放情怀还表现在他对自然景物有选择的爱这方面：

　　　　从远方山岳归来的游子眼中，
　　　　英格兰！你的美过于驯良温雅；
　　　　我多么眷念那粗犷雄峻的岩峰！
　　　　　　　　　　——拜伦:《勒钦伊盖》

在《我愿做个无忧无虑的小孩》中拜伦写道：

　　　　撒克逊浮华的繁文缛礼
　　　　不合我生来自由的意志，
　　　　我眷恋坡道崎岖的山地，
　　　　我向往狂涛扑打的巨石。

　　　　把我放回到我酷爱的山岳，
　　　　听巉岩应和咆哮的海洋。

　　这种选择表达了诗人的桀骜不驯的个性与气魄，也表达了诗人的审美倾向。诗人喜爱白雪皑皑的巉岩峻岭、粗犷雄峻的山峰、崎岖难走的山地、咆哮的大海等宏大的自然景物。济慈不这样表达，他的诗更为客观。但有

---

① 〔德〕伽达默尔:《直观与生动》，参见严平编选《伽达默尔集》，邓安庆等译，上海：上海远东出版社1997年版，第520页。

一点济慈和拜伦是相同的，那就是，他们的诗中都抒发了豪迈的情感，具有豪放的审美情调。

拜伦的《曼弗雷德》是一部书写心灵痛苦的作品。曼弗雷德是阿尔卑斯山中某城堡的世袭贵族，他孤傲、富有、博学、懂得魔法。曼弗雷德有一个继妹，名叫安丝塔帝，曼弗雷德与她发生了恋爱关系，他悔恨自己犯了乱伦之罪，于是杀了她。此后曼弗雷德的精神便陷入了极度痛苦中。在诗剧的第一幕，曼弗雷德为摆脱心灵的痛苦，唤来了大地、海洋、空气、黑夜、群山、暴风和星辰的精灵，他希望这些精灵们帮助他忘却。精灵们相继登场：

有一个精灵来自天庭的宫殿，那宫殿气象辉煌，气魄宏大。他：

别了云霞深处我的宫廷。
晨昏蒙影的气息将它凝成，
夏日夕阳的余晖给它镀金。

在这里，拜伦对自然的描写全部展现它的恢宏和博大的一面，用以表达宇宙力量的伟大与神秘。有一个精灵统治着作为山峦之最的勃朗峰，是勃朗峰群山的君主，很久前人们给他加了冕：

磐石御座，云霓锦裳，
皑皑白雪上做皇冠。
腰间有密密丛林萦绕，
手边是沸腾崩雪的飞瀑。

诗人将自然比喻为人。勃朗峰以一个旷世君王的形象出现在诗章中，自然因诗人的气魄而壮丽无比。人的形象和自然力混合在一处，人将自然力凝结于自身。这与希腊神话中神的形象塑造如出一辙。这样写自然，表面上写的是自然，实质上写的是人的精神。这壮观的自然背后有一个高高在上的精灵：

能让高山崇岭摧眉折腰，
能使石窟岩穴地基摇撼。

他们以巨大的威力出现在曼弗雷德面前，准备帮助他。诗人雪莱也曾咏叹过勃朗峰。对雪莱来说，勃朗峰的美景，让诗人浮想联翩，启迪了诗人的心智。在拜伦的笔下，勃朗峰却变成一个自然的精灵，这个自然的精灵同样启迪诗人的智慧。"比任何为了培养他的好奇心与创造性才干的人类社会强加给他的那些规则都更有益的是大自然，它成了曼弗雷德年轻心灵的主要导师。"[1] 还有一个精灵来自海洋，是海之精灵：

> 在湛蓝碧海的海水深壑，
> 没有喧嚣奔涌的浪潮。
> 那儿，飓风是不速之客，
> 还有那匍匐蠕动的蛇妖。
> 那儿，采集起各种贝壳，
> 美人鱼装饰着她的青丝。

拜伦笔下的大海是那样神奇，在大海的舞台上演绎的是一幕幕神话故事，这故事也像大海一样美丽和莫测。这自然的美景足以激荡人的灵魂，自然所呈现的柔媚与魔力本身已经征服了曼弗雷德的心灵。曼弗雷德向七个代表不同的自然力的精灵呼唤，目的就是求助于自然来获得心灵的平静。精灵相继出现了，他们说，如果曼弗雷德想要尘世的权力，这些都是唾手可得的，他们全都可以给他。然而，精灵能提供的一切对曼弗雷德毫无意义。他要求的只是忘却自己心中的一切，而这却是万能的精灵所不能的。精灵们为曼弗雷德所提供的人间种种诱人的东西不能使他获得心灵的平静。这些世间最为人们渴求的东西却是曼弗雷德不屑一顾的。有批评家说《曼弗雷德》实际上是一个独白，因为精灵的话实际上就是曼弗雷德自己对自己所说的话，也就是诗人与自己的化身的对白，"精灵们的回答实际上是曼弗雷德自己的话"。[2] 在精灵的话中，诗人拜伦写的是自己对自然的感受。在这种关于自然的描写中，我们认识到拜伦对自然美的敏锐认识和倾心爱

---

[1] Ward P., Byron and the Mind of Man: "Chide Harold IIIIV" and "Manfred". *Studies in Romanticism*, 1962, Winter, 1: 2, p. 113.

[2] U. Wesche., Goethe's "Faust" and Byron's "Manfred", *Revue de litérature comparée*, 50: 3, p. 288.

慕。无论拜伦旅行到哪里，从西班牙到葡萄牙或者到希腊，他所要寻找的就是那些充足的历史证据，以说明激烈的复仇在历史上的作用。他探索了从塔莱瓦到马拉松的战场。① 对拜伦来说，最让他感兴趣的不是生的力量，而是死的力量。所以在拜伦热情赞美自然的背后，总可以感到有一双锐利而神奇的眼睛想要穿透人生的繁华，超越生与死的时限，用目光的锁链牢牢地锁住命运的脉搏，心灵朝着凡人不可企及的高处仰望。

雪莱的痛苦也以豪放的情调写进了他的《被缚的普罗米修斯》中。普罗米修斯被绑在高加索那荒凉死寂的山上，那里没有花草昆虫，悬崖峭壁之间，连雄鹰也望而生畏：

每一刻都由剧烈的痛苦分隔，以至每一刻

都漫长有如一年，

忍受"酷刑与孤独"、"轻蔑和绝望"，这也是诗人自己的写照。普罗米修斯的呐喊倾泻的是雪莱自己内心的痛苦：

我问地，山岳可曾

感觉到？我问天，无所不见的

太阳看见没有？时而汹涌时而

平静的海洋，变化无常的天空

在下界的投影，那耳聋的波浪

是否听到我极度痛苦的呼喊？

啊，我啊！痛苦，啊，永远的痛苦！

布莱克的《由理生之书》也体现了一种宏大的气魄，展现了一种豪放之美：

他的数万个雷霆

在幽暗中沿着这可怕的世界

排列着摆开阵势，隆隆滚动的车轮声

---

① Paul D., Paradise Decomposed: Byron's Decadence and Wordsworthian Nature in Childe Harold III and IV, *Byron Journal*_ 34_1_3 Doug. indd, p. 9.

第七章　他山之石：中国古典美学视阈下的济慈诗歌

> 如大海涨起怒潮，回荡在他的云中，
> 他的积雪的山岭，他的落满冰雹的
> 山冈上；令人恐怖的吼声。

这里的自然意象与雪莱诗中那些气势磅礴的自然现象很相像，不同的是，在雪莱的笔下，这些宏大的自然现象虽然也代表着一种摧枯拉朽、排山倒海的力量，但它们绝没有布莱克诗中的这种阴郁的色调。贯穿在雪莱灵魂中的是对美好未来的信念。雪莱的理想主义就如同一轮光芒万丈的太阳，让山谷的阴影也变得明朗，即使同样描写雷的怒吼，给人的也是力量多于恐怖。而在布莱克的诗中，除了大自然的伟大的力量，还有大自然的玄妙以及伴随着这玄妙而来的巨大的恐怖，这恐怖似乎超出了心灵的负荷。读布莱克的诗，恐怖的回声会一直在耳边回荡，久久不肯离去。

由理生的创世与上帝的创世全然不是一个风格。《圣经》中这样描写创世："起初，神创造天地。地是空虚混沌。深渊一片黑暗：神的灵运行在水面上。神说：'要有光'，就有了光。神言光为昼，称暗为夜。有晚上，有早晨，这是头一日。"创世神话中，上帝胸有成竹、游刃有余地创造着世界。上帝的巨大力量不表现在狂暴中，而表现在柔韧中。慈爱与和谐是上帝造世界时的气氛，而布莱克的由理生的创世则是在血与火的肉搏中实现的。一声撕心裂肺的霹雳将天庭震醒，巨大的血色云团在滚动，由理生就在岩石周围，在萧瑟的荒原附近进行着他的创世计划，连他说出的话语也汇入了山顶上滚动的雷霆中。

在极其暴力的与自然力的对抗中，由理生进行着他的创造。由理生的狂暴像恶魔一般，有批评者用撒旦式的由理生来描写这一形象。这也让人联想起拜伦式的英雄，因为拜伦式的英雄也具有撒旦的特征。然而，拜伦式的英雄的撒旦特征总是与个人的性格特征结合在一起的，像曼弗雷德那样以一个人的力量对抗世俗的一切，勇敢无畏的气度让人不由得肃然起敬。拜伦式的撒旦形象让人感觉可亲可爱。而布莱克的撒旦却是一个完全不能与人认同的人物。由理生是一个神，一个远离众生的神。他的创造是权威性的、充满恐怖气氛。布莱克的诗句都如同在毒酒中浸过了一般，散发着逼人的寒气。

　　济慈、拜伦、雪莱、布莱克都以宏大的场面书写人类心灵的痛苦，但他们的表现风格又是不同的。在济慈的作品中，所有描写都是一种客观的呈现，就如同一个画家，他将他的画布展开，他在他的画布上布满色彩，画出一幅悲惨的画面，但画家自己没在这幅画中，他不是画的一部分，他不是痛苦的激情的一部分，那么画家到哪里去了呢，画家隐到了画的背后，他化身到他的色彩中和他的线条里，这就是济慈的风格。而在拜伦和雪莱那里，情况是不一样的，雪莱和拜伦毫不掩饰自己在诗中的身影，他是那画面的一部分，他是那燃烧的心灵火焰的一部分，诗中人物是他，他即是诗中人物，诗人就像一个穿着戏装登台的演员一样，我们清楚地知道在这场戏中的那个扮演者。而就济慈的情形来说，则不是这样，济慈只是一个导演，他设计一切，却不在戏中占有任何位置。但是诗中那种豪放的激情仍然是诗人自己的，只不过表现形式不同。布莱克的诗着力表现自然的单一的暴力，而且在这种暴力中看不到由暴力而产生的善与爱的果实，像雪莱的诗歌中常有的那样，这种暴力之外产生的还是暴力，所以在阅读布莱克的《由理生之书》以及其他的系列神话作品时，让人有心灵被绷紧的感觉，仿佛整个的心灵被一只无形的手紧紧抓牢，这只无形的手一会儿将人心撕开，一会儿又将它放在烈火上烧，扔到漆黑的洞里或者冰冷的魔窟中。布莱克的诗中有这样彻底的阴郁和不可救药的沉闷。

第四节　婉约的情调

　　"豪放与婉约，是两种对立的审美类型。豪放是豪爽狂放的美，婉约是委婉隐约的美。"[①] 济慈诗中的婉约之美多表现在爱情诗中。济慈的爱情诗中，自然常常以一种婉约的情调出场。温婉情怀如天庭散落的花瓣，或者天风吹过的麦田，无边无涯，把人们渴望的心引向遥远的地方。爱带来一

---

① 成复旺主编：《中国美学范畴辞典》，北京：中国人民大学出版社1995年版，第382页。

第七章 他山之石：中国古典美学视阈下的济慈诗歌 253

个平静温柔的世界。济慈的爱情诗让人步入田野，走入森林，呼吸春天那欢乐、清新的气息。《圣经》中写道："爱是恒久忍耐，又有恩慈；爱是不嫉妒，爱是不自夸，不张狂，不做害羞的事，不求自己的益处，不轻易发怒，不计算人的恶。"爱本身的品质是温柔的、宽宏的和博大的。济慈的爱情诗借助自然中那些具有阴柔之美的景物表达爱的情怀。

济慈对美的深刻理解还体现在他对美的形态的认识上。在致约翰·泰勒的信中，济慈写道："美之惊人在于一种美妙的充溢，而不在于稀奇少有。读者被打动是由于他自己最崇高的思想被一语道出，恍若似曾相识。"① 这说明济慈喜爱的美是能够给心灵一种完满的享受的美，"济慈不喜欢诗歌的惊奇"。② 作品的美必须是平易近人的。在《伊莎培拉》中，我们到处都可以找到平静恬淡而美妙的诗行：

> 美丽的伊莎培拉，天真可怜的伊莎培拉！
> 罗伦佐，爱神眼中的年轻朝圣者
> 他们同住一所院子里，
> 怎能不心动，不患一些病痛。

语言如溪水般透亮，和风般温存：

> 每天早上他们的爱情就更温柔
> 每个黄昏，尤更温柔；
> ……
> 他们俩似乎欢天喜地地分手，
> 像并蒂的两朵玫瑰给微风吹开。

谁能不为这精妙的诗句动情呢？济慈快乐地讲这个故事，仿佛他除了心灵的歌以外不曾写过其他的诗歌。阿诺德认为："《伊莎培拉》是一座宝藏，储存着优雅和贴切的词汇及意象。"③ 伊莎培拉是温婉的，罗伦佐是文

---

① 〔英〕约翰·济慈：《济慈书信集》，傅修延译，北京：东方出版社 2002 年版，第 97 页。
② G. M. Matthews, *John Keats: The Critical Heritage*. London: Routledge, 1971, p. 342.
③ Ibid., p. 327.

雅的，而伊莎培拉和罗伦佐的爱情中又充满了温柔的感动。整个诗歌的审美情调是婉约的。济慈用他充满了想象力和优雅的幻梦般美丽的意象创造了一种神奇、秀美而婉约的诗歌意境，并描绘出一个又一个令人难以忘怀的细节，达到了类似于绘画语言一样的精确和细腻。济慈关于细节的观点与他同时代的作家赫兹利特有共同之处。赫兹利特注重直觉在创作中的功能，而表现直觉最好的手段是细节。"他（指赫兹利特）强调的观点是我们不能超越经验和知识允许我们达到的程度，这样我们应该享受直觉与细节的神秘与惊奇，而不是努力去做出归纳。"① 对于这一点，济慈是认同的。有趣的是，赫兹利特和济慈都对绘画有浓厚的兴趣，可以推论这种兴趣潜在地影响了济慈诗作的艺术风格。绘画所要求的严谨与细腻恰恰是济慈最为擅长的方面。济慈诗歌对细节精心营造。细节对于绘画是最逼真的语言，对于诗歌则是最生动的语言。在《伊莎培拉》中，无数美丽的意象组成了美丽的细节，经过艺术创造的过滤，形成了诗意美的媒介。"其言情也必沁人心脾，其写景也必豁人耳目。其辞脱口而出，无矫揉装束之态。以其所见者真，所知者深也。"②

和济慈一样，雪莱的爱情诗中也常出现温柔的意象：

  像被旋风唤醒的海洋浪涛，
  像晨风吹拂下的露水珠，
  像雷雨迫近的林中小鸟，
  像深为震动的无言生物，
  像感觉到了无形精灵的人，
  这就是你靠近我时我的心。

        ——雪莱:《给索菲亚》

  诗人将爱情萌动时内心的感受借助自然之物表现出来。那是一种又惊又喜的心情，既温柔又活泼，充满了生命的活力。爱的情绪被含蓄地

---

① R. S. White, *Keats As a Reader of Shakespeare*. London: The Athlone Press, 1987, p. 35.
② 王国维:《人间词话》，黄霖等导读，上海：上海古籍出版社2001年版，第14页。

表现在自然物的关系中,像"旋风"与"浪涛"、"晨风"与"露水珠"、"雷雨"与"小鸟"之间的关系,把爱情萌动的情怀写得合情合理,若隐若现,委婉而含蓄,颇有婉约之美。雪莱的自由主题中也有温情脉脉的一面。自由是那翱翔长空的苍鹰,是那狂荡不羁的西风,自由是那只一边欢歌,一边向高空飞升的云雀,也是那流泻着月光的绵绵爱情。然而,雪莱也朦胧地意识到自由的另一种感悟,那就是被自由所放逐的心灵。在表达求自由而不得的时候,雪莱的自然书写中也有忧伤的情调,透出婉约之美。在《世间的流浪者》中,星星、月亮和风都成了宇宙间无处可归的漂泊者:

> 告诉我,星星,你的光明之翼
> 在你的火焰的飞行中高举,
> 要在黑夜的哪个岩洞里
> 你才折起翅膀?
>
> 告诉我,月亮,你苍白而疲弱,
> 在天庭的路途上流离漂泊,
> 你要在日或夜的哪个处所
> 才能得到安详?
>
> 疲倦的风呵,你飘流无定,
> 像是被世界驱逐的客人,
> 你可还有秘密的巢穴容身
> 在树或波涛上?

这首诗中体现的是诗人对自由的另一种感受。我们通常关注的是雪莱那类充满了激情、热烈地赞颂自由与爱的诗章,但雪莱也敏锐地感觉到自由的另一面孔。尼采曾用充满诗意的语言写道:"我们离开了陆地上了船!我们焚烧了桥梁和身后的陆地!现在,小船,你要当心!大海荡漾在你的身边。诚然,它不可能一直地咆哮,有时也会风平浪静,碧波粼粼,如同甜美温馨的梦。然而,终有一天你会明白,海是无垠的,而且世界上没有比这更可怕的了……啊,如果对陆地的思念攫住了你的心,仿佛那里有更多的自由——而'陆地'再也不会有了。"① 自由是一把双刃剑：它总是一边砍断我们身上的枷锁，一边又将我们放逐于孤独无依的世界，给我们自由的喜悦的同时，也将自由的痛苦深深刻在我们的心灵上。米兰·昆德拉指出："负担越重，我们的生命越贴近大地，它就越真切实在。相反，当负担完全缺失，人就会变得比空气还轻，就会飘起来，就会远离大地和地上的生命，人也就只是一个半真的存在，其运动也会变得自由而没有意义。"② 自由与束缚是相对的。"我们大家都只能在某种条件下享受自由。"③ 那狂风暴雨般争取自由的激情平息之后，雪莱也看到了自由的相对性。这种自由的相对性的启示同样来自于自然。同样的星星、同样的月亮、同样的风，在雪莱的诗中，这同样的自然景象既被用来象征自由的欢悦和惊喜，同时也被用来表现自由带给人的负面效应。"人生而自由，但又自己奴役自己；人就天性而言是善的，但就天性而言又易于腐败；人是痛恨权威的，但又需要权威；人必须有宗教，但又不愿服从任何神。"④ 这是卢梭的思想。它表明人一直生活在矛盾中，而人所追求的自由也以悖论的形式存在。自由的这种属性必然使那追求自由的心灵要常常为了它而悲泣，这种情怀也常以婉约的情调表现在雪莱的作品中。济慈虽然没有直接表达过求自由而不得的伤感之情，但他那些因生命将逝而不能得到爱情和人生欢乐的悲伤之情体现在诗中，本身就产生了一种婉约之美。婉约是很适合演绎悲伤情结的。

---

① 〔德〕尼采：《上帝死了》，戚仁译，上海：上海三联书店 2007 年版，第 177 页。
② 〔捷克〕米兰·昆德拉：《不能承受的生命之轻》，许钧译，上海：上海译文出版社 2003 年版，第 5 页。
③ 〔德〕爱克曼辑录：《歌德谈话录》，朱光潜译，北京：人民文学出版社 2003 年版，第 107 页。
④ 〔美〕罗兰·斯特龙伯格：《西方现代思想史》，刘北成、赵国新译，北京：中央编译出版社 2005 年版，第 162 页。

参考文献

[1] 〔美〕莫蒂默·艾德勒、查尔斯·范多伦编：《西方思想宝库》，长春：吉林人民出版社，1991年。

[2] 〔德〕爱克曼辑录：《歌德谈话录》，朱光潜译，北京：人民文学出版社，2003年。

[3] 〔英〕艾略特：《传统与个人才能》，李赋宁译注：《艾略特文学论文集》，北京：百花洲文艺出版社，1994年。

[4] 〔英〕艾略特：《诗歌的音乐性》，潞潞主编：《准则与尺度：外国著名诗人文论》，北京：北京出版社，2002年。

[5] 〔美〕拉尔夫·沃尔多·爱默生：《论自然》，《爱默生散文选》，丁放鸣译，广州：花城出版社，2005年。

[6] 〔希腊〕埃斯库罗斯、索福克勒斯、欧里庇得斯：《古希腊悲剧经典》，罗念生译，北京：作家出版社，1998年。

[7] 〔英〕艾弗·埃文斯：《英国文学简史》，蔡文显译，北京：人民文学出版社，1984年。

[8] 〔印度〕奥修：《庄子心解》，谦达那译，西安：陕西师范大学出版社，2007年。

[9] 〔秘鲁〕塞萨尔·巴列霍：《诗和诗人》，潞潞主编：《准则与尺度：外国著名诗人文论》，北京：北京出版社，2002年。

[10] 〔英〕G. G. 拜伦，P. B. 雪莱，J. 济慈：《拜伦、雪莱、济慈抒情诗选集》，穆旦译，北京：当代世界出版社，2007年。

[11] 〔英〕鲍桑葵：《美学史》，张今译，北京：商务印书馆，1985年。

[12] 〔法〕波德莱尔：《维克多·雨果》，郭宏安译，黄晋凯、张秉真、杨恒达主编：《象征主义·意象派》，北京：中国人民大学出版社，1989年。

[13] 〔丹麦〕勃兰兑斯：《19世纪文学主流（四分册）》，徐式谷、江枫、张自谋译，北京：人民文学出版社，1997年。

[14] 〔比〕乔治·布莱：《批评意识》，郭宏安译，桂林：广西师范大学出版社，

2002年。

[15] 曹础基:《庄子浅注》,北京:中华书局,2000年。

[16] 陈波、韩林合:《逻辑与语言》,北京:东方出版社,2005年。

[17] 成复旺主编:《中国美学范畴辞典》,北京:中国人民大学出版社,1995年。

[18] 邓新华:《中西印象批评比较》,《外国文学研究》,2000,3:108—114。

[19] 邓周平:《论人文理性》,《社会科学》,2003,9:84—88。

[20] 〔法〕狄德罗:《绘画中的明暗》,瑜青主编:《狄德罗经典文存》,上海:上海大学出版社,2002年。

[21] 杜昌忠:《跨学科文化批评视野下的文学理念》,北京:北京大学出版社,2004年。

[22] 〔美〕杜威:《经验与自然》,傅统先译,南京:江苏教育出版社,2005年。

[23] 方生:《后结构主义文论》,济南:山东教育出版社,2002年。

[24] 冯俊科:《西方幸福论》,长春:吉林人民出版社,1997年。

[25] 冯友兰:《中国哲学史新编》(上),北京:人民出版社,2004年。

[26] 〔法〕米歇尔·福柯:《主体解释学》,佘碧平译,上海:上海人民出版社,2005年。

[27] 〔美〕弗洛姆:《爱的艺术》,萨茹菲译,北京:光明日报出版社,2006年。

[28] 〔奥〕弗洛伊德:《精神分析引论》,高觉敷译,北京:商务印书馆,2005年。

[29] 〔德〕伽达默尔:《作为问题的死》,严平编选,《伽达默尔集》,邓安庆译,上海:上海远东出版社,1997年。

[30] 〔德〕歌德:《纪念拜伦男爵》,《论文学艺术》,范大灿译,上海:上海人民出版社,2005年。

[31] 〔德〕歌德:《评狄德罗的〈画论〉》,《论文学艺术》,范大灿译,上海:上海人民出版社,2005年。

[32] 〔德〕歌德:《温克尔曼》,《论文学艺术》,范大灿译,上海:上海人民出版社,2005年。

[33] 郭宏安:《让·斯塔罗宾斯基:目光的隐喻》,《外国文学评论》,2005,4:5—17。

[34] 〔德〕海德格尔:《海德格尔存在哲学》,孙周兴译,北京:九州出版社,2004年。

[35] 〔美〕赫伯特·马尔库塞:《爱欲与文明》,黄勇、薛民译,上海:上海译文出版社,2005年。

[36] 〔德〕黑格尔:《美学》,朱光潜译,北京:商务印书馆,2006年。

[37] 胡和平:《模糊诗学》,北京:社会科学文献出版社,2005年。

[38] 胡经之主编:《西方文艺理论名著教程》,北京:北京大学出版社,2003年。

[39] 〔澳大利亚〕怀特:《谈一谈诗》,潞潞主编:《准则与尺度:外国著名诗人文

论》，北京：北京出版社，2002年。
[40]〔英〕约翰·济慈:《济慈诗选》，朱维基译，上海：上海译文出版社，1983年。
[41]〔英〕约翰·济慈:《济慈书信集》，傅修延译，北京：东方出版社，2002年。
[42] 蒋承勇:《从古希腊到18世纪西方文学中"人"的观念》，《外国文学研究》，1999，3：63—67。
[43] 蒋承勇:《西方文学"人"的母题研究》，北京：人民出版社，2005年。
[44] 江枫:《序：伟大的浪漫主义诗人雪莱》，江枫编选:《雪莱精选集》，北京：北京燕山出版社，2004年。
[45]〔美〕道格拉斯·凯尔纳、斯蒂文·贝斯特:《后现代理论》，张志斌译，北京：中央编译出版社，2006年。
[46]〔德〕康德:《判断力批判》，邓晓芒译，北京：人民出版社，2005年。
[47]〔丹麦〕克尔凯郭尔:《家的感觉》，任柏良主编:《智慧日记》，长春：吉林人民出版社，2002年。
[48] 孔智光:《中西古典美学研究》，济南：山东大学出版社，2002年。
[49]〔捷克〕米兰·昆德拉:《不能承受的生命之轻》，许钧译，上海：上海译文出版社，2003年。
[50]〔美〕菲利普·李·拉尔夫等:《世界文明史》(一卷)，赵丰等译，北京：商务印书馆，2006年。
[51]〔德〕里尔克:《莫里斯·梅特林克》，《里尔克散文》，史行果译，北京：人民文学出版社，2008年。
[52]〔俄〕李福清:《神话与鬼话》，北京：社会科学文献出版社，2001年。
[53] 李伟民:《柯勒律治浪漫主义莎评解读》，《天津外国语学院学报》，2003，5：57—61。
[54] 李小均:《生态：断裂与和谐——从〈夜莺颂〉到〈秋颂〉》，《四川外语学院学报》，2004，1：8—13。
[55] 李泽厚、刘纲纪:《中国美学史》(第二卷)，北京：中国社会科学出版社，1987年。
[56] 林惠祥:《林惠祥人类学论著》，福州：福建人民出版社，1981年。
[57] 凌继尧:《美学十五讲》，北京：北京大学出版社，2003年。
[58]〔俄〕尤·留里科夫:《爱的三种魅力》，徐泾元等译，北京：工人出版社，1988年。
[59] 刘明翰:《欧洲文艺复兴的"以人为本"与各国特点》，《湖南师范大学社会科学学报》，2006，1：109—114。
[60] 刘新民:《济慈诗歌新论二题》，《外国文学评论》，2002，4：76—83。

［61］刘新明：《哥特式小说初探》,《上海师范大学学报》,1993,2：72—79。

［62］刘月新：《在"物"中寻求诗意的栖居——比较庄子的"物化"与海德格尔的"物性"》,《国外文学》,2005,1：10—20。

［63］龙协涛：《文学阅读学》,北京：北京大学出版社,2004年。

［64］〔法〕卢森堡：《论文学》,王以铸译,北京：人民文学出版社,1983年。

［65］鲁枢元：《文学批评的精神层面》,《文艺理论研究》,1994,6：79—82。

［66］〔法〕卢梭：《感性》,任柏良主编：《智慧日记》,长春：吉林人民出版社,2000年。

［67］罗益民：《心灵的朝圣者》,《四川外语学院学报》,2003,5：27—36。

［68］马驰：《新马克思主义文论》,济南：山东教育出版社,2001年。

［69］〔德〕马克思：《1844年经济学哲学手稿》,北京：人民出版社,2000年。

［70］马新国编著：《西方文论选讲》,沈阳：辽宁大学出版社,1987年。

［71］毛宣国：《中国美学诗学研究》,长沙：湖南师范大学出版社,2005年。

［72］〔美〕J.希利斯·米勒：《小说与重复——七部英国小说》,王宏图译,天津：天津人民出版社,2008年。

［73］敏泽：《中国美学思想史》(上卷),长沙：湖南教育出版社,2004年。

［74］〔德〕尼采：《查拉图斯特拉如是说》,尹溟译,北京：文化艺术出版社,2003年。

［75］〔德〕尼采：《上帝死了》,戚仁译,上海：上海三联书店,2007年。

［76］〔德〕尼采：《曙光》,《尼采散文》,北京：人民文学出版社,2008年。

［77］〔墨西哥〕帕斯：《谁读诗歌》,潞潞主编：《准则与尺度：外国著名诗人文论》,北京：北京出版社,2002年。

［78］潘知常：《生命美学论稿：在阐释中理解当代生命美学》,郑州：郑州大学出版社,2002年。

［79］彭锋：《完美的自然》,北京：北京大学出版社,2005年。

［80］钱锺书：《诗可以怨》,《七缀集》,上海：上海古籍出版社,1994年。

［81］〔美〕爱德华·W.萨义德：《人文主义与民主批评》,朱生坚译,北京：新星出版社,2006年。

［82］〔英〕莎士比亚：《莎士比亚全集》(九卷),北京：人民文学出版社,1991年。

［83］束定芳：《隐喻学研究》,上海：上海外语教育出版社,2005年。

［84］〔荷兰〕斯宾诺莎：《伦理学》,贺麟译,北京：商务印书馆,1983年。

［85］〔法〕斯达尔夫人：《论文学》,徐继曾译,北京：人民文学出版社,1996年。

［86］〔德〕斯普朗格,刘东梅译：《审美态度》,刘小枫主编：《德语美学文选》,上海：华东师范大学出版社,2006年。

［87］〔美〕罗兰·斯特龙伯格：《西方现代思想史》,刘北成、赵国新译,北京：中央编译出版社,2005年。

[88] 王春元、钱中文主编:《英国作家论文学》,汪培基等译,北京:生活·读书·新知三联书店,1985年。

[89] 〔英〕王尔德:《英国的文艺复兴》,赵澧、徐京安主编:《唯美主义》,北京:中国人民大学出版社,1998年。

[90] 王国维:《人间词话》,黄霖等导读,上海:上海古籍出版社,2001年。

[91] 王建华、周明强、盛爱萍:《现代汉语语境研究》,杭州:浙江大学出版社,2003年。

[92] 王静:《搜寻苦难的意义——简论痖弦的诗歌创作》,《世界华文文学论坛》,2004,1:45—48。

[93] 王诺:《欧美生态文学》,北京:北京大学出版社,2003年。

[94] 王萍:《"真"与"美"的内涵叩问与认知质询》,《北方论丛》,2006,5:49—52。

[95] 王艳芳:《女性写作与自我认同》,北京:中国社会科学出版社,2006年。

[96] 王振复:《中国美学史教程》,上海:复旦大学出版社,2004年。

[97] 王佐良:《英国诗史》,南京:译林出版社,1997年。

[98] 〔智利〕维多夫罗:《谈创造主义》,潞潞主编:《准则与尺度:外国著名诗人文论》,北京:北京出版社,2002年。

[99] 〔意〕维柯:《新科学》,朱光潜译,北京:商务印书馆,1997年。

[100] 〔意〕维柯:《论一切知识的原则和目的》,《大学开学典礼演讲集》,张小勇译,桂林:广西师范大学出版社,2005年。

[101] 〔美〕勒内·韦勒克、奥斯汀·沃伦:《意象,隐喻,象征,神话》,张廷琛主编:《意象批评》,成都:四川文艺出版社,1989年版。

[102] 〔比利时〕耶夫·维索尔伦:《语用学诠释》,钱冠连、霍永寿译,北京:清华大学出版社,2004年。

[103] 〔英〕弗吉尼亚·伍尔夫:《人生的冒险》,《伍尔夫读书随笔》,刘文荣译,上海:文汇出版社,2007年。

[104] 伍蠡甫、胡经之主编:《西方文艺理论名著选编》,北京:北京大学出版社,1987年。

[105] 〔英〕锡德尼:《为诗辩护》,钱学熙译,北京:人民文学出版社,1998年。

[106] 〔德〕席勒:《审美教育书简》,张玉能译,南京:译林出版社,2009年。

[107] 〔英〕姆内斯·希内:《诗歌的纠正》,潞潞主编:《准则与尺度:外国著名诗人文论》,北京:北京出版社,2002年。

[108] 夏征农主编:《语词辞海》,上海:上海辞书出版社,1991年。

[109] 夏忠宪:《对话语境中的帕斯捷尔纳克研究》,《俄罗斯文艺》,2003,6:48—51。

[110] 〔日〕小川芳男编:《实用英语词源辞典》,孟传良等译,笛藤出版图书有限公

司，高等教育出版社，1994年。
[111] 肖明翰：《英美文学中的哥特传统》，《外国文学评论》，2001，2：90—101。
[112] 徐志摩：《徐志摩文集》，秋雨主编，延吉：延边人民出版社，2004年。
[113]〔英〕玛丽·雪莱：《有关〈罗萨琳和海伦〉》的题记，江枫编选：《雪莱精选集》，北京：北京燕山出版社，2004年。
[114]〔英〕雪莱：《雪莱精选集》，《江枫编选》，北京：北京燕山出版社，2004年。
[115]〔英〕雪莱：《雪莱散文》，徐文惠、杨熙龄译，北京：人民文学出版社，2008年。
[116]〔英〕雪莱：《奥菲乌斯》，《雪莱抒情诗选》，杨熙龄译，北京：商务印书馆，2011年。
[117]〔古希腊〕亚里士多德：《诗学》，罗念生译，上海：上海人民出版社，2006年。
[118]〔德〕雅斯贝斯著，吴裕康译，《悲剧知识》，刘小枫主编：《德语美学文选》，上海：华东师范大学出版社，2006年。
[119]〔英〕爱德华·扬格：《试论独创性作品》，袁可嘉译，北京：人民文学出版社，1998年。
[120]〔俄〕叶甫图申科：《古米廖夫诗的回忆》，潞潞主编：《准则与尺度：外国著名诗人文论》，北京：北京出版社，2003年。
[121] 章必功、李健：《中国古代审美创造"物化"论》，《文学评论》，2007，1：23—29。
[122] 张法：《中西美学与文化精神》，北京：北京大学出版社，1994年。
[123] 张箭飞：《解读英国浪漫主义——从一个结构性的意象"花园"开始》，《外国文学评论》，2003，1：100—109。
[124] 张少康：《中国文学理论批评史教程》，北京：北京大学出版社，1999年。
[125] 章燕：《济慈〈致秋〉中的审美观和人生观》，《外国文学研究》，2002，3：33—38。
[126] 章燕：《走向诗歌审美的人文主义——谈济慈诗歌中的社会政治意识与其诗歌美学的高度结合》，《外国文学评论》，2002，467—75。
[127] 张志伟：《西方哲学十五讲》，北京：北京大学出版社，2004年。
[128] 赵一凡、张中载、李德恩主编：《西方文论关键词》，北京：外语教学与研究出版社，2006年。
[129] 钟玲：《美国诗与中国梦》，桂林：广西师范大学出版社，2003年。
[130] 周来祥：《西方美学主潮》，南宁：广西师范大学出版社，1995年。
[131] 周振甫、冀勒编著：《钱锺书〈谈艺录〉读本》，上海：上海教育出版社，1992年。
[132] 朱光潜：《西方美学史》，北京：人民文学出版社，1979年。
[133] 朱光潜：《朱光潜美学文集》（第三卷），上海：上海文艺出版社，1983年。
[134] 朱立元：《当代西方文艺理论》，上海：华东师范大学出版社，2005年。

[135] 朱全国:《语境在文学艺术活动中的制约作用》,《文艺理论与批评》, 2004, 1: 138—143。

[136] 朱永生:《语境动态研究》, 北京:北京大学出版社, 2005 年。

[137]《不列颠百科全书》(第 9 卷), 北京:中国大百科全书出版社, 2001 年。

[138] DAVID A. Coleridge: Individual, Community and Social Agency, *Romanticism and Ideology Studies in English Writing 1765—1830*. Routledge & Kegan Pal Ltd., 1981.

[139] JEFFREY B., *John Keats and Symbolism*. Sussex & New York: The Harvester Press & St. Martin's Press, 1986.

[140] WILLIAMS B. *The Poems of William Blake*. W. H. STEVENSON ed. Longman Group Ltd., 1971.

[141] ANDREW B. To Autumn, PETER J. K. *Coleridge, Keats and Shelley*. Macmillan Press Ltd., 1996.

[142] SAMUEL T. C. *Biographia Literaria*. London: J. M. Dent & Sons Ltd. New York: E. P. Dutton & Co. Inc., 1817.

[143] STUART C. Romantic Poetry: why and wherefore? STUART C. *The Cambridge Companion to British Romanticism*. Cambridge University Press, 1993.

[144] PAUL D. Paradise Decomposed: Byron's Decadence and Wordsworthian Nature in Childe Harold III and IV, *Byron Journal*, 34_1_3 Doug. indd.

[145] RONALD G. & BARNES G. *John Keats: The Principle of Beauty*. London: Sylvan Press, 1948.

[146] R. GRUNER. Science, Nature and Christianity, *Journal of Theological Studies*, n. s. : 26, 1975.

[147] JAMES A. W. H. Adonais: Shelley's Consumption of Keats, Duncan Wu. *Romanticism: A Critical Reader*. Oxford: Blackwell Publishers, 1995.

[148] JOHN K. *The Poetical Works of Keats*. Houghton Mifflin Company, 1986.

[149] BETH L. *Keats's Paradise Lost*. Gainesville: University Press of Florida, 1998.

[150] D. L. I. MACDONALD. Narcissism and Demonality in Byron's "Manfred", *Mosaic*, 25: 2.

[151] PETER J. M. Byron's imperceptiveness to the English word, Duncan Wu. *Romanticism: A Critical Reader*. Oxford: Blackwell Publishers, 1995.

[152] G. M. MATHEWS. *John Keats: The Critical Heritage*. Routldge, 1971.

[153] AYUMI M. *Keats, Hunt and the Aesthetics of Pleasure*. New York: Palgave Publishers Ltd., 2001.

[154] G. S. MORRIS. Blake's *The Fly. The Explicator*, 2006, Fall, 65, 1, Research Library.

[155] WARD P. Byron and the Mind of Man: "Chide Harold IIIIV" and "Manfred", *Studies in Romanticism*, 1962, Winter, 1: 2.

[156] STUART M. P. Byron and the Meaning of "Manfred", *Criticism*, 1974, Summer, 16: 3.

[157] NICHOLAS R. *John Keats and the Culture of Dissent.* Oxford: Clarendo Press, 1997.

[158] NICHOLAS R. *Keats and History.* Cambridge University Press, 1995.

[159] M. R. RIDLEY. *Keats' Craftsmanship.* Oxford University Press, 1933.

[160] JAMES O'R. *Keats's "Odes" and Contemporary Criticism.* University Press of Florida, 1998.

[161] PAUL D. S. Keats and the Ode, SUSAN J. W. *The Cambridge Companion to Keats.* Cambridge University Press, 2001.

[162] JACK S. The Story of Keats, SUSAN J. W. *The Cambridge Companion to Keats.* Cambridge University Press, 2001.

[163] ANN T. Shelley and "Satire's Scourge", R. T. DAVIES & B. G. BEATTY. *Literature of the Romantic Period 1750—1850.* Liverpool University Press, 1976.

[164] WILLIAM W. *Introduction to Keats.* New York: Methuen & co. 1981.

[165] TIMOTHY W. Romantic Hellenism, STUART C. *The Cambridge Companion to British Romanticism.* Cambridge University Press, 1993.

[166] U. WESCHE. Goethe's "Faust" and Byron's "Manfred", *Revue de litérature comparée*, 50: 3.

[167] KATHLEEN W. "Kubla Khan" and Eighteenth Century Aesthetic Theories, PETER J. K. *Coleridge, Keats And Shelly.* Macmillan Press Ltd., 1996.

[168] KATHLEEN W. *Romanticism, Pragmatism and Deconstruction.* Blackwell Publishers, 1993.

[169] R. S. WHITE. *Keats As a Reader of Shakespeare.* London: The Athlone Press, 1987.

[170] SUSAN J. W. *The Questioning Presence: Wordsworth, Keats and the Interrogative Mode in Romantic Poetry.* Ithaca & London: Cornell Univ. Press, 1967.

后 记

　　写作是什么呢？字字是血泪，声声皆痛苦。没有痛苦的抗争，又如何能写出撼人心灵的文字？想要写作，是因为心里充满了难以抑制的激情，想用笔找寻一块灵魂的净土，找寻一块生命的绿洲。诗人就是这样一种人，他们要千方百计地找到那一方没有污染的天空，那里有一个虚幻的梦，一个诗人自己用诗笔所编织的梦。尽管如此，诗人仍然会如珍爱生命一样珍爱那个他创造出来的虚幻世界。上帝给人肉体，又给人灵魂，当肉体不能承载灵魂的重量时，写作便可以用来驱逐那笼罩生命的阴影。那一些付诸文字的东西都将化为乌有，然而，写的作用不在未来，而在当前。当黑暗爬上了诗人的心灵，诗笔就成了他们最忠诚的卫士。这个卫士守护他，也伤害他。诗人为自己创作出的伟大诗歌作品而心旷神怡，又为自己无法写尽胸中的思潮而痛苦悲伤。济慈短暂的一生是为自然、为艺术的一生，他对于他所生活的时代毫不关心，他一生追求美，追求自然之美与艺术之美。在书写美的过程中诗人找到了灵魂的安慰。济慈的一生是苦难的，也是伟大的。济慈的诗人之梦一开始就与自然和艺术结下了不解之缘。

　　济慈自幼酷爱文学，他的理想就是成为一位伟大的诗人，但现实总是让诗人心力交瘁，济慈不断地叩问自己的理想。现实生活的残酷常将诗人的视线引入大自然中，济慈也不例外。济慈在自然书写中释放了生命的激情，用他寻找美的执着精神为自己的人生打开了一扇自由之门。"自由"一词对济慈来说是个体意义上的，它指的是济慈通过诗歌创作消解了尘世的痛苦，在艺术美的世界中放飞了自己的心灵，找到了精神的依托。济慈一生写过多种形式的诗歌作品：长诗、颂诗和十四行诗。本书选取了济慈有代表性的诗歌，包括《伊莎培拉》、《秋颂》、《夜莺颂》、《希腊古瓮颂》、《每当我害怕》、《灿烂的星》等作品，对其进行了文本细读。这样的研究可以让我们从微观的角度走近济慈和他终其一生所创造的那个美的艺术世界。研究济慈的诗歌也不能忘记济慈书信中那些富有价值的文学批评思想。虽然济慈不着意于理论的建构，但他的诗学思想却可圈可点，比那些长篇大论的文艺批评方面的论述更有价值。济慈往往用片言只语就将艺术的真理和盘托出。认同和注视是济慈诗学思想的基本特征，它们也决定了济慈的诗学倾向于直觉思维的特点。从文化角度研究文学作品可以让我们有更加宽广的视野，特别是跨文化的研究更能让批评者走出狭窄的天地，看到另一片别样的风景。本书用了较大的篇幅论述济慈与希腊文化的不解之缘，还运用平行研究的方法，从中国的道家思想和中国古典美学的角度对济慈的诗歌进行了观照。跨文化的视角集中于最后三章中，但也潜在地贯穿于该论题的整个研究中，如对济慈诗歌的研究就处处体现着跨文化的视角，这个视角为济慈研究开拓了新思路。当我们从跨文化的视角观照济慈的诗歌文本的时候，我们自然地获得了一种对比的目光，这目光使我们在比较中看到了差别，在比较中作出了判断。